드
향

사랑, 그 설렘에 취하고 향기에 물들다.

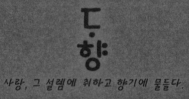

향

사랑, 그 설렘에 취하고 향기에 물들다.

빼앗긴

심장

빼앗긴 심장

1판 1쇄 찍음 2012년 5월 3일
1판 1쇄 펴냄 2012년 5월 7일

지은이 | 홍 설
펴낸이 | 정 필
펴낸곳 | 도서출판 **뿔미디어**

편집장 | 이재권
기획 · 편집 | 이경순
편집디자인 | 이진선
관리 · 영업 | 김기환, 임순옥

출판등록 | 2002년 9월 11일 (제1081-1-132호)
주소 | 부천시 원미구 상3동 533-3 아트프라자 503호 (우)420-861
전화 | 032)651-6513 / 팩스 | 032)651-6094
E-mail | dahyangs@naver.com
카페 | http://cafe.daum.net/dahyangs

값 9,000원
ISBN 978-89-6639-659-7 03810

빼앗긴

심장

DAHYANG ROMANCE STORY

홍설 장편 소설

Contents

프롤로그

그 여자, 그 남자

"뭐야."

"제가 하고 싶은 말입니다. 뭐하시는 겁니까?"

단호한 수연의 말에 재희는 코웃음도 치지 않았고 그런 그의 반응에 그녀는 허리에 손을 올리며 불만으로 가득해진 기분을 토해냈다.

"저희 집엔 또 무슨 일이신데요? 그것도 그렇고 저 짐은 뭐고, 왜 남의 침대에서 옷은 벗고 그럽니까!"

이제는 와이셔츠 단추까지 두어 개 풀며 목 운동을 하듯 목에 손을 올린다. 고개를 좌우로 움직인 재희는 좁지만 정리정돈은 제법 잘 되어 있는 방 안을 둘러보며 손가락을 쭉 하니 뻗었다. 그 손을 따라가니 좁은 옷 방 문이 보였다. 큰 눈만 끔뻑거리며 다시 재희를 향하자 그는 수연을 바라보며 말했다.

"네 방."

곤란하기 그지없는 음성으로 좁다 못해 답답한 옷 방을 그녀의 방이라 지칭한 재희는 안경을 벗을 생각도 않고 뒤로 누웠다. 결국 오기가 생긴 수연은 스스로의 행동에 부끄러움도 없는지 몸에 힘을 빼고 누운 그의 팔을 잡아당겼다.

쿵!

순간적인 힘으로 침대에서 떨어져 내린 재희의 상체가 바닥을 울렸다. 생각지도 못한 충격에 재희의 눈이 동그랗게 변했지만 그녀는 조금 더 힘을 줘 침대에서 질질 끌어 내렸다.

"사람이 철판을 깔아도 유분수지, 다 큰 여자 집에 쳐들어와서 이 무슨 주인 행세예요?"

"간병인이다."

"간병이란 뜻은 알고 계시죠? 지금 이게 간병하려는 사람의 자세예요? 더군다나 전 간병 필요 없어요!"

침대에서 끌어 내려진 상태 그대로 팔을 이마에 얹으며 눈을 감아 버리는 재희 때문에 어이가 없어진 수연은 죄 없는 이마만 마구 긁어댔다. 망할 간병이라는 말이 이 상황에 맞느냐 말이다. 간병이라면서 주인 침대를 차지하고, 좁디좁은 옷 방을 가리키며 '네 방' 하는 것이 어딜 봐서 간병인이란 말인가.

뚱해진 표정이 절실히 불만을 토해내고 어떻게 하면 자신을 내보낼 수 있을까, 하고 고민하는 게 재희에게 고스란히 들려왔다. 머리 굴러가는 '돌돌돌' 소리에 맞춰 어떻게든 말을 하려는 그녀가 우스웠다. 그렇게 필사적으로 한다고 해서 한 번 들어온 그가 나갈 리 없지 않은가.

"신고할 거예요."

이 세상 경찰은 모두 제 편이라는 양 팔짱을 끼고 말해 봐야 하등 소용이 없다. 마치 지금 바로 뒤에 경찰이 서 있는 것처럼 콧대를 세우는 그녀를 보며 몸을 일으켜 와이셔츠의 단추를 하나 더 풀어낸 재희는 그리 신경 쓰지 않는다는 어투로 말했다.

"소용없어."

"무슨 뜻이에요?"

"넌 날 뭐로 보는 거지?"

오만하기 그지없는 말투, 같이 앉아 있으면서 한 뼘 이상은 더 높은 눈높이로 그녀를 내려다보고는 재희는 특유의 비죽거리듯 비틀어진 입가를 만들어냈다. 그제야 수연은 그의 말이 무슨 뜻인지 알 수 있었다.

여기서 가택침입이네, 성희롱이네 해도 그를 법이라는 그물망에 재워둘 수 없다는 단호하고도 직설적인 사실에 수연은 그대로 기가 꺾여 버렸다. 그랬다, 정말로 그는 별 볼 일 없는 여자에게 신고를 당한다고 해서 문제가 될 남자가 아니다.

있는 자의 여유. 수연은 어딘가 잘난 체 가득하지만 조금은 설렘을 주던 그를 새로이 볼 수밖에 없었다. 명실상부 상위 1%, 이름만 대도 아, 하며 고개를 끄덕이고는 대단하다고 말할 성전의 지도자. 많은 사람을 거느리는 게 익숙한 이 남자는 잘난 척이 아니라 정말 잘난 사람이라는 것을 아주 잠시 잊었다.

"아, 짜증 나."

수연은 진심으로 짜증이 치밀어 결국 고개를 돌렸다. 아무것도 소용없는 사람에게 지금 뭘 하고 있는 건지 모르겠다. 멋대로 잘려 나갔지만 제법 결이 좋은 머리카락을 뒤로 넘긴 수연은 차라리 이 집은 그냥 빼고 어디 기생할 곳을 찾을까, 하는 심각하고 진지한 고민을 하고 있었다. 하지만 그 짧은 고민도 자신의 옷을 잡아채 가깝게 끌어당기는 재희의 손에 의해 멈춰지고 말았다.

"싫어?"

이건 또 무슨 헛소리래. 다짜고짜 싫으냐고 물어보면 누가 그렇다고 고개를 끄덕일까. 물론 그녀는 열렬하게 고개를 끄덕여 주었지만. 하여간 어찌나 세게 쥐었는지 손가락이 쉽게 풀리지 않는다.

"⋯⋯그건 또 무슨."

이런저런 감정이 뒤죽박죽 섞여 약간 겁을 먹은 그녀에게 재희는 조금도 물러서지 않고 더욱 다가섰다. 차갑게 가라앉은 검은 눈이 거짓 없이 솔직하게 다가와 그녀를 갉아낸다. 무서울 정도로 솔직하고 맑다. 그래서 더 깊게 내려앉은 어두운 기운에 온몸이 오싹거렸다.

위험, 그래. 이 사람이 뿜어내는 그것은 위험한 것이다.

뒤죽박죽 섞인 감정을 컨트롤하지 못한 순수하기 짝이 없는 '새하얀 나락'이 그의 눈에 담겨 있었다. 오직 눈으로, 그 검은 눈으로 일체의 즐거움도 없이 보이는 것에 대한 욕구를 위해 돌진하는 저돌적인 당연함이 재희에게 존재했다.

우습게도 수연은 무섭다고, 그렇다고밖에 느낄 수 없었다.

"내가 싫으냐고 묻잖아."

"⋯⋯아니, 굳이 싫다기보다는."

주춤주춤 물러서다 뒤로 쓰러지는 그녀를 재희가 옷을 붙들고 있다 함께 넘어갔다. 기에 눌려 완전히 바닥에 누워서 재희를 올려다

봐야 하는 위치가 된 그녀가 엄청난 긴장 속에 눈을 이리저리 굴리자 재희의 작지만 거뭇한 목소리가 수연을 조였다.

"익숙해지면 돼."

어처구니없을 정도로 당당한 말에 수연의 감각이 결국 무너져 내렸다.

1.

고 동

[귀하와 본사와의 인연은 다음을 기약하며 좋은 하루 되시기를
바랍니다.]

따끔, 하고 속이 쓰려 왔다.

명치 부근의 쓰림이 화끈거린다.

전화기 속의 달콤한 목소리는 사람의 목소리가 아니라 기계음이
었다. 불합격에게는 직접 전화하는 것도 아깝다는 소리냐, 하고 눈
살을 찌푸린 수연은 울컥 올라오는 화를 억누르며 휴대폰을 침대
위로 던졌다. 그리고 바닥에 벌러덩 누워 윗집에서 물이 조금 새 누
렇게 변색된 천장을 바라보았다.

하루하루 먹고사는 것도 버거워 힘겨운 자신보다 좁은 방 안을
밝혀 주는 길쭉한 형광등이 훨씬 더 소신 있는 생활을 하고 있는 것
으로 보인다.

"지수연, 지수연."

이제는 전화벨 소리만 들어서 합격 여부를 알 수 있을 것 같았다. 빙그르르 옆으로 굴러 침대 밑에 쿡 박힌 수연은 울고 싶은 마음을 간신히 다스렸다. 열에 하나가 안 되면 적어도 오십에 하나는 돼 줘야 하는 것 아닌가.

"하아."

이런다고 밥이 나오나, 떡이 나오나.

이번 면접은 정말로 느낌이 좋았다. 마주한 면접관은 시종일관 미소로 응대하며 수연과 대화를 나눴고 섣불리 판단하지 않는 그녀도 이번만큼은 합격을 믿어 의심치 않았다. 그러나 돌아온 것은 통상적인 사과가 담긴 기계 목소리다.

합격할 거라 믿고 지금까지 하던 아르바이트도 정리했는데 불합격했으니 말하자면 백수가 된 상태였다. 그런데도 마음은 다급해지질 않았다.

아니, 사실 자포자기의 상태다.

뭘 해도 안 되니 겨우 뿌리만 남아 있던 용기나 자신감도 화르륵 불에 타 재가 됐다. 그러니 뭔가 생각을 하는 것조차 지금 그녀에겐 사치였다. 무(無)의 세계에 빠져 버린 수연을 구제해 준 것은 달달달 울리는 낡은 휴대폰이었다. 이미 몇 년이나 사용해서 떨어뜨리기라도 하면 망가질 것 같은 게 딱 그녀 같았다.

전화를 건 것은 이번에 일자리를 소개해 준 학교 선배 경우였다. 발표가 나는 날이라 전화를 걸었던 것 같지만 좋은 소식을 전해 주지 못하는 마음이 영 씁쓸하다.

ㅡ 어떻게 됐어?

여보세요, 라고 하기도 전에 묻는 말에 수연은 머리를 긁적거리며 한마디 했다.

"낙(落)."

모자란 후배를 욕하세요.

- 괜찮아 인마. 잘 될 거야.

어울리지 않게 위로를 해 주는 경우에게 수연은 아주 깔끔하게 일축했다. 이보다 더 냉정할 수 없을 만큼 간단하게.

"굶어 죽기 딱 좋은 상황이거든?"

- 하던 아르바이트는 어쩌고?

"이번엔 정말 촉이 와서 전부 관뒀지. 그랬더니 나 참, 그게 굶어 죽으라는 계시일 줄이야."

슬퍼할 겨를도 없었다. 통장에는 곁다리 아르바이트로 다달이 집세 낸 뒤 생활비 등등을 빼고 모은 기백이 전부였다. 스물 중반의 막 대학을 졸업한 학생과 비교하자면 많다고 할 수도 있겠지만 이 돈은 지금껏 나라에 빚진 학자금에 이자까지 갚느라 홀라당 사라질 판이었다.

"하나 갚고, 나머지로 이자 내면…… 한 달은 살 수 있나."

넋두리를 늘어놓으며 길게 한숨을 내쉬는 수연의 속이 바짝바짝 마르는 듯했다. 그냥 이렇게 아르바이트만 하다가 대충 마음 맞는 남자 생기면 취직이 아니라 취집이나 할까.

웃기지도 않는 소리네.

21세기에 정말 기가 막힌 생각이나 하고 앉아 있다. 누가 이렇게 놀고먹는 여자를 데려가겠느냐, 싶어 마음을 다잡고 눈을 바로 떴다. 아직 시작도 하지 못했는데 꺼져 버리기엔 청춘이 아깝다. 우선은 아르바이트를 잡기 위해 마음먹은 그때 그녀의 손에 잡힌 휴대폰에서 경우의 목소리가 흘러나왔다.

– 내 말 듣고 있어? 어이, 지수연!

맞다. 통화 중이었지.

잠시 망각했던 전화 통화에 휴대폰을 다시 귀에 가져간 수연이 짧은 사과를 하자 입맛을 다시며 투덜거리면 경우가 말을 이었다.

– 다른 건 아니고 부탁할 게 좀 있어서.

"무슨 부탁?"

– 내가 지금 일하는 곳, 일이 있어서 한 일주일 못 나갈 것 같거든. 나 대신 일 좀 해 달라고. 일당 두둑하게 챙겨 줄게.

선뜻 내놓는 말에 수연은 얼굴을 조금 붉혔다.

"선배…… 고마워."

– 이럴 때만 선배지.

경우가 일하는 바(Bar)가 일손이 부족할 리는 없었다. 부족한 일손을 채워 주는 상시 아르바이트생이 있고 손님도 아주 많은 곳은 아니었으니까. 기운 내라는 의미의 일자리 주선임을 모르지 않아 수연은 히죽 웃었다.

"내가 또 그러면 가 줘야지. 언제부터 갈까?"

– 입은 살아 가지고. 내일부터 와. 설거지부터 서빙까지 다 시켜 주마.

미운 소리 내듯 하지만 잔잔한 배려에 그녀는 기운차게 고개를 끄덕였다.

*

청년실업 백만에 육박하는 이 시점에 이 아르바이트 자리 하나가 감사한 건 그녀뿐만은 아닐 것이다. 비록 일주일 정도의 단기 아르바이트지만 무언가 일하고 있다는 것만으로도 쓸모가 있다고 해 주는 것 같아서 수연은 당장 우울했던 마음을 날려 보냈다.

건강한 몸 놀려서 무엇하랴. 단돈 백 원이라도 벌어 부모님 용돈도 드리고 사람 구실 하며 살아야지.

워낙에 많은 아르바이트를 했고 몸도 날렵한지라 그녀는 금방 일에 익숙해져 넓은 바(Bar)를 제집처럼 날아다녔다. 이 바에서의 아르바이트는 오늘이 마지막이지만 이미 다른 일을 잡아 놓은 상태였다. 취업 자리도 시들해지는 계절이니만큼 잠시 취업 준비를 하며 생활비라도 모을 예정이다.

"웃차!"

양손 가득히 든 쓰레기를 건물 뒤편에 던진 수연은 크게 기지개를 켰다. 시원하게 울려 퍼지는 뼈 맞는 소리에 온몸이 풀리는 것 같았다.

"날씨 좋다."

사람 마음은 싱숭생숭하지만 날씨는 좋았다. 잠시 하늘을 올려보는 것조차 사치스러운 듯한 나날의 연속이었지만 수연은 환하게 미소 지으며 까만 밤을 즐겼다.

낙천적인 그녀의 성격은 언제나 상황을 즐겁게 직시하는 경향이 있었다. 혹자는 이 유독 여유로운 성질에 지쳐 혀를 차곤 하지만 수연은 안 좋은 일은 빨리 털어내고 매사 긍정적으로 생각하려고 했다. 덕분에 면접에서 떨어진 속이 쓰린 상황에서도 일요일엔 개그

프로 보고 웃고 다시 월요일을 맞이할 수 있었다.

"후."

고된 일의 연속이었다. 어떤 색안경을 끼고 보는지 바(Bar), 말하자면 술집에서 서버로 일하고 있는 수연을 엉덩이 가벼운 여자로 보며 수작을 거는 사람들이 많았다. 유연하게 넘어가는 것도 한두 번이지 당장 방금 전만 하더라도 고의성 다분하게 손으로 엉덩이를 쳤으면서 모르는 척 저들끼리 낄낄거렸다.

"가게 밖이었으면 진짜 가만 안 뒀을 텐데."

한숨을 연거푸 내쉬고 하도 물을 만져 그사이 터 버린 손을 쓸며 다시 가게 안으로 들어가려던 그때 골목 바깥쪽으로 차 한 대가 멈췄다. 몸 전체가 아니라 단면만 봐도 충분히 고급으로 보이는 검은색의 차체는 밤의 네온사인에도 전혀 퇴색되지 않았다.

"뭐야?"

고급 승용차가 올만큼 아주 대단한 가게가 아닌데? 의아해하며 마저 가게 안으로 들어가자 그 고급 승용차의 손님이 안으로 들어섰는지 가게 안은 조금 분주했다.

"사장님까지 나와 있네?"

도대체 무슨 손님이기에 사무실에서 잘 나오지 않는 사장님까지 나와서 인사를 하고 있을까. 어둑한 조명 아래, 상체와 머리는 사장님에게 가려 보이지 않지만 검은색 양복을 입은 남자가 긴 다리를 꼬고 8인용 소파에 혼자 앉아 있는 것이 보였다. 겨우 비춘 모습만으로도 이상하리만치 눈길을 이끄는 기운이 풍긴다.

"신기해라."

한 가게의 사장을 나오게 만들고 저렇게 굽실굽실하게 하는 사람은 흔치 않다.

아주 단편적인 모습만 보아도 그녀와는 전혀 다른 세상 사람처럼 보인다는 건 확실했다. 절대, 결코 서로 만날 이유도 관계를 맺을 것도 없는 그런 다른 세상의 인연 말이다.

"돈 많아서 좋겠다."

순수한 부러움에 옆에 서 있던 직원이 웃음을 터트렸다. 낙천적인 수연의 진가가 발휘되는 그 순간, 인연의 수레바퀴 역시 빙글빙글 돌아가기 시작했다.

"괜찮으시겠습니까? 조금만 더 가면 자주 가시는 라운지입니다."

규현의 말에 뒷좌석에 앉아 비어 있는 양주병만 만지작거리던 재희는 힐끗 창밖을 보았다. 시내에서 가장 큰 규모이지만 평소 가는 곳과는 비교하자면 작다고 할 수밖에 없는 바(Bar)의 네온사인이어서 들어오라고 열심히 손짓하는 듯했다.

"글쎄."

무심한 말투에 담긴 것은 냉기였다. 단 한 마디만으로도 뱉을 수 있는 싸늘하고 고요한 말투, 고민은 그리 길어지지 않았다. 그는 술이 필요했고 차내에 비치되었던 술은 떨어졌다. 떨어진 술을 당장 보충할 수 있는 곳은 눈앞에 있는 바(Bar)인지라 그곳으로 들어가는 것은 당연한 선택이었다.

큼직큼직한 조각으로 계단을 장식한 가게의 내부는 생각했던 것 이상으로 괜찮았다. 과하지 않은 인테리어에 인조 대리석 특유의 보석 같은 이미지가 한눈에 들어와 주변을 더욱 넓어 보이게 만들었다.

가게 앞에 눈 돌아가게 값비싼 승용차가 왔다는 소식은 빠르게 전해졌다. 그가 가장 편해 보이는 자리에 앉아 등을 기댈 즈음에는 웃는 낯의 남자가 다가와 고개를 숙여 인사를 했다.

"손님, 저희……."

"양주. 아무거나."

확실하게 말을 잘라 버리고 등을 기댄 그는 당황한 기색 없이 곧 허리를 숙이곤 자리를 뜨는 사장의 모습을 힐끗 보곤 지끈거리는 머리를 문질렀다. 차 안에 물품만 제대로 비치되어 있었으면 들어올 리 없던 곳이지만 생각보다 나쁘지는 않았다.

편안한 음악과 사람 냄새 가득한 공간에서의 여유로움은 정말 오랜만이었다. 아니, 오랜만이라는 단어조차 민망할 정도로 아주 까마득한 일. 더욱 깊게 들어가자면 여유라는 것을 느낄 만큼 사치를 부릴 형편도 아니었지만 말이다.

주차할 곳을 마땅히 찾지 못했는지 규현은 감감무소식이었다.

아마도 이 가게에서 가장 값비쌀 것이 분명한 맑은 갈색의 양주가 위엄을 보이며 테이블에 앉았다.

이 가게를 오픈하고 단 한 번도 열린 적 없는 최고급 양주가 개봉되는 순간, 괜히 긴장한 주변을 놀리듯 재희는 미련 없이 마개를 따곤 안주도 없이 곧장 한 잔을 마셨다.

식도를 타고 흐르는 화끈한 감각은 언제나 같은데 안색은 조금도 변하지 않았다. 도수도 상상 이상으로 높건만 재희는 묵묵히 석 잔을 연거푸 마셨다.

쓰다. 확실히 목구멍이 타들어갈 것처럼 쓰다. 다른 사람이라면 숨 쉬는 것조차 버거워 기침을 해댈 것이 분명한 코냑을 무려 반병이나 비운 후에야 그의 손이 멈췄다. 길게 숨을 내쉬는 입바람으로 지독한 열기가 느껴진다.

고독, 외로움이 가득히 묻어난 바람의 사이 코를 찌르는 술 냄새가 퍼져 나갔다. 몸과 정신은 알코올에 취하지 않게 되었지만 오늘따라 유난히 센티멘털해졌다. 답지 않게 낯선 가게의 분위기에 취한 듯 묵묵히 테이블만 보고 있을 때 그의 앞으로 커다란 접시가 내려앉았다.

통, 하고 맑은 소리가 유리와 맞닿아 재희의 정신을 일깨웠다.

완전한 커트는 아니지만 단발보다는 조금 더 짧은 듯한 머리칼의 시원한 이목구비, 전체적으로 마른 몸을 가진 서버가 예의상 한번 살짝 웃어 주곤 가볍게 말했다.

"서비스입니다."

"……."

"즐거운 시간 보내십시오."

곱게 깎은 과일을 내려놓으며 자연스레 눈을 마주친 서버는 슬쩍 테이블을 보다가 혀로 마른 입술을 쓸었다. 다분히 무의식적으로 행한 행동은 누군가 알아채기 어려울 만큼 찰나였으나 그는 멍해졌다.

한순간 머리가 새하얗게 변할 만큼 여유로웠던, 그가 단 한 번도 가지지 못했던 그런 미소가 단숨에 강재희라는 남자를 사로잡는다. 심장의 두근거림이나 박동은 느끼지도 못했다. 그저 아킬레스건부터 등골, 머리끝까지 오싹해진 것은 확실하게 전해졌다.

세상에 문제나 고민 따윈 조금도 없다는 듯 환하게 웃는 미소였다. 빛이 고인 것처럼 화사한, 누구보다 밝은 눈부심을 간직한 눈동

심장

자에 고스란히 그가 담겼다.

시간이 느리게 가기 시작했다. 눈을 깜빡이는 것이 현저하게 느리게 보이면서 눈에 담긴 생각과 상념들이 모조리 읽혀 들어갔다. 긴 속눈썹이 내려앉았다가 다시 올라가고 예의상 짓는 미소와 입꼬리 옆의 한쪽만 파인 보조개까지 전부 눈에 박혔다.

찰나의 것이다. 감히 눈길을 떼는 걸 용납하지 않고 돌아가는 우아하지도 고급스럽지도 않은 한 여자가 특별함으로 무장된 것은. 착각이려니 혹은 별것 아니려니 하는 마음에 재희는 다시 고개를 제자리로 돌렸다. 가슴 언저리에 강한 전율은 순식간에 찾아왔다가 빠르게 사라진다.

여운. 여운이 남았다.

"술에 약이라도 탄 건가."

이따금 술기운을 강화시키기 위해 엑스터시를 정제하는 곳도 있었다. 몸에 좋지 않을뿐더러 환각까지 일으킬 수 있는 위험한 것이지만 어디선가 분명 통용이 되고 있었다. 어쨌든 그런 착각까지 느낄 만큼 지금 이 순간의 감각이 너무도 아찔했다.

감정이란 쉽게 이어지지 않는 놈이다. 당장의 시간과 순간이 깨어지면 지나치게 섬세한 감정이라는 놈은 금방 식어 버리기 마련이었다. 그러나 이상하리만치 재희는 그 어떠한 것도 할 수가 없었다. 술잔에 술을 따르고 입가에 대노라면 마시는 것을 잊었다.

괜한 양주병만 노려보며 흉흉한 눈빛을 주던 그는 술을 털어 넣었다. 쓸데없는 잡생각은 안 그래도 복잡한 머리에 균열만 줄 뿐이다. 조금 과음을 하는 것 같긴 했지만 체질상 양주를 아무리 많이 마셔도 취하지 않았고 재희는 몸을 기대며 눈을 감았다.

바닥을 밟는 구두 소리가 작게 들렸다.

목적지는 이곳이 아닌 다른 곳인 듯 재빠르게 움직인 발걸음, 감히 무시할 수 없는 그것이 그의 눈을 뜨게 만들었다. 특별한 향기가 난다거나 눈이 부실 만큼 아름다운 것은 아니다.

남들보다 좀 더 눈이 크고 코가 높아 보이고 입술이 붉고 작아 꼭 잘 여문 과실 같다는 것, 늘씬하게 큰 키에 짓는 미소가 필요 이상으로 재희의 마음에 푹 박혔다는 것 말고는 정말 특별한 여자가 아니었다.

사람이 궁금해지고 알고 싶어지는 마음을 이해할 새도 없이 완전히 빨라져 버린 심장 박동에 신음했다. 한순간의 전율과 잊히지 않는 전율의 여운.

뭘까, 이건 대체 뭘까.

시간이 갈수록 가게는 손님으로 차오르기 시작했다. 규현은 매너 없이 가장 넓은 8인용 자리에 앉아 있는 재희의 곁에 서서 시간을 체크하고 있었다. 애초에 시내로 나온 것은 오늘 본사에서 중요한 임원회의가 있기 때문이었다. 한데 길게 20분쯤이면 될 거라 생각했던 잠시간이 벌써 40분을 향해 달려가고 있었다.

"이만 가셔야 합니다."

지금 달려가도 늦을 것은 자명하다. 그러나 평소 같으면 시간 엄수, 철두철미함을 유지할 재희는 어딘가 나사 하나씩 빠진 사람처럼 자꾸 술잔을 기울였다.

"지금은 일어나셔야……"

"나쁘지 않아."

"예?"

알아들을 수 없는 말이었다. 어쩐지 나른한 음색의 그는 무척이나 편하게 등을 기대며 고개를 기울였다.

"40분이라."

메마른 입술에서 나온 목소리는 역시 메말랐다. 신기할 정도로 집중하게 만들었던 그 무언가가 자꾸만 재희를 흔들어 놓았다.

"상무님."

"빛처럼."

"……."

"신기하지?"

어둠 속에서 살아왔던 사람이 처음으로 빛을 본 듯한 그런 열정. 밑도 끝도 답도 없는 말을 뱉고 난 후 재희는 다시 속세로 돌아온 듯 눈빛을 바로 했다. 길다면 길고 짧다면 짧았던 시간은 끝이 났고 이제 그만 돌아가야 한다.

"가지."

"아, 예."

여전히 이해할 수 없는 물음에 고개를 갸웃거리던 규현은 눈치로 상관이 화장실을 찾는 것을 알아차렸다. 이내 그가 한쪽을 가리키자 재희는 양주 한 병을 그대로 비워낸 후유증을 처리하기 위해 그쪽으로 향했다.

취기는 없지만 몸은 신호를 하는 법인지라 그는 조금 급하게 바지 버클을 풀어내며 변기 앞에 섰다. 막 몸을 조금 더 변기 속에 밀착시키고 배설을 시작할 무렵.

덜컹하고 문 열리는 소리와 함께 그의 뒤쪽으로 무언가가 강하게 밀쳐졌다.

제, 기랄.

나오던 것이 쏙, 들어가는 충격이었으나 애석하게도 이미 조금 나온 노폐물이 본래의 궤도를 벗어나 옆으로 튀기고 말았다.

"이런 씨."

튀어나온 거친 말 속에 차마 몸은 돌리지 못하고 고개만 뒤로 겨우 돌리자 거기엔 커다란 쓰레기봉투를 들고서 등을 맞댄 사람이 있었다. 키 차이 덕분에 고개를 위로 올리고 거꾸로 보고 있는 사람, 그러니까 여자는 적잖이 놀랐는지 눈을 크게 뜨고 있었다.

"죄, 죄송합니다! 진짜 죄송……!"

황급히 나오는 사과의 말에 재희는 가만히 섰다가 손을 들어 올렸다.

"묻었다."

"합니……."

화장실 칸에서 쓰레기를 들고 나오느라 뒤도 확인하지 못하고 그대로 부딪힌 모양이다. 그 바람에 쓸데없는 노폐물이 묻어 버렸고 그의 성질이라면 당연히 악마마냥 뿔이 돋아 으르렁댄다 해도 모자람이 없었다. 그러나 눈이 마주친 순간, 차마 화조차 낼 수 없게 만드는 까만 눈에 또다시 그가 담겨 있었다.

"묻었다고."

그렇다고 친절한 것도 아니지만 규현이 보았다면 제 상관이 관대해졌다며 감탄할 수준인 것임은 확실하다.

재희의 마음이야 어떻게 되었든 간에 그의 시선을 본의 아니게 앗아갔던 서버, 수연은 아르바이트 마지막 날에 벌어진 똥 밟은 상황에 속을 뒤집으며 연거푸 사과를 시작했다. 사장님에게 대놓고 반

말을 찍찍 뱉어대던 싹수없는 풍모 하며 거만한 태도를 보았을 때 어쩌면 정말 뭐 같은 상황이 벌어질지도 모를 일이었다.

사람은 술에 취하면 별것 아닌 일에도 격분을 하곤 한다. 재희가 취했는지 안 취했는지도 모르는 일이지만 어쨌든 방금 전까지 독한 코냑을 거의 비워낸 것을 본 수연은 이 상황을 빠져나가기 위해 재빨리 움직였다.

"정말 죄송합니다! 많이 묻으셨나요?"

본래 얌전히 술에 취한 사람에게 과하게 반응하면 더 얌전해지기 마련이다. 취하지 않고서야 손에 묻었다고 말할 사람은 없지 않은가. 물론 미안함은 진심이었다. 뒤를 보지 않고 무작정 나선 것은 분명 잘못이니까.

재희를 술 취한 취객으로 생각한 수연은 마지막 날을 아름답게 마무리하기 위해서 덥석 그의 손을 잡았다.

"여기, 여긴가요? 여긴가?"

팔 깃을 당겨 옷자락 끝으로 큰 손을 여기저기 닦으면서도 수연은 사과를 이어 갔다.

이곳저곳 손가락 끝까지 싹싹 닦아낸 그녀는 지겹도록 많이 했지만 다시금 사과를 하기 위해서 재희의 손에서 제 손을 뗐다. 그러나 수연의 손이 떨어지기도 전에 크고 단단한 손이 그녀의 손가락을 강하게 쥐었다.

아플 만큼 세게 쥐고 당겨 놀란 수연이 반사적으로 몸을 뒤로 빼자 재희의 새까맣고 날카로운 눈동자가 그녀를 가득 담았다.

"나를."

꿀꺽.

심장이 쿵쾅쿵쾅 갈비뼈를 두 동강 낼 듯 뛰었다. 설렘이 아니라 겁을 집어먹었다. 이러나 뺨이라도 한 대 맞는 것은 아닌지 긴장한 그녀에게 재희는 낮고 매혹적인 목소리로 속삭였다.

"날 이렇게 대한 건 네가 처음이야."

"……."

"이름이 뭐지?"

지금은 새천년에 들어서고도 십 년도 더 지났다. 단숨에 시간을 회귀해 세기말로 돌려놓은 듯한 대사에 수연의 얼굴이 정말 '꾸깃' 하고 구겨졌다. 대하긴 뭘 대해. 자신이야말로 이런 상황에 직면한 것은 처음이다.

낯 뜨거워 1999년도에도 저런 말은 안 했겠다.

"저, 저기 잠시만요. 이 손 좀 놓고."

"이름."

"아니요, 그러니까 우선 놓고요."

정말 취했나 봐!

당황함에 어쩔 줄 모르며 손을 비틀었지만 얼마나 세게 잡았는지 하얗게 질린 그녀의 손은 빠지질 않았다. 한층 더 겁이 나 입술을 꼭 깨물며 젖 먹던 힘까지 짜내 막 온 힘을 주려던 찰나 거짓말처럼 손이 풀렸다. 반동에 의해 휘청거리는 그녀를 제대로 세워 준 것도 그다.

허리를 팔로 감싸고 제 쪽으로 당겨 당당히 살피는 무례함이었다. 숨이 오가는 거리가 지나치게 짧아 심장 뛰는 소리마저 들릴 것 같은 긴장감 속에 달카닥, 문소리가 들렸다.

마침 화장실 앞으로 온 규현이 그들의 모습에 황급히 자리를 피하고 재희는 손목에 있는 시계를 보곤 말했다.

"다음에 다시 오지."

허망하게 풀린 손은 여전히 저릿저릿했다. 피가 통하지 않았다가 급히 순환이 되어 버린 바람에 따끔거리기까지 한 손은 생각보다 오래 이어졌다.

짧은 말을 남기고 미련 없이 화장실을 떠나는 재희의 뒷모습에 괜히 화가 오른 수연은 눈을 찌푸리다가 '헉' 하고 바람을 들이켰다.

"손도 안 씻고 나갔잖아."

그렇다. 그는 손도 제대로 씻지 않고 나간 거다. 노폐물이 묻은 그 손을 말이다.

"다음에 다시 오지? 웃기네. 난 오늘로 여기 좋이거든?"

있는 대로 폼을 잡아 놓고 나간 재희를 자근자근 씹어 놓고 바닥에 쓰러진 쓰레기봉투를 주섬주섬 세우던 수연은 이내 우뚝 멈추며 눈을 감았다 떴다. 좁은 화장실에, 그것도 남자 화장실에서 남들이 뒤처리한 것들이 가득 품은 쓰레기봉투.

따끔.

"아우."

속이 쓰려 왔다. 요즈음 들어 통증이 심해졌다. 먹어도 신물이 올라오고 내장이 꼬이는 듯한 쓰림에 현기증까지 날 지경이었다.

"후."

새삼스럽게 현실이 따갑게 다가온다. 다음을 기약하자던 입에 침 바른 전자음, 귀에 박히도록 들었던 차가운 말. 성큼성큼 다가온 현실의 무게에 아직 제대로 편 적 없는 어깨가 점점 더 좁혀져 왔다.

다음에 보자고 해놓고 제대로 본 사람, 지금까지 한 번 못 봤다.

손이 더러운 게 대수랴. 커다란 쓰레기봉투 안고 움직이는 것이 더 더럽지. 누구는 한 병에 어지간한 회사원 한 달 월급 하는 술을 혼자 비워내고 누구는 이력서만 죽자 살자 쓰다 헛물만 켜대고 있다. 세상이 불공평한 것을 모르는 건 아니었지만 그래도 씁쓸해진다.

"날고 싶다."

비유를 하는 것이 아니라 진심으로 어딘가로 날아가고 싶다. 훨훨. 이 묵은 시간을 털어내고 날개를 가지고 그렇게 날아 보고 싶다.

더 묵혀서 무얼 할까.

수연은 씩 웃으며 씩씩하게 주변을 정리했다. 무슨 일이든 열심히 하다 보면 무엇이든 될 것이다. 언젠가는 꼭, 반드시.

"약은 하루 세 번 복용하시고요, 술이나 기름진 음식은 되도록 삼가도록 하세요."

의사에게 들었던 말을 이번엔 간호사에게 들으며 고개를 끄덕인 수연은 길게 한숨을 내쉬었다. 병원에서 처방받은 약과 처방전을 쥐고 병원을 나선 그녀는 가슴 아래를 쓸며 쓴 물을 삼켰다.

"위궤양이 뭐냐, 위궤양이."

이십 년 가까이 논밭에서 자란 농부의 딸이 고작 면접 좀 떨어졌다고 위에 구멍이나 뚫리고. 창피하다, 창피해.

자신만만하게 합격을 자부했던 면접에서 탈락하고 석 달이 지났다. 그녀는 일주일간 바(Bar)에서 아르바이트도 했고 아침에 우유 배달도 했으며 궂은일 마다치 않고 청소 일도 시작했다.

누군가는 하찮다고, 3D업종이라고도 할 수 있지만 수연은 조금 다르게 생각했다. 다른 사람의 더러운 부분을 다시 깨끗하게 만들어 주는 것, 그렇게 몸을 움직이고 있노라면 조금이나마 세상에 쓸모 있어지는 기분이 들었다. 그녀에게 필요한 것은 자존감이었다. 매번 낙방하는 면접으로 한없이 깔린 자신감을 다시 올리기 위한 수단. 남들에겐 괴짜 같다고 들을지 모르지만 수연은 만족스러웠다.

그러나 결과는 다시 낙방.

청소 일이 쉬워지고 아침에 일어나 우유를 돌리는 것이 익숙해지는 만큼 쓰라린 고배에도 익숙해지면 좋으련만 결국 그녀의 위에 구멍이 나 버렸다. 석 달 만에 다시 기세 좋게 이력서를 넣었던 곳에서 또 '다음 기회에'라는 소리만 받았으니 속이 화가 났나 보다.

"잔인도 하시지."

몇 달 전부터 속이 쓰려도 그러려니 하고 넘어갔던 것이 화근이었다. 쓴 속은 위험을 알리고 있었고 아닌 척해도 조바심이 나서 애써 무시했다. 다른 사람들은 모두 앞서 나가는데 혼자서만 멈춰 버린 듯한 자괴감은 생각 이상으로 컸고 수연은 순수하게 슬퍼한다는 것이 무엇인지 깨달았다.

"괜찮아."

짝, 하고 뺨을 치며 숨을 크게 마셨지만 결국은 어깨를 잔뜩 늘어뜨리고 걸었다.

수연이 청소 일을 하고 있는 곳은 도심 중심부에 위치한 10층짜리 건물이었다. 산처럼 높은 빌딩들 사이에서 유독 작은 건물은 아름답기로 유명한 외관에 정원이 두 개나 있는 건물로 그중 하나는 빌딩 꼭대기의 옥상정원이었고 또 하나는 4층에 있는 간이정원이었다.

어쨌거나 그 건물을 일터로 삼고 있는 수연은 경비실과 바로 통하는 옆문으로 들어섰다. 그녀는 털털한 성격으로 깐깐한 경비원들과도 곧잘 어울려서 나이 많은 분들의 틈에서 단연 귀염둥이였다.

"수연 씨 왔네, 우리 수연 씨한테 물어보자고."

"그래! 물어봐!"

평소에 그랬듯 남는 시간에 짬짬이 하시던 바둑에 문제가 생긴 모양이시다. 그때마다 신구 선생님 못지않게 완벽한 판결을 내려 주는 것이 수연이었고 오늘도 어김없이 도착한 그녀를 보며 서로의 불평을 터트렸다. 평소라면 호쾌하게 웃으며 명쾌한 해답을 내려 주었을 수연은 축 처진 상태로 다가와 가늘게 웃었다.

"딱 봐도 홍 아저씨가 차를 여기로 옮기신 것 같네. 그렇죠?"

"어?"

"여기, 원래 홍 아저씨는 차를 초반에 써 버려서 잡아먹히잖아요. 근데 오늘은 여기 얌전히 있네."

답을 내려 주었으니 으레 그러하듯 아옹다옹 싸울 만도 하건만 홍 아저씨와 김 아저씨는 걱정스러운 눈으로 수연을 바라보았다. 그녀의 안색이 파리한 것이 평소와는 달라도 아주 많이 달랐다.

"무슨 일 있어, 수연 씨?"

"그래. 안색이 영 안 좋아."

걸걸한 목소리로 다가오는 아저씨의 모습에 수연을 왈칵 눈물이 나올 것 같았다. 부모님이 걱정하실까 연락도 못 드렸고 여전히 속은 아팠다. 크지는 않지만 몸속에 구멍이 난 것은 무서운 일이다. 모은 돈도 부족한데 몸까지 아프고 거기다 심기일전해서 다시 본 면접은 주르륵 미끄러졌다.

"아이고, 단단히 속이 아픈가 보네. 울겠어."

누군가의 걱정은 이따금 단단하게 다잡았던 마음까지 함께 동요시키곤 한다. 수연은 애써 시큰거리는 눈을 막으며 고개를 저었다. 설움이 깃든 우울한 표정에 시답잖은 바둑으로 티격태격하던 두 경비원은 잠시 서로 눈빛을 교환하다가 고개를 끄덕였다.

"이거 참, 알려 주면 안 되는 건데."

"……네?"

"김 씨, 가서 가져와."

홍 아저씨의 말에 서둘러 작은 냉장고로 달려간 김 아저씨는 그들밖에 없는 휴게실을 이리저리 둘러보다가 검은 봉지로 둘둘 말아 놓은 무언가를 꺼내왔다. 그리고 주머니에서 주섬주섬 열쇠꾸러미를 건네주었다.

"이게 뭐예요?"

"그냥 아무 말 말고 받아. 여기 4층에 작은 옥상정원 알지? 거기 쪽문 열쇠야. 요즘 거기 한창 공사 중이라 사람이 안 와서 잠깐 있을 만하니까 가서 속 좀 풀고 와."

"이거야 원 얼굴에 나 죽었소, 하고 있으니 수연 씨답지 않잖아."

조금은 철이 없어 보이고 조금은 괴팍한 어르신들이지만 그래도 연륜은 무시할 수 없는 법이었다. 몸이 아픈 것은 물론 마음속에 응어리져 구멍 난 가슴까지 순식간에 알아채 버렸으니까.

딱 봐도 봉지 안에 든 것이 무엇인지 알 것 같았다. 조금씩 마시고 봉지 안에 남겨 놓은 일탈의 흔적. 한국인이 속상할 때 곧잘 마시는 기적의 초록 병 말이다.

"딱 수연 씨만 알고 있어."

"아니요, 아니에요. 저 일도 해야 하고……."

일할 시간이 30분도 남지 않았는데 술병 쥐고 옥상을 가라는 말이 무어냐. 당황하며 거절하는 그녀에게 홍 아저씨가 진지하게 말했다.

"거기서 한잔 기울이면 묵은 때 싹 쓸려나가. 많이 마시지 말고 밖에도 보고 바람도 맞으면서 있어. 얼마나 시원한데."

장담한다는 듯 엄지까지 척 세워 주시는 홍 아저씨의 말에 수연은 어찌할 바를 몰랐다. 사실 술 생각이 나긴 했다. 지금이 한낮이고 일할 시간이 얼마 남지 않았음에도, 몸이 안 좋음에도, 그래도 술 생각이 났다.

"술 좋아하잖아, 수연 씨."

그렇다.

수연은 술을 꽤 좋아하는 편이었다. 잔뜩 취해서 돌아다니는 것보다 그 분위기를 좋아했고 어릴 적 아버지를 도와 농사일을 하면서 그와 함께 도란도란 넘겨받던 막걸리부터 술맛을 아는 여자였다. 뭐, 다수의 사람들은 무슨 여자가 술을 좋아하냐며 핀잔을 주기도 했지만 그래도 적당한 취기는 즐겁다.

"가서 딱 한 잔만 하고 와. 더도 덜도 말고. 옥상에서 뻘짓하면 큰일 나."

"하, 하지만."

"얼른! 그리고 웃어. 수연 씨답지 않아서 우리가 다 서운해."

차마 뿌리칠 수 없는 유혹이었다. 한잔하고 싶은 마음과 연거푸 권유하는 손짓, 그리고 훌훌 털고 다시 일어서고 싶은 마음까지. 고

단함에 지친 심신을 소주 한 잔으로 보내고 여느 때처럼 웃고 싶었다. 지수연, 지수연처럼. 지수연이 늘 그러하듯.

"그럼 따악, 한 잔만."

유혹에 약한 지수연답게.

참 그녀답게.

"왜! 나는 왜! 나는 왜 안 뽑아 주는 건데! 뽑기 하냐! 뽑으니까 꽝이라 버리는 거냐고!"

취해 버렸다.

몸이 좋지 않다는 것이 원인이었다. 딱 한 잔만을 연호하던 수연은 그 한 잔에 감정이 흔들렸고 낮은 옥상 아래 펼쳐진 수많은 자동차들을 보며 다시 한 잔을 마셨고 평소와 다르게 불과 두 잔 만에 그녀의 정신줄은 아주 가늘어지고 말았다.

"나도 잘할 수 있단 말이야!"

억울함이 뒤섞여 한껏 외쳐도 넓은 도로를 다니는 차들의 소음에 먹혀들어 갔다. 어차피 너 따위 별것 아니라는 양 수연의 목소리를 전부 먹어치운다.

뭐든 시켜 주면 잘할 수 있는데 어째서 기회조차 주지 않는 건가. 하늘의 탓인지 사람의 탓인지 아니면 그녀의 탓인지 꾹꾹 눌렀던 설움이 터져 나왔다. 애석하게도 그녀가 올라온 이 정원도 반쪽짜리였다. 꼭대기가 아니라 건물 중간에 박힌 그런 반쪽짜리. 돈 많고 태생부터 잘난 이 빌딩의 주인은 저 위로 더 뻗어 있었다.

그럼에도 와아! 하고 소리를 질러도 좋은 곳. 어째서 아저씨들이 이곳을 알려 주었는지 알 것 같았고 이곳을 알려 줄 만큼 얼굴에 티가 난 것에도 씁쓸해졌다. 여러모로 한계점이었다. 하지만 그 한계를 넘었을 땐 다시 내리막이다. 시원한 바람으로 가득한 힘찬 달림, 힘겹고 힘겹게 정상에 올라간 뒤 내려오는 그런 짜릿함.

촌스럽고 유치할지도 모르지만 날개만 있다면 진심으로 날아가고 싶다.

날고 싶다.

"할 수 있다!"

고통스러워하는 것도 하나의 단편일 것이다. 수연은 제 젊음을 알고 있었고 난간을 잡고 몸을 올리며 오늘따라 유난히 밝은 하늘을 향해 웃었다. 울고 싶을 땐 더더욱 크게 웃는 것. 그녀가 가진 가장 크고 고귀한 능력이었고 수연은 두 팔을 활짝 펴며 외쳤다.

"지수연, 할 수 있다!"

낮은 난간 아래로 보이는 차들의 물결, 그 아래의 나무들과 잔디들…… 그리고 많은 사람들을 보며 기운이 솟았다. 비록 여전히 상황은 같았지만 묘한 살아 있음을 느끼고 있었다.

좀 더, 한 걸음 더.

걷기 위해 움직였으니 이제 한 걸음이면.

[다음에 다시 오지.]

마지막 한 걸음을 막 낮은 난간에 올린 순간이었다. 거짓말처럼 스친 목소리에 흠칫, 하고 수연의 눈이 흔들렸다. 아무런 생각도 하지 않았고 지난 석 달 동안 한 번도 생각나지 않았던 사람이다. 잊었다고 생각했던 그 남자의 목소리가 갑작스레 바로 귓가에서 들려왔고 그녀의 몸이 크게 휘청거렸다. 힘을 너무 준 듯 난간을 붙잡고 있던 손이 저릿저릿했다.

술이 제법 강하기 때문에 거의 처음이나 다름없는 진한 취기. 반짝 빛을 발하며 파도처럼 바다처럼 유동하며 움직이는 도로 위 차체의 반짝임에 눈이 부셨다. 그 취기를 더한 알 수 없는 홀가분함이 난간으로 보이는 아름다운 하늘에 숨을 크게 들이쉬는 그때 폐부를 찌르는 고통이 날아들었다. 아직 낫지 않은 위장에 들이부은 술에 의해 내장이 요동치고 울컥 몸이 기울었다.

거짓말처럼 필름이 끊겼다. 제 몸이 허공을 향해 떨어지는 것도 인지하지 못하고서.

그의 앞으로 서류 한 장이 다소곳이 내려앉았다. 힐끔, 윤정의 눈치를 보는 비서는 안중에도 없는지 재희는 심드렁하니 숨을 내쉬었다. 이 서류는 지난주 그가 규현을 시켜 보냈던 파혼 장이었다.

3년간 이어진 약혼 관계의 종말.

윤정은 대차게 손을 들어 올려 재희의 뺨으로 날렸다.

당연하겠지만 담배를 입에 문 재희는 조금의 놀라운 기색도 없이 그녀의 손을 막으며 간단하게 쳐냈다. 그리고 서류에 담배 끝을 지져내곤 자리에서 일어나 재킷을 집어 들었다. 검은 슈트의 묘한 광택이 조명을 받아 빛을 냈고 그와 함께 차가운 눈동자는 담담하게 윤정을 향했다.

"내 잘못이던가."

"아니지. 하지만 달랑 이걸 받고 끝내기엔 내가 너무 억울해서."

"아쉽군. 내 잘못이면 용서를 빌고 제대로 끝냈으면 했는데."

어차피 서로 간에 애정은 없었지만 자존심이라는 것은 있었다. 파혼을 당하는 것보다는 약혼을 이어 가는 것이, 그것도 안 된다면 차라리 먼저 파혼 얘기를 꺼내는 게 나으니까.

지독하게 형식적인 말을 뱉듯 하는 어투와 함께 시계를 내려다본 재희는 다소 시간이 지체되었다는 것을 마음에 들어 하지 않으며 재킷을 마저 입었다. 검은 의자 곁에서 두 주먹을 불끈 쥐고 있는 윤정이 호흡곤란이라도 일으킬 것처럼 격하게 숨을 몰아쉬었다. 결국 발악하듯 소리를 지르며 결 좋은 흑단으로 조각된 조각품을 집어 들어 냅다 던져 버린다.

쾅, 창!

흑단으로 만들어진 작은 조각품은 다행히 망가지거나 부서지지는 않았지만 그로 인한 피해로 책상 바로 앞에 자리했던 장식용 테이블의 다리에 절묘하게 맞았다.

"그나마 나라서 그쪽한테 겨우 맞춰 준 걸 몰라?"

단숨에 반으로 갈리고 나비 비늘처럼 여러 줄기로 길을 터 낸 금은 기이학적인 무늬 같았다. 재희는 무심하게 문을 열고 서 있는 김 비서를 향해 말했다.

"치워."

짧은 말을 남기며 그는 지금껏 아끼던 말을 풀어놓았다.

"누가 누굴 맞춰. 감히, 네가?"

오만불손한 말 속에 담긴 것이 진심이란 것을 읽어낸 윤정은 다시 이를 갈았다. 애초에 나쁜 놈이라는 것을 모르는 건 아니었지만 새삼 깨닫게 된다. 빌어먹을 자식.

그녀와 재희는 서로 목적이 있기에 만난 부류였다. 각자가 선택한 것도 아니고 으레 그러하듯 어른들의 일방적인 통보 아래 유지했던 지극히 대외적인 관계. 치를 떨며 노려보는 윤정을 두고 사무실을 나와 차에 올라타면서도 그는 아무런 말이 없었다.

"상무님."

"아아."

묻기도 전에 나온 말에 꿀 먹은 벙어리처럼 입이 다물렸다. 조용히 하라는 일종의 암묵적인 대답이었기 때문에 김 비서는 그저 가만히 그를 한 번 부르고 입을 다물 수밖에 없었다.

냉철하고 사람 잡을 듯 매서운 눈동자가 번뜩였다.

명예는 물론 남부럽지 않은 재력까지 가진 그는 분명 대한민국 상위 1%였다.

그렇기 때문에 오만하고 자기중심적이고 빈틈이 없다.

실타래처럼 흐트러지는 머리카락 사이로 미지근한 눈빛이 가득히 흔들렸다. 항상 그래 왔지만 참 재미없는 생활의 연속이어서 지나가는 빌딩들도 시들하고 날이 밝음에도 잘났다고 번쩍이는 네온사인도 마음에 들지 않았다.

"지난번 검사 때도 술은 자제하시는 게 좋다고 주치의 선생님께서도 말씀하셨잖습니까."

어느새 3분의 1은 비워낸 위스키를 보지도 않고 알아차린 김 비서가 다소 추궁하듯 말해 주자 재희는 피식 의미 없이 웃으며 병을 흔들었다. 하루에 반병 정도. 3년 정도 전에는 반 잔 정도면 충분했던 것이 시간이 지날수록 양이 늘어 이제는 하루에 석 잔 정도가 되었다. 그에게 술이란 신경안정제와도 같아서 주치의도 어느 정도 허용해 주고 있지만 시간이 흐른 만큼 중독처럼 양이 늘어났다.

"요즘 과음하시는 것 같습니다."

요즘이 아니라 벌써 석 달쯤 된 일이다. 정확히 말해서 석 달 전 우연히 어느 바(Bar)에 들렀던 날부터.

이따금, 아니 매일 매시간 매초 떠오른다.

별것도 없고 특별하지도 않은 주제에 자꾸만 뇌리에 박혀 나오지 않는 그 여자.

차라리 다시 찾아갔을 때 봤다면 쉽게 잊었을지도 모른다. 그러나 그녀는 없었고 지난 시간 동안 재희는 그 여자를 찾지 못했다.

너무도 주위와 사물에 무심해서 오히려 아무것도 하지 못하고 있을 때엔 극심한 공포증을 느끼고 말아 마시는 술이 조금이나마 그 여자를 잊게 해 주길 바랐다. 무엇이라도 해야 하기 때문에 담배를 피우고 술을 마시고 일을 한다. 공황장애를 겪는 그에게 위스키는 링거의 포도당 같은 역할을 해 주기 때문에 만류하는 김 비서의 목소리에도 간절함은 없었다.

"괜찮으십니까."

"그래."

설상가상 알코올이 전혀 듣지 않는지라 독한 위스키를 하루 종일 몇 모금씩 물고 다님에도 얼굴색 하나 변하지 않는다. 그 때문에 무턱대고 술을 들이켜던 한때엔 알코올 중독까지 인접하기도 했었다. 지금은 스스로 자제하는 듯하지만 그래도 하루 위스키 반병은 걱정을 유발했다.

"아가씨 그대로 두셔도 되겠습니까?"

뭔가를 우려하듯 물어오는 그 말에 재희는 피식 핏기 없는 웃음을 지으며 대꾸했다.

"제가 생각이 있으면 어디 가서 말 못하겠지."

여자는 애정을 갈구한다. 또 사랑을 원한다.

육체가 아닌 정신적이고 고차원적인 애정을 요구하면서 아마도 차츰 삐딱선을 탔을지도 모른다. 대외적인 약혼관계의 종지부를 찍게끔 만든 것은 윤정이었다. 만나던 남자들을 기자에게 들킨 것도, 뒷수습도 제대로 못 해 결국 한차례 뜨거운 감자가 되어 버려 재희는 술자리에서 씹히는 오징어만도 못한 존재가 되었다.

"줄 사람은 따로 있는데."

스스로 말하고도 우습기 그지없는 말이다. 종적조차 알 수 없는 여자에게 뭘 바란단 말인가.

날카롭게 오는 눈동자에 김 비서는 백미러를 보던 시선을 돌려 정면으로 옮겼다. 이 이상의 발언은 결코 허락하지 않으실 분이다. 남모르게 한숨을 쉬며 운전대를 꺾으며 속도를 조금 낮춘 김 비서는 평일 낮임에도 기이하게 막히는 길에 고개를 갸웃거렸다. 속도를 낮추다 결국엔 기어가다시피, 지나가는 사람들보다도 속도가 느려졌을 즈음엔 서류의 마지막 장까지 넘긴 재희도 약간의 관심을 보였다.

꽉 막힌 도로의 멀리, 하지만 아주 먼 곳은 아닌 듯 제법 확실하게 사이렌 소리가 들려왔다. 위스키를 내리고 담배를 꺼내 입에 문 그가 불을 붙이며 창문을 열었다. 시끄러운 소리가 연신 들리고 사람들의 웅성거림이 차가 움직일수록 더욱 짙어졌다.

"사고가 있는 것 같습니다."

모퉁이를 돌아 조금 더 시내로 들어서면서 교통은 그야말로 명절 날의 고속도로만큼이나 막혀 있었고 시계를 보는 재희의 이맛살에 는 주름이 잡혀 있었다.

목적지가 코앞인데 더 나아가질 못하다니. 시간이 지체되는 것은 좋아하지 않는다. 긴 다리를 꼬아도 충분할 만큼 큰 대형 승용차 안 에서 다리 방향을 바꾸어 포갠 재희는 창틀에 팔을 올리고 담배 연 기를 뿜어내었다.

그때 이채가 검은 동공을 스치며 퍼져 나갔다. 이어 맑은 연갈색 의 위스키를 다시 한 모금 마시며 창밖을 본 그는 아주 오랜만에 먼 저 입을 열었다.

반짝, 밤도 아닌 하늘에서 무언가 화려하게 빛을 뿜었다.

"빛이 떨어지는군."

빛?

"……."

이해할 수 없는 말이었다. 검게 가려진 창문으로 바깥을 응시하 며 중얼거리는 모습은 무던히도 심오했다. 김 비서는 그저 모르는 척 기어를 움직이며 조금 더 차의 속력을 올리고 싶은 듯 손가락만 움직였다.

그때 사람들의 비명소리가 찢어지게 울렸다.

*

친히 귀한 발걸음을 옮기며 현장으로 향한 재희는 그로서도 처음 보는 광경에 눈썹을 조금 들어 올렸다. 울음을 터트리는 여자도 있었고 눈을 찌푸리며 고개를 돌리는 사람들도 있었다. 그 가운데 재희는 먹빛의 정장을 드러내며 바리케이트가 쳐진 현장까지 휘적휘적 걸어갔다.

"죽었어?"

누군가가 그렇게 말했고 재희는 눈을 조금 가늘게 뜨며 입에 걸린 담배를 잡아 내렸다. 웅성거림이 더더욱 커진다.

"자살인가."

재희가 보았던, 그리 높지 않지만 빽빽하니 길고 특색 없는 빌딩 가운데 상당히 독특하게도 아름다운 문양을 지닌 저층 빌딩의 옥상에서 뛰어내리던 인영은 그의 걸음으로 약 열 걸음 정도의 거리에 있다. 상당히 드물게도 재희는 지금 이 상황에 엄청난 관심을 보이고 있었고 낯선 상황임에도 김 비서는 굳건히 그의 뒤를 지키며 시선을 바리케이트 안으로 향했다.

유아독존, 독불장군 행동은 거침이 없었다. 재희는 자신의 앞을 막은 노란 띠(Police line)를 단숨에 잡아 끌어올려 안으로 들어갔다. 자세를 잡으며 길목을 막던 경찰들이 놀라 그를 막아섰지만 재희는 시린 눈을 지으며 김 비서에게 손짓했다. 눈치 좋게 다가온 김 비서가 지갑을 꺼내 명함을 내밀며 입을 열었다.

"서문빌딩의 소유주이신 강재희 상무님이십니다."

자살기도를 한 사람이 뛰어내린, 특색 있는 건물의 이름이 서문빌딩이라는 것을 경찰도 알고 있었다. 건네준 명함에 찍힌 로고와 슬로건들을 빠르게 읽어낸 경찰은 이 남자가 꽤 여러 번 신문 헤드라인을 장식하기도 했던 유명한 재력가라는 것 역시 알 수 있었다.

어찌 되었든 그 소유의 빌딩에서 벌어진 일이기 때문에 관계가 없다 할 수 없었기에 경찰은 그들을 들여보내 주었다. 하지만 이미 재희는 김 비서가 명함을 내밂과 동시에 앞으로 걸어가고 있었다.

근처까지 도달한 재희는 김 비서가 여기저기 설명하느라 바쁜 것을 무시하며 구급대원이 몰려 있는 한곳으로 시선을 주었다.

구급차로 실려 가는 당사자는 비교적 말끔했다. 재희는 어느덧 발작하듯 뛰는 심장에 손을 가슴으로 올렸다. 고삐 풀린 망아지처럼 날뛴다. 허전하기만 했던 왼쪽 한편이 소리를 치고 있었고 이내 명함 뿌리기에 여념 없는 김 비서에게 말했다.

"시동 걸어."

무서울 정도로 즐거워 보이는 미소인지라 김 비서는 순간 오싹해지는 몸에 침을 삼키며 빠르게 몸을 돌렸다.

뭔가 가슴이 뛴다. 세게, 힘차게.

달리는 검은색 고급 외제 승용차의 뒷좌석에 앉아 다리를 꼬고서 창밖을 보는 날카로운 콧대와 그 아래 도톰하니 붉은 입술에서 자그마한 음률이 흘러나왔다. 저 속 알 수 없이 비비 꼬인 사람이 기분이 아주 좋아 보인다.

냉큼 휘어지고 올라간 입꼬리가 살벌하리만큼 무서워서 무표정으로 일관하던 김 비서가 침을 꼴깍 넘겼다. 응급차가 두 대쯤 지나간 것 같다. 백미러로 보이는 그는 어딘가 혈기왕성한 소년처럼 눈에 이채를 만들어 내었다.

"직접 들어가시겠습니까?"

"그래."

병원에 도착하자마자 차에서 벗어난 재희는 하얀 병동과는 이질적으로 검게 보이는 자신을 훑다가 다급하게 움직이는 응급실을 향했다. 재희의 걸음이 조금 더 빨라졌고 곧 단정한 차림을 한 안경을 쓴 간호사의 팔을 강하게 잡았다. 다소 놀란 얼굴을 하던 간호사는 빠르게 본래의 소신을 드러내며 입을 열었다.

"무슨 일이시죠?"

"방금 자살기도를 해서 들어온 환자 어디 있습니까?"

매끄러운 목소리로 물어오는 그에게 간호사는 잠시 머리를 굴려 생각하다가 오래지 않아 병원을 소란스럽게 했던 무리를 떠올렸다.

경찰들을 대동한 그 환자는 산소 호흡기를 달고 있었지만 민감하게 사람의 움직임을 캐치해 내는 간호사로서 환자의 가슴이 무척이나 온전하게 움직였던 것을 보았다.

"혹시 보호자신가요? 지금 응급처치 중인지라 잠시 기다려 주셔야 할 것 같습니다만."

재희는 힘겨울 만큼 거세게 뛰는 심장에 손을 올리며 혀로 마른 입술을 축였다. 뜨거운 감각, 차디찬 온기…… 터질 듯 거센 가슴. 꽤 오랜 시간이 지났을 무렵 간호사는 그를 인도했다.

다급한 상태는 아닌 것 같았지만 일단 자살이라는 극단적인 시도를 했다는 것 자체가 뒤틀림이 있다는 사실이 있다. 더욱이 그 장소가 서문빌딩 옥상이었다는 사실도 한몫하고 있었다.

다시 30분쯤이 지났을 무렵 간호사를 보고 경찰들은 재희를 온갖 기계가 묶인 좁은 병실로 들여보냈다.

"가족분?"

혹시 유명인사의 배다른 동생? 하는 미묘한 가십거리를 떠올리는 간호사의 물음이 허공으로 흩어진다.

　재희는 문 닫힌 이 좁은 밀폐된 공간의 숨이 달다고 느꼈다.

　가까이 다가갈수록 명확해진다. 이미 오래전부터 알아챈 가슴이
그를 이곳까지 인도한 것이다. 이곳으로 오라고, 그리하면 네가 원
했던 것을 찾을 수 있다고.

　"이렇게 대한 건 네가 처음이라고…… 말했던가?"

　찾았다.

　빌어먹을, 이렇게 찾게 될 줄이야.

　차분히 침대로 다가가 링거를 꽂고 산소 호흡기를 달고 심박을
세는 기계에 맞춰 벌어진 옷 사이로 보이는 쇄골에 눈을 주며 고개
를 올렸다. 단정하게 잘린 머리카락이 하얀 베개에 흩어져 있고 자
잘한 생채기에 바른 약품들과 반창고들 틈에서 오롯하게 빛나는 귀
여운 입술이 보였다.

　재희는 '흐음' 하고 눈을 가늘게 떴다. 심장이 두방망이질 친다.
숨 쉬는 것조차 허락하지 않겠다는 양 거세게.

　심장을 빼앗긴 것처럼.

*

　"4층 높이 빌딩에서 떨어졌다고는 도무지 믿기지 않을 정도로 부
상이 경미하다고 합니다. 아, 오른쪽 다리가 부러지긴 했습니다만.
조경을 위해 건물 외부에 설치한 나무들과 덤불에 떨어져 큰 부상
을 면한 것 같습니다."

　김 비서는 그 길고 길었던 보험 및 의료상태 등등을 겨우 몇 줄

로 요약해서 읽어내고 잠시 재희의 눈치를 살폈다. 그리고 다리를 꼬고 앉아 서류철을 뒤집어 보는 그에게 다시 자세한 설명을 해 주었다.

"열쇠를 가지고 관계자가 출입하는 쪽문으로 들어선 것 같습니다. 지문도 채취되었고 더불어 주변에 있던 술병과 검사결과로 알 수 있듯 환자분이 만취상태였다는 것도……."

"술병? 만, 뭐?"

만취라니, 만취라니.

그 별처럼 떨어지는 영롱한 행위가 고작 술주정에 의해 나타난 것이란 말인가.

이 이상의 말을 듣는 것은 시간 낭비라는 듯 재희의 손이 허공을 갈랐다.

김 비서는 가만히 입을 다물며 재희의 행태를 숨죽여 지켜보았다.

공과 사는 구분해야 하는 법이다. 그녀가 아무리 자신이 그토록 찾던 여자라 하더라도.

이 사건으로 인해서 서문그룹의 이미지가 손상되었음은 물론이거니와 뒷말 좋아하는 사람들은 자살을 시도한 당사자가 서문 측과 어떤 연관이 있기 때문이라며 수군거리기까지 했다.

"열쇠는 또 뭐야."

서문빌딩의 출입구는 로비 앞 중앙에 위치한 정문 하나였다. 디자인 때문에 뒷문은 화재나 재해 시 자동으로 셔터가 올라가는 비상구 서너 곳을 빼고는 다른 문은 없었다. 당연히 빌딩 내부로 들어서기 위해서는 정문을 통과했어야 할 거다.

불편한 안색을 드러내며 물어오는 그에게 김 비서가 마치 해명이라도 하는 듯 입을 열었다.

"약 3개월 정도 청소부로 일해 경비원들과 안면이 있던 것 같습니다. 그래서 열쇠를 손에 넣을 수 있었고요."

"경비직원들에게도 사고를 알렸나?"

"본인들끼리 짐작을 하는 것 같았습니다만, 관계자일 경우 괜한 구설이 흐를 수도 있기 때문에 무단 침입한 노숙자라고 말해 놓았습니다."

이것이든 저것이든 황당무계한 소리다.

그렇게 죽자고 찾았고 결국 찾지 못해 사람 술을 푸게 만든 여자가 같은 빌딩에서 일을 하고 있었다는 거다. 허망했다. 그 여자가 바로 곁에 있었다고 말하고 있다.

그녀가 강재희의 옆에서. 조금만 돌아보았으면 보였을 거리에서.

짐짓 스치듯 흘러가는 모습이 눈앞에 아른거렸다.

보였던 것은 온통 얼굴뿐이었지만 그 아래에 약간이나마 봉긋 솟았던 가슴이 어렴풋이 기억난다. 감은 눈 아래 자리 잡았던 이목구비가 여성의 것 특유의 부드러움을 가지고 있던 것이 떠오른다.

어쨌든 참 대단하지 않은가.

반짝이는 햇살의 후광을 받으며 거침없이 떨어져 내리던 그 작은 별과 같은 인영은 그의 눈을 사로잡았고 짜릿하리만큼 큰 흥분을 주었다. 자살이라는 것은 그 누구도 쉽게 낼 수 없는 용기이며 세상에 대한 배덕과도 같다. 결코 행해서 안 되는 것을 행하는 자라는 그 들뜬 호기심. 비록 그것이 만취로 인해 벌어진 일이라 할지라도 강재희의 마음을 송두리째 흔들어 놓고 사라졌던 그 여자라는 사실에 더더욱 메리트가 있는 법이다.

　모든 것이 재미있지 않고 권태로웠던…… 그래, 마치 우울증처럼 늘어진 재희도 생각하지 못했던 그 결정이 작은 몸에서 나타난 것이다.

　"상무님?"

　김 비서는 저 혼자의 생각에 빠져 보는 사람은 그리 달갑지 않은 미소를 지어내는 재희를 조심스레 불렀고 다행히 재희 역시 고개를 들어 올리며 그를 올려보았다. 무슨 생각을 했던 것인지 자아낸 웃음은 그리 곱지 않았다고, 김 비서는 속으로 중얼거렸다.

　"일단 저희 측에서는 오히려 피해자라 할 수 있는 상황이지만 우선적으로 지수연 씨를 한번 만나 보셔야 합니다."

　기다렸던 말에 지체할 이유는 없었다.

　"가지."

　죽은 듯 잠을 자고 있는 수연. 그 앞에 서서 신기한 것을 보는 것마냥 전에 없이 들떠 여자를 보는 적나라한 재희의 시선은 대단했다. 그가 대동한 김 비서와 혹시나 모를 상황을 대비한 두 명의 건장한 경호원들까지 밀폐된 무균실에 서자 꽉꽉 들어찬 것이 여간 답답한 게 아니다.

　"강재희 씨, 강재희 씨?"

　형사는 벌써 몇 차례나 재희를 불렀지만 약간 휘어진 눈으로 미소 짓고 있는 그는 대답조차 하지 않았다. 아니, 자살을 시도했던 사람의 앞에서 덜컹 심장이 내려앉을 정도로 예쁜 미소라니? 괜히 옆에 서있던 간호사만 가슴이 설레어 목을 가다듬었다.

"제게 말씀하시면 됩니다."

워낙에 유명인사에다가 소문도 딱히 좋을 것 없는 재희는 형사로서도 터치하기가 꽤 곤란한 상대였다. 김 비서의 말은 단비마냥 달았기에 형사의 몸이 그쪽으로 틀어졌다. 안면이 있는 사람이냐는 둥, 혹시 무슨 거래가 있었냐는 등의 질문들이 오가며 성심성의껏 대꾸하는 그의 옆으로 꼿꼿하게 허리를 세우고 고개만 내리고 있던 재희가 움직였다.

허리를 숙이고 두 손을 깨어나지 않은 수연의 머리 양옆으로 두고서 얼굴을 아주 가까이 가져가자 은은한 소독 냄새가 난다.

코끝이 닿을 정도로 가깝게 내려앉은 그의 고개 밑으로 약간 거친 피부의 얼굴이 보였다. 감은 눈꺼풀의 작은 흔들림에 맞춰 가만히 눈을 감아 본다. 까만 시야로 방금 전까지 보았던 수연의 얼굴이 고스란히 그려진다. 마치 보고 있는 것처럼.

"김규현."

꽤 오랫동안 눈을 감고 있던 재희가 몸을 세우며 김 비서를 불렀다. 간만에 나온 제 이름에 기겁하며 선 김 비서, 규현이 상사의 말을 기다렸다. 오래지 않아 머릿속을 정리한 듯한 재희가 마치 이 자리에는 그만이 있는 양 서슴없이 말했다.

"매스컴 확실하게 막아. 인터넷에 올라오는 즉시 제재하고 변호사 불러서 일 진행시켜."

"예."

꿔다 놓은 보릿자루마냥 열심히 수첩에 사건 경위를 내려가던 형사의 이맛살이 접혔다. 젊은 사업가의 입에서 나오는 오만할 정도로 딱딱한 말에 자존심이 상했다고 해야 할까. 보는 눈이 몇이고 들은 귀가 몇인데 터무니없이 '매스컴을 막아라.' 라는 등의 강압적인 말을 한단 말인가. 공권력 행사를 위해 눈을 찌푸리며 입술을 열어내는 형사에게 규현이 고개를 저었다. 뭔가 더 이어지는 설명을 기다려 달라는 부탁이었다.

"이쪽은 깨어나는 즉시 보고해."

"……예?"

의외라는 듯 규현이 약간 고개를 갸웃거렸다. 더 일을 벌이지 말라는 말을 해놓고 왜 그 중심에 선 당사자에게 뜻을 주시나, 하는 마음에서였다. 반문하는 규현에게 재희는 수고하라는 말 한마디 없이 그대로 병실을 나섰고 그가 나간 것만으로도 묘한 중압감이 사라져 꿰맨 입을 풀어낸 의사가 허탈하니 입을 열었다.

"상태를 보시려는 모양입니다. 알려진 것과 다르게 정이 있으신 분이군요."

말이야 정이지 사실은 '양심은 있나 봅니다.' 라고 하고 싶었을 것이다. 아니, 막말로 이번 일은 결단코 서문 측, 그러니까 재희 쪽에서의 잘못은 단 하나도 없지만 일단 뭐라도 있는 쪽이 욕을 먹어도 먹는 게 인지상정이다. 의사의 순화된 말에 규현은 씁쓸하니 입가만 쭉 내렸다.

저 속 모를 군주의 행태가 수상쩍었고 그 의심은 다시 회사로 돌아오면서도 이어졌다.

지수연의 자살 소동이 있던 뒤 사흘 만에 당시 경비를 보던 둘과 보안 시스템 관리자 셋이 동시다발적으로 자리를 옮기게 되었다.

서울 중심부에 위치한 본사와 근교에 위치한 지사, 정확히 말하자면 강재희 상무가 업무 관리하는 서문빌딩은 일주일 전 있었던 사건으로 잠시 뒤숭숭해졌다. 하지만 그것도 잠시, 규현의 일 처리가 얼마나 빠르고 대단했는지 새롭게 터진 모 가수의 비디오 파문으로 묻혔다. 인기 가수의 핫한 소식에 기자들과 카메라, 네티즌들의 눈이 모두 돌아갔다. 몇몇 사람들만 서문빌딩에서 일어난 자살기도 사건에 대해 의문을 품었지만 그것도 하루가 더 지나자 검색어에서도 나타나지 않을 정도로 뒤로 밀려 버렸다.

"꽤 아끼는 카드였는데 말이야."

입에 담배 하나를 물고 길게 연기를 뱉어낸 재희는 블라인드가 밝게 쳐진 전면 창으로 바깥 풍경을 보며 말했다. 제법 고이 모셔두었던 스캔들거리는 괜찮은 조커였고 이런 식으로 쓰일 거라곤 생각 못했다. 뒤로 선 규현이 재떨이를 가져와 가만히 내밀고 거기에 재를 떨어트린 그는 바쁜 도로를 지켜보다가 자리에서 일어섰다.

"여자는?"

지난 시간 동안 영 불편한 심기를 감추지 않았는데 수연을 언급하면서 그의 표정에 잠시나마 미소가 번졌다.

"깨어났습니다, 아직 골절 부위가 있어 거동은 힘들지만 음식도 곧잘 먹으며 빠른 회복을 보이고 있습니다."

고운 외모에 짧은 머리카락, 한 손에 움켜쥐면 가득 차올라 단내를 풍길 것 같은 소담스러운 가슴과 잘록하게 들어간 허리가 떠오른다. 견디기 어려운 흥분감이 몰려오자 여지없이 가슴이 먹먹해지기 시작했고 머릿속이 아찔할 정도로 산소공급이 원활하지 않았다.

찰칵.

라이터로 담배의 끝에 불을 붙이며 길게 들이마시고 나서야 재희의 안색이 평온해졌다. 안정을 취하는 그를 보며 규현이 안절부절 못하며 걱정을 표했지만 재희는 손을 저으며 대답을 대신하고 책상 위에 있는 서류로 눈을 돌렸다.

4.
미동

수연은 자신의 볼을 간지럽게 만드는 것에 입술을 움찔움찔했다.
한참 잘 자고 있었던 것이 무색하게 깨어나라며 속삭이듯 간질인
다. 손길을 피하려는 듯 잠결에도 고개를 이리저리 움직이던 그녀
는 결국 이 정체불명의 간지러움이 모기라 여기며 힘하게 손을 날
렸다.

찰싹−

눈을 번쩍 뜬 수연은 자신의 바로 코앞에 위치한 누군가의 얼굴
에 잠시 넋을 놓았다. 전체적으로 날을 세운 것처럼 살얼음이 동
동 떠다니는 눈매에 오뚝한 콧날, 선이 매력적인 입술까지 꽤나
준수한 외모였다. 아무튼 수연은 자신의 그리 곱지 않은 손이 그
얼굴의 뺨을 정확히 가리고 있다는 사실을 알아차리며 숨을 들이
켰다.

'어라?'

어쩐지 기시감이 느껴지는 얼굴에 놀랄 틈도 없이 또다시 무언가가 눈 밑을 쓸어내고 다시 조심스럽게 닦는 것을 완전히 깨달았다. 순간 수연은 다시 한 번 손을 날렸다.

탁!

물에 젖어 축축한 수건으로 얼굴을 닦아 주는 섬세한 솜씨에 감동을 받기 전에 지나치게 가까운 남의 얼굴이다. 모르는 사람임이 분명한 남자는 쉴 틈 없이 그녀의 얼굴을 닦다가 고개를 들며 조금 낮은 목소리로 다짜고짜 반말을 내뱉었다.

"너……."

지독하게 낮은 목소리지만 울림이 있거나 하지는 않아서 어쩐지 듣기 편한 음성이 불만스럽게 들려오는 것은 착각이 아닐 터였다.

여전히 놀라 있는 수연에게 남자는 확고한 말을 해 주었다.

"뭔가 작다."

꼼지락, 꼼지락.

눈을 슬그머니 밑으로 내려다보니 자신의 가슴 위에서 위태롭게 손가락 운동을 하고 있는 뼈대가 굵은 손이 보였다. 헉하고 숨을 들이쉬며 수연은 마침내 이 말도 안 되는 상황 속에 괴성을 지르고 말았다.

눈썹을 조금 가릴 정도의 앞머리, 목덜미를 살짝 덮어 내린 짧은 머리가 빛에 반짝인다. 테가 없는 안경을 오른손 중지로 밀어 올리며 꼰 다리 위에 있는 양장본의 책장을 넘기는 모습에 수연은 아직도 벌렁벌렁한 가슴을 참지 못했다. 조금 들어 올렸다가 다시 내린 갈색 빛 양장본의 제목은 마이어 헤이든의 '사랑' 이었다.

한눈에 봐도 연애소설인 것을 심도 있게 내려다보며 아주 진지하게 한 장, 한 장 넘기던 그는 안타까운 음성을 뱉으며 고개를 저었다. 그 모습이 너무도 진중하고 안타까워서 수연은 저 사람이 왜 저렇게 자연스레 있는 것인지도 잠시 잊고 더듬더듬 물었다.

"누, 누구세요?"

그녀의 담담하고 가지런한 목소리에 안경을 벗고 콧대를 지그시 누르며 애통해하던 그가 말했다.

"결국 마이어 헤이든이 죽었다. 나는 그녀가 그의 형 하이든을 선택할 것이라고는 생각도 하지 못했어. 그의 여인인 사라만다 호머스가 이렇게 배신을 할 줄이야. 애덤스의 강물을 건너는 순간에 이미 결말은 난 것일 수도 있어. 하지만 역시 안타깝군."

이 무슨 잡소리인가.

누구냐며 묻는 그녀에게 그는 가지런한 자신의 입술에 검지를 대고 책을 읽기 시작했다. 얼굴을 닦아 주느라 가까웠던 것을 알고 조금 미안하긴 했지만 그래도 모르는 남자에게 수건으로 세수를 당하고도 놀라지 않을 사람은 없었다.

기억의 편린으로 따라가자면 마지막으로 있던 곳은 서문빌딩의 옥상정원이었다.

거기서 홧김에 술을 마시며 신세 한탄을 한 것까지는 기억이 나지만…… 그 이상은 기억이 나지 않았다. 아무래도 술 마시고 뭔가 일을 저지른 것 같은데. 적당량의 음주로 '정량 지킴이' 소리를 듣는 자신이 필름을 끊길 정도로 술을 마신 적이 없는 그녀로서는 어떤 일이 있었는지 가늠할 자신이 없었다.

요즘 들어 병원에 왜 이렇게 오는 건지. 더군다나 이번엔 다리가 부러지기까지.

끙끙거리며 머리를 부여잡는 그녀의 모습에 재희가 대수롭지 않게 입을 열었다.

"고민하는 척해도 결론은 안 바뀌어. 술 취해서 떨어진 게 답이다. 그러니까 그냥 쉬어."

햇빛에 반사되어 안경 속에 담긴 그의 눈이 보이지 않았다.

너무도 당당한 본새에 따질 기운조차 날아갔다.

길쭉한 다리와 갈색 니트, 그 안에 갖춰 입은 편한 베이지색 와이셔츠를 입고 아래로 같은 계통의 색이 진한 정장 바지를 입은 그는 눈매를 제법 가리는 네모난 안경을 조금 더 깊게 눌러 쓰고 있었다. 헛되이 보낸 시간이 황당하지만 우선 중요한 것은 저 호랑 말코 같은 남자가 누구인가, 이다.

"저기요."

말하라는 듯 고갯짓을 하는 거만한 품새에 허탈한 웃음을 짐짓 짓고 짧은 머리카락을 긁적거린 수연은 담담하게 가장 중요한 질문을 던졌다.

"누구시냐니까요?"

말이 끝나기가 무섭게 책이 바닥으로 툭 떨어졌다. 남자는 그것을 개의치 않으며 저벅저벅 다가와 그녀의 팔을 꽉 잡고 이를 드러냈다. 굳은 얼굴에 냉정해진 눈동자에 찔끔하며 아픈 팔을 빼 달라고도 못하고 함구하고 있는 그녀에게 그가 으르렁거렸다.

"너, 내가 누군지도 모르고 얼굴을 허락한 건가?"

뭔가 어페가 심하다. 남들은 입술을 빼앗긴다는데 왜 자신은 자다 깬 얼굴을 빼앗긴 것인가.

"허락이고 자시고 할 틈도 없었는데요."

댁은 자는 여자 얼굴을 닦고 있었으니까. 화를 내려면 당연히 그녀가 내야 하는 것 아닌가!

"날 몰라?"

"몰라요."

"왜 몰라?"

"본 적 없으니까."

입은 삐뚤어졌어도 말은 바로 하자고 따박따박 잘도 대꾸하는 그녀에게 순간 할 말을 잃었는지 그는 입을 다물었다. 그리고 여전히 뻔뻔한 얼굴로 수연의 속을 뒤집었다.

"모른다고?"

"네. 전혀요."

"꽤 엉큼한 여자군."

"허."

괜한 목소리로 '큼' 하며 목을 가다듬은 그는 강하게 잡았던 수연의 팔을 놓아주며 시계를 한 번 보았다. 바닥에 떨어진 책을 들어 침대 위에 올려놓고는 속사포처럼 빠르게 말했다. 그러면서 다리는 이미 병실 문을 잡고 여는 중이시다.

"강재희. 네 간병인이다."

"네?"

"앞으로 잘 부탁하지."

라고 말하며 훌쩍 병실을 떠나 버리는 그, 재희에 순간 수연은 아무런 말도 하지 못했다. 우두커니 병실 침대에 앉아 잡스럽게 긴 제목의 책을 보다 다시 고개를 갸웃거릴 뿐 점점 더 상황은 패닉으로 치닫고 있었다.

"그러니까 …… 대체 누구냐니까?"

전혀 매치되지 않는 이 상황에 만사태평하고 노는 것 좋아하는 낙천적인 수연마저도 고민에 빠질 수밖에 없었다. 그러다 침대 위에 가지런히 놓여 있는 양장본으로 무의식중에 손을 뻗다가 순간 쩍 입을 벌리며 고개를 문 쪽으로 돌려야 했다.

"잠깐, 잠깐…… 설마."

그제야 그녀는 방금 나간 뻔뻔하기 그지없는 남자가 자신이 일했던 가게에서 만났던 괴상하기 그지없으나 돈은 많아 보였던 남자라는 것을 생각해 내고야 말았다.

바로 옆으로 따라붙은 규현에게서 받은 넥타이를 매고 재킷을 걸치는 데까지 걸린 시간은 불과 5분에 지나지 않았다. 규현은 병원 앞에 세워 놓은 검은색 외제 승용차로 바로 올라타는 그를 따라 운전석에 앉았다.

"도착 예정 시간은?"

차에 오르자마자 노트북을 켠 재희는 안전감 있게 달리는 차 안에서 만족스러워하며 물었다.

"30분 정도 뒤입니다."

새까만 머리카락의 사이로 드러난 눈동자가 노트북을 가르고 그 위로 뜬 글을 읽어 내렸다. 이내 조금 흔들린 검은 눈동자가 아주 미세한, 스스로도 알아차리지 못할 정도로 작은 웃음을 만들어냈다.

재희의 짧고 작은 웃음소리에 놀란 규현이 눈을 동그랗게 뜨고 백미러를 보았을 땐 그는 저도 모르게 입가에 진 미소로 창밖을 바라보고 있었다.

"저, 상무님."

귀찮다는 식으로 고개를 돌리며 손을 휘저어 버리는 폼이 그다지 말을 듣고 싶지 않다는 모양이었지만 규현은 지금 상황이 너무 궁금해서 쉽게 말을 눌러 담을 수가 없었다. 이건 분명 나중에 두고두고 곱씹히며 회자되어 질책받을 행동임을 알면서도.

"굳이, 상무님께서 그러시는 이유를 모르겠습니다."

왜 지수연의 병간호를 맡겠다, 했는지. 어차피 뭔가 더 해 줄 필요도 없는 타인에게 과도한 관심은 재희에게 있어 하등 좋을 것이 없었다. 더욱이 얼마 전 약혼녀와의 파혼으로 소소한 이야기들이 나오는 중이니 더욱 다른 사람과의 만남은 자제하는 것이 좋았다. 게다가 상대방은 고의든 아니든 이번 자살 소동을 일으킨 당사자가 아닌가.

갑작스럽게 내린 지시에 스케줄을 빼는 것도 여간 곤란한 것이 아니라 지금이라도 마음을 돌렸으면 하는 마음에 묻는 규현이었다. 재희는 비치된 위스키병을 손에 들다가 다시 내려놓았다. 아직도 그 황당하다는 양 뻥한 얼굴이 눈앞에 선했다.

"내가 빛이 될 수는 없잖아."

유치한 말장난 속에 담긴 오롯한 오싹함에 규현이 침을 삼키며 운전대를 강하게 잡았다. 그저 쉽게 흘려들을 수 있는 말임이 분명한데도 그의 입에서 나오는 이상 저것은 '장난'이 아니다.

분명한 뜻이 있는 말.

규현의 긴장한 목덜미를 눈치챈 재희는 창문을 열고 돌아 사라지는 병원을 다소 흥미로운 눈동자로 바라보았다.

아주 만족한 얼굴로 가득히 담긴 그녀의 잔영이 스친다.

순간을 넘어서 뽀얀 살결에 입을 맞추고 한동안 이어졌던 가수면 상태로 인해 푸석해진 눈 밑에 흘려 움직일 수 없게 하던 매혹적인 그녀를 향해.

"그러니까 빛이 떨어질 때까지…… 기다리는 거다."

언젠가 그가 본능을 참지 못해 두 손으로 가녀린 목을 졸라 버리기 전에.

평일 오후, 아직 퇴근 시간이 되기 전의 도로는 황량하다고 할 만큼 텅 비어 있었다. 아주 조금만 더 시간이 흐르면 이 도로를 가득 메운 차들이 햇살에 번들거릴 것이다.

살갗이 짜릿해질 정도로 붉은 눈을 만드는 재희를 떠올리며 규현은 여전히 작게 한숨을 쉬었다.

＊

"자, 조금 더 깊게 빠집니다. 조금 더 깊게. 하나, 둘, 셋 하면 당신은 서문빌딩 옥상으로 향합니다."

조용하지만 나긋하고 발음이 정확한 목소리가 좁은 밀실에서 이어졌다. 편안하게 누워 있는 수연의 짧은 머리카락을 무의식적으로 한 번 만진 재희는 숨이 막히는 감각에 결국 최면실을 빠져나와 곧장 담배를 입에 물었다. 하지만 미리 기다리고 서 있던 규현의 간단한 제지와 함께 아래로 향한 시선 속에 보이는 어린아이들을 보면서 단념할 수밖에 없었다.

약간 답답한 듯 결국엔 비상구가 있는 계단 층으로 간 그는 문이
닫히는 순간부터 입에 담배를 물고 불을 붙였다. 찰칵, 하고 붙여지
는 스파크가 불꽃을 일으키며 담배의 끝에 붉은 열매를 남겼고 순
식간에 폐 깊숙이 치고 들어간 악한 공기는 단숨에 비상구를 삼킬
듯 뿜겨졌다.

핏대가 섰던 목덜미가 조금씩 안정을 가지며 저도 모르게 이마에
손을 올린 그는 빠르게 담배를 태우다가 비치된 쓰레기통에 던지고
제자리로 돌아왔다. 기립한 상태로 자신을 기다리던 규현에게 괜찮
다는 시늉으로 손을 들어 주며 채 5분이 걸리지 않은 흡연 후를 만
끽하며 다시 최면실로 들어섰다. 그 짧은 사이 이미 편한 시트에 앉
아 있는 수연의 모습에 거짓말처럼 막혔던 기도가 풀리는 것을 느
꼈다.

들어서는 재희를 불편한 눈으로 잠시 보다가 곤란함이 가득한 의
사에게로 시선을 돌리는 수연의 얼굴을 잡고 자신의 쪽으로 돌리고
싶다는 욕구가 드는 것은 결코 착각이 아닐 것이다.

"아주 단편적인 상황이라, 여러 가지 정황을 따질 것도 없이."

몇 가지를 체크하며 수연의 말똥말똥한 눈을 바라본 의사는 곧
재희를 향해 고개를 돌리며 말했다.

"우발성도 무엇도 아닌 단순한 실수입니다. 당시 만취상태였다는
것을 중심으로 두면 더 볼 것도 없이 본인과실 추락입니다. 혹시나
해서 코카인부터 온갖 마약류까지 검사했지만 모두 음성반응이었습
니다."

그렇게 말하며 수연을 조금 한심하다는 양 들릴 듯 말듯 혀를 찬

의사는 조금 더 정황을 살펴야겠다며 나가도 좋다는 말을 남겼다. 그 말에 수연은 얼른 시트에서 휠체어로 손을 뻗었다. 그러나 바로 앞을 가로막은 산처럼 높은 사내에 움직임을 멈출 수밖에 없었다.

"왜, 왜요?"

"간병인이니까."

"우와, 정말 설득 잘 된다."

"알아."

재희는 그대로 수연의 오금 사이에 팔을 끼고 겨드랑이 아래를 받치며 공주님을 안는 기사처럼 번쩍 안아 올렸다. 민망함이 물씬 올라오며 수연은 뭔가를 말하려다 결국 고개를 푹 숙이고 한숨을 내쉬었다. 한두 번이 아니고 이젠 지친다.

그냥 부축만 해 줘도 될 것을 차분히 휠체어에 앉혀 주기까지 하는 건 과한 행동임이 분명했다. 이곳으로 올 때도 목발을 짚겠다는 그녀의 고집에 조금의 틈도 주지 않았다. 조금 전처럼 안고 정신과 병동이 있는 별관까지 쉬지 않고 왔던 그다.

그런 그들의 뒤를 따라 빈 휠체어만 졸졸 끌고 오는 규현과 호기심이 가득한 눈으로 바라보는 사람들의 시선이 아직도 생생하다.

"저기, 상무님."

최면실을 빠져나와 다시 병실이 있는 본관으로 향하며 달달 움직이는 휠체어 소리를 반주 삼아 수연이 겨우 입을 열었다. 손수 휠체어를 밀어내는 재희의 손이 고맙기는커녕 언제 속이 꼬여 냅다 계단으로 밀어 버릴까 하는 무서움이 들었다.

"상무? 너, 아직도 우리 회사에서 일을 하나?"

이 자식은 왜 말끝마다 너, 너 하고 난리야!

씩씩거리며 재희의 못된 반말에 의미 없는 기운만 쓰던 수연은 제풀에 꺾여 바람 빠지는 소리를 내며 혀를 찼다. 맞다. 그녀는 더 이상 서문에서 일을 하지 않는다. 정확히 말하자면 잘렸다.

그녀가 서문빌딩에서 3개월간 청소 일을 할 때에도 이 사람에 대한 소문은 귀가 가려울 정도로 많이 들었었다. 굴지의 기업 서문그룹의 손자라는 것과 본사의 재무부와 함께 본사와 가장 근거리에 위치한 지사의 주인이라는 것까지. 그래 봐야 얼굴 한 번 제대로 보지 못했었는데 알고 보니 자신과 안면이 있었더란다. 그것도 그리 유쾌하지 못한 상황으로.

그의 말에 대꾸도 못하고 정자세를 취한 수연은 힐끗 재희의 옆을 보았다. 강재희의 그림자처럼 따라붙어 수행하는 비서, 순한 인상의 같이 일하는 아주머니들에게 신랑감 1순위라는 말을 종종 들은 적이 있었다.

순간 마주친 수연과 규현의 시선에 규현이 부드러운 미소를 흘리며 고개를 까딱 움직였다. 무의식적으로 수연이 배시시 웃자 차갑게 식은 손가락이 그녀의 볼을 잡아 위로 올렸다.

아차 하는 사이 마주친 냉담하고 날카로운 눈동자가 정확하게 그녀를 내려다보며 다른 것을 보는 것조차 허락하지 않았다. 지금 이 남자가 대관절 무슨 짓인가 싶지만 국민 4차원 지수연을 능가하는 괴상한 세계관을 가지고 있음을 이미 감지했기에 그저 입 다물고 모르는 척 고개를 돌리는 게 상책이다.

"하아."

뭐가 자살이고, 뭐가 정신적인 문제라는 건가.

그저 단순히 술 먹다 필름 끊긴 자신을 향해 물어오는 오만 가지 질문에 수연은 뒤늦게 자신이 병원에 오게 된 이유를 알 수 있었다. 4층 높이에서 떨어진 것치고는 기적처럼 다리의 골절과 몇 가지 타박상 말고는 큰 상처가 없었는데 겁을 먹거나 두려워하고 싶어도 건더기가 없다.

더욱이 지금 이 뒤에 사람이 어째서 왜! 자신의 간병인을 자처하고 있는지는 정말 모르겠다. 일부러는 아니었지만 자신의 건물에서 떨어져 내린 일단은 자살기도 자에게. 의미 없는 장난은 하지 말라며 눈을 부릅뜨는 그녀에게 재희는 자신의 입가를 가리며 한마디 했었다.

'가끔은 모르는 것도 있어야 삶이 즐거운 법이야.'

결국 그의 고집에 함께하면서도 정작 수연은 재희의 심중을 단 1%도 알 수 없었다. 그래도 궁금한 것은 어쩔 수 없었던지 찡그린 미간을 보인 수연이 다시 입을 열었다.

"상무……."

"강재희다. 돈 많고 잘난 놈이지."

그렇게 말하며 안경을 올려 주는 치밀함.

아, 포기다. 물어보다가 속이 터져서 죽을 지도 모른다.

이 다리는 언제쯤 붙을 수 있을까. 완벽한 완치까지는 8주 이상이 걸린다고 했으니 앞으로 한 달 이상은 꼼짝없이 목발이나 휠체어 신세라는 소리다. 재희는 번쩍번쩍한 특실에 도착하자마자 다시 허리를 숙여 수연의 다리 아래로 팔을 넣었다. 이 특실 또한 강재희의 돈으로 있는 곳이었다. 자존심 상하고 억울하고 난감하지만 부모님께 걱정 끼칠까 연락도 못 하는데 병원비 내기에도 버거운 수연에겐 큰 힘이었다. 나중에 어떻게 나올지는 몰라도 당장엔 아주 감사한 일이다.

"괜찮아요, 제가 할 수 있어요."

이곳을 나가기 전에도 분명 같은 말을 했었다. 하지만 들은 척도 않는 재희였고 결국 이렇게 다시 돌아올 때까지도 도움을 받았다. 예의는 갖추지만 더 이상의 친절은 바라지 않는다는 단호한 말투에 재희의 입꼬리가 조금 올라갔다. 조금의 망설임 없이 깁스를 한 다리를 손으로 우악스럽게 쥐었다.

통으로 된 얇지만 단단한 깁스를 마치 부숴 버릴 것처럼 강하게 쥐며 수연을 올려본다. 재희는 오싹하게 올라오는 한기에 눈을 크게 뜨는 수연에게 서늘한 미소를 보여 주었다.

"사람을 민망하게 하는 건 좋지 않아."

민망? 누가?

훈계하는 그의 말에 수연은 어이가 없어서 저도 모르게 혀를 차고 말았다. 신경이 일자무식이라는 소리도 들어왔음에도 강재희는 톡톡 지르며 쳐오는 쏘는 맛이 있어서 영 짜증이 치민다. 거기다 가장 중요한 것은 요즘 대세라는 나쁜 남자 효과가 물씬 풍기는 그의 모습이 현실에선 정말 기피하고 싶은 대상 1호라고 해야 할까? 현실과 이상의 괴리감이 어마어마하다. 나쁜 남자가 아니라 그냥 많이 나쁜 놈 같다.

"과도한 친절도 그리 좋지는 않다고 생각해요."

똑 부러진 말에 재희의 이마가 조금 찌푸려졌다. 그로서도 오기가 생겼는지 팔의 힘으로 휠체어에서 엉덩이를 떼어내는 수연을 자신의 어깨로 얹었다.

"으악!"

날카로운 꽥 소리에 웃음이 흘러 입가를 만진 그는 넓은 병실 침대에 그녀를 앉히고 악력과 같은 강한 힘으로 눌렀다. 그리고 그대로 제 얼굴을 수연의 얼굴로 가져갔다. 겨우 반 뼘 정도의 거리를 두고 대치한 두 사람의 숨결이 한데 섞여 콩닥거리는 심장 소리를 불러일으켰다.

"비켜 주시죠?"

까칠하게 으르렁거리는 그녀에 재희의 고개가 약간 기울었다. 마치 신기한 것을 보는 것처럼 묘하게 사람 무시하는 고갯짓이다. 수연의 눈썹이 보기 좋게 찡그려질 때 재희의 손가락이 그녀의 입술을 만졌다. 통통하게 붉은 열매처럼 살이 오른 예쁜 아랫입술에 닿은 짭조름하면서도 아직 연하게 남은 스킨 향기에 수연이 숨을 크게 들이쉬었다.

뭔가 목구멍으로 차오르는 야릇한 감각이 생소하고도 부끄러웠다. 이해 불가한 쓸데없는 말을 하는가 싶다가도 지나칠 정도로 가까운 거리감을 서슴없이 보여 준다. 소리를 질러야 할지, 무심한 척 잠자코 있어야 할지…… 아니면 즐겨야 할지 갈피를 잡을 수가 없어서 수연은 그의 입술에 손을 올리며 밀어내는 것으로 마무리했다.

"너무 가까이……!"

뭉클하게 자신의 입과 코를 가린 손가락을 냉큼 쓸어대는 남자의 촉촉하고 타액이 묻는다. 다소의 점액질처럼 끈적거리는 살덩어리에 수연은 숨 쉬는 것을 잊어버렸다. 오른손의 중지를 천천히 쓸어내다가 약지와의 사이로 파고들어 휘감듯 애무하는 그의 혀 놀림 속에 오싹오싹 전율이 흘렀다.

"그만두세요!"

저 매서운 눈에 온통 헐벗은 기분이 되어 버린 수연은 저도 모르게 자신의 옷깃을 꽉 잡으며 입술을 깨물었다. 아직도 덜덜 떨리는 오른손의 처절한 감각에 심장이 멈춰 쪼그라들었다. 아주 천천히 혀로 입술을 쓸어낸 재희는 아주 만족스러운 얼굴을 만들었다.

"너…… 꽤, 달아."

아주 심각한 발언을 하는 것처럼 진지한 목소리로 말한다. 자신의 입술을 엄지로 문지르는 모습에 수연의 단전 부근, 배꼽 아래가 조여 왔다. 발가락이 굳어 직각으로 세워지는 것을 알아내며 수연이 재희를 쏘아붙였다.

"이런 미친놈!"

"아아."

고혈압의 궤도에 오른 수연은 개의치 않고 전혀 아무런 일이 없었다는 사람처럼 그는 침대에서 일어났다. 기가 막혔다.

"이보세요. 상, 아니 아무튼. 아무튼 간에 대체 무슨 생각이신가요?"

상무의 '상' 소리가 나오자 무심하게 바라보는 눈길에 조금 겁을 집어먹은 수연은 약간 솟는 투기로 나름 사나운 기운을 담아 재희를 향해 말했다.

"무슨 생각이시냐고요."

"네 생각."

"으아악!"

못들을 것을 들었다는 생각에 '으악' 하고 소리를 질러 버린 수연에 재희의 눈이 동그랗게 변했다. 그리고 입가를 가리며 고개를 조금 숙이곤 어깨를 들썩이며 웃음을 흘려보낼 수밖에 없었다. 어떻게 저렇게 상상 이상의 행동을 보여 주는 것인지, 세상에, 저렇게…… 재밌을 줄이야.

수연은 머릿속을 마구 휘저어 버리는 '네 생각, 네 생각'이라는 그의 나지막한 목소리를 지우기 위해 애썼지만 이미 그녀의 가슴은 고르지 못한 수축을 보이며 헐떡이기 시작했다.

정말 그냥 무시하는 게 상책인 남자다!

자신의 건물 옥상에서 자살기도를 한 여자를 간병한다며 있는 남자를 수연은 멍하니 보았다. 병원에 있는 사실을 아시면 걱정하실까 부모님껜 말씀드릴 수 없고 지인들에게 연락을 넣자니 저 귀하신 몸이 '간병' 중이시라 부를 수도 없다.

정오에 도착해서 오후 여섯 시까지, 그가 돌아간 시간에는 병원 휴게실이나 로비에도 텅텅 비어서 귀신같은 친화력을 뿜어낼 잠깐의 타이밍 또한 없었다. 망할, 정말 제대로 감옥에 갇혀 있는 기분에 답답함이 치솟는다.

"뭔가 엄청난 게 필요해."

예를 들면 술이나 게임 같은 것.

몸도 아픈데 병원에 입원하면서 그나마 하던 아르바이트도, 서문빌딩 청소일도 잘렸다. 그래서인지 하루하루 무겁게 짓누르던 추가본의 아니게 사라져 마음이 평온해졌다. 쉴 새 없이 달려댔던 걸음이 멈춰지니 본래의 여유로움이 드러난다.

놀고 싶다.

몸이 아픈 지금은 조금 놀고 싶어졌다.

다른 모든 것을 젖혀두고, 이제 막 막바지로 접어든 양장본 책을 쉴 새 없이 읽어 내려가는 재희가 부러울 정도로 심심해서 수연은 몸을 뒤틀며 이불을 젖혔다. 일반 병실이라면 주변 환자들과 대화라도 하련만, 병실을 옮겨달라고 한 번 건의를 했다가 '그럼······' 이라며 운을 떼는 그에 기겁하며 손을 휘저었다.

저 폭탄 같은 입에서 무슨 말이 나올지 몰라서 두려움이 먼저 들었다. 단순한 골절상이었지만 약간의 뇌진탕이 있어 사흘 만에 깨어났던 그날부터 지난 며칠 동안 강재희의 음흉하고 뻔뻔한 말들에 귀가 아릴 지경이다.

차마 입 밖으로 내뱉지 못할 부끄러운 말들에 어찌할 방도가 없었다. 땅이 꺼져라 한숨을 푹, 쉬고 조금 구부정한 허리를 세운 그녀는 그가 들고 있는 책에 대해 물었다.

"그거 시리즈가 총 몇 권이에요?"

간만에 먼저 말을 걸어오는 수연에 책에서 시선을 뗀 재희는 무덤덤한 얼굴 그대로 대답했다.

"서른일곱 권."

"그 작가님 참, 상상력 한번 대단하시네요. 연애소설이 사십 권에 가까우니."

"아아, 꼭 사랑 이야기만 있는 건 아니니까."

다 큰 성인 남자가 연애소설을 읽고 있는 것을 보는 건 처음이라 생소하기도 하고 조금 재미 요소가 되기도 한다. 만약 그녀의 선배가 저렇게 철두철미하게 사랑 자가 붙은 제목의 책을 읽고 있다면 삿대질을 서슴지 않고 깔깔거리며 웃어 주었을지도 모른다. 하지만 저 남자는, 강재희는 묵묵히 당연하다는 것처럼 책장을 넘기고 그

끝을 보며 가끔씩 안타까워한다. 그는 혼잣말을 하다가 다시 다음 권을 집어 들며 책장을 넘겼다.

"재미…… 있으세요?"

예의상 물어가는 그녀의 물음에 재희는 조금 풀어진 모습으로 고개를 돌리며 눈을 조금 흘렸다.

"그럭저럭. 사랑이니까. 사랑. 그래, 사랑."

"상무님 입에서 그 달달한 단어가 나오니 영 찝찝하네요."

"실례군."

"호호."

소소한 말장난이지만 그가 대꾸해 준다는 것은 나쁘지 않은 기분이었다. 여기서 말하는 대꾸란 성희롱 적이 지 않은, 정상적인 대꾸를 말한다. 아무튼 살포시 불만스러움을 드러내는 그의 얼굴을 보는 건 꽤 재미있었다.

"이렇게 한낮에 저랑 있으셔도 돼요? 항상 일이 바쁘신 것 같던데."

또랑또랑한 그녀의 물음에 재희는 안 그래도 자택에 가면 산더미처럼 쌓여 있을 업무 메일과 중요 서류들에 씁쓸한 표정을 만들었다. 결국 입만 꼭 다물어 버리고 책을 덮은 그는 냉장고로 가 과일이 든 바구니를 꺼내었다. 그리고 비치된 쟁반에 사과 하나와 접시를 놓고 포크까지 싱크대에서 씻어와 침대 옆에 자리 잡았다.

사각사각.

묻는 말에 대답은 안 하고 갑자기 사과를 깎기 시작하는 재희를 황당하다는 눈으로 보던 수연은 참지 못할 궁금증에 툭 속을 털어

놓고야 말았다.

"우리, 남자 대 여자로 허심탄회하게 얘기 좀 합시다."

"말해."

포크로 사과를 하나 찍어 자연스럽게 건네주는 통에 감사합니다를 연발하고 꾸벅 받은 그녀는 입에 우적우적 사과를 씹으면서 말했다.

"제가 왜 이 특실에 있는 겁니까?"

내뱉는 말투가 딱딱하고 다소 건방진 어감이 있었지만 재희는 크게 상관하지 않으며 오직 '상무님' 이라는 말에 지적을 가했다.

"오빠."

"……네?"

"호칭은 오빠로 한다. 네가 내 회사에 입사하지 않는 이상 날 상무라고 부를 이유는 없어."

세상에, 지금 저 사람이 지금 뚫린 입이라고 막말하는 거겠지? 도무지 저 괴상한 사상에 적응을 할 수가 없어서 신경질적으로 사과만 으적거린 그녀는 다시는 상무고 뭐고 다 필요 없다는 마음으로 이죽거렸다.

"어쨌건, 왜 이렇게 해 주시냐는 거예요. 저한테 돈을 받아도 마땅찮을 판에."

그녀가 아주 미련한 사람이지 않은 이상 이 상황이 정상적이지 않다는 것은 모를 수가 없었다. 의도하지는 않았더라도 자신의 자살기도에 서문 측이 받았을 이미지 타격은 꽤 컸을 것이다. 사람들은 가장 큰 헤드라인을 중요시하지 그 속까지 알아보는 사람은 없었다.

충분히 보상을 요구해도 모자랄 판국에 현재 입원비며 치료비로 기백은 나갔을 거다. 거기다 각종 검사비까지 나중에 가서 청구서를 내밀까 가슴이 조마조마하다. 가장 중요한 건 이거다.

고의는 아니지만 죄인의 입장에서 여기에 있으라 말하는데 거부할 명분도 없다. 이미 병원 문제론 여러 번 설전을 해댔으니까.

조금 난처함이 드러나는 눈동자를 눈치 좋게 읽어낸 재희는 자연스럽게 번지는 미소를 스스로도 인지하지 못할 정도로 짧게 흘리며 능글맞은 목소리를 비췄다.

"서문이 입은 피해를 배상해 줄 수 있다면 기꺼이 받도록 하지."

"그…… 얼마나 될까요?"

"얼마나 생각하는데."

"제 월세…… 보증금으론 안 되겠죠."

소심하게 중얼거리듯 말하자 그는 잠시 할 말을 잊은 듯했다. 그것으로 이 기막힌 간병인 관계가 끝이 난다면 3년간 기거했던 월세방의 보증금을 넙죽 드릴 수도 있었다. 재희는 스스로 말하고도 민망해하는 수연을 향해 낮게 웃곤 쟁반을 침대 위에 놓았다.

"그걸 주면 어디서 살려고."

"설마 이 몸 하나 기거할 곳 없겠어요?"

"내 집에 빈방 많아."

"사양할게요."

"아쉽군."

다시 고개를 내리며 읽다 만 책으로 손을 뻗는 그에 수연은 결국 중요하게 물었던 말이 다시 무참히 먹혔다는 것을 깨달았다. 어쩜 저렇게 여유롭게 사람 말을 돌릴 수 있는지, 얼마나 많은 사람을 상대하면 저렇게 되는지 배우고 싶을 정도다.

끝끝내 간병인, 환자 체제가 이어지는 상황 속에 수연은 크게 '흥' 하고 콧김을 뱉었다.

좋아, 이렇게 꼭꼭 숨기고 사람을 잡아둔다고 가만히 있다면 절대 지수연이 아니다. 수연은 토라진 얼굴을 전혀 숨기지 않으며 포크를 놓고서 홀떡 이불을 뒤집어쓰고 누웠다.

특별히 몸을 원하는 것도 아닌 것 같고 그렇다고 엄청난 로맨스를 꿈꾸는 것도 아닌데 저 사람은 왜 저러는 걸까. 미스터리, 그것도 엄청난 미스터리다.

＊

같은 하늘 아래에 가득하다고 여기기엔 너무도 이질적일 만큼 거대한 저택. 돈이라는 이름보다는 명예와 권력욕에 눈이 멀어 버린 권력주의자들이 밀집한 그곳에서 검게 물든 남자는 날아오는 손을 그대로 받아들였다.

철썩.

제 뺨을 쳐내는 강인한 손바닥에 재희는 약간 돌아간 고개를 다시 제자리로 돌렸다. 무심하게 가라앉은 검은 눈동자가 바닥의 카펫을 향하고 다시 한 번 세찬 손찌검이 그의 뺨을 강타했다. 아플 것임이 분명한데도 신음 하나 없이 선 모습이 독하다. 냉담한 재희의 모습에 혈압이 오른 노(老)회장이 제풀에 지쳐 검은색 가죽 소파에 앉자 그제야 그의 입이 열렸다.

"죄송합니다."

74

진심이 담긴 듯 무게감이 있었지만 시선을 내리는 눈동자에선 그 어떠한 흐름도 읽어내기가 어려웠다. 더 말하기도 싫다는 양 고개를 돌리는 노회장에게 허리를 숙인 재희는 넓은 거실을 빠져나와 그대로 저택 현관문을 돌렸다.

손 자욱이 여실한 붉은 볼이 부끄럽지도 않은지 정원을 정리하던 정원사의 놀란 눈에도 그는 걸음을 멈추지 않았다. 굳건한 검은 철문을 통과하며 차에 오르는 순간부터 연한 갈색의 찰랑이는 위스키를 그대로 들이켰다. 술을 희석도 시키지 않고 단숨에 마셔 버린 재희는 순간 아찔할 정도로 당겨오는 목 때문에 입술을 깨물었다.

"출발해."

상태가 심상치 않았다.

식은땀이 흐른다. 창문을 열어놔도 금방 맺히는 물방울을 닦을 생각도 않고 단단하게 조인 넥타이의 매듭을 풀어 시트 구석으로 던진 그는 비어 버린 위스키병 역시 세차게 치웠다. 깨어질 듯 파삭, 금이 가 버린 병이지만 재희는 이미 입에 문 담배를 빠르게 태우고 있었다.

서문의 이미지 실추는 생각보다 컸다.

스캔들을 터트린다고 자살기도 사건이 완전히 무마될 거라고는 그 역시 생각하지 않았다. 문제는 뒷돈을 먹은 매스컴과 경찰 측은 잠잠한 데 비해 익명성을 무기로 입을 놀리는 몇몇 네티즌들을 통해 조금씩 일이 새어 나왔다.

물론 시간이 지나면 더 견고하게 벽을 칠 수 있겠지만 그보다 더 중요한 것은 타이밍 좋게 터진 서문그룹 후계자 강재희의 파혼이 있었다.

오래 지속되었던 관계의 깨짐과 자살사건이 교묘하게 연계된 듯 기사들이 터지기 시작했다. 그의 약혼녀가 일방적인 파혼을 당해 상심한 마음으로 자살했단 추측부터 시작하여 갖가지 추측들이 귀가 아프게 들려왔다. 강재희의 전 약혼녀가 현 국회의원의 손녀인 것을 모르지도 않으면서 말이다.

그들은 그저 가십거리가 필요했을 뿐이다. 눈앞에 보이는 허구에 가려진 진실이 오히려 더욱 크게 번질 수 있도록 함정을 만들어 놓고서.

교수대 위에 있는 기분이다.

다리를 받친 아슬아슬한 의자의 네 개의 다리를 붉은 개미가 조금씩 갉아대기 시작하는 것처럼 위태로웠다. 어느 순간 부러진 다리로 목을 조른 밧줄이 제 목을 틀어쥐고 제쳐 올릴지 모른다는 공포감에 조금 더 괴로워지기 시작했다.

넥타이를 풀어냈음에도 목이 죄어 와 와이셔츠의 단추를 하나 풀어낸 그는 시트에 재를 털어냈다. 마음에 들지 않는다. 목을 타고 흐르는 땀방울은 그의 상태가 고르지 못하다는 것을 대변해 주고 있었다. 담배를 태우는 것조차 잊으며 눈을 감은 재희는 가슴을 크게 들썩이며 안정을 취하지 못했다.

"상무님!"

그의 상태를 알아차린 규현이 갓길에 차를 세우며 곧장 휴대용 산소 호흡기를 쥐고 뒷좌석으로 달려왔다. 입가에 호흡기를 대며 원활하게 숨을 쉴 수 있도록 몇 번이고 재희를 부른 그는 얼마 지나지 않아 조금은 편해지는 얼굴에 안도의 숨을 내쉬었다.

극도의 흥분상태가 되면 여지없이 호흡곤란을 일으키며 때로는 정신을 놓아 버리기까지 하는 재희다. 규현이 그의 수행비서로 오기를 오 년, 언제 자지러지며 쓰러져도 이상하지 않을 만큼 재희는 위태로웠다.

한없이 냉정하며 끝없이 날카로운 남자의 가려진 눈매에 숨겨진 괴로움을 규현은 감히 상상도 할 수 없다. 단지 옆에서 보좌하며 하루빨리 강재희의 중심을 잡아 줄 사람이 찾아오기를 바랄 뿐이다.

바람을 맞으며 조금씩 기운을 차린 재희는 생수병을 건네주는 규현에게 쓰게 웃으며 물을 한 모금 들이켰다. 미지근한 물이 식도를 타고 흐르자 훨씬 더 정신이 멀쩡해졌다. 다시 출발하라며 손짓하는 그에 운전석으로 돌아간 규현은 빠르지 않게 차를 움직였다. 재희는 애써 답답한 가슴을 참아내며 유리창에 머리를 기대고 말했다.

"더 빨리."

무슨 이유인지는 모르지만 그의 눈앞에 아른거리는 귀엽지 않은 여자의 얼굴이 너무도 보고 싶었다. 예쁘장한 외향이 아까울 정도로 기괴한 표정으로 사람을 웃기게 했던 수연의 모습에 이번엔 조바심이 생겨 규현을 재촉했다.

그녀를 보고, 그녀를 향해 속을 달래야지, 그래야지.

이미 오래전부터 조금씩 그렇게 재희는 수연에게 젖어 가고 있었다.

다리를 가득 감싼 깁스를 통통 두드리며 숨을 고른 수연은 긴장된 눈으로 시계를 한 번 보았다. 그나마 멀쩡한 왼쪽 다리로 통통 뛰어 잘 접혀 있는 휠체어로 간 그녀는 그대로 차가운 바닥에 엉덩이를 대고 앉아 그것을 힘껏 젖혀 폈다.

껑껑.

생각보다 조임이 강한 휠체어에 말 그대로 껑껑거리며 부들부들 팔에 힘을 주었다. 멀쩡한 다리를 동동거리면서 어떻게든 펼치기 위해 용을 썼고 접힌 휠체어를 잡아 놓은 숨은 경첩이 우악스러운 힘에 소리 없이 벌어지다 부러지고 말았다. 그 바람에 튕겨 나간 플라스틱 부품 파편이 날카롭게 수연의 목덜미를 스쳤다. 꽤나 깊게 파인 살결로 붉은 생피가 두 가닥 흘러내려 로고가 가득 그려진 연한 하늘색 환자복의 깃을 붉게 물들였다.

"아오, 아파."

침대 옆 나이트 테이블에 있는 휴지를 발견하기까지는 그리 오랜 시간이 걸리지 않았다. 다만 다시 침대까지 가려니 시간상, 여건상 여러 가지 문제가 많았다.

"저걸 가…… 말아."

결국 어련히 멈추겠거니, 하며 대충 손으로 슥슥 문질러 옷에 닦으려다가 바닥에 문지른 그녀는 경첩이 부러져 이제 더 이상 제대로 접을 수 없는 휠체어를 펼치고 앉았다. 다른 때에는 항상 재희가 뒤에서 밀어주기 때문에 다소곳이 앉아 물 따라, 산 따라 흘러가는 수밖에 없었지만 지금은 달랐다. 다부지게 양옆에 자리한 큰 바퀴를 잡은 손이 즐거움에 비명을 지르고 있었다.

"아침도 먹었고, 좋아, 좋아."

아침 식사만 아니었어도 새벽에 나가는 건데.

특실이라는 이점 때문인지 아니면 대학병원이 원래 밥을 잘 주는 것인지 모르겠지만 고슬고슬 윤기 흐르는 사 첩 반상을 버리고 갈 수는 없었다. 든든한 배를 통, 때리고 예의 장난기 가득한 얼굴로 수연은 고요한 복도에 나와 슬금슬금 휠체어 바퀴를 굴리기 시작했다.

돌돌 굴러가는 휠체어의 위에서 일곱 살 여자아이처럼 주위를 살피며 움직였다. 용도를 잃은 휴게실은 텅 비어 있었고 엘리베이터까지 가는 시간 동안 그녀는 단 한 사람도 보지 못했다.

"사람은 끼리끼리 사는 거지."

일반병동의 층수는 이미 검사를 받으러 가면서 숙지한 지 오래다. 엘리베이터에 오르고 층수를 누르며 음습하게 킬킬거리는 모양이 결코 가녀린 외향과는 그리 어울리지 않았다.

층수에 도착하면서부터 공기가 달라졌다. 사람의 향기, 북적거리는 소리, 그리고 살아가는 자들의 노래.

이런 것이 좋았다. 사람이 좋고, 함께 어우러지는 기분이 그 어떠한 것보다 즐거웠다. 힘차게 바퀴를 굴리며 휴게실 쪽으로 향하는 그녀의 모습은 가벼운 제비마냥 날쌨다.

다른 것은 몰라도 남들과의 친화력 하나만큼은 세계 일등이라고 해도 모자람이 없는 수연은 어렵지 않게 휴게실에 모여 있는 환자들과 친해졌다. 싹싹하게 말도 잘하고 큼지막한 눈으로 웃음을 지으며 사람 긴장감을 사르르 풀어 주는 능력도 대단했다.

사내아이처럼 짧게 잘린 머리카락에 다리가 부러졌어도 활동적인 성향을 여실히 보여 주는 그녀를 싫어할 사람은 극히 드물었다.

"그렇게 닦기만 해도 되겠어요?"

하루 종일 병원에서 생활하는 정숙이 휴지에 물을 묻혀 피 묻은 목을 닦아내는 수연을 보며 물었다. 귀 바로 아래의 목덜미에 생긴 상처라 처음에는 보지 못하고 고개를 틀어서야 겨우 발견했던 상처와 피에 정숙은 아직도 심장이 벌렁거렸다.

"괜찮아요, 좀 아프다고 약 먹는 것도 안 좋아요."

병원에서 다쳤으니 금방 간호사를 불러 소독만 하면 될 것을.

후련하게 수다를 떨면서 제법 친한 친구까지 만든 그녀는 이미 병동 밖의 아침이라 사람이 적은 넓은 공터에 머물러 있었다. 그녀의 곁으로 휠체어를 탄 네 명의 사람들이 콧김을 뿜어내며 손가락을 풀었다.

"꼭 이겨!"

정숙의 외침에 수연이 자신의 두 손을 맞잡으며 흔들어 보였다.

어쩌다가 이렇게 휠체어 경기가 시작되었는지는 수연만이 알겠지만 일단 게임의 룰은 간단했다. 휠체어를 타고 공터를 한 바퀴 돌아 병동 로비까지 가장 먼저 도착하는 사람이 승리. 거리는 대충 일반 도보로 3분 정도의 거리이니 아주 짧고 간단한 경기가 될 것이다.

그리고 간호사가 의사들이 알면 이 무지막지한 무개념에 비명을 지르며 비명을 지르겠지.

"자자, 다들 줄 제대로 서시고……."

손바닥이 출발선을 대신하고 휠체어 선수들이 긴장하며 몸을 굳혔다.

"준비, 출발!"

"출발!"

"달려!"

화끈하기 그지없는 출발 소리와 함께 수연은 빠르게 손을 놀렸다. 엄지를 주체로 얇고 큰 바퀴의 날을 돌리듯 굴리며 세차게 달려가는 휠체어 소리가 오돌토돌한 돌 위를 질주했다.

총 다섯 명의 레이서들이 둥그런 공터를 앞다투어 달리고 있었다. 환상의 테크닉을 보이며 가볍게 턴을 하는 휠체어 경력, 이 주차 지훈을 시작해서 바로 뒤로 휠체어 운전 겨우 두 시간째인 수연이 바짝 추격했다.

환상의 손놀림이 벌어졌다. 오른손으로 바퀴를 조절하며 왼손으로 병원 로비로 향하는 길목의 벽을 타 거리감을 조절하는 지훈과 그를 따라 하며 재빠르게 움직이는 수연. 뒤로 이미 한참 벌어진 두 사람의 모습에 모두들 혀를 내두른다.

'최대한 안전하게'가 목표인지라 다리를 다친 사람 위주로, 그리고 퇴원이 가까운 환자들로만 이루어진 시합 중에 아마 수연이 가장 중상(重傷)일 것이다. 제치고 제쳐지고를 반복하던 두 사람이 거의 막바지인 로비로 향하는 턱을 지나 타일 대리석에 도달했을 무렵이었다.

그녀가 계단 옆의 경사로에 막 올라섰을 때 지훈은 이미 로비에 들어서 있었다. 아무리 힘을 내도 역시 젊은 피는 못 이기는 걸 뼈저리게 느끼게 된다. 간만에 시원하게 달려서 기분이 좋아진 수연은 바퀴를 잡고 있던 손을 떼어 열심히 손뼉을 쳤다. 덕분에 경사로 끝에서 삐끗하고 뒤로 움직이는 휠체어를 느끼지 못했다.

"어, 어? 누나!"

다시 로비 앞으로 나오던 지훈은 뒤로 움직이는 휠체어를 발견하고 급하게 수연을 불렀다. 그제야 자신의 몸이 뒤로 움직이는 것을 깨달은 그녀가 놀라 바퀴를 잡았지만 병실에서 다쳤던 목덜미의 상처가 순간 아찔하게 아파와 손을 놓치고 말았다. 그 바람에 휠체어는 완벽하게 경사로를 거꾸로 타고 내려가기 시작했다.

곡선을 이루며 휘어진 경사로는 완만하지만 내려가는 속도는 무시할 수 없었다. 경사로 자체에도 휘어진 부분이 있어 자칫하며 그대로 부딪혀 큰 사고가 날 수도 있다. 빠르게 뒤로 미끄러지는 휠체어 위에서 내리기를 포기한 수연은 최대한 몸을 웅크리며 다치지 않기를 기도했다.

결국 그녀의 무게를 타고 무겁고 빠르게 내려간 휠체어가 휘어진 부분에서 그대로 난간용 화단 벽에 부딪혀 버렸다. 격한 통증과 함께 수연의 몸이 일순 조금 떴다가 앞으로 기울여지기 시작했다. 이대로 넘어지면 휠체어가 그녀를 덮칠 가능성이 농후했다.

"윽!"

멈춘 듯 눈을 질끈 감으며 입술을 꼭 깨문 그녀의 몸이 아래로 넘어졌다. 살이 긁히는 미약한 통증이 소름 끼치게 올라오는 순간 아픔에 눈을 찡그릴 틈도 없이 무언가가 수연을 낚아챘다.

강렬하게 자신을 바라보는 깊은, 안경으로 통해서 보는 것이 아니다. 오로지 눈과 눈으로 마주한 시선의 날카로움을 읽어내는 순간 그들의 위로 휠체어가 매섭게 그들을 짓눌렀다.

그리 무거운 무게는 아니지만 부러진 경첩의 날카로운 홈이 수연을 감싼 남자의 등을 강하게 파고들었다. 짧은 날카로움이 등에 생채기를 남기고 우당탕 경사를 따라 넘어졌다. 그는 제법 강한 통증에 눈살을 찌푸리면서 수연을 안은 팔에 조금 더 힘을 주었다.

최고급 검은 양복의 재킷 뒤가 완전히 찢어졌을 것이다.

규현은 경악함을 감추지 못하고 빠르게 달려와 남자와 수연을 살폈다. 너무 놀라 눈 뜨는 것도 잊은 상태로 달달 떠는 수연과 꽤 아픈 통증에 참아내듯 그녀를 안은 상관까지.

재희의 등을 가로지른 상처로 붉게 물들어 오는 촉촉한 핏물이 아련하게 퍼지고 있었다.

"아파요? 어떻게, 미안해요……. 난 몰라. 세상에, 많이 아프죠."

수연은 자신이 울먹거리고 있다는 사실도 알지 못하고 헐벗고 상처를 치료받고 있는 재희의 옆에 앉아 안절부절못하고 손만 움직였다. 봉합을 해야 할 정도로 다친 것은 아니지만 날카롭고 굵은 경첩에 베이듯 살이 길게 파였으니 아픔은 상당할 것이다.

단단한 상체의 등허리를 무려 30cm가량 다친 재희는 소독을 하는 손길에도 묵묵히 수연을 응시했다. 그런 그의 시선을 느끼지 못하며 수연은 손가락으로 그의 상처 주위를 더듬대듯 만지며 안쓰러움을 토했다. 너무 아프게 난 상처에선 피가 올랐고 깨끗한 거즈로 덧댄 후에는 상처가 깊진 않아도 컸기에 붕대로 돌돌 말기까지 했다.

"정말 미안해요."

수연의 손가락이 붕대로 감긴 살결에 닿자 재희는 살며시 올라오는 욕심에 손가락의 힘을 풀었다. 뼈대가 가득히 굵고 큰 손이 우두둑 어긋나는 소리를 내며 움직였고 수연은 그제야 자신이 남자의 몸을 열심히 훑어댔다는 것을 깨달았다.

민망함과 더불어 죄스러움이 가득 몰려와 우울한 얼굴로 고개를 숙인 수연이 주춤주춤 물러났다. 재희는 뒤에서 붕대를 단단히 조이며 클립으로 마감하는 의사가 있다는 사실을 무시하고 그대로 그녀의 목을 잡았다.

"윽."

여린 목을 조인 손이 순식간에 그녀의 빨간 생채기를 더듬으며 다시 피를 내는 살결의 근처를 만졌다. 스치는 피부의 마주침에 날카로울 정도로 뜨거운 아픔이 느껴진다. 눈을 찌푸린 수연은 이내 촉촉이 닿는 숨결과 고동, 타액에 움직임을 멈췄다.

숨이, 심장이 아닌 가슴이 멈추는 것을 겪었다.

병실에 남은 흐릿한 붉은 핏자국에 분노했고 흔적조차 보이지 않는 그녀 때문에 초조해졌다. 그저 오래전에 엘리베이터를 타고 내려갔다는 말만 앵무새마냥 반복하는 간호사들의 목을 졸라 버리고 싶을 정도로 머릿속이 공허해졌다.

그가 때마침 로비로 내려가지 않았더라면, 아주 조금이라도 늦었더라면 자신의 등에 난 상처가 저 여린 몸을 가로지르며 핏물을 뽑아냈을지도 모른다는 사실에 그는 순수하게 격분했다. 목덜미의 스친 상처도 용서할 수 없을 만큼 화가 치민다.

이 생경한 감각이 치가 떨릴 만큼 역겨워 당장 이 목을 조여 버릴지도 몰라.

"잠깐……!"

비릿한 핏물이 입술에 닿아 한껏 빨아내듯 숨을 마시며 그녀의 목을 잡은 손을 놓은 재희는 그대로 수연의 머리를 부여잡고 제 입술로 그녀의 입술을 한입에 갈취했다. 낯 뜨겁게 벌어진 농도 짙은 키스에 놀란 의사와 간호사가 규현의 도움으로 허겁지겁 병실을 나가는 순간에도 재희는 그녀의 머리를 놓아주지 않았다.

설익은 살구처럼 씁쓸한 아스피린의 맛이 남은 재희의 혀가 자신의 혀를 감으며 빠르게 치고 빠지기를 거듭하자 수연은 힘껏 반항했다.

뜨겁다.

더할 나위 없이 뜨거운 설왕설래에 수연은 눈을 찡그리며 그의 가슴을 밀어냈다. 재희는 생각보다 쉽게 뒤로 물러나며 제 입술을 혀로 쓸었다. 번들거리는 타액이 수연과 그의 입술에 골고루 묻어 보다 색정적인 분위기를 연출했지만 수연은 다친 다리 때문에 도망도 못 가고 혼이 빠진 상태로 경악했다.

"아."

짧고 임팩트 있는, 귀를 울리는 당혹감이 가득한 목소리에 잠시 움찔거리던 수연이 눈을 동그랗게 뜨며 그를 올려보았다. 조금 전 뜨겁게 나눈 키스로 인해 조금 붉어진 입술이 한눈에 들어왔지만 재희는 묵묵히 그녀를 향한 시선을 떼지 않았다. 이 뻔뻔한 남자의 당당하기 그지없는 행동에 수연은 침대 끝으로 푸드덕 날개 날리듯 달아났다. 무례를 지나친 키스는 설렘과 동시에 의문을 남겼다.

괜히 입술을 소매로 문질러 닦은 수연은 촉촉하게 젖은 눈망울로 그를 노려보았다.

새파란 처자의 입술을 대놓고 횡령한 남자를 벌하기 위해 온 머릿속이 뒤죽박죽으로 섞여 들어갔다.

그러나 바로 직전까지 가졌던 무덤덤했던 눈은 사라지고 멍청

하다 싶을 만큼 멍하니 자신을 보는 재희의 눈에 따질 기력이 몽땅 사라지고 말았다. 마치 정말로 크게 잘못을 해 버렸다는 듯이 너무도 혼란스러워하며 자신을 빤히 보는 시선이 스치듯 결론을 냈다.

충동이 무엇인지를 고스란히 알려 주는 것처럼 그는 극도로 당황하고 있었다. 이 입맞춤의 결론이 무엇인지 정확하게 인지하지도 못하면서.

"아…… 나는."

"오케이, 오케이. 알았어요. 알겠어."

두 손을 번쩍 들며 먼저 마음을 정리한 것은 수연이었다. 말 그대로 혼란에 빠진 재희가 그녀의 말소리에 고개를 들어 올렸고 수연은 조금 씁쓸함을 느끼면서 말했다.

"실수죠, 실수? 욕구 충족을 위한 뭐, 그런 거."

짙게 입술을 빼앗긴 여자치고는 너무도 산뜻한 말이었지만 그 안으로 벌렁거리는 가슴은 차마 참을 수가 없었다. 아직도 입안을 굴러다니는 감각에 얼굴은 그대로 두더라도 아마 옷 아래 살결을 붉게 물들이고 있을 것이다. 자신이 입술을 빼앗겨 놓고도 그 상황을 욕구불만으로 치부해 버리는 저 말도 안 되는 넉살에 재희는 혼란으로 가득했던 머리가 싹 비워지는 것을 느꼈다.

애써 떨리는 입술 앙 다물고 웃어 보이는 그녀에 재희는 일간 감추지 못한 화를 드러냈다.

욕구 충족?

그런 것이라면 당장 수연을 이 침대 위에서 안아야 했다. 지금 그의 하복부를 힘들게 만드는 미치도록 단 그녀를 말이다.

하지만 틀리다고는 할 수 없었다. 단지 조금 다를 뿐이다. 그녀의 핏방울이 맺힌 목덜미를 보며, 그것이 피부를 타고 조금씩 전해지자 끓어오르는 욕망에 그녀의 입술을 가지지 않고서는 버틸 수가 없었다. 충동이라고 설명해도 좋았고 순간의 역동이라고 해도 좋았다. 중요한 건 강재희가 지수연을 원했다는 사실이다.

욕을 잔뜩 퍼부어도 모자를 자신의 행동에 아무렇지도 않은 듯 웃어 보이는 것이 마음에 들지 않는다. 그것을 단순하게 치부하는 그녀가 야속하다.

"그렇겠지."

재희는 결국 수긍을 했다. 그 바람에 싱글벙글 웃으며 고개를 돌리는 수연의 짧은 머리카락 사이로 보이는 목덜미가 홍시처럼 붉어졌다는 것을 보지 못했다. 잠시간의 소동이 마무리가 되자 재희는 뒤늦게 자신의 등허리가 주는 통증에 무의식적으로 얼굴을 찌푸렸다.

수연의 병실에서 치료를 하여 특별하게 환자복이 없었고 그나마 입을 것이 찢어진 와이셔츠뿐인지라 재희는 옷 입는 것을 가볍게 포기했다. 맨살에 붕대만 감고 있는 모습이 화끈거릴 정도로 섹시한 남자의 몸에 수연은 연신 입맛만 다시며 키스의 여운을 느끼다가 눈을 깜빡였다.

상처에 신경을 쓸 때에는 그다지 이 남자 헐벗은 것을 중요하게 여기지 않았건만 인지하는 순간부터 눈을 떼기가 어려웠다.

어머머, 어머. 어떻게 사람 몸이 저렇게 야할 수 있담?

날렵하게 들어간 허리선에 운동으로 갖춰진 가슴과 어깨, 목덜미부터 날개 뼈 사이를 지나 벨트로 조여진 정장 바지로 들어서는 장골. 등선이 완벽한 곡선을 보여 주며 곧추서 있고 붕대로 감아 보이지 않는 부위조차도…….

"으악!"

수연은 놀랍도록 매력적인 재희의 등에 눈을 빼앗겨 침대 위에 앉아 멍을 때리다가 사내의 가슴이 다가오자 놀라 얼굴을 들었다.

하지만 재희는 보란 듯이 수연을 지나치며 병실 문을 열었고 밖에서 대기하고 있던 규현을 불렀다.

"퇴원 수속해."

"퇴원 말씀이십니까?"

불처럼 타다타닥 타오르는 입맞춤을 라이브로 보았던 규현은 마주한 상관을 약간 떨떠름하게 보다가 반문했다.

아직 입원 기간만 하더라도 일주일은 더 있어야 하는 수연을 퇴원시킨다는 말에 규현이 의아한 눈치를 보였다. 답을 바라는 규현에게 재희는 심드렁한 상태 그대로 문틀에 기대서며 말했다.

"집으로 간다."

"집 말씀이십니까?"

아직 부족한 설명에 규현이 인상을 조금 쓰며 다시 입을 열기 위해 입술을 떼어낼 때 침대 위에 있던 수연이 한쪽 다리로 총총총 뛰어왔다. 그리고 반짝거리는 눈으로 재희의 팔을 잡으며 그를 올려보았다.

"저, 집에 가요?"

정말 어지간히도 가고 싶은지 그리 큰 목소리가 아니었는데도 불구하고 수연은 한껏 들뜬 목소리로 재희에게 물어왔다. 말똥말똥 귀여운 눈동자에 규현의 시선이 잠시 향했는데 따갑게 쏘아오는 그의 눈빛이 느껴지자 기겁하며 고개를 돌렸다.

억울해 죽을 것 같다.

재희는 자신의 팔로 중심을 잡으며 섰던 수연이 물러서는 것을 잡았다. 이어 몸만큼이나 가느다란 손목을 쥐며 최대한 가깝게 당겼다. 그 바람에 기우뚱하니 버텨 서 있던 수연이 그의 손에서 팔목을 빼다가 휘청거렸고 규현 쪽으로 풍당 안겼다.

"아!"

"괜찮으십니까?"

"괘, 괜찮아요."

든든한 가슴에 담뿍 안기며 매너 있는 말에 대꾸하다가 본 규현의 얼굴은 흡사 귀신이라도 본 사람 같았다. 안색을 싹 바꾸며 그녀를 바로 세운 그는 부리나케 달려 나갔다.

그는 정말로 열심히 달렸다. 갑작스럽게 줄행랑치는 규현의 뒷모습을 빤히 구경하며 바람 빠지듯 웃은 그녀는 퇴원이라는 말이 거듭 나왔다는 사실에 기대감이 가득 차올랐다. 어차피 퇴원 수속이야 그녀가 해도 되겠지만 이 만만찮은 특실 비용을 감당키 어려워 잠자코 있지 않았던가. 본래 퇴원 수속을 하면서 비용을 주는 것이니 그 기대감은 더욱 차올라 눈에 별이라도 박은 양 반짝거린다. 속물 같아도 어쩔 수 없다.

'난 돈이 없으니까!'

괜히 민망하고 찔려서 혼자 면죄부를 마련해 봐도 민망한 건 별수 없는 모양이다.

"이만 가도 되겠죠?"

"뭐?"

"집이요. 퇴원."

"아아, 그렇지. 집에 가지."

"세상에. 상무님이 무진장 예뻐 보이네요!"

"상무……."

끈질기게 상무라 지칭하며 홀라당 침대로 가는 수연에 재희의 배알이 마구 꼬였다. 저 좋아하는 얼굴을 보니 괴롭히고 싶은 욕구가 치민다. 요망하게도 저와 떨어진다는 것에 즐거워 못 견디는 입을 야금 물어 버리고 싶었다. 뒤틀린 속에 그는 아주 능숙하게 수연의 행동을 멈추게 만들었다.

"등이 아프군."

"윽."

"아주 많이."

순도 100%로 자신 때문에 잘난 등에 길게 상흔이 남았으니 드러난 붕대로 시선이 가는 것을 막을 수가 없다. 수연은 애초에 짐이 없었고 가볍게 본래 입었던 옷을 꺼내 들었다. 그리고 먼 곳을 보는 양 혼자 영화 찍는 그의 모습에 마른 입술을 축이다가 슬그머니 장난을 걸었다.

"음, 어떻게 하면 안 아플까?"

대꾸도 없는 재희에게 번개 속구가 날아들었다.

"뽀뽀해 주면 나으려나?"

약간 시간을 흘러 맞닿았던 입술을 장난으로 무마하려는 의미도 함께 포함되어 던진 말이었다. 그녀의 변화 없는 강렬한 직구는 그대로 홈런을 먹었다. 삐딱하게 올라가는 재희의 입가로 수연은 저 입에서 당치도 않을 말이 나올 것임을 깨달았다. 서둘러 말을 번복하기도 전에 그의 입이 열렸다.

"나쁘지 않다."

"아, 아니. 그냥 장난……."

사르륵 혀가 입술을 쓸며 그의 손이 자신의 혀의 끝을 살짝 잡으며 무척이나 관능적인 형상을 비추었다. 내리깐 눈의 눈꺼풀이나 촉촉함 없이 메마른 눈동자까지도 쿵덕쿵덕 삼박자를 이루는지라 그것을 지켜봐야 했던 수연이 숨을 들이쉬었다.

"내가 만족할 때까지라면."

으아악!

아까의 제법 귀엽게 당황하던 모습은 사라졌다. 음흉하고 능청스러운 남자만 남아서 저벅저벅 걸어와 한쪽 다리로 재빨리 도망치는 수연의 허리를 끌어안아 당긴다. 등에 와 닿은 재희의 맨살의 온기에 단단한 팔을 두 손으로 잡고 발버둥을 쳐 보지만 그럴수록 그는 더욱 힘을 주어 당겼다.

진지한 그의 눈동자에 수연이 배시시 웃었다.

"뽀뽀 2탄?"

"좋지."

"미안합니다."

그 심장 벌렁거리는 입맞춤은 당분간은 피하고 싶습니다.

당분간? 스스로 당분간이라는 전제를 걸어놓고 고개를 돌리던 수연이 홀로 당혹감에 눈을 깜빡였다. 그럼 다음에는 한다는 거야, 뭐야? 세차게 머리를 빙빙 흔들며 몸을 뒤틀었다. 크게 움직이다 얼얼하게 아픈 등허리에 재희는 그녀를 놓칠 수밖에 없었다. 침대 위로 올라 깁스한 다리를 방패 삼아 앉은 수연을 못마땅하게 바라보았다.

이상야릇한 기류가 솔솔 흐르는 가운데 때마침 병실 문을 열고 들어온 규현은 병실의 풍경에 우뚝 멈췄다. 붕대 감은 등판을 자랑스럽게 보이는 재희와 침대 위에서 나름 방패지만 마치 유혹하듯 오른쪽 다리를 들어 올리고 있는 수연은 누가 봐도 묘했다. 이내 돌아서 나가려는 그를 수연이 격하게 잡았다.

"저, 저기 비서님!"

이렇게 있다가는 2차 입술 문대기가 시작될지도 모른다는 사실에 절박하게 규현을 불렀다. 그는 어쩔 수 없이 몸을 다시 돌리며 수연에게 고개만 끄덕거리고서 다가왔다.

"통원치료가 필요하지만 크게 중요한 검사는 없을 것 같습니다. 가시는 길에 담당 의사선생님을 뵙고 가시면 된다고 하십니다."

처음은 재희에게 시작했지만 마지막 말은 수연에게로 끝낸 규현은 보고를 마친 후 당연히 입을 다물었다.

관심을 보이며 눈길을 주던 수연은 이내 재희와 규현의 대화에 눈에 불을 켰다. 잠시 다른 생각을 하는 사이 서로 몇 마디가 더 오갔는데 그 말이 듣는 사람으로 하여금 기가 차게 만들었다.

"잠깐, 잠깐만요! 지금 두 사람 뭐라고 했어요?!"

재희가 하는 말이야, 태반이 못들을 말이지만 이번 것은 규현과 토스해 가며 막돼먹은 말을 하는 통에 수연이 받는 충격은 몇 배였다. 아니, 규현의 동그랗게 커진 눈을 보고 있자니 재희 혼자 하는 헛소리인 듯하다.

기함하며 외치는 수연의 목소리에 재희가 전혀 흔들림 없이 바라보며 방금 전 읊었던 말을 해 주었다.

"일단 먼저 수연이 집에 데려다 주고 회사 가야겠다. 옷 몇 가지 사고 주치의 한 명 보내. 방은 내 방에 있는 서재 안쪽으로 하고."

빌어먹게도 머리도 좋은지 토씨 하나 틀림이 없이 그대로, 규현에게 말하듯 수연에게 말해 준 재희는 당당한 '수연이'라는 말에 얼굴이 불타오른 그녀를 구경했다. 스스럼없이 친근하게 불러오는 자신의 이름이 너무도 부끄럽고 숨이 차오르게 벅차서 수연은 잠시 할 말을 찾지 못하다가 겨우 반문거리를 꺼내었다.

"……우리 집은 서재가 없는데요. 거기다 옷도 많이 있습니다만?"

그녀의 또박또박 당연한 말에도 재희는 전혀 흔들리지 않고 대꾸했다.

"아아, 내 집엔 있어. 그리고 네 옷은 없지."

"저 지금 이해 못 하고 있는데요?"

"안 해도 돼. 김규현, 뭐해. 가서 차 준비시켜."

당연하다는 듯이 그녀의 의견은 묵살하고 규현에게 손짓하는 그의 모습에 지금까지의 설렘이나 두근거림, 혹은 미묘한 떨림이 순식간에 나락으로 처박혔다. 독재적인 모습이, 남을 부리는 것이 당연하다는 것처럼 손짓으로 규현을 내보내는 행동에 화가 솟는다. 수연은 부드럽게 펴져 있던 안면을 잔뜩 일그러졌다.

"장난하세요?"

"장난?"

"지금 상무님 말씀이 저를 상무님 댁으로 데려간다고 하는 것 같은데, 제 말이 틀린가요?"

"정확해."

"제가 싫다면요?"

"그래도 데려간다."

그의 여유로운 말이 마치 자신을 놀리는 기분이 들어서 흐트러진 머리카락을 뒤로 쓸어 넘긴 수연은 생각보다 태연한 얼굴로 그를 대했다.

"저 좋아하세요?"

역시나 직설적인 말 한마디에 재희의 행동이 짐짓 굳었다. 수연으로도 뭐 신데렐라 스토리를 바라고 있는 것은 아니다. 팔짱을 끼고 저 단단한 입에서 무슨 말이 나올지만 기대할 뿐이다. 당황하면 더 좋고.

"그렇다면?"

재희는 고개를 빳빳이 들고 자신을 향해 콧김을 내뿜는 수연을 보면서 정말 웃음이 나올 것 같았다. 저 여자의 급변하는 안면구조를 제대로 한번 파악해 보고 싶다는 생각을 하면서 애써 웃음을 꾹 참은 재희다. 팽팽하게 당겨진 끈 위에서 노니는 수연을 언제 채갈까 기회만 엿보는 뱀처럼 입꼬리만 조금 올렸다.

"그럼, 결론은 하나네요. 제가 도망을 가든가, 그쪽이 납치를 하든가."

"납치?"

납치라는 단어에 재희의 곧게 그려진 눈썹이 위로 올려졌다. 과격한 단어 선택이 결코 마음에 들 리 없었다. 당연히 자신이 간병하기로 마음먹은 여자를 제집으로 데려가야 함이 옳다고 생각하고 있던 재희는 수연의 극단적인 발언에 신경이 곤두섰다.

"전 제 발로 강재희 씨 집에 들어갈 생각은 추호도 없으니까요."

상식적으로 따져 보아도 이건 말도 되지 않는 소리다.

도시로 오면서 학비를 제외하고는 아무것도 지원해 주시지 않는 아버지 탓에 홀로서기가 당연하다고 여기는 그녀다. 이 사람이 아니라 다른 사람이라 해도 그건 싫다. 더불어 저 남자의 뿌리박힌 거만함 역시.

더 말을 하면 절대 가만히 있지 않겠다는 의지로 수연의 눈매가 비죽 솟았다.

다른 것을 다 버리고서라도 외간 남자의 집에 들어가는 건 어느 나라 법도라는 건가. 더 생각할 것도 없고 이어나갈 이유도 없는 문제다.

"네 간병인이라고 했잖아. 간병을 하자면 내 옆에 있는 게 좋아."

"지금 상황으론 저보다 상무님이 간병 받으셔야 할 것 같은데요."

"내가 정신 나간 놈인 건 나도 알아."

"그게 아니라……."

쭈뼛쭈뼛 재희의 몸을 힐끗거린 수연은 여전히 굳건한 붕대에 한쪽 가슴이 와르르 무너져 내렸다.

머뭇거리는 수연의 행동에 재희는 다시 번지는 웃음을 고요히 흘려보냈다. 걱정이 담겨 제 몸을 향한 수연의 시선이 나쁘지 않았다. 욱신거리며 신경을 날카롭게 만드는 아픔이지만 수연의 손가락이 닿았던 감촉은 오히려 기분이 좋았으니까.

"뭐든 내 옆에만 있으면 돼."

때에 따라선 달콤한 사랑 고백이라고도 할 수 있겠지만 흔들림

없이 냉정한 재희의 눈을 보자면 저건 사랑 고백이 아니라 모든 것을 갖고 싶어 하는 욕심인 듯했다.

알 수 없는 사람이다. 가게에서 만났을 때부터 지금까지도.

수연의 말이 틀림이 없다는 것을 재희도 모르지는 않는다. 어느 누가 다짜고짜 저를 데리고 간다는 말에 쉽게 그렇다며 고개를 끄덕일까. 하지만 그는 그조차도 묵인해 버리고 싶을 만큼 조바심이 흘러 참을 수가 없었다. 그가 없는 나머지 시간 동안 얼마든지 이 한정된 공간에서 벗어날 수 있는 수연이, 자신이 모르는 곳에서 다른 사람과 대화를 나누며 자신의 존재를 가볍게 잊어버릴 그녀를 용서할 수 없었다.

가슴 떨리는 설렘은 없지만 명백한 욕심은 있었다. 지수연을 그의 옆에 두어야 하는 명분 없는 결말이. 그러나 그 욕심이 설렘과 같은 것임을 그는 몰랐다.

"상무님이 제집에 오시든가요. 간병하는 사람이 짐 옮겨야지 받는 사람이 옮기는 게 어디 있어."

누군가의 말 한마디, 한마디에 가슴 졸이며 쿵쿵 내려앉는 것이 마음에 들지 않았던 수연은 바닥에 떨어져 있는 옷가지를 침대 위에 놓고 그 위에 털썩 앉았다.

이어 놀랍게도 동그랗게 커진 재희의 눈을 발견했다.

번뜩이는 맹수마냥 날카롭던 눈이 어쩜 저렇게 커질 수 있나 궁금해 하기도 전에 수연은 이미 자신이 무슨 말을 내뱉었는지 까맣게 잊어 가고 있었다. 그저 홧김에 내뱉은 말임이 분명해서 절대 재희의 뜻대로 되지 않도록 그대로 발라당 침대에 누워 그 끝 모서리를 잡고 눈까지 감아 버린다. 허우적거리며 반항을 표하는 모습이 귀엽기까지 했다.

재희는 무심결에 뱉은 그녀의 말에 정말 놀란 눈으로 한참을 그렇게 서 있었다. 그리고 더없이 진하고 끙끙이 가득한 비죽거리는 웃음으로 고개만 끄덕였다.

5.
역동

"나 결국 너 술 먹다 죽은 줄 알았다. 다리는 또 뭐하다 그랬어?"

진지하게 말하는 선배의 말에 간만에 슬리퍼 대신 신은 운동화를 툭툭 털어내던 수연은 이미 밑창이 많이 닳아 있는 것에 한탄하면서 안타까운 목소리로 대답했다.

"아아, 술 먹다 죽을 뻔하긴 했지."

"그래, 너라면 그럴 줄…… 뭐?!"

실없는 대화는 두 사람만의 단순한 인사법이었기 때문에 꽤 간만에 나타난 수연에게 반가움을 표하던 경우는 태연한 말에 단순히 넘어가다가 경악했다. 눈을 부릅뜨는 경우의 무서운 눈에 수연이 피식 웃었다.

내 짧은 인생 중에 인상 무섭기로는 선배가 최고봉일 거라고 생각했수.

헌데 그보다 더 살벌한 눈을 가진 사람이 있다는 것에 이 세상이 씁쓸해졌다. 그렇게 자기중심적인 사람이 있다는 건 애석하기 그지없는 노릇이다.

간만에 찾은 단골 삼겹살집임에도 집중하지 못하고 재희 생각에 이를 갈았다.

뻔한 눈으로 '모셔다 드리지.' 라며 비꼬듯 존칭 반, 반말 반을 섞어 말한 재희는 절대 굽히지 않을 듯 단호하게 말했다. 듣도 보도 못했던 넓은 차체에 한 번 놀라고 자연스럽게 에스코트를 하는 것처럼 뒷문을 열어 주는 재희의 행동에 두 번 놀랐다. 거기다 자신의 자랑스러운 아파트 앞에 선 검은색 외제차의 내려진 창문으로 웃으며,

[다음에 보지.]

라고 거만하게 말하는 재희에 세 번 놀랐다.

그는 병원비는 물론 언젠가 한번 말한 적 있던 서문의 이미지 실추에 관한 것 또한 단 한 마디도 꺼내지 않았다. 안 그래도 퇴원하면서 돈을 내놓으라, 손바닥을 펼칠 재희를 상상하며 긴장감에 눈만 깜빡였다.

"뭔가 꿍꿍이가 있어. 분명히."

더 짜증이 나는 건 그날 이후로 이미 사흘이 넘게 지났음에도 하루 12시간은 강재희 생각에 혼자 열 내고, 혼자 설레었다가 다시 혼자 짜증 내기를 반복한다는 것이다. 눈을 가늘게 뜨며 자신의 머리를 잡고 실종기간 동안 있었던 일의 상세함을 토해내라 종용하는 경우에게 수연은 어깨만 으쓱거렸다.

"Nothing."

일단 언제 볼지 모르는 남자보다는 눈앞에서 자글자글 익어가는 고기가 더 중요하다. 불판 위에서 익는 삼겹살에 입맛을 다시면서 젓가락을 든 그녀는 고기 위에서 어른거리는 재희의 얼굴에 뚱하니 입술을 내밀었다.

간병인이라고 해놓고 간병은커녕 코빼기도 보이지 않는 남자. 등의 상처는 괜찮을까. 뭐 돈은 많은 사람이니 딱히 걱정할 필요는 없겠지만.

"사라져라, 사라져라, 사라져라."

옆에서 경우가 '천둥벌거숭이'라고 놀리는 것을 알면서도 수연은 냉큼 재희의 얼굴이 떠오른 고기를 집어 들고 입에 넣고서 야금야금 씹어댔다. 세상에나, 오랜만에 맛보는 남의 살, 삼겹살은 정말 무지하게 맛있었다. 상추에 고기 두 점 올리고 작은 입으로 양껏 집어넣는 수연을 신기하게 보던 경우는 삼겹살 이 인분을 추가했다.

"선배 그 가게는 어떻게 됐어?"

석 달 전에 일했던 그 바(Bar)는 사장의 부도덕한 행동으로 인해 장기 영업정지를 먹고 말았다. 술에 뭘 탔다나 뭐라나. 거기서 5년 넘게 일을 해오던 선배의 일자리를 걱정하듯 툭 물어오는 그녀에게 경우는 나온 고기를 불판에 올리며 말했다.

"무리 좀 해서 인수했다. 집 월세로 돌리고 적금 깨니까 간신히 타산 맞던데. 대출이야 뭐 말할 것도 없고."

수연은 공짜 술 마실 공간이 생겼다는 사실에 눈을 반짝이며 두 손을 모았다. 단번에 그것을 알아차린 경우가 혀를 찼다.

"적당히 해. 그러다 몸 상하면 너만 손해야."

"내가 뭐 술만 먹겠어? 안주도 먹어야지."

능청스럽게 안주도 달라며 헤실헤실한 그녀에 경우는 결국 웃음을 터트렸다. 이렇게 말하면서 꼬박꼬박 돈은 잘 내는 수연을 알기에 미워하려야 미워할 수도 없다.

신명 나게 고기를 집어 먹으며 분위기 흐름에 소주 두 병을 시킨 것이 다소 걱정이 되었지만 이미 입안으로 들어온 술을 거부하기엔 수연은 너무도 마음이 약했다.

이건 다 일 시키다가 중학교 때부터 막걸리를 마시게 한 아버지 탓이다.

수연은 알딸딸한 기분으로 실실거리며 택시에 올라탔다.

거기다 데려다 주겠다는 경우의 친절을 한사코 거부하며 자신의 얄팍하기 그지없는 팔목을 드러내 보였다. 택시를 잡아 주면서도 같이 타려는 경우를 툭툭 밀어내며 주소를 말하고 빠르게 문을 닫은 그녀는 손을 팔랑거렸다.

사람이 어떻게 술을 먹지 않고 살 수 있겠나, 이 좋고 이 맛 난 것을. 마시는 순간에는 가지고 있는 문제가 조금이나마 녹아 버리는 것 같다.

늦은 밤 긴장감이라고는 눈 씻고 찾아봐도 보이지 않을 넉살스러운 행동은 백미러로 힐끗 보던 택시 기사마저도 혀를 내두를 정도로 낙천적이었다. 잠깐 만에 깊게 잠이 든 그녀는 만족스러운 꿈을 꾸는지 입맛을 다시며 슬슬 웃어 보이다가 달달달 움직이는 허벅지에 눈을 찌푸렸다.

어찌나 경박스럽게 덜덜거리는지 슬그머니 눈꺼풀을 들어 올린 수연은 짜증이 서린 얼굴로 주머니를 뒤적거렸다. 보름 가까이 죽어 있다가 오늘 오후에서야 간신히 살아난 휴대폰을 꺼낸 그녀는 하품을 참지 않고 늘어지게 전화를 받았다.

만약 정신이 좀 있었으면 혹시나 아버지일까 눈을 부릅뜨고 전화번호를 살폈을 테지만 핀트 나간 정신은 그리 심각하게 받아들이지 않고 있었다.

"예에."

약간의 침묵, 그리고 담담한 말투.

─내일 저녁에 갈 테니 기다려.

가? 뭘 가. 무슨 말인지 모르니 그냥 대답하자.

"예에에."

─……지수연?

재희의 나지막한 목소리에 수연은 잠을 깨었다는 불쾌감이 살살 녹아내리는 것을 느끼며 눈을 감았다. 기분이 좋다. 울려대는 진중함이 아니라 낮은 옥타브로 그녀의 이름을 부르고 바람처럼 통해지는 숨소리에 수연은 웃다가 넋 놓고 수면의 나락으로 떨어졌다. 그래 봐야 고작 소주 반병이 전부였거늘.

그녀의 이름을 부르고 약간 높아진 언성에도 몸이 녹아내릴 것처럼 그의 목소리가 좋았다. 거짓 없이 두근거리는 심장조차도.

와이셔츠를 벗어 셔츠로 갈아입던 도중 찌르르 아파오는 등에 재희의 입에서 저절로 한숨이 흘러나왔다. 붕대가 젖을 만큼 꽤 많은 양의 피가 새어나와 갈지 않으면 곤란할 지경이었다. 육안으로 똑똑히 보이는 선홍색의 붕대에 규현이 다가와 구급상자를 내려놓자 재희는 손짓으로 그를 막았다.

"이제 네가 할 필요 없어."

"무슨 말씀이신지……."

셔츠를 마저 갈아입고서 몸을 돌린 그는 테이블에 놓인 잘 닦인 안경을 들고 이리저리 둘러보았다.

자신의 눈매가 남들과 달리 험상 맞고 매섭다는 것을 모르는 것이 아니기 때문에 일부러 구했던 안경이다. 강재희가 지수연에게 잘 보이기 위해 시도한 첫 번째 호의이기도 했다. 하늘에서 떨어지듯, 그의 전부인 서문에서 추락하던 수연을 위해서.

아직도 눈앞을 생생하게 가로지르는 작은 낙화를 재희는 정확하게 기억하고 있었다.

두껍지 않은 안경알 너머로 넓게 퍼진 방 안에 스쳐보며 휴대폰을 든 그는 자신이 준 종이에 의아함을 보여 내는 규현에게 말했다.

"앞으로 출퇴근은 내가 알아서 해. 이 집은…… 그래, 너 가져라."

서울 중심부, 바로 앞으로 흐르는 한강과 높은 조경, 그 평수와 지리적인 요건만으로도 이미 억 소리가 나는 자택을 아주 간단하게 넘겨 버리는 재희의 말에 규현이 한숨을 토해냈다.

"상무님."

"특별한 일 없으면 나가 봐. 내일부터 집 찾아올 필요 없으니까 바로 회사로 출근해."

"하지만."

저 듣고 싶은 말만 듣고 몸을 돌려 방 한편에 마련된 서재로 들어가 버리는 덕분에 한 걸음 다가서던 규현이 쓰게 표정 지으며 멈취야 했다. 자신의 말은 들리지 않을 것이다. 아니, 이미 들어야 한다는 것 자체를 귀찮아하고 있을 것임이 분명했다.

서재로 들어와 노트북과 몇 가지 서류들만 챙긴 그는 곧장 전문 서적이 가득한 책장 가운데 한 면을 가득히 채운 책 중 몇 권을 꺼내었다.

언제부터 연애소설을 읽어댔는지는 기억나지 않았다. 딱히 연애 소설만을 읽는 것이 아니라 그저 이번에 끌린 장르가 이 사랑놀이를 해대는 책인 것뿐이다. 일에 빠져 있을 땐 그에 관련된 종류의 책을 파고들었고 운동에 홀렸을 땐 체육 관련 책에 흠뻑 젖었다. 내 생각이 아닌 다른 이의 생각을 읽을 수 있는 책은 그 순간만이라도 숨 막히는 공간도, 때때로 고개를 드는 흡연 욕구도 떠오르지 않게 만들었다.

책까지 가방에 넣어 준비하고 책상에 엉덩이를 걸치고 앉은 그는 이미 단번에 외워 버린 번호를 누르며 휴대폰을 귓가에 올렸다. 3개월간 회사에서 일했던 이력에 남아 있는 번호가 바뀌지 않았다면 이 전화의 끝에는 수연의 목소리가 돌아올 것이다.

사흘간 주변 정리를 한답시고 보지도, 듣지도 못했던 달콤한 음성이.

– 예에.

"큭."

받는 것도 남다르다. 첫 마디부터 자신에게 웃음을 선사하는 수연의 목소리에 재희는 애써 입가를 가리며 잠시 말을 아꼈다. 늘어지는 음성이 반갑다는 감정으로 번졌다. 스스로는 알아차리지 못하더라도 입술을 만지며 마치 풋풋한 연애를 하는 사람처럼 그렇게 재희는 매섭기만 했던 눈을 부드럽게 그리고 있었다.

"내일 저녁에 갈 테니 기다려."

아마 이렇게 말하면 특별할 것도 없으면서 불처럼, 벼락처럼 달라붙어 오겠지. 왜냐고, 무슨 소리냐고 병원에서 그랬던 것처럼 따박따박 말대답을 하며 달려들 것이다.

하지만 정작 나온 말은 그의 기대를 와르르 무너트리듯 기운 빠지는 대답이었다.

– 예에에.

"……지수연?"

과하게 늘어져 기분 좋게 말을 늘리는 수연의 목소리에 재희의 눈썹이 휘어졌다. 책상에 대었던 엉덩이를 떼고 허리춤에 손을 올리며 그녀를 불러보았다. 들리는 것은 달리는 차 소리뿐 더 이상 대답은 없었다.

잘 있던 병실에서 사라져 사람 애간장을 녹인 것도 모자라 이번에는 또 무슨 일인지 대답도 않는 그녀에 골치가 아파왔다. 이미 서재를 나서 자신이 준 종이에 쓰인 글에 입만 쩍 벌리고 넋이 나간 규현을 지나친 재희는 빠르게 뒤따르며 답지 않게 잔소리를 시작하는 규현에게 인상을 찌푸렸다.

"이, 이건! 상무님 이건 범죄입니다!"

"아아."

이미 집 밖으로 나서 엘리베이터 버튼을 누르고 선 재희의 옆으로 규현은 사색이 된 얼굴로 그를 말려대고 있었다. 지금 그가 가려는 곳이 어디인지는 묻지 않아도 알 것 같다. 설마 하며, 설마 병원에서 했던 말이 이렇게 다시 연계되어 돌아올 줄은 조금도 예상하지 못했다.

병원에서 내놓은 제집에 수연의 방을 마련하라는 말이 그저 가볍게 내놓은 것이 아님은 알았지만 이제는, 이제는…….

"상호 간의 합의가 없이 타인의 집에 마음대로 들어가시는 건 가택침입입니다!"

얼토당토않는 그의 말에 놀라던 수연을 이미 봐 버렸으니 지금 여기서 재희가 무슨 말을 하건 범죄다. 더욱이 수연을 데려오겠다는 것도 아닌 자신이 그쪽으로 들어가겠다는 말은 도저히 이해할 수 없는 망언 수준이다. 악착같이 따라붙어 주차장까지 졸졸 따르는 규현을 뒤로하며 재희는 차에 올라탔다. 포기하지 않고 보닛을 딱 잡고 놓지 않는 비서가 오늘따라 무지막지하게 귀찮다.

"비켜."

창문을 내리며 손짓하는 재희에게 규현은 두 팔을 뻗으며 연인을 보내는 여인마냥 굳게 입을 열었다.

"눈앞에서 상관의 일탈을 볼 수는 없습니다."

"너, 해고시킬 거다."

"하십시오. 재입사하겠습니다."

"……."

"진심입니다."

평소엔 찔끔찔끔 눈에 보일 정도로 겁을 집어먹는 주제에 일 년에 한두 번씩 저렇게 자신에게 대드는 규현이다. 신경질적으로 담배를 꺼내는 재희에게 규현이 습관적으로 다가와 라이터를 가져다 댔다.

"비켜, 김규현."

"상무님."

"비……."

순간 허리를 수그리며 눈을 질끈 감아 버리는 재희에 규현이 놀라 그를 불렀다. 설마 발작이라도 일어나려는 것인가 하여 크게 뜬 눈에는 순식간에 걱정이 서렸다. 다급해진 규현은 자신이 모는 차에 있는 산소 호흡기를 가지러 가기 위해서 서둘러 몸을 돌려 뛰었고 그 순간 부르릉, 하고 차가 출발했다.

"설마?"

아니나 다를까 담배 연기의 하얀 꼬리만 남기고 그대로 사라져 버리는 은회색 차체에 규현은 허무하게 서 있어야만 했다. 미련도 두지 않고 쌩하니 주차장을 빠져나가 뒤 꽁지도 감춰 버리는 날렵함에 그는 진심으로 현기증이 날 것만 같았다.

지금 저분이 나를 상대로 연기를 하신 건가?

연기를?

"아가씨, 아가씨."

자신을 흔드는 힘에 수연은 볼을 긁적거리며 고개를 돌렸다. 이제 정말 어쩌나 싶어 막 112에 전화를 하려는 그때 택시 기사를 조금 밀어내며 그녀의 팔을 잡은 사내가 있었다.

팔을 잡아당기는 탓에 시트로 기울던 몸이 반대로 바깥으로 향하며 재희의 가슴에 닿았다. 이 무슨 일인고 어쩔 줄 몰라 하는 택시 기사에게 돈을 내준 그는 수연이 무지막지하게 싫어하던 공주님 안기를 선보이며 그녀의 집으로 향했다.

축 늘어져서 보란 듯이 냠냠거리는 수연의 입을 성질 같아선 콱 막아 버리고 싶었지만 다른 의미론 예뻐 보이는 제 눈에 기가 찼다. 그녀의 집 주위 버스정류장부터 택시 승강장, 그리고 다시 집 앞까지 몇 번을 오갔는지 모른다. 집으로 들어갈 위반딱지들은 안중에도 두지 않고 달려와 기다리니 더없이 불쌍한 택시 기사만 보고도 그곳에 수연이 있음을 직감했다.

대책 없는 여자.

"일어나, 지수연. 일어나."

집 앞에 도착해서도 깰 생각 없이 이제는 고인 침을 흘릴 것 마냥 입을 헤 벌린 수연은 그의 흔듦에도 끄떡없다. 보기 좋게 미소까지 지어 고개를 팩 옆으로 꺾어 버린다. 사람들이 모두 잠들어 있을 시간이니 재희도 피곤함도 별수 없는 일이다.

하루 종일 회사와 외근, 다시 회사를 가고 집에서 쉬기는커녕 옷만 갈아입고 수연의 집으로 달려와 몸이 노곤하기 그지없었다. 게다가 등의 통증을 완화하기 위해 먹은 아스피린으로 조금씩 통증은 가셔도 졸음이 쏟아졌다.

"지수연, 수연아."

열쇠가 없으니 들어갈 수도 없고 열쇠가 있다고 하더라도 전자 도어 록을 풀어낼 수는 없었다. 집으로 들어가자면 수연이 깨어나야 했는데 맨바닥에서도 좋다고 잠든 모습이 쉽게 깨어날 것 같지 않았다.

그렇다고 제집에 그녀를 데리고 가자니 들어가는 즉시 노회장의 귀에 수연이 들어갈 것이다. 격노하며 서문을 실추시킨 당사자를 찾으라 윽박지르고 있는 노회장의 화를 괜히 부추길 필요는 없는 일이다. 아직은 그 정도의 리스크를 감당하며 수연을 감내할 이유를 재희는 찾지 못하고 있었다.

"후."

그렇게 결론을 내리고 나니 그는 쓸쓸한 기운을 지울 수가 없었다.

"멀쩡한 몸에 갈 곳 하나 없을까."

월세방을 빼 주면 어디서 살 거냐는 그의 말에 수연은 당연하다는 듯 자신 있게 말했다. 또렷한 눈으로 재희를 향하며 그 싱그러운 봄비처럼 달게 제 의사를 표현해내는 그녀를 잠시 잠깐이지만 부러워했고 애틋할 정도로 탐이 났다.

"그럴지도 모르지."

그 집이 아니면, 아름답게 선 거대한 빌딩이 아니면 강재희는 갈 곳이 없다.

바닥에 누워 몸이 시린지 웅크리는 수연을 잡아 자신의 품에 안은 재희는 차가운 바람이 스치는 복도에 앉아 체온을 나누며 눈을 감았다. 가슴에 댄 수연의 머리와 힘을 잃고 늘어진 팔, 그의 다리 위에 얹혀 오므려진 엉덩이와 두 다리를 강하게 안았다. 그리고 가지런한 이마에 볼을 대고 눈을 감았다.

언제쯤에나 떨어질까, 언제쯤이면 수연의 밝은 빛이 그의 가슴으로 추락해 울부짖을까. 그것만으로도 재희의 흥분감은 쉽사리 가라앉지 않았다.

*

"너……."

화끈거리며 욱신거리는 뺨에 손을 올리며 재희는 일그러지는 얼굴을 가리지 못했다. 자신이 때려놓고도 놀라서 뻐끔거리던 수연은 왜 그가 여기에 있는지 추리하기 위해서 갖은 노력을 해야 했다. 여기가 아직 병원이었나, 아니 절대 그건 아닌데. 그럼 여기는 어디, 나는 누구. 저 사람은 대체 뭘까.

센서 등이 켜지자 재희의 눈이 상당히 찌푸려져 있었다.

문에 기대어 아직도 한참은 깜깜한 하늘과 비례하여 오싹한 추위를 느낀 수연은 문에 기대어 앉아 뺨을 쓰는 재희를 신기하게 보았다.

몸이 시릴 정도로 차가운 공기에 눈을 떴을 때 얇은 옷자락으로 보이는 탄탄한 가슴을 발견한 수연은 자동으로 날아가는 손을 막을 길이 없었다. 여자로서의 자기 본능 보호라고 해야 할까, 아니면 그냥 성격 탓이라고 해야 할까. 이건 정당방위와 같아서 사과하기에도 뭐했다. 여자를 끌어안고 눈 감고 있던 남자도 잘못이라면 잘못이 아닌가.

그것보다, 왜 자다 깨기만 하면 저 남자의 얼굴이 눈앞에 대치하게 되는 건지. 수연은 혼란스러움이 가중되어 머리에서 김이 뿜어져 나올 지경이었다.

"상, 무님?"

찬 기운에 얼었던 살에 뜨거운 손바닥 세례를 받아 적잖이 얼얼해진 재희는 주춤주춤 등을 문에서 떼어냈다. 이내 시계를 살핀 그는 잠시 졸았던 게 불과 두 시간 정도밖에 지나지 않았다는 것이 눈에 들어오자 몸이 무거워져 다시 등을 문에 기대었다.

"윽!"

그러다 눈이 번쩍 뜨일 정도로 엄청난 아픔에 기겁하듯 등을 뗀 재희는 저도 모르게 다리를 경직시키며 주저앉아 닿지 않는 등에 손을 대곤 눈을 찡그렸다. 화끈거리며 살을 조이는 아픔은 상상을 초월했고 통증 속에 순간 머릿속을 관통한 번쩍임으로 그의 숨이 아래로 퍼져 나갔다.

그저 보기만 해도 아파 보이는 것에 미안해진 수연은 안타까워 손을 뻗다가 촉촉하게 옷을 적신 물기에 눈을 크게 떴다. 그리 밝지 않은 조명인지라 스칠 땐 볼 수 없었던 핏기 가득한 옷자락이 손에 묻고 눈에 보이자 수연은 그의 등에 손을 올리며 외쳤다.

"세상에! 이 상태로 지금 여기서 잔 거예요? 이 피 봐!"

소란스럽게 다가와 등을 쓰는 수연의 손에는 정말로 붉은 피가 조금 묻어나 있었다. 사흘이나 지난 상처건만 아직도 이렇게 피가 나올 정도면 나아지기는커녕 더 곪았을 가능성이 높았다. 옷을 뚫고 배어나올 만큼 많은 양의 피가 나오는 것에 병원을 떠올린 그녀가 다급히 휴대폰을 들어 올리자 애써 고통을 참아낸 재희가 그 손을 잡으며 무심하게 말했다.

"뭐 하려고."

"병원 가야죠! 콜택시번호 있어요, 지금 택시 불러서 빨리……."

근처에 병원이 없음을 빠르게 떠올리면서 수연은 애용하는 콜택시번호를 바삐 찾아 허겁지겁 손가락을 놀렸다. 재희는 고통을 동반한 달뜬 한숨을 내쉬었다.

이제는 버티어서는 것도 귀찮아진 마음에 재희는 오물거리는 입술을 쭉 하니 잡아 버렸다. 안 그래도 정말 피가 난다는 걸 알게 되니 괜히 현기증이 몰려와 허리가 굽어질 지경이었다. 굳센 손가락이 입을 꽉 잡아 버리자 자동으로 손도 멈춰 버린 수연은 애써 말을 해 갔다.

"피…… 피가 나는데."

"추워, 좀 들어가자."

수연의 집 현관문을 통통 건드리며 손을 놓은 재희는 그대로 수연의 어깨에 얼굴을 묻으며 길게 숨을 쉬었다. 가슴을 간질일 정도로 자연스러운 스킨십에 수연이 놀라 몸이 굳었다. 그는 빨리하라는 양 다시 한 번 보이지도 않는 현관문을 두드렸다.

정말로 힘들고 아픈 듯했다. 수연은 어찌하지 못하고 갈피를 못 잡은 손을 연신 꼼지락거렸다. 여하튼 두 사람 다 바닥에 주저앉은 상태로 아래부터 차가운 기운이 여실히 올라와 딱히 좋은 상황은 아니었다.

별수 없이 집으로 들어가야겠다는 생각이 들어 일어서기 위해 팔에 힘을 주던 수연은 자신의 다리가 멀쩡하지 않다는 것을 알아차렸다.

"목발이 어디 갔지?"

택시에 버려진 목발의 흔적을 몇 시간이 지난 지금에야 찾아봐야 나올 리 없었다. 무거운 깁스로 싸인 다리를 지탱하며 일어설 수 없던 수연이 난감하게 혼잣말을 중얼거렸다. 그때 그녀의 허리와 엉덩이 밑으로 손이 닿았다.

"으앗!"

피곤함에 내려진 눈꺼풀을 애써 올린 재희가 수연의 어깨에서 고개를 들어 올렸다.

어린아이를 높이 안은 것처럼 다리를 잡고 자신의 어깨에 그녀의 엉덩이를 받칠 수 있게 한 재희의 센 힘이 대단하다고 느끼기도 전 가슴이 벌렁거린다. 수연은 그 상태로도 다시 얼굴을 자신의 가지런한 허벅지에 기대는 재희를 보며 얼굴이 타오를 것만 같았다.

허벅지를 간질이는 숨결이 바로 낮에 있던 키스를 떠올리게 해서 이제는 부정할 수도 없게 가슴이 두근거렸다. 꾹 눌러 참을 것도 아니고 아주 나쁘지 않은 감각 속에 짐짓 수줍게 버티는 그녀에게 재희의 화살이 날아올랐다.

"무거워, 빨리 열어."

"……우씨."

우여곡절이라고도 할 수 있을 정도로 어렵사리 문을 연 수연은 그대로 재희의 어깨에서 미끄러져 다시 그의 다리로 안착했다. 담뿍 안겨 당황하는 그녀의 이마에 입술을 댄 재희는 도저히 그가 낸 것이라고는 상상도 할 수 없는 다정한 목소리로 말했다.

"들어가자."

수연은 달콤한 음성에 흔들리는 저를 느끼며 손을 꼭 쥐었다.

남의 집이라는 개념이 있기는 한 것인지 재희는 성큼성큼 수연의 집으로 들어가 거실 겸 부엌을 지나 바로 나오는 좁은 방의 침대에 누웠다. 주인은 낑낑거리며 겨우 문을 잡고 일어서서 신발을 벗는데 말이다.

"저기, 상무님? 죽었어요?"

신을 벗고 벽을 짚으며 절뚝절뚝 다가온 수연은 이미 엎어진 상태로 눈을 감고 있는 재희에게 다가갔다. 드러난 옷의 불긋한 핏자국이 켜진 불빛으로 고스란히 드러나 가만히 둘 수 있는 정도가 아니었다. 병원에 갈 생각은 전혀 없는지 얼굴을 이불에 묻고 그사이 몽롱하게 눈을 뜬 재희는 옆으로 와 어찌할 바 모르는 수연에게 피식 웃어 보였다.

"약을 좀 발라야겠어요. 붕대는 언제 갈았어요? 피가 나서 아무래도 갈아야 할 것 같은데. 잠깐만요, 붕대 찾아야겠다."

남자를 집에 들여놨다는 사실보다 그가 환자라는 것에 집중하며 텔레비전을 받친 서랍장을 열어 허술한 구급상자를 꺼내었다. 마치 오늘 재희를 치료해 주라는 계시마냥 봉지도 뜯지 않은 거즈와 붕대, 부엌가위를 가지고 침대 곁으로 온 그녀는 거리낌 없이 엎드려 있는 재희를 톡 건드렸다.

"일어나 보세요, 상처 좀 보게."

이러나저러나 자신의 실수로 생긴 상처이다 보니 신경을 쓰지 않을 수가 없었다. 며칠 내내 아른거린 그의 얼굴이나 붕대로 가린 등판이 꿈에까지 찾아왔었다. 한숨을 토해내게 만들었던 실물이 바로 앞에 있는데 모르는 척하기는 어렵다.

생각보다 빠르게 일어난 재희는 흐트러진 머리를 쓸어 넘기며 최대한 허리를 구부리고 있었다. 어지간히 욱신거리는지 다리에 팔을 괴고 있는 모양에 빨리 치료를 해야겠다는 생각에 힘입어 제가 먼저 다 큰 남자의 옷자락을 위로 올렸다. 수연은 군더더기 없이 근육이 잡힌 배와 옆구리가 보이자 괜스레 침을 꿀떡 삼켰다.

겁 없이 잠자는 변태의 옷자락을 위로 올려 버린 그녀를 비스듬히 고개 돌려 본 재희는 곧 붕대를 만지작거리는 수연의 가느다란 손가락을 응시했다. 그래도 다 벗기지는 못하겠는지 붕대를 매듭지은 클립만 떼어내는 그녀에게 그의 피로한 눈이 즐거움으로 반짝였다.

"뭐요!"

격하게 짧아진 말로 훌러덩 셔츠를 벗어 버리는 재희를 피해 엉덩이를 밀며 도망간 수연은 순식간에 자신의 팔을 잡는 손에 눈을 크게 떴다. 그녀가 뒷걸음질 치며 그에게 잡힌 팔목을 떼어내려 애썼다.

하지만 그렇게 긴장하는 수연은 신경도 쓰지 않으며 재희의 입이 열렸다.

"아프다."

"……정말."

이 사람은 사람 마음을 어디까지 떨어트릴 작정인가.

아프다는 그 말이 수연의 깊고 안락한 가슴을 진동시키며 먹먹한 울림을 선사했다. 머나먼 타인일 뿐인 강재희의 말 한마디에 얼굴이 붉어지며 요동치는 것이 심상치 않은 전조였다. 눈치 둔치를 가진 사람이라면 모를까 안 보면 보고 싶고 생각나는 이 미묘한 그리움이 어떠한 방향인지 조금씩 확고해지고 있다.

"돌아보세요."

붕대를 적신 핏자국을 눈을 찡그리며 보고서 클립을 떼어내 조금 풀린 붕대를 돌돌 벗긴 그녀는 반창고로 붙어 있는 거즈를 살살 떼어내었다.

사선으로 길게 찢어져 아무리 생각해도 '진짜 아프겠다'라는 말밖에 떠오르지 않는 참상이다. 아파 보이는 상처에 개운치 않은 마음으로 하얀 연고를 살살 문지른 수연은 엉성한 손길로 이상하게 양전한 재희의 등에 거즈를 대고 반창고를 붙이면서 혀를 끌끌 찼다.

그다음부터가 문제였다. 거즈까지 붙였으니 그것을 고정하기 위해 붕대를 몸으로 둘러야 했고 등에 붕대의 끝을 대고서 말린 붕대를 풀어내던 수연은 일순 움직일 수 없었다.

"어, 그러니까."

이것을 감자니 등을 안아야 하고 그러면 뒤에서 가슴 쪽으로 팔을 뻗어야 한다. 그렇다면 백 허그를 할 수 있는 상황? 연인들의 전유물이라 일컬어지는 그 백 허그?

코 평수가 넓어지는 것을 감지하며 수연의 손가락이 스멀스멀 움직이기 시작했다. 천천히 옆구리로 돌아 팔을 벌린 그의 가슴 쪽으로 손을 움직이자 재희는 아주 무례하지만 담담한 상태로 그녀의 팔을 잡아당겨 둘렀다.

"으악, 상무님, 이봐요, 저기! 아저씨!"

"아저씨?"

"아저씨."

재희로서도 아저씨라는 단어는 그리 좋지 않았지만 뭉클뭉클한 그녀의 가슴이 등 뒤로 느껴져 기분은 좋았다. 잠잠히 수연의 손을 쥐고 있다가 풀어내며 다시 피곤한 눈을 감았다. 천근만근으로 내려앉은 눈이 지금 당장에라도 잠을 자라고 말하고 있었다.

쉽게 풀린 손에 셀 수 없는 성희롱에 대꾸도 못하고 이만 아득거리며 마저 붕대를 말아낸 수연은 구급상자를 제자리에 넣었다. 그사이 마치 죽어 버린 양 픽 고꾸라져 옆으로 누워 있는 재희에게 다급히 다가가 그를 흔들었다.

"여보세요, 여기서 주무시면 안 되죠! 집에 안 가세요? 아니, 그 전에 어떻게 저희 집 앞에 계셨던 거예요? 이봐요, 상무님! 아저씨!"

가볍게 감은 눈에 상체는 벗은 상태 그대로 자신의 침대에 누워 있는 재희는 이질적이기도 하고 미묘한 분위기를 자아내고 있었다. 전에도 느꼈던 것처럼 재희의 몸은 수연에게만큼은 이상하게도 야릇한 감각을 자아낸다. 그녀는 초콜릿을 보면서 침을 흘리는 어린 아이들의 심정을 여실히 느끼며 땀을 닦아냈다. 들은 척도 않고 곧장 잠에 빠지는 그에게 안절부절못하다가 이불을 꺼내 재희의 몸 위로 덮었다.

그렇다고 아픈 사람을 깨워낼 수도 없는 노릇이고 끙끙거리며 침대맡에 주저앉아 깁스한 다리만 벅벅 긁기를 10분여. 부끄러움이 드리워진 수연의 얼굴에는 이미 체념이 깔려 있었다.

"이건 절대 좋아서 해 주는 거 아니에요, 불쌍하고 아픈 사람이니까 딱 하루만. 내일 아침에 가만 안 둘 거야."

애써 콧소리 내며 불을 끄기 위해 침대를 받쳐 일어서던 수연은 얌전히 눈을 감고 자기 집처럼 곤히 잠든 얼굴에 눈을 깜빡였다.

눈을 뜨고 있을 때는 사람 하나 콱 물어 죽일 법한 매서운 기운을 뿜어내고 있으면서 잘 때에는 단정히 내리깐 눈과 어우러지는 콧매와 입술이 참 탐나게 매끄러웠다. 저도 모르게 침대 끝에 앉아 가지런한 얼굴을 구경하듯 내려다보면서 수연은 자신의 입술에 닿았던 그의 입술에서 눈을 떼어낼 수가 없었다.

단정하니 다물어진 두 입술에 시선을 빼앗겨 그녀의 검지가 조심스럽게 재희의 아랫입술 위를 스치듯 지나쳤다.

"어후."

화끈거리는 두 뺨을 벅벅 문지른 수연은 가볍게 일어서 불을 끄고 옷 방으로 쓰는 좁은 방으로 쏙 들어가 버렸다.

깜깜한 방, 푹근한 침대에 몸을 맡긴 재희는 가늘게 혀를 차며 아쉬움을 토로하듯 눈을 떠 수연이 들어간 방문을 보다가 눈을 감았다. 불만스레 중얼거리는 속삼임이 좁은 방 안을 휘감았다.

"아침까지 기다릴 필요는 없는데."

그쪽이 가만두지 않으면 이쪽도 그냥 있지는 않을 것을.

다음 날 이른 아침, 한 평 반쯤 되는 좁은 방 안에서 쾌쾌한 이불을 덮고 자던 수연은 굳은 몸을 쭉 폈다. 그러다 벽이 닿는 것도 없이 잘 펴지는 다리와 팔에 약간 의아해하며 눈을 떴다. 아직 피곤함이 있지만 적당히 숙면을 취해서 머리를 긁적거리며 상체를 세운 그녀는 항상 그랬듯 혼자 남은 방 안에 하품을 보였다.

멍하니 머리만 긁다가 작은 옷 방이 아니라 항상 수면을 취하던 침대라는 사실도 인지했다. 잠시 고개만 갸웃거리다가 서운한 마음을 보내려는 듯 머쓱하게 중얼거린 수연이다.

"갔나?"

주변이랄 것도 없지만 방 안을 휘둘러보며 재희의 흔적이라고는 눈곱만큼도 남지 않은 주위에 혹한 아쉬움이 흘렀다. 혹시 몸이 너무 저려서 자던 사람을 내보내고 침대를 차지해 버렸나 하는 생각도 들었다.

남자와 보낸 최초의 하룻밤이라기엔 매우 쓸쓸하다.

시간을 보자니 12시가 훌쩍 넘은 꽤나 늦은 시간. 보는 사람도 없건만 민망하리만큼 새집이 된 머리카락을 괜히 다듬었다. 기지개를 강하게 켠 수연은 오래지 않아 재희의 생각을 조금씩 잊어 갔다. 일단 이 다리라도 먹고살자면 뭐라도 해야 했으니 그녀는 곧 씻기 위해 욕실로 들어갔다.

재희와의 재회에 담긴 찝찝함은 자연스레 사라져 갔다.

문 앞에 등장한 검은 양복의 그를 발견하기 전까지는.

　아직 몇 주일은 더 넘게 깁스를 하고 있어야 해서 묵직한 다리지
만 다리를 쓰지 않아도 되는 일은 많았다……. 아니, 많다고 여기
고 싶다. 시급도 괜찮고 일은 다소 고되었어도 아주머니들이나 경
비 아저씨들과도 친분을 다졌던 서문의 일자리가 상당히 아쉬워졌
다.

　신문지를 뒤적거리며 다리가 나은 후에도 할 수 있을 법한 일거
리들과 통장에 남은 돈을 비교하기를 며칠이었다. 머릿속으로 주판
을 팅팅 튕기던 수연은 딩동, 하고 울리는 초인종 소리에 눈을 동그
랗게 떴다.

　8시가 넘은 시간, 그리 이르지 않은 저녁에 찾아올 사람이 누가
있나. 곰곰이 생각하다가 자신의 아픈 다리를 유일하게 알고 있는
경우를 떠올리며 일어섰다. 먹을 거라도 사 가지고 왔나, 기대감에

부풀어 반가운 목소리로 수연이 문을 열며 말했다.

"경우 선배?"

가볍게 열린 문으로 먹을거리를 들고 있을 경우를 떠올리던 수연은 어두컴컴한 세상과 비례하여 한층 더 어두워 보이는 정장 차림의 가슴에 멈칫거렸다. 세련된 검은 와이셔츠에 흰색의 폭이 좁은 넥타이, 그 넥타이를 조이는 짙은 남청색의 핀. 행커치프는 없었지만 날씬한 몸의 선이 어느 파티에 가도 부족함이 없을 만큼 아주 매력적인 모습이었다.

격하게 치고 들어온 그는 고개를 숙여 얼굴을 수연의 코앞에 가져가며 안경 안으로 가려진 눈을 부릅떴다. 재희는 미끄러지듯 뒤로 허리를 젖히는 수연의 허리를 잡아당겼다. 그리고 아무런 말도 없이 코가 닿을 듯 가깝게 그녀와 마주했다.

경우, 아무리 들어도 남자 이름. 뒤로 해도 남자 이름 같아서 썩 마음에 들지 않았다. 재희 씨도 아니고 그렇다고 상무님도 아닌, 다른 남자의 이름이라는 것에 순수하게 짜증이 치밀었다.

사람을 짓누르듯 강렬하게 내려다보는 오싹한 눈동자에 수연이 손을 들어 그의 얼굴을 치우려다가 멈칫했다. 전에도 한 번 혀가 자신의 손을 잔뜩 핥아댔던 것이 아직도 생생하다.

결국 나온 해결책은 저쪽 얼굴을 미느니 그냥 내 얼굴을 밀겠다, 전법이다.

"경우."

"어인 일로 납시셨……."

"경우."

덤덤하게 경우의 이름을 중얼거리는 그의 목소리에 수연은 콩닥거리는 가슴을 진정시키지 못하고 헐레벌떡 소리쳤다.

"여자예요!"

자신이 왜 이런 변명과도 비슷한 말을 갑자기 쳐들어온 그에게 해야 하는지는 모르겠지만 일단 정조를 지켜야 한다는 사명감이 들었다. 조선 땅 반만 한 덩치에 재희와 양호상투를 이루는 험상궂은 얼굴을 겸비한 경우를 여자로 둔갑시킨 수연은 빠끔히 그를 살폈다.

"힉!"

조금 전보다 더 깊게 들어와 이제는 정말 코가 닿은 기분이다. 허우적거리며 바동대고 있는 그녀에게 재희의 고저 없는 말투는 다시 그녀를 긴장시켰다.

"믿을 것 같아?"

댁이 안 믿으면 뭘 어쩔 건데!

입안을 돌돌 마는 발언들은 자꾸 혀뿌리로 숨어 버리고 자기 본능에 충실할 수밖에 없었다. 수연은 재희의 얼굴을 마구잡이로 밀어 버리며 발버둥을 쳤다. 그녀는 거의 울상이 되어 그의 입가에 머문 손을 치우지도 못하고 우물댔다.

"여, 여자라니까요, 여자예요."

"됐어, 그럼."

이 모든 일이 십여 초 만에 이루어진 괴이한 행동이었고 뻣뻣하게 퍼진 허리와 걸맞게 재희는 맞춤식 양복의 재킷을 벗었다. 그것을 들어 아직도 현관에서 우두커니 앉은 수연에게 건네듯 팔을 뻗었다.

어서 재킷을 걸어 놓으라는 양.

"거기, 상무님?"

"난 널 회사에 입사시킬 마음도 없고, 그럴 생각은 앞으로도 없을 거다. 그 상무 소리 좀 치워. 강재희. 차라리 그냥 이름 불러."

"재희야."

대뜸 불러 버리는 이름 석 자에 재희의 콧등이 찌푸려진다.

"내가 말이야."

"……."

"여자는 때려 본 적이 없긴 한데."

높낮이라고는 찾아볼 수도 없는 단순한 말은 그저 그렇게 쉽게 흘려보낼 만한 거리가 아니었다. 잠시 침묵하며 사죄의 뜻으로 고개를 숙인 수연은 지금 이렇게 휘말릴 것이 아님을 깨닫고 다시 번개처럼 빠르게 고개를 들어 올렸다. 그녀가 재킷을 빌려주지 않을 것을 알았는지 대충 침대 위에 올려두고 풀어낸 넥타이를 함께 포갠 그는 후다닥 기어와 자신의 재킷을 도로 쥐여 주는 수연에게 눈살을 찌푸렸다.

"뭐야."

"제가 하고 싶은 말입니다. 뭐하시는 겁니까, 상…… 아니 강재희 씨."

어, 흡족한 얼굴이다.

그리 변화가 없는 무뚝뚝한 얼굴이지만 지금 그 미묘한 차이가 수연의 눈에 분명히 들어왔다. 그의 이름을 불렀다는 것만으로도 재희의 감정이 변했다. 수연은 그 순간이 못 견디게 간지러워 조금 입술을 깨물다가 아차차 하고는 정신을 가다듬었다.

"저희 집엔 또 무슨 일이신데요? 그리고 저 짐은 뭐고, 왜 남에 침대에서 옷은 벗고 그럽니까!"

이제는 와이셔츠 단추까지 두어 개 풀며 목 운동을 하듯 고개를 좌우로 움직였다. 재희는 좁지만 정리정돈은 제법 잘 되어 있는 방 안을 둘러보며 손가락을 쭉 하니 뻗었다. 그 손을 따라가자니 좁은 문, 옷 방의 문이 보인다. 큰 눈만 끔뻑거리며 다시 재희를 향하자 그는 수연을 바라보며 말했다.

"네 방."

곤란하기 그지없는 음성으로 좁다 못해 답답한 옷 방을 그녀의 방이라 지칭한 재희는 안경을 벗을 생각도 않고 뒤로 누워 버렸다. 금방 구김이 생겨 버리는 결 좋은 양장 바지에서 눈을 떼며 수연은 또 어제처럼 몸에 힘을 빼고 누운 그의 팔을 잡아당겼다.

쿵!

순간적인 힘으로 침대에서 떨어져 내린 재희의 상체가 바닥을 울렸다. 생각지도 못한 충격에 재희의 눈이 동그랗게 변했다. 등이 주는 섬뜩한 통증에 이를 드러내었지만 수연은 조금 더 힘을 줘 질질 침대에서 끌어 내렸다.

"사람이 철판을 깔아도 유분수지, 다 큰 여자 집에 쳐들어와서 이 무슨 짓이에요?"

"간병인이다."

"간병인이 무슨 뜻인지는 알고 계시죠? 지금 이게 간병하려는 사람의 자세예요? 더군다나 전 간병 필요 없어요!"

"등 아파."

"……!"

"진짜라니까."

"그 레퍼토리 물 다 빨렸거든요."

기가 차서 더 이상 할 말도 없다. 침대에서 끌어 내려진 상태. 그대로 팔을 이마에 얹으며 눈을 감아 버리는 재희에 수연은 죄 없는 이마만 마구 긁어댔다. 그 망할 놈의 간병이라는 말이 이 상황에 맞느냔 말이다. 간병이라면서 주인 침대를 차지하고, 좁디좁은 옷 방을 가리키며 '네 방' 하는 것이 어딜 봐서 간병을 해 주는 간병인이냐는 소리다.

뚱해진 표정이 절실히 불만을 토해내며 어떻게 하면 자신을 내보낼 수 있을까, 하고 고민하는 게 고스란히 재희에게 들려왔다. 머리 굴러가는 '돌돌돌' 소리에 맞춰 어떻게든 말을 하려는 그녀가 우스웠다. 그렇게 필사적으로 한다고 해서 한 번 들어온 그가 나갈 리 없지 않은가.

"신고할 거예요."

"소용없어."

"무슨 뜻이에요?"

"넌 날 뭐로 보는 거지?"

오만하기 그지없는 말투, 같이 앉아 있으면서 한 뼘 이상은 더 높은 눈높이로 그녀를 내려다보고는 재희는 특유의 비죽거리듯 비틀어진 입가를 만들어냈다. 그제야 수연은 그의 말이 무슨 뜻인지 알 수 있었다.

여기서 가택침입이네, 성희롱이네 어쩌네 해도 그를 법이라는 그 물망에 가둬둘 수 없다는 단호하고도 직설적인 사실에 수연은 그대로 기가 풀렸다. 그랬다. 정말로 그는 별 볼 일 없는 여자에게 신고를 당한다고 해서 크게 문제가 있을 남자가 아니었다.

있는 자의 여유, 수연은 어딘가 잘난 체 가득하지만 조금은 설렘을 주던 그를 새로이 볼 수밖에 없었다. 명실상부 상위 1%, 이름만 대도 아, 하며 고개를 끄덕이며 대단하다고 말할 성전의 지도자. 많은 사람을 거느리는 게 익숙한 이 남자는 잘난 척이 아니라 정말 잘난 사람이라는 것을 아주 잠시 잊었다.

"아, 짜증 나."

수연은 진심으로 짜증이 치밀어 결국 고개를 돌렸다. 잠시 고민하는 사이 재희가 그녀의 옷을 잡아채 바짝 끌어당겼다.

"싫어?"

다짜고짜 싫으냐고 물어보면 누가 그렇다고 고개를 끄덕일까. 물론 수연은 열렬하게 고개를 끄덕였지만. 하여간 어찌나 세게 쥐었는지 손가락은 쉽게 풀어지지 않았다.

"그건 또 무슨."

이런저런 감정이 뒤죽박죽 섞여 솔직히 말해 약간 겁을 먹은 그녀에게 재희는 조금도 물러서지 않고 더욱 다가섰다. 차갑게 가라앉은 검은 눈이 거짓 없이 솔직하게 다가와 그녀를 갉아낸다. 무서울 정도로 솔직하고, 맑다. 그래서 더 깊게 내려앉은 어두운 기운에 온몸이 오싹거렸다.

위험, 그래. 이 사람이 뿜어내는 그것은 위험스러운 기운이다.

뒤죽박죽 섞인 감정을 컨트롤 하지 못한 순수하기 짝이 없는 '새하얀 나락'이 그의 눈에 담겨 있었다. 오직 눈으로, 그 검은 눈으로 일체의 즐거움도 없이 보이는 것에 대한 욕구를 위해 돌진하는 저돌적인 당연함이 재희에게 존재했다.

우습게도 수연은 무섭다고, 그렇다고밖에 느낄 수 없었다.

"내가 싫으냐고 묻잖아."

"아니, 굳이 싫다기보다는."

싫다. 싫어야지. 싫은 게 당연한 거지! 그런데 왜 말하지 못해?

주춤주춤 물러서다 뒤로 넘어가는 그녀의 위로 재희는 여전히 수연의 옷을 잡은 상태로 팔 하나를 받쳐 자신의 몸을 지탱했다. 기에 눌려 완전히 바닥에 누워서 재희를 올려다봐야 하는 위치가 된 수연이 엄청난 긴장 속에 눈을 이리저리 굴리자 재희의 작지만 거뭇한 목소리가 수연을 조였다.

"익숙해지면 돼."

"……."

"그러면 돼, 지수연."

어처구니없을 정도로 당당한 말에 수연의 경계가 결국 무너져 내린다.

수연의 상황이야 어찌 되었든 딱히 떠오르는 말이 없었는지 재희는 잠시 잠깐이지만 입술을 다물었다. 그리고 자신의 다리 사이로 뻗은 가느다란 다리를 힐끗 보더니 말을 이었다.

"네 다리가 나을 때까지라도."

그러니까, 당신 말에 이렇게 가슴이 아려오는 게 난 정말 싫다니까?

수연은 결국 그의 가슴을 강하게 밀쳐냈다.

"싫다."

재희의 부릅뜬 눈이 절대 싫다며 어필하고 있었음에도 수연은 태평하게 귀를 후벼댔다. 그리고 침대에 앉아 굴러다니는 매직으로 자신의 깁스에 낙서를 하는 여유를 부린다. 멀뚱히 서서 분노를 표출하는 재희를 알면서도 수연의 태도는 변하지 않았다. 오히려 이 방향으로 제풀에 지쳐 나가 줬으면 하는 마음이 든다.

신경 쓰지 않기 위해 괜히 왁자지껄 시끄러운 텔레비전채널을 틀어놓고 혼자 깔깔거리던 수연은 시간이 지날수록 응어리진 양 무거워지는 마음에 고개를 돌리다 한마디 뱉었다.

"거기가 싫으면 저도 같이 지낼 생각은 없어요."

"저 방이 아니면, '간병인'으로 있을 수 없는 건가."

곧 죽어도 간병인 소리는 빼놓지 않으며 담담하게 말을 흘린 재희는 무작정 고개를 끄덕이는 수연에게 낮은 목 울림소리를 들려주었다. 언제쯤 나갈까 하며 눈을 깜빡이던 수연은 겨우 걸음을 옮기는 그를 보며 안도의 숨을 내쉬었다.

하지만 그녀의 예상과는 다르게 재희는 현관 쪽이 아니라 정말로 아무리 누워도 수연마저도 몸을 좀 접어야 했던 좁은 방의 문을 열었다. 조금 전의 거부반응은 제 것이 아닌 것처럼 그대로 불만 하나 터트리지 않고 들어가 버렸다.

보고 있는 사람이 다 답답해질 정도로 장승처럼 방에 우뚝 선 그의 모습에 이해하지 못했다. 주춤주춤 몸을 조금 일으키려는 그녀에게 등을 보이고 있던 재희가 역시나 무심한 목소리로 다시 말했다.

"이 방에선 내 마음대로 해도 상관없는 거지?"

"……예."

짐 가방을 두고 무슨 기계마냥 좌우로 고개를 돌리며 행거에 걸린 수연의 옷가지를 툭 건드리며 만진 그는 잘 포개어 있는 하얀 면

티를 들더니 조용히 입을 맞췄다. 이 상상도 할 수 없는 변태스러운 행위에 턱이 빠질 것처럼 입을 벌린 수연은 말 그대로 넋이 나갔다. 뒤이어 푸른 빛 잠옷을 집어 들며 이죽거리는 그에게 쓰리폭격 삼단 어퍼컷을 맞은 기분을 느꼈다.

"이거, 내가 어떤 '용도'로 쓰든 상관없겠군."

"자, 잠깐!"

'어떤? 무슨 용도! 뭔데!'

상상하지 마라! 지수연, 상상하면 지는 거다!!

발그레 물드는 얼굴을 마구 흔들어 떨쳐내며 다리 때문에 빠르게 달려가지도 못하고 침대에서 내려와 절뚝대며 그에게 향했다. 수연은 그사이 와이셔츠를 벗어 내리며 맨살을 드러내고 벨트까지 철컥, 철컥 푸는 것에 낯선 비명을 질렀다. 정말로 그녀가 보고 있다는 것은 개의치 않으며 벨트를 바지에서 빼어낸 그는 무척이나 농염하게 혀로 입술을 쓸어내었다. 기겁한 수연은 결국 두 손으로 얼굴을 가렸다.

애석하게도 눈을 가리는 그 순간 강재희는 정말로 바지를 벗고 있었다!

"문, 문 닫고!"

절박하기 그지없는 애처로운 음성이었지만 잔인하게도 재희는 그녀의 바람에 부응해 주지 않았다.

"내 마음대로 해도 된다며. 상관하지 마."

물론 그 역시 갈아입을 생각은 없었던지 눈을 가리며 몸을 돌린 수연을 보며 문에 기대어 옅게 웃고만…… 아니, 그는 곧장 바지를 벗어대고 있었다. 너무도 편하게.

"야, 이 변태 자식아!"

그럼에도 불구하고 재희는 웃었다.

＊

'척척척' 소리가 날 법한 무거운 걸음걸이. 칼처럼 선 양복과 뒤로 깔끔하게 넘겨진 머리카락에 걸러지지 않은 모질고 독기가 묻어난 눈동자.

비서진과 더불어 아침부터 급한 결재가 필요한 각 부서의 팀장들이 마치 호위하는 호위무사처럼 재희의 뒤를 따르고 있었다. 높게 보아도 서른 안팎의 젊은 얼굴에 곧은 자세는 감탄이 나올 만큼 대단했다. 그러나 따르는 사람들은 그러한 자신감보다는 흡사 지옥문을 따라나서는 것처럼 긴장감이 가득한 표정들이다.

엘리베이터에 오르고 안에 들어서면서부터 가장 가깝게 있던 규현의 파일을 받아든 재희는 이곳이 밀폐된 공간이라는 사실도 잊었는지 가차 없이 담배를 꺼내 입에 물었다. 그럼에도 누구 하나 그 모습을 이상하게 여기지 않았는데 자연스럽게 라이터로 불을 붙여 주는 규현의 모습이 이어졌다.

모두가 알다시피 강재희 상무는 공황증세가 있었고 밀폐된 장소에서는 극심한 호흡곤란이 오곤 했다. 담배나 술은 그 증상을 완화하는 일종의 치료제였다.

책 읽는 습관이 깊게 박혀 마치 속독을 하듯 빠르게 서류를 읽어 내려간 재희는 조금의 거침도 없이 결재를 하기 시작했다. 말로 꺼내는 것조차도 귀찮은 듯 지시 사항을 서류 공백 바로 밑에 기재하며 하나씩 책상 위에 툭툭 던지는 폼이 영 건방지다. 하지만 그것도 감지덕지. 얼른 쥐어 잡고 허리를 숙여 인사를 한 그들은 재빨리 사무실을 나섰다.

'오늘은 기분이 좋은가 본데?' 라고 쑥덕거리는 것을 들으며 규현이 쓰게 웃을 때 영업부의 마지막 체크까지 마친 재희는 길게 나오는 검은 펜 선을 마구잡이로 휘갈겼다.

주말을 빼고는 하루 18시간을 항상 모자람 없이 보내다가 꼬박 한나절 이상의 시간 만에 본 재희는 정말로 어딘가 기분이 좋아 보였다.

아닌 게 아니라 재희는 진심으로 매우 기분이 좋았다.

다른 것을 따질 것도 없이 자신이 바지를 갈아입는 순간부터 몸을 돌리고 이불에 파묻혀 연신 발버둥을 치던 수연은 황당하게도 겨우 10분도 지나지 않아 잠이 들었다.

건방진 여자, 라며 속으로 중얼거려도 보는 것만으로도 웃음이 나오게 만드는 모습에 그렇게 한참을 바라보며 작고 도톰한 입술을 깨물고 혀를 섞었다. 순간 잠에서 깨어날 것처럼 미동하는 그녀의 귓가에 몇 번이고 속삭여 주었다.

'지수연.'

그녀의 이름은 좋다.

어감도, 느낌도 부르는 감각조차도 그를 가볍게 휘감으며 보듬어 줄 것처럼 돌아내리고 그것에 무의식적으로 반응하듯 웃음을 짓는다. 그 어느 누구도 재희를 향해 보여 주지 않는 선한 미소가 으르렁거리는 고양이처럼 반겨주었다. 가깝게 제 손을 건드리는 그의 손가락을 잡으며 조금씩 재희를 향해 파고들었다.

그 포근함이란 이루 말할 수도 없이 사랑스러웠고 재희는 참을 수 없는 두근거림 속에 처음부터 달다고밖에 여기지 못했던 살결에 더없이 크게 입을 맞췄다. 눈부신 쇄골과 물이 고일 듯 파인 골에 혀를 내밀어 쓸어낼 때의 소리가 자극적이다.

이 여자의 무방비한 지금의 순간을 단 입에 먹어치우듯 품에 안고 사정 봐주지 않으며 고통에 울부짖는 눈물을 단 한 방울도 허투루 보내지 않을 것이라는 자신감 속에. 그의 아래에, 가냘픈 허리와 온몸을 뒤흔들고 그를 부르고 괴로움에 바들거리는 몸을 움켜쥐는 상상만으로도 가슴이 꽉 막혀와 힘이 가득히 들어가 짐짓 참을 수 없었다.

강재희의 아래에서 우는 지수연은, 더없는 쾌락과 쾌감.

결국 지난밤 그녀가 그랬던 것처럼 이불을 덮어 주고 일어서야 했던 재희는 거짓 없이 단 한숨도 잘 수 없었다. 아침이 밝아 흐트러진 옷자락에 비친 살결에 다시 한 번 입을 맞추는 것을 마지막으로 아쉬움을 달랬다.

잠시 잠깐이었지만 상상만으로도 수연을 범하며 온갖 생각에 빠졌던 재희는 다시 한 번 즐거움의 미소를 지어 올렸다.

재희의 웃음이 썩 나쁘지는 않았지만 그렇다고 먼저 말을 걸거나 할 것은 못되기에 간만에 풀린 심사가 다시 꼬이지 않기를 바라는 규현이다.

설마 그 여자는 정말로 그를 재워 준 것인가. 그리 예민하고 섬세한 여성은 아닐 것이라 예상했지만 저렇게 기분이 좋아 보이는 건 제 마음대로 뭔가 이루어졌을 때만 가끔 나오는 모습이 아니던가.

아니, 어쩌면 협박을 했을지도 모른다. 온갖 추리와 추리 속을 난무하던 규현은 애써 생각을 정리하며 업무 시작을 위해 다가갔다. 그러나 마치 기다렸다는 것처럼 재희에게 다가가던 발걸음을 잡는 노크소리가 들려왔다.

감히 폭군이라는 표현도 무색할 정도로 제멋대로인 강재희 상무의 사무실을 비서실을 거치지 않고 곧바로 노크를 해온다? 책상 위에 버젓이 놓인 인터폰은 울릴 생각도 없이 고요했고 재희는 여태껏 떠올리던 수연의 생각을 조용히 물렸다.

들어오라는 말도 없었건만 사무실의 문이 소리 없이 열렸다. 나타난 것은 단정한 옷차림의 규현과 비슷한 눈매를 가진 사내였다. 규현은 순한 웃음을 짓던 그였다고는 여길 수 없는 날카로운 눈으로 사무실을 들어선 남자를 노려보았다.

어느 모로 보나 '형제'라는 타이틀을 달고 있을 두 사람을 등지고 그사이 담배를 입에 물고 탁한 연기를 보여 낸 재희는 실소와 같은 비틀림을 그려냈다. 아이러니하게도 두 사람의 관계를 비틀어 놓은 것은 재희인데 정작 두 사람은 서로에게 날을 세우기에 여념이 없다.

그것이 우습고 하찮아서 재희는 속이 시커먼 웃음을 터트렸다.

"예의라곤 찾아볼 수도 없군."

규현의 가시 돋친 말투에 남자는 길게 늘어트려 목에 감은 머플러를 풀어내며 조소했다.

"분명 노크한 걸로 아는데? 그 이상의 예의가 필요한가?"

"하긴 네 머리로 그 정도 예의도 대단히 생각한 거겠지."

"너야말로……."

거침없이 욕설을 내뱉으며 결코 수그러들지 않는 형제에 남자 역시 약간의 핏대를 올렸다. 그때 재희의 무성의한 음성이 파고들었다. 그 성의 없는 낮은 목소리에 담긴 짜증과 귀찮음이 오히려 두 사람의 목을 조르듯 힘을 준다.

"시끄럽다."

누구에게 하는 말인지는 알 수 없지만 대답하는 것은 당연했다.

"가셔야 할 것 같습니다."

그것으로 더 이상의 설명은 없었다.

거짓말처럼 목이 타고 가슴이 답답해진다. 규현은 달리 해 줄 것 없는 자신에 죄스러운 마음으로 고개를 숙이곤 벽면에 비치된 독한 위스키를 향해 걸었다.

책상에 엉덩이를 걸터앉은 그의 긴 다리가 가볍게 포개지며 하얀 담배 끝에 붉은 꽃을 다시 머금었다.

두 사람이 서로에게 보여 주었던 눈동자와는 비교도 할 수 없을 정도로 차갑게 내려앉은 그의 검은 눈은 조금의 흔들림도 없었다. 희게 퍼지는 담배 연기만 자욱하게, 그리고 아련하게 수연을 그려낸다.

"거기는 조도를 좀 어둡게 해 주세요."

공사가 한창인 시내 근교의 바였던 60평형의 상당히 넓은 공간.

여러 가지 요소로 꽤나 많은 돈을 모았던 경우는 뿌듯함에 미소를 지었다. 그럴싸한 집도 포기하고 십 년 가까이 모은 적금통장까지 모두 깨면서 마련한 곳이다.

구조 변경이 한창인 가게의 구석, 도면을 보며 바닥에 실제 크기로 대비하여 먹으로 그림을 그리는 인부의 곁에서 소소한 것들을 터치하던 경우의 옆에 수연이 있었다.

멀쩡하지도 않은 다리로 일자리를 구하는 것은 정말 하늘의 별 따기보다 어려웠다. 그래서 그나마 경우의 안배로 공사현장에 나와 잡다했던 아르바이트 스킬을 동원해 잡무를 봐주고 있었는데 첫날부터 기운 빠지게 한숨만 쭉쭉 내쉬는 그녀다. 하얀 수건으로 땀을 닦으며 다가온 경우가 그녀의 머리를 콩 때렸다.

"어느 누가 이렇게 한숨을 쉬나."

"때리지 맙시다, 앙?"

"복 달아나. 한숨 그만 쉬어."

"안 그래도 복이란 복은 다 빨린 것 같거든요."

"얼씨구."

섬세한 손길 끝이 결코 가볍지 않다는 것을 경우 자신만 모르는 터라 이미 '콩'이었음에도 얼얼하게 아려오는 머리에 수연이 툴툴거렸다. 어떻게든 먹고살아야겠다며 갑작스럽게 어제 종일 매달리던 통에 경우는 시급 500원이라는 말도 안 되는 조건을 내걸었다. 하는 거 없이 앉아만 있으니 500원도 감지덕지다.

하는 일은 인부들에게 산뜻한 미소를 주거나 커피를 타 놓고 가져가라며 종용하기, 그리고 괜히 한숨만 툭툭 내쉬기.

이렇듯 정말로 쓸모없는 일을 하고 있지만 꼬박꼬박 자신의 수첩에 '500+500'이라 적어대며 시급 계산은 빼놓지 않고 있었다. 집에 있어 봐야 다시 찾아올 악당 때문에 끙끙거릴 것 같아서 차라리 일이 늦게 끝나는 경우의 옆에 죽치고 있는 게 나았다. 오늘은 경우 옆에 있고 내일은 술친구에게 가서, 그 다음 날은 밥 친구에게. 이래저래 나름대로의 스케줄 표를 완성하며 강재희 피하기를 꼬물대던 그녀는 석 잔째 커피를 마시는 경우를 보며 말했다.

"선배, 선배는 어느 날 갑자기 완전 선배 취향의 상대가 같이 살자고 하면 어떻게 할 거야?"

그리 식지도 않은 커피를 목이 마른다는 이유로 꼴깍, 넘긴 경우는 진지하게 대답해 주었다.

"난 그렇게 축복받을 정도로 착한 일을 한 적이 없다."

"응, 선배는 그런 사람이었지."

장난스런 수연의 머리로 경우의 꿀밤이 콩 내려앉았다. 그렇게 때리네 마네를 두고 티격태격하다 경우가 슬그머니 운을 뗐다.

"왜, 누가 느 집 찾아와 밥 달라 하더냐?"

"……설마. 내가 남자를 집에 들일 사람이야? 울 아부지가 아시면 그대로 머리 깎여서 절 들어가야 된다."

"하긴 지수연 성질에 남을 집에 두겠냐마는."

"내가 뭐."

"아니 그냥 그렇다고."

그러니까 남보다도 잘 아는 제 성질에 안 그래도 재희를 그냥 두는 것이 낯설고 답답해하던 차였다. 아무렇지 않게 핵심을 콕 집어 말해 주는 경우가 영 마음에 들지 않았다. 여러모로 손가락이 오글거리는 상황이다.

정말 나는 왜 그 사람을 내보내지 않는 걸까. 그리고 왜 이렇게 불쾌하지 않은 걸까.

철없이 투덜대며 노는 두 사람의 모습에 콧수염이 매력적인 작업

반장님이 커피 한 잔을 들며 그들을 놀려왔다.

"작업장에 애인도 데려오고, 생각보다 능력 있으시네?"

작업반장의 말에 두 사람은 곧 키득거렸다. 이내 능청스러운 얼굴을 만든 수연은 짐짓 아쉬운 표정으로 찡긋거렸다.

"아쉽게도 이쪽은 제 짝이 아니라서요."

낄낄거리며 수연의 머리를 쓰다듬어 준 경우는 다시 바빠지기 시작한 현장에 투입되는 곰처럼 펄쩍거리며 뛰어갔다. 손을 팔랑거리며 사라진 경우를 금방 무시하고 턱을 괸 수연은 그저 연거푸 이어지는 한숨만 푹푹 내쉬어야 했다.

결국 하는 일도 없고 자리만 축내고 앉아 있었다는 이유로 오천 원짜리 한 장 받은 수연은 경우의 차에서 내렸다. 그래도 밥도 주고 간식도 줬으니 놀 만큼은 놀았다 싶어 감사의 인사로 손 키스를 쪽 남기자 경우가 있는 힘껏 인상을 찌푸렸다.

다리 다친 게 꼭 나쁜 것만은 아닌가 보다. 생전 차 한 번 안 태워 주던 선배에게 에스코트를 다 받고.

새로 장만한 목발로 날아갈 듯 아파트로 향한 수연은 제집의 층수에 다다르자 스멀스멀 재희 생각에 걱정이 앞섰다. 아무리 생각해도 어제의 그 막무가내 행동을 보자면 지금 시각이면 집에 있을 확률이 높았다. 내 집에 있을 불순분자가 무서워 가기를 꺼려하는 현실에 진심으로 아버지 말씀에 따라 귀농을 해 볼까, 하는 착잡함을 표현해낸 그녀는 엘리베이터가 띵하고 멈추자 주춤주춤 내렸다.

가는 걸음이 있을까 반, 없을까 반으로 심심찮게 옹알대는 가운데.

수연은 자신의 아파트 복도에 쳐진 석재 난간에 팔을 괴고 뿌연 담배 연기를 흘려보내는 실루엣에 눈을 동그랗게 떴다. 재희인가, 하는 마음에 눈을 게슴츠레 뜨며 다가서자 센서 등에 비추는 것은 옆집 아저씨다.

꾸벅 인사를 하며 문 앞에 다다라 혹시 재희가 왔나 불빛을 살폈지만 방범창 안에 가려진 작은 창은 싸늘한 어둠만 가득했다.

"비밀번호를 알려 줬던가."

생각해 보니 도어 록의 번호를 알려 주지 않은 것 같았는데, 왔다가 돌아갔을지도 모른다는 생각까지 들자 황당하게도 미안함과 더불어 섭섭함이 확 몰려왔다. 지난번엔 사람을 안고 깰 때까지 기다리더니 문이 안 열려 있다고 휙 가 버린 건가. 습관처럼 입술을 비죽거리며 문을 열고 들어서자 그녀의 안주머니에서 아주 소란스럽게 벨 소리가 울려왔다.

화들짝 놀라 꺼낸 휴대폰을 손에서 통통 튕기며 꺼내 든 그녀는 아버지일까 조마조마하게 보다가 낯선 번호에 머리를 긁적였다.

"뭐지?"

죄지은 것도 없고 080 스팸도 아닌, 평범한 번호나열에 의구심을 품으며 받아내자 유일무이하게 그녀의 마음에 쏙 들었던 목소리가 전자음과 한데 섞여 들려왔다.

– 지수연.

"번호는 또 어째 아셨대요.

– 모르는 건 없다.

"아하."

어련하실까, 중얼거리면서도 전화를 끊지 않고 절뚝거리며 침대에 안착한 그녀는 뻐근한 몸을 풀어 주듯 이리저리 몸을 뒤틀었다.

"같이 지내는 건 포기하셨나 봐요."

속내를 알아보기 위한 단순한 비꼼에 재희가 반응할 리 없지만 묵묵히 아무런 소리도 내지 않아 버린다. 끊어 버렸나 착각이 들 정도로 잠잠해서 '저기요?' 하고 부르자 길고 긴 한숨 소리가 대답을 대신했다. 아주 얇은 숨소리가 가쁘게 들리고 수연은 직감으로 뭔가 이상함을 알아차렸다.

"강재희 씨?"

멀쩡하던 사람의 고요한 숨소리가 어쩐지 뒤틀려 왔고 곧 재희는 옅게 잠긴 목소리로 말했다.

– 잠깐 나와.

"네?"

– 아파트 앞이야, 검은 승용차.

"……오셨으면 들어오세요."

어째서 자신이 들어오라고 말하며 요조숙녀처럼 나긋한지는 모르지만 수연은 이미 창문 너머 아파트 주차장을 힐끔거리고 있었다. 정말로 발코니 창 바깥, 넓고 어두운 주차장에는 가로등에 비쳐 색은 알 수 없어도 비뚤게 멋대로 정차한 차가 있었다. 딱 봐도 재희의 차일 것 같은 느낌이다.

남들은 일자로 고르게 주차했는데 길가 한가운데 떡하니 서 있는 차. 수연의 툴툴거리는 말에 재희는 다시 한 번 침묵을 고수했다. 덧없이 흐르는 시간과 전화비가 아까워 삐죽대기 위해 입을 열던 그녀는 그냥 툭 끊어지는 전화에 눈살을 찌푸렸다. 다시 창밖을 보며 끙, 하고 고민을 하곤 스스로도 이해할 수 없게도 몸을 돌려 집 밖으로 향하고 있었다.

몸도 성치 않은 사람 불러내는 것이 괘씸해도 제법 빠르게 내려온 그녀는 주차장으로 향했다. 여전히 삐딱선 타고 있는 검은 승용차는 마치 화라도 난 것처럼 하얀 연기를 뿜어대고 있었다. 아니 실질적으로 연기를 뿜는 건 열린 창문틀에 팔을 괴고 담배를 피워대는 재희였지만 멀리서 보자니 차 자체가 넘실대는 느낌이었다.

왔으면 얼른 들어오든가, 유유자적 턱을 괴고 거만하게 앉아 담뱃재를 탈탈 털어대는 품새가 영 마음에 들지 않았다. 엘리베이터를 타고 오면서는 전혀 떠오르지 않았던 말들이 빤히 자신을 보는 그의 얼굴을 보자마자 마구마구 떠오르기 시작했다.

그녀가 오는 것을 보았으면 부축이라도 좀 해 주려 나왔으면 좋으련만 그대로 운전석에 앉아 고개만 삐딱하게 내밀어 담배를 툭툭 털어내는 꼴이 무척이나 재수 없다. 입가로 퍼지는 연기는 그 오만한 자세에 더욱 힘을 실어 주었다.

훅, 하고 뱉어낸 숨과 연기가 냄새를 풍기며 수연에게 넘어왔다. 이 무례하고 매너 없는 남자에게 쏘아댈 말이 더 떠올라 흥분한 그녀가 막 그에게 거의 다다랐을 때 재희의 입이 열렸다.

"멈춰 봐."

"……네?"

"거기 멈춰."

다짜고짜 멈추라는 말에 반사적으로 움직이던 목발을 멈추던 수연은 은근 자존심이 상해 눈썹을 힐끗 올렸다. 그는 좁혀진 미간에서 '나 짜증 났음'이 선명하게 보이는 가운데 입에 물었던 담배를 잡아 뺐다. 뭔가 조금 혼란스러운지 손바닥으로 이마를 문지르다 입을 열었다.

"손, 입에 대 봐."

당최 알아들을 수 없는 말에 수연 역시 삐딱하게 서 있는 차만큼이나 기울어지게 서서 허리에 손을 올리고 묵묵부답하자 재희는 까만 눈을 한 번 가렸다가 다시 떴다.

"빨리."

뭐가 그렇게 안달인지 담배를 바닥으로 떨어트리며 인상을 쓰는 통에 수연이 움찔거렸다. 일단 따지는 건 둘째 치고 속 좁게 구는 것 같아 대충 손을 입에 대는데 이것이 또 마음에 안 드는지 재희가 손짓했다.

"손가락 말고 손바닥."

"저기요."

"얼른."

어쩐지 초조해 보이기까지 한 그의 말투 속에 연민이 살그머니 고개를 들어 올렸다. 안 해 주면 새로 꺼내고 있는 담배로 지지기라도 할까 봐, 도망도 못 가는데 까짓 한번 해 주자는 마음에 손바닥을 살포시 입술에 댔다.

이번엔 또 '떼 봐.'라는 말로 사람을 귀찮게 만든다. 안 그래도 내릴 생각이었지만 시키는 대로 하는 인형이 된 기분이라 뿌루퉁하니 있자 재희는 그대로 쭉 한참을 뚫어져라 보다가 헛웃음을 터트리고 만다.

"별……."

같잖다는 생각이 들었다.

하얗고 두껍게 말린 깁스를 통통거리며 손바닥을 날리는 것이 뭐하는 건지는 정확하게 알 수 없지만 보는 사람으로 썩 그렇게 기분이 좋지 않았다. 배 안쪽이 부글부글하고 하릴없는 백수처럼 담배만 빼어 물어봐도 속이 쓰다. 더 화가 나는 건 그 바글대던 속이 저 성의 없는 손짓에 눈 녹듯 사라졌다는 사실이다.

아무리 생각해도 자신의 얼토당토않는 감정 선상에 쓴웃음이 자꾸 나온 재희의 허탈한 모습에 따지지도 못하고 수연은 씩씩거렸다. 우두커니 서 있자 그는 할 것 다 했다는 듯 창문을 올리고 그대로 뒤로 빠지며 비어 있는 주차선에 완벽하게 맞췄다.

그리곤 한참 미적거리더니 긴 다리 뻗어 가며 수연에게 다가왔다. 부축은커녕 휙 지나쳐 아파트로 들어가면서 재희는 손에 들었던 작고 긴 원통을 수연에게 던졌다.

"어어!"

날아오니 일단 잡고 본 수연은 차가운 기운이 서린 뿌리는 파스마냥 가벼운 듯하면서도 묵직한 통을 받았다.

"이거 뭐예요?"

탈탈 흔드니 들어 있는 게 있긴 한데 영 이상하긴 하다. 귓가에 대고 흔들며 궁금증을 호소하는 그녀 쪽으로 몸을 향한 재희는 바닥에 떨어진 목발을 짚고 수연의 다리를 잡아 어깨 위로 번쩍 들어 올렸다.

"으악!"

무슨 사람이 사람을 번쩍번쩍 들어대는지 떨어질까 봐 재희의 등의 옷자락을 꽉 잡은 수연이 순간 몸을 굳혔다. 재희는 불붙은 담배에서 떨어지는 재를 바닥에 털며 말했다.

"내 목숨 줄."

"……에? 아, 아니 그것보다 좀 내려 주세요! 아우, 나 걸을 수 있는데!"

파닥파닥 움직여 봐야 재희에게는 조금도 소용이 없어 보이긴 하지만.

익숙하지 않은 브랜드에 차가운 느낌이 물씬 풍기는 통. 위에 달린 산소호흡기 모양의 나팔, 붉은색 누름(PUSH) 표시가 엄지만 한 너비를 가지고 있었다. 짐짝처럼 매달려 집에 들어와 욕실로 들어가 버린 재희를 등지고 혼자서 그가 건네준 산소 호흡기를 흔들던 그녀는 호기심에 꾹, 하고 호흡기를 열었다.

슈우욱.

바람이 빠지는 듯하면서 약간 촉촉함이 감도는 기체가 뿜어져 나왔다. 깜짝 놀라 간편하게 영어로 적힌 글귀를 어떻게든 해석하기 위해서 휴대폰까지 들어 올렸다.

"그러니까, 이게."

더듬더듬 영어사전으로 뜻을 찾고 나서야 통의 용도를 알 수 있었다. 휴대용 산소 호흡기. 분명 그리 흔한 물품은 아니어서 의아한 눈으로 다시금 그것을 둘러보다가 마침 젖은 머리칼을 그대로 나오는 허우대 건장한 사내에게로 고개를 돌렸다.

지난밤에야 먼저 잠이 들어 재희가 씻는 것을 볼 수 없었지만 오늘은 저 잔뜩 젖은 머리며 간편한 옷차림까지 보는 사람이 괜히 부끄러워지는 모습이었다. 무슨 노출증 환자도 아니고 그나마 바지를 입은 게 다행이다 싶을 만큼 상체의 맨살을 그대로 드러낸 재희는 물기 뚝뚝 떨어지는 머리로 다가왔다.

"수건."

"화장실에 걸려 있는데."

"걸레 아니었나?"

이 자식이.

그 걸레로 온몸을 싹싹 닦아내는 나는 뭐요. 발이요?

바닥에 떨어지는 물을 위해서라도 새 수건 하나를 꺼내 휙 던져 주자 그것을 받아 채며 머리를 슥슥 닦는다. 종잡을 수 없는 그의 까만 속내야 알 수 없지만 자연스럽게 바닥에 앉아 그녀의 다리를 잡아 문지르는 것이 또 뭔가 꿍꿍이가 있어 보인다.

경계심에 주춤 물러서는 그녀의 다리를 잡으며 재희는 깁스로 돌돌 말린 다리를 마치 살살 애무하듯 쓸어댔다.

"언제 풀지?"

"이 주 정도 뒤에."

아직도 이 주 가까이 남아서 귀찮게도 이 무거운 깁스를 지금이라도 좀 빼내고 싶다. 생긴 거랑 다르게 부드럽게 만지작거리는 것이 어쩐지 부끄러웠다. 수연의 발갛게 달아오른 뺨이 보이는지 안 보이는지 손가락으로 깁스를 유람하던 그는 그녀의 손에 있는 산소 호흡기를 툭 건드렸다.

"잘 보관해."

"이게 뭐냐니까요?"

"내 목숨 줄이라니깐"

"그것참 답답하시네."

불퉁하게 물어오는 수연에게 재희는 대답 대신 자리로 돌아가는 것으로 마무리했다.

어찌해야 할까. 이제는 내보내는 것은 둘째 치고 순결을 보호하기 위해서라도 거실과 방으로 통한 곳에 문이라도 있으면 좋으련만. 하지만 한편으로 여전히 의문이 들었다.

여러모로 폐 끼친 사람의 병원비를 내 주고 간병인을 자처하며 집까지 쳐들어온 남자를 어떻게 봐야 하는 걸까. 바보처럼 착한 사람이라고 생각하기엔 그 행동이 너무 음흉했고 뭔가 뜻이 있다고 하기엔 그에 비해 자신의 모자람을 모르지 않았다.

뭘까.

대체, 이 사람 뭘까.

아직도 손에 들린 산소 호흡기를 보면서 수연은 낮은 코웃음을 흘려내었다. 그냥 이렇게 있을 줄 알고? 천만의 말씀, 만만의 콩떡이다. 왜 이렇게 잘해 주는…… 아니, 여하튼 어째서 자신에게 이렇게 과한 관심을 주고 있는지 알아내고야 말 테다.

✻

참 잠잠했다.

이상할 정도로 잠잠해서 재희의 눈이 번뜩거릴 정도로. 며칠 동안 수연은 재희의 붕대도 갈아 주었고 멋대로 행동하는 그에게 딱히 무슨 말을 하지도 않았다. 단지 지나칠 정도로 건강식품을 챙겨 먹거나 이따금씩 약봉지를 털어 입에 넣는 것을 보여 줄 뿐이었다.

한번은 그 약봉지가 무엇인지 몰라서 무려 쓰레기통에 있는 약을 보기까지 했다. 약봉지에 쓰인 작은 글씨는 간단하게 liver라고만 적혀 있어 '간?' 하고 작게 읊조릴 수밖에 없었다. 간이 뭐가 어찌 되었다고 이런 약을 먹는 건지 무척이나 수상했다.

절뚝대던 다리도 이제는 제법 나아서 되어 깁스를 하고 있어도 큰 무리 없이 익숙해진 목발로 잘도 걸어 다녔다. 깁스를 가벼운 소재로 교체하면서는 그야말로 날아다니는 새마냥 폴짝댔다.

목덜미를 가볍게 덮어간 머리카락을 뒤로 넘기며 환하게 웃는 수연의 옆으로 무작정 병원까지 따라온 재희는 아주 심각하게 그녀의 뒤태를 살피고 또 살폈다. 얇게 잘 뻗은 가느다란 다리는 매력적이고 건강해 보였다.

"어휴, 그나마 좀 살 것 같네."

뒤따르는 재희를 등지고 기지개를 길게 켠 수연은 그야말로 생동감이 넘쳤다. 그는 늘씬한 허리선에 탐이 나는 듯 혀로 입술을 쓸었다. 깁스에 가려졌던 다리 선이며 만개하는 들꽃처럼 다리를 움직이는 모습을 그저 보고 있자니 재희는 충동질을 해 주는 마음에 역시 망설이지 않았다.

재희는 사람이 많이 유동하는 병원 로비에서 제멋대로 수연의 허리를 사로잡아 시원하게 드러난 다리를 잡아채 올렸다. 그는 자신의 팔에 등을 기대고 기울어져 놀란 눈이 된 수연을 무시하고 여러 흉이 남았어도 선이 고운 다리를 주물럭거렸다.

"이 사람이 또!"

말캉말캉.

뜨거운 것이 솟아오르는 것처럼 매끈한 살결이 이상하게 욕심이 났다. 뭔가 바르지도 않은 맨살이 손에 닿자 조금 더, 를 외치며 꺼림칙한 포즈에도 불구하고 그녀의 오금을 가볍게 누른다. 아뿔싸, 수연은 순간 신음 비슷한 음성이 나올까 봐 빠르게 입가를 막았다.

워낙에 수상쩍게 얌전했던 수연 때문에 재희 역시 잠잠할 수밖에 없었는데 다시 팔딱이는 그녀를 보자니 역시 만지고 싶은 충동질을 막을 수가 없었다. 못 견디게 탐이 나는 다리를 잡아 비싼 도예품을 구경하는 것처럼 그렇게 보다가 만족할 정도로 조몰락거렸는지 툭 놓아 버렸다.

그 옛날 흑백사진 속에 해군 병사와 간호사의 열렬했던 입맞춤처럼 뒤로 젖힌 수연의 등과 그걸 받치는 재희의 사이로 미적미적한 *끈끈함*이 서렸다. 재희는 다물린 그 분홍빛 입술이 탐이 나기 시작했다. 다리를 실컷 만져대면서 뻑뻑하게 느껴지던 감정이 어느새 그녀의 입술을 채가라고 긁어대고 있다.

무슨 마음이 동해서인지 모르겠다.

로맨틱하게 젖힌 허리를 받친 남자의 고개가 서서히 여자에게로 향하자 로비에서 움직이던 사람들의 움직임도 멈췄다. 아이의 눈을 가리는 사람도 있었고 흥미진진하게 깍깍거리는 소녀들도 있었다. 빤히 다가오는 고지식하게 날카로운 턱선과 눈매에 두 손을 가슴께에 쥐고 눈을 깜빡이던 수연은 조금씩 벌어지며 닿아가는 그의 입술을 불과 한 뼘 남기고 말을 토해냈다.

"내기할래요?"

분위기에 안 맞게 이제 접점이 코앞인데 내뱉는 말이라 재희는 순간 심기가 상했다. 하지만 확실히 재미를 동하는 것이어서 더 다가서지 않고 멈춰서 더 말하라는 시늉을 해 보았다.

당연하다는 것처럼 다리를 쓸어대고 무려 입술박치기를 할 것처럼 내려오는 그에 심장이 벌렁벌렁 아주 죽을 것 같아 저도 모르게 튀어나오고 말았다. 지난번처럼 농탕한 키스를 했다가 또 혼자 놀라서 당황하게?

키스를 했다는 사실보다 지나치게 당황하며 멍해지는 재희가 더 보기 싫어 꾹꾹 참았던 말을 해놓자 재희의 손에서 힘을 풀려 갔다. 겨우 제대로 서고 주위의 시선에 서둘러 밖으로 나온 그녀는 뒤따르면서도 부끄러움 따위는 사전에 없는 것 같다.

"무슨 내기?"

어느 면으로 보나 수연이 그를 이길 수 있을 법한 것은 그리 있어 보이지 않는다. 대체 저 조막만 한 머리에서 무슨 생각이 있어 겁도 없이 '내기'라는 말을 꺼내놓는가. 그녀가 괘씸한지 낚아채듯 팔을 뻗는 그에게 허리를 뒤로 빼면서 말했다.

"말 그대로 내기. 소원 들어주기 내기요."

키보드를 타닥거리며 노트북의 윙윙 돌아가는 소리를 음악 소리마냥 빠르게 타자를 치던 재희는 대충 일이 끝났는지 이미 잘 갖춰 놓은 그의 동반자 연애소설을 펼쳐 들었다.

마이어 헤이든의 사랑, 제8권 '흑의 암살자'는 4권에서 자신의 아내인 사라만다에게 죽었다고 여겼던 마이어가 아내를 가로챈 형이자 현 황제인 하이든과 사라만다에게 나타나는 중요한 권이었다.

남편을 자신의 아름다운 머리카락으로 졸라 죽이고 그의 형의 여자가 된 사라만다는 결국 스스로의 슬픔을 견디지 못한다. 자결을 위해 검을 들고 하이든의 앞에서 할복을 시도하는데 그것을 막은 것이 바로 죽었다고 여겨지던 남자였다.

하지만 그의 모습은 잔 상처와 복면으로 인하여 두 사람 모두 알아채지 못하고……

"흐응."

자신의 머리카락으로 사랑하는 남자의 목을 조른 여자라.

재희는 짧고 듬성듬성한 수연의 머리카락을 떠올리며 피식 웃음을 터트렸다. 그녀가 자신의 목을 조르기 위해 머리카락을 기르려면 얼마나 걸릴까. 아마 족히 몇 년은 걸릴 것이다.

책장을 넘기며 고조되어 가는 소설 속의 분위기에 따라서 심각해지던 재희는 현관문 열리는 소리에 고개를 올리며 안경을 썼다. 막 문을 열고 들어선 수연은 조금 힘이든지 숨을 길게 내쉬고 있었다.

따라가겠다는 재희를 한사코 물리며 그 멀쩡하지 않은 다리로 목발을 모터 삼아 아파트 앞에서 쭉 사라져 버렸기 때문에 집으로 들어오면서도 꽤나 불편한 기색이었다.

그녀가 없는 집이란 그다지 기분이 좋지 않다.

애초에 목적이 지수연이었으니 좁고 불편하고 그렇다고 아주 청결하지도 않은 이 쥐콩만 한 집에 애정은 없다. 병원에 검진을 받으러 가야 한다는 말에 일단 명목상 간병인 타이틀로 무리하게 회사에서 나왔으니 우선 집에서라도 할 일은 해야 해서 자판은 누른다.

마음이 동하지는 않고 있는 가운데 현관문을 콩, 닫은 수연은 무려 목발에 검은 비닐봉지를 주렁주렁 엮어서 낑낑거리고 방 안으로 들어왔다.

미련 맞게 무거워 보이는 목발을 침대 위에 겨우 안착한 그녀는 그사이 이마에 맺힌 땀방울에 한숨을 푹, 쉬었다. 꼬치꼬치 캐묻기라도 하면 일이 귀찮아지니 혼자 다녀오긴 했지만 역시 이것저것 사다 보니 봉지는 상당히 무게감이 있었다.

"미련하긴."

그 말에도 수연은 배시시 웃었다.

"내기하실 거죠?"

당연히 뭘 하던 이길 것임이 분명하기에 초롱초롱한 눈으로 내기를 운운하는 수연이 귀여웠다.

"이건 내가 제일 좋아하는 오징어랑 아몬드랑……."

노트북이 올라가 있던 밥상을 가득 채운 먹을거리에 재희가 가만히 손가락을 툭툭 건드리자 수연은 이제는 너무도 익숙해진 콩콩 걸음으로 화장실 옆의 창고로 향했다.

"지겹게 간 강화제를 들이켰다 이 말이지."

말하는 것이 만화처럼 말풍선을 달고 나올 수 있다면 그녀의 뒷말에는 하트가 듬뿍 묻어 있을 것이다. 사랑스러운 자식들을 보는 눈으로 든든하게 서 있는 맥주병을 포근히 안으며 이에 하나 물고 양 팔에 두 개씩 방에 안착했다.

"술?"

"술은 그야말로 진실의 서. 그리고 내기의 진리 아니겠습니까?"

"하?"

"이걸로 내기하죠. 누가 먼저 취하는지."

의기양양한 미소로 팔짱을 척 끼는 그녀에 재희는 정말로 황당했다.

자신이 누구인가. 하루 마시는 위스키의 양이 석 잔 분량에 한때는 알코올중독 증세까지 겪을 정도로 막대한 양의 술을 마셔댔었다. 지금이야 전만은 못해도 어지간한 말술일 테고 더욱이 중요한 것은 그에게 있어 알코올은 그저 냄새나는 물이나 다름없었다.

뭘 몰라도 한참을 모르는 수연의 당당함이 어처구니없어 그렇게 몇 번은 혀를 찬 재희는 정말 이렇게 생각할 수밖에 없었다.

'간이 부었군.'

흔히들 말하는 간이 배 밖으로 튀어나왔네, 를 읊조리며 지켜보지만 재희는 질 리 없는 내기에 달리 별말을 하지 않았다. 먼저 무덤 판 것은 수연이었고 그는 그저 고개만 끄덕이는 것뿐이다.

알싸한 알코올의 향이 물씬 풍기는 노란 액체에 재희는 호기심을 보였다. 누가 들으면 우습다고 할지 모르지만 강재희는 단 한 번도 맥주나 소주를 마셔 본 적이 없었다. 양주 이외의 술은 와인밖에 맛본 적 없었고 삭힌 보리 물에 관심을 둘 겨를도 없었다.

아무리 봐도 어쩐지 묽은 색의 맥주가 찝찝해 보여서 하얀 거품을 후, 불어내는데 맥주를 내려놓은 수연이 냉큼 잔을 들어 그에게 내밀었다.

"뭐야."

"자작하는 취미 없어요. 얼른 채워 주세요."

채우다.

재희는 지그시 눈을 감아내며 그녀의 말을 음미했다. 채우다.

제법 괜찮은 말이 아닌가. 무엇이든 그녀를 그가 가득히 채우고 그녀가 그를 가득히 채운다. 여러 가지 방법으로.

"여봐요, 헤이? 아, 뭐야. 싫으면 말을 해야지 혼자 시워야."

홀로 즐거운 재희의 머릿속을 전혀 예상하지 못하고 눈을 찌푸린 수연은 투덜투덜 제 잔에 맥주를 채워 넣었다.

쪼잔 하긴. 술 좀 따르라는 게 그렇게 자존심이 상했나. 눈 감고 모르는 척하면 다야?

수연이 거친 투덜거림을 뱉는 사이 맥주가 하얀 거품을 뽀그르르 넘실대며 넘치자 얼른 입술을 대 후루룩 마셔 버린 그녀는 간만에 목구멍으로 타고 넘는 술에 눈물이 나올 지경이었다.

이 싸하고 알알한 목 넘김이 기분 좋아 히죽거리자 앞에 앉았던 재희가 아직 맺혀 있는 거품을 툭툭 버리다가 입술을 한 번 댄다.

더럽게 맛없다.

"다른 거 다 필요 없이 일단 먹고 먼저 뺄는 사람이 지는 겁니다. 말했던 대로 지는 사람은 소원 들어주기!"

반드시 이겨서 저 시커먼 꿍꿍이를 까발릴 테다. 남자의 자존심을 자극하는 화끈함에 재희는 무덤덤하니 잔을 들고 있다가 그대로 넘겼다.

마음에 안 드는 맛이 한껏 목구멍과 입을 감돌아 짜증이 치밀었지만 그렇다고 아주 역한 기분은 아니었다. 단지 매우 싼 기운이 감돌아서 기분이 그리 썩 좋지는 않았다.

"일단 마셔요, 시간제한 있는 거 아니니까 마시자고."

작달막한 여자가 갈색의 페트병을 들고 혀를 날름거리는 그 모습이 재희의 눈엔 적잖이 유혹적이다. 그는 자신도 모르게 그녀를 따라 병을 잡아 마시기 시작했다.

"마셔요, 마셔."

"……."

"얼른."

휘어진 눈웃음에 붉게 변해 가는 두 뺨, 상기되어 반짝이는 눈동자며 중간 중간 쉬면서 빠끔히 미소를 내밀고 히죽거리는 입술에 재희는 도무지 눈을 뗄 수가 없었다. 쉬지 않고 병을 들어 올리며 눈길만은 끊지 않던 그가 서서히 손을 내리더니 순간 전혀 변하지 않은 얼굴을 쓸어내렸다.

"넌, 일은 안 하나?"

아주 조금은 여유로워진 목소리가 그렇게 물어왔다. 맥주를 한 모금 마시며 안주로 사온 오징어 다리를 입에 문 수연은 턱을 괴며 약간은 침울한 기색으로 답했다.

"안 하냐고 묻지 말고 못하냐고 물어 주실래요? 몸도 이렇고 그나마 하던 일도……뭐, 그렇게 됐으니까."

"왜 못하지?"

"보고도 몰라요? 다리 부러졌잖아. 막노동도 사지육신 멀쩡할 때나 가능한 거예요."

그가 완전히 이해했다고는 생각하지 않았다. 조금 슬퍼지는 건 저런 물음에 다리 탓을 할 수 있다는 사실이다. 일을 못하든 안 하든 할 수 없는 상황을 변명할 수 있는 상태라는 것이 고마울 정도다. 적어도 덜 창피하다. 그리고 그런 자신을 모르지 않고 안도하는 마음 자체가 창피했다.

"아니지, 전에도 그랬어요. 다리 다치기 전에도 백수였죠. 날 백수."

얼마간 사라졌던 자괴감이 다시금 고개를 드는 것 같았다. 쓰디쓴 고배의 잔을 마시며 밤을 지새우고 하루하루를 연명하던 그런 날. 여전히 다를 것 없고 달라질 것 없는 고달픈 지수연의 생활이다.

"일……하고 싶나?"

"일하고 싶은 사람도 있어요?"

"그럼?"

"해야 하니까 하는 거예요. 해야만 하니까. 전 아직 하고 싶은 일을 찾지 못했으니까, 언젠가는 하고 싶은 일이 생길 거예요."

"확신하는군."

"당연하죠! 내가 누군데."

씩 웃으며 누르던 어두운 기운을 떨쳐낸 수연은 자신과 재희의 비어버린 잔을 채웠다. 꼴꼴꼴 올라오는 맥주의 하얀 거품이 꼭 구름 같다.

"그쪽은 언제부터 일했어요?"

평소라면 묻지 않았을 질문을 조용히 묻자 묵묵히 술잔을 기울이던 그가 입을 열었다.

"아홉."

"스물아홉?"

"아홉 살."

"……네?"

장난쳐? 하고 묻는 듯한 그녀의 찌푸린 얼굴에도 재희는 안색 하나 변하지 않고 술잔만 기울였다.

"네가 생각하는 일의 범주가 뭔지는 모르지만 난 그때부터였다."

"뭐, 경영수업 같은 건가."

"다를 건 없지."

철옹성 같은 노회장을 처음 만났던 것이 그 무렵이었을 것이다. 그 거대한 저택으로 들어선 것은 그로부터 일 년쯤 뒤였지만 이미 그때부터 재희는 남들과는 다른 궤도를 타고 자라났다. 하고 싶다거나 해야 한다는 것이 아니라 해야만 하는 것이었다.

"힘들었어요?"

"……."

"안 힘들면 다행이고."

그렇게 혼자 결론짓고 마는 수연의 말에 그는 순간 오르는 울컥거림을 이해하지 못했다. 저렇게 쉽게 답할 만한 것이 아니었다. 아주 비참할 때도 있고 속이 뒤틀릴 때도 있으며 숨이 막혀 당장 죽어버릴 듯했던 적도 있다. 그러니까 저렇게 나올 법한 것이 아니다.

아무런 말도 없이 자신을 빤히 보는 재희의 시선에 수연은 역시 또 비어 있는 잔을 채우곤 능글맞게 입술을 오물거렸다.

"어지간히 힘들었나 봐. 억울해 보이는 게 딱 보이네."

억울? 뭐가 보여?

"그쪽도 뭐 날아보고 싶거나 그런 적 있어요? 난 그랬거든."

옥상 위에서 뛰어내리고 싶을 만큼 그랬던 것 같다. 기억은 잘 안 나지만 분명 유치하지만 그런 생각을 계속해서 가졌었다. 기계 같은 저 남자도 그랬을까 궁금해져 묻자 이런 대수롭지 않은 장난

같은 말에 재희는 그 어느 때보다 흔들리는 눈으로 그녀를 바라보고 있었다.

"쉬운 삶이 없구먼. 없이 살아도, 넘치게 많아도."

답을 듣지 않아도 알 것 같았다. 입에 닿은 차가운 액체가 어쩐지 달다. 세상 누구보다 다르고 심지어 계급으로까지 나뉠 법한 저 남자와 이렇게 대작하고 있다는 게 신기하고 같은 생각을 공유한다는 것이 즐거웠다.

"가끔은 좀 여유를 가져요. 너무 딱딱하게 살지 말고."

"아아."

"나처럼 너무 갖지도 말고."

지금 자신이 무슨 말을 하고 있는지 수연은 모를 것이다. 다른 사람에게라면 몰라도 강재희에게 그 말은 금단의 사과처럼 달콤하고도 위험한 것이라는 걸 말이다. 더불어 그의 신념을 뿌리째 뒤흔드는 말이라는 것도.

생각해보면 그렇다. 수연을 만나 처음으로 약속을 어겼다. 한 자리에 그렇게 오래 앉아 본 적 없었던 재희가 40여 분이 넘도록 그녀를 보게 만든 것, 조급하게만 느껴지던 생활에 틈이 발견된 것이 모두 저 여자 때문이었다.

아니, 덕분인가.

"그런가."

"그런 거죠."

이상하게 부드러운 그의 음성에 수연은 기분이 좋아졌다. 강재희와 함께 술을 마시는 지금 순간이 어쩐지 마음에 든다.

시간이 지나 몇 잔의 술이 더 오갔을 무렵. 안경이 걸리는지 그것을 빼내 아무렇게나 던지는 것이 어딘가 조금 위태로워 괜히 홀짝이던 병을 내려놓고 불긋한 뺨을 두 손으로 가린다. 재희의 무표정한 입가에 서늘한 미소가 걸렸다.

"강재희 씨?"

상태가 급변하는, 이내 푹 수그린 고개에 흠칫하며 재희의 어깨를 한 번 터치했지만 그대로 흔들릴 뿐 다시 고개를 든다거나 말을 꺼내지 않는다. 축 늘어진 어깨에 다소 걱정이 되어서 밥상을 돌아가니 그의 목덜미가 상세히 보이며 그 붉은 기색에 깜짝 놀랐다.

"설마 지금 취했어요?"

말도 안 된다.

빨리 취할수록 수연에게는 좋기도 하고 일단 내기도 이긴 상태이지만 이렇게 빨리 취할 거라고는 상상도 하지 못했다. 수연은 너무 빠르게 맛이 간 재희 때문에 결국 혼자가 키득거렸다. 멀쩡하게 생겨서 술이 많이 약한 모양이었다.

불과 십여 분만에 맛이 간 그를 바닥에라도 눕혀야겠다는 마음에 침대 위에 있는 베개를 내리려 몸을 세워 침대 위로 팔을 뻗는데 순간 수연의 등으로 묵직한 손이 순식간에 짓눌러 왔다.

"응?"

꽤나 무겁게 누르는 통에 베개로 손을 뻗은 그 자세로 고개만 돌리는데 그녀의 얼굴 근처로 내려온 각진 턱선이 가느다랗게 숨을 토해내며 차근차근 위로 잠식하기 시작했다. 이제는 손만이 아니라 짓누르듯 온몸이 그녀를 내리누르며 멈춘다.

"잠깐……. 이봐요, 강재희 씨."

토라진 아이가 으레 그러하듯 아무런 행동도 없이 그대로 그녀를 눌러 내리며 다시 조용하다.

"무거워!"

그녀의 괴로움을 알았는지 다시 들려지는 재희에 안도를 나타내며 몸을 돌린 수연은 곧장 쳐들어오는 입술에 그대로 입막음을 당하고 말았다.

"억!"

지그시 내리깐 눈에 담긴 욕망이 이글이글 불타오르고 입천장을 훑어대고 혀의 뿌리마저 삼켜 버릴 듯 말아 감는 격정적인 키스에 숨이 막혔다.

"이러면 후회한다니까!"

이깟 입술이야 사실 강재희라면 빼앗긴다고 하더라도 나쁜 감정이 들지 않는다.

왜냐 묻지 마라, 그건 나도 모른다!

그냥 재희의 손길에 저도 모르게 움찔거리며 그의 머리카락에 손을 넣고 몸을 비틀어대고 있으니까. 한참을 그렇게 지분거리며 탐하던 입술이 떨어지며 재희는 그녀의 목으로 자리를 옮긴 그에 수연이 한숨을 내쉬며 그를 밀어냈다.

"취했어요?"

역시 대답이 없다. 쪽쪽거리며 수연의 어깨를 만지작거리며 단단한 재희의 허벅지가 슬금슬금 그녀의 보드라운 허벅지에 닿아 문질렸다. 다른 곳도 아니고 그저 허벅지일 뿐인데 몽실몽실 피는 열꽃은 심상치가 않았다. 조금씩 자리를 움직이며 섬세하게 다가서는 그의 허벅다리에 놀라 몸을 비틀었지만 몹쓸 다리가 걸려 재희의 다리가 그녀의 몸에 닿는다.

"으악!"

번개처럼 위로 올라가는 수연을 잡아챈 재희는 무척이나 안타까운 얼굴로 그녀를 마주하고서 입술을 연신 촉촉 맞췄다. 눈두덩이며 이마며 볼이며 빠짐없이 탐한 그는 애절하다시피 메인 목소리로 수연의 귓가에 속삭였다.

"안 돼?"

당연히 안 되지!

무한으로 고개를 끄덕이는 수연이 못마땅한지 뚱하니 짓던 표정이 귀여워 보이는 건 분명히 수연의 눈이 맛이 갔음이리라. 스스로에 경악하며 열정적으로 고개를 젓고 몸을 뒤틀자 재희도 별수 없다는 듯 쪽쪽 대던 입술을 두고 다시 처음처럼 꾹 눌렀다.

사람이 양심도 없지. 취해서 잘 거면 혼자 자든가, 사람을 아래에 깔아놓고 미동도 않는 것은 대체 무슨 노릇이란 말이냐. 어찌나 강하게 눌러 버렸는지 아니면 정말로 잠이 들어 버린 것인지 축 늘어져 얼굴을 그녀의 목덜미에 묻은 재희는 비킬 생각이 없었다.

"조옴, 비……켜."

난리를 쳐도 건장한 몸은 조금 들썩일 뿐이었다. 헉헉거리며 버둥대는 것은 멈추며 뻗어 버린 수연은 가슴을 짓눌러 숨을 공유하는 기묘한 상황에 심장이 콩닥거렸다. 무거운 것은 두고라도 이 설렘이란 제법 기분이 좋아서 안 그래도 복잡한데 더 심기 어지럽다.

"난 몰라."

위에서 내리누른 남자의 아래서 팔 하나도 움직이지 못하게 되어 버린 수연의 슬픈 한탄만 좁은 방을 가득히 채웠다. 이미 잠든 재희의 고른 숨소리에 '내가 이겼다'라는 승리의 함성도 지르지 못한 상태로.

*

'문어다!'

숨도 쉬기 어려운 물속에서 어떻게 뻐끔거리며 유영하는 수연의 앞에 거대한 문어 한 마리가 주둥이를 뿌뿌거리며 날쌔게 따라붙었다. 실제 문어와는 갭이 큰 그것이 휘리릭 다리를 뻗어 빨판을 벌름 거렸다. 마구잡이로 손과 다리를 휘저어 보아도 금세 낚아 버린 다리들이 그녀를 덮쳤다.

꼬로록.

'살려 줘!'

숨 막히고 답답하고 몸은 안 움직이고, 게다가 뜨거운 물이라니. 아, 그래서 문어가 빨갛게 익어 버린 건가. 뜨거운 물이라서! 살려 달라고 외치는 목소리도 나오지 않아 꼬르륵 물거품을 내미는 순간 문어의 주둥이가 우물우물 다가와 그녀의 귀에 대고 말했다.

[하아.]

문어 주제에 어디서 이런 못된 숨소리를!

번쩍!

문어의 지나치게 섹시한 숨소리를 끝으로 눈을 뜬 수연은 꿈에서 빠르게 헤어나오지 못하고 헉헉거리다가 땀에 젖은 이마를 닦기 위해 팔을 들어 올렸다. 하지만 그녀의 팔은 쉽사리 움직이지 않았고 살짝 들려진 사이 다시 꾹 짓누르는 게 아직도 문어가 조이고 있는 느낌이다.

"……"

뻣뻣한 살갗.

부드러운 살의 감촉이 그녀와 그의 밀착 속에 여실히 존재한다. 정수리 부근에서 연신 색색거리는 숨결이며 벗은 몸을 쓸어내리는 손길이 어떻게든 잡아낸다.

"아나, 진짜 이럴 줄 알았어."

허망한 어조. 멍하니 재희의 품에 안겨 있던 수연은 진짜 폭풍처럼 눈물이 줄줄 흘러나올 지경이었다. 차라리 기억이라도 나지 않았으면 좋으련만. 이 생생하기 그지없는 머릿속에 대체 어떤 대처를 해야만 하는 걸까.

이 사람처럼 술이라도 취했으면 소리라도 지를 것을.

아니, 차라리 뭔 사단이라도 났으면 억울하지는 않지!

재희의 손이 바로 어제저녁처럼 다시 움직이며 그녀의 옆구리를 만지작거린다. 그 바람에 번뇌에 빠진 여자의 입에서 다시 달뜬 신음이 흘러나왔다. 본능적으로 움직이던 재희의 손가락이 멈추며 감았던 눈도 조용히 올라갔다.

침묵. 침묵.

콩닥거리는 가슴 결에 눈만 꾹 감고 얼른 자는 척을 해 버리자 약간 느슨했던 손이 다시 그녀를 조이며 유달리 낮고 매력적인 음성이 사르르 풀려났다.

"아아."

감상은 그것이 끝이었다. 지난밤이 하등 기억도 안 날 남자는, 제 품에 안긴 수연을 보고 놀라기는커녕 순식간에 상황을 파악해 버리며 그녀를 조금 더 안고 다시 눈을 감아 버렸다.

응당 사람이라면 기억에도 없이 품에 발가벗은 여자가 있으면 당연히 놀라는 척이라도 해야 하지 않은가. 헌데 강재희, 그는 당연한 수순을 겪는 것처럼 오히려 대범하게 살결 좋은 수연의 팔뚝을 조몰락거리고 있었다.

분명, 어제, 완전히 필름이 끊겼었다. 그녀 말고 바로 이 남자가. 그런데 정말 너무 태연하지 않은가!

＊

기억 속에서 생생하게 재생되는 지난밤.

그러니까.

완전히 잠이 들어 버렸는지 얼마 지나지 않아 옆으로 밀쳐진 재희는 새근새근 고운 숨을 뱉으며 늘어졌다. 하도 꽉 눌려 있어서 트인 숨이 오히려 달갑지 않았지만 겨우 몸을 세우며 한숨을 푹 쉬었다.

진짜 그대로 딱 삼십 분만 더 있었으면 창창한 젊은 이십대에 그대로 생명줄 놓아 버릴 뻔했다. 좁은 침대에서 떨어질 듯 말 듯 아슬아슬하게 엎어져 잠이든 재희의 머리를 한 대 쥐어박아 버리고 싶었지만 혹시 깰까 봐 전전긍긍 슬그머니 침대에서 내려오는 게 전부였다.

"진짜 짜증 나."

울상이 가득한 얼굴로 이불로 파고들어 버리는 재희를 흘기며 거

창하게 시작했지만 어이없이 쪽박 차 버린 내기에 수연은 밥상만 손가락으로 박박 긁으며 이를 갈았다. 또, 저 망할 놈에게 입술을 빼앗겼다.

"너무 싫다."

혹시 딱, 거짓말 안 하고 딱 5초만 더 키스를 했더라면 어쩌면 그녀는 그의 가슴에 안겨 버렸을지도 모른다. 답이 없을 정도로 자극적인 입맞춤에 혼이 빠지는 건 그녀만의 잘못이 아니다.

이렇게 혼자서 자괴감에 빠져 내 탓, 네 탓을 웅얼거리던 수연은 재희도 뻗은 마당에 별것도 없다는 마음으로 밥상을 쭉 밀었다. 퍽, 하고 그녀의 정수리를 찍어 버리는 강력한 타격이 별을 보여 주었다.

"헉."

그리고 곧장 와르르, 아니 빙그르르 몸을 돌리다가 좁은 침대에서 수연의 위로 떨어져 내린 재희의 무게가 그녀의 허리를 곧장 접혔다. 아픔을 호소하기도 전에 가뜩이나 출렁대던 맥주가 엎어지며 수연의 머리 위로 콸콸 맥주가 쏟아진다.

"……으으."

꾸깃.

그것 이상으로 지금 상태를 표현할 길이 없다.

접힌 허리도 허리지만 차가운 맥주가 머리와 등의 일부를 적시는 그 끈적임은 상상을 초월했다. 이어 접혀 있는 그녀의 등에 걸쳐져 있던 재희가 잠결에 혼자 데구루루 굴러 바닥으로 떨어진다. 재희는 평소의 그라고는 생각할 수도 없게 늘어진 모습으로 누워 있었다.

"아 나, 씨."

가까스로 인내의 한계를 이겨 내며 허리를 들어 올린 그녀는 자신과 침대 사이를 비집고 틈을 벌려 너무도 편하게 누워 버린 재희를 정말 딱, 따악 한 대만 때려 주고 싶었다. 머리부터 젖은 맥주가 옷에 스며들고 등을 타고 흐르더니 바지 틈으로까지 가득히 들어가 주셨다.

그사이 조금씩 말라 가는 맥주가 희멀건 흔적을 남기며 끈적끈적 그녀를 유혹했다.

맥주에 맛이 간 남자는 도무지 깨어날 생각을 하지 않고 허망하게 앉은 수연은 꺽꺽 울컥거리며 제 몸 토해내는 맥주를 세워 놓고서 주춤주춤 일어섰다. 머릿속이 정말 몽롱해졌다. 혼자 잘났다고 자고 있는 강재희도 밉고 아까운 술 버린 지금 상황도 밉다.

곧장 샤워실로 들어간 그녀는 뚱한 얼굴로 맥주 냄새 풀풀 나는 머리부터 샤워기를 가져다 대며 열심히 거품을 냈다. 잠시 바깥에 있는 재희를 신경 쓰던 그녀는 곧 몸이 개운해지자 샤워에 열중했다.

작은 욕조 끝에 걸터앉은 상태로 몸을 닦아내던 가운데 이 평화로운 시간을 방해하는 소리가 우렁차게 울렸다.

우당탕하는 소리가 크게 울리더니 이제는 지나치게 고요해졌다. 마무리를 하다 말고 멈춰서 화장실 밖으로 신경을 곤두세운 그녀는 슬쩍 욕실 문을 열어 고개를 삐죽 방을 훔쳐보았다. 특별하게 변한 것은 없지만 잠결에도 손이 아픈지 오른손을 움찔거리며 약간씩 몸을 비트는 재희가 보였다.

"바보."

엉덩이를 쭉 빼고 찬장의 문을 여는데 조금 전 씻을 때 들려왔던 것보다 훨씬 큰 격타 소리가 들리더니 이번엔 벽이 미약하게 울릴 정도로 쿵, 하는 소리와 함께 진동이 울렸다.

"뭐, 뭐야?"

손에 쥔 옷이 민망하게도 몸을 움츠린 수연은 어디선가 영화 조스에서 나오는 BGM이 흘러나오는 환청을 듣고야 말았다.

'빠밤, 빠밤, 빠밤빠밤빠밤빠밤' 하는 듣는 이로 하여금 오금이 저리게 하는 음악이 울리고 일순 경직된 그사이 자비 없게도 욕실 문이 벌컥 열리고 검은 물체가 빠르게 침범했다.

알몸의 여자는 보지도 않고 곧장 변기 앞에 앉은 재희는 그 귀한 얼굴을 변기에 넣더니 널따란 등을 들썩이며 울컥울컥 토악질을 시작했다.

"우욱. 우우욱!"

딱히 별거 먹은 것이 없어서 입에서 나오는 거야 시큼한 위액과 물뿐이지만 남 토하는 걸 옆에서 보자니 같이 토하고 싶고 울렁거리고 정신이 아득해질 정도다.

'속이 울렁거려.'

가까스로 뒤집히는 속을 참아내고 있을 무렵 남자는 한참을 그렇게 콜록거리며 쭈그려 앉아 있더니 아직 변기 물 내릴 정신은 있던지 콰르릉, 물도 내려 뒤처리를 마무리했다.

비칠비칠 세면대를 잡고 다리를 세운 재희는 구토를 했음에도 술기운이 아직 도는지 정말 넋이 나간 눈을 하고 있었다. 그 가운데 세면대에 물을 틀어 입도 골고루 싹싹 닦아내었다. 어지간하면 술도 깨련만 거울에 비친 눈이 맛 간 지 오래다.

필사, 정말 필사의 노력으로 수연은 입을 틀어막고 빠르게 수건으로 몸을 가렸다. 변기 잡고 토하다가 세면대로 오는 통에 셔츠 하나만 손에 들고 뒤로 빠져 입 밖으로 튀어나올 것 같은 심장을 가까스로 막았다. 그녀는 어떻게든 들키지 않고 밖으로 가기 위해 물 묻은 타일 벽에 찰싹 달라붙어 발을 움직였다.

질질

이 망할 다리!

후딱 튀어갔으면 좋겠는데 도무지 여건이 도와주질 않는다. 겨우겨우 세면대 앞에 있던 재희를 둥글게 피해 문에 다다라 환희에 찬 얼굴로 한 걸음 넘어가는 순간이었다.

그녀의 앞으로 굳건한 팔이 가로막은 것은 찰나였다. 촉촉한 얼굴을 손으로 쓸어내리며 문틀을 짚고 허리를 숙인 재희는 한 다리 밖으로 빼고 멈춘 수연을 고개를 조금 돌려 바라보았다.

한쪽은 술에 취해 맛이 갔고 다른 한쪽은 벗었다.

훑어보는 시선도 아니고 그녀의 얼굴에 눈을 고정시킨 재희의 뜨뜻한 눈동자는 잠깐의 머뭇거림도 없이 수연의 어깨선으로 내려갔고 수연은 다급하게 수건을 펼쳐 몸을 가렸다. 하얀색 수건, 바스타월도 아니고 그냥 평범한 수건이 얼마나 가릴 수 있겠냐마는 일단 없는 것보단 낫다고 겨우 다시 올라온 재희의 시선이 손가락과 동반했다.

"흐으."

본드로 붙인 것처럼 다물어진 재희의 입과 반대로 조금 벌어져 겁먹은 소리를 낸 수연의 입이다. 그의 손가락이 가느다란 목을 지나쳐 쇄골에 닿아 미끄러져 어깨까지 향한다. 재희의 검지가 닿은 부분, 부분이 타는 것처럼 뜨거워져 수연은 몸을 뒤로 뺐지만 한층 다가온 그는 간신히 가려진 수연의 몸을 잡아채 당기며 물기가 가득한 머리카락을 넘겼다.

"하지 마, 싫다니까! 하지 마요!"

'너 방금 토했잖아!'

그야 물론 물로 씻었다고는 하지만 방금 구토를 한 남자의 입술이 이마에 닿자 좋은 건 둘째 치고 소름부터 올랐다. 이미 활활 타오르는 얼굴에 수연의 마음은 두근 반 세근 반 난리가 났다.

"비켜요, 이 변태!"

툭툭 밀쳐내는 것은 어디 갈대가 때리는 것만도 못하게 조금 뒤로 물러날 뿐 그리 신경도 쓰지 않았고 그녀의 가슴과 겨드랑이로 팔을 넣어 욕실 밖으로 끌고 나간다. 뭣도 모르고 뒷걸음질로 딸려 나오던 수연은 발버둥을 치며 늦은 밤, 소리도 못 지르고 꺅꺅거리다가 재희의 팔뚝을 꽉 물어 버렸다.

그것이 어느 선을 톡 끊어 버렸는지 고개를 숙이며 수연의 목덜미로 입술을 가져간 그는 지금의 수연처럼 이를 세워 잘근, 살결을 물었다.

"아!"

아릿한 아픔도 아픔이지만 잘근거린 이의 사이로 빨리듯 물린 목덜미가 미치도록 타올랐다. 그 아찔한 쾌감에 비틀, 다리에 힘이 풀려 무너진 수연을 덥석 끌어안은 재희는 난장판이 된 방을 가로질러 침대로 가 그녀를 안았다.

아직도 목덜미에 저릿한 감각에 겨우 숨만 몰아쉬던 수연이 침대 위에서 잔뜩 겁을 먹어 울상을 지었다. 재희는 천천히 밀려 나간 이

불을 끌어당기며 실오라기 하나 걸치지 않은 그녀의 몸을 팔로 강하게 안으며 사르륵 눈을 감았다.

자동으로 허리를 쥐어 손가락에 힘을 주는 통에 다시 가슴이 미칠 듯이 뛴다. 나쁘지 않아, 오히려 뭔가를 기대하는 듯 두 다리를 오므리고 잔 경련을 태우는 수연을 달래는 것처럼 재희의 나지막하고 듣기 좋은 음성이 울렸다.

"괜찮아."

"재희……."

"괜찮아, 지금은 아무 짓도 안 해."

꾹 잠긴 목소리는 아직도 그가 정신이 들지 않았음을 대변해 주고 있었다. 잠꼬대처럼 수연의 몸을 쓰는 손을 멈추고 가슴으로 안아낸 재희는 정말 얼마 지나지 않아 그대로 잠에 빠졌다. 예기치 않은 다이내믹한 상황에 심장이 간만큼 커진 수연만 움찔거리는 감정 속에 고통을 겪어야 했다.

＊

완전한 만족감이라는 것이 이 세상에 존재할 것이라고 기대한 적도 없었고 또 바란 적도 없었다. 자신의 품에 안겨 바들바들 눈을 떨며 애써 자는 척을 하는 수연을 보면서 재희는 충족되지 않은 아래의 욕구에 쓴웃음을 지어야 했다.

이것이 말로만 듣던 필름이 끊기는 현상이라는 걸까. 영화에서나 있는 것이라 치부했던 상황이 자신에게 있자 그 컷 된 조각들이 생소하기 그지없었다. 중간 중간 어설프게 단편들이 기억나기는 하지만 정말 그는 왜 자신이 나신의 수연을 안고 있는지 알 수 없었다.

하지만 분명 지금 그는 완전하진 않아도 꽤나 충족하고 있다는 사실이다.

아주 잠깐 이 여자가 왜 제 품에 안겨 있는지 궁금하긴 했지만 나쁜 일이 아니기에 그저 쓸모없는 의구심으로 훌쩍 넘어갔다.

바지에 묶여 성을 내는 남자의 욕심을 막아낼 수 있을 정도로 보드라운 살결이나 항상 달다고 여겼던 향이나 맛이 자신의 온 피부로 전달되어 일어나고 싶지 않을 정도다.

왜 그가 그녀를 안고 있느냐는, '왜'라는 의문은 그에겐 전혀 중요하지 않았다. 결과적으로 강재희가 안은 지수연이 자는 척하느라 뻣뻣하게 굳어 있는 것조차 예뻐 보인다는 것이 가장 중요했다.

가슴이 차분히 내려앉아 공명하는 것처럼 그녀를 향한다.

"자, 죠?"

부디 자고 있으라고, 제발 자고 있으라고 부탁하는 것처럼 슬그머니 말을 해오는 수연에 재희는 그답지 않은 배려심으로 눈을 감았다.

"이게 무슨 꼴이야."

내기로 시작해서 자신이 이기기도 한 것 같은데 어째 전혀 득 본 것 같지가 않다. 오히려 울컥울컥 울화가 터져 가슴을 탕탕 치면서 이불로 몸을 돌돌 말아 침대에서 내려오던 그녀는 이불자락에 발이 걸려 재희의 다리에 엎어졌다.

이건 뭐 백만 년 만에 있을 자비심으로 모르는 척 눈을 감고 있었더니 제가 먼저 사서 걸림돌을 만들어 버린다. 결국 가만히 눈을 뜨고 팔로 몸을 지탱해 상체를 조금 세우는 재희에게로 눈을 돌린 수연은 다행히 허물어지지 않은 이불을 꽉 쥐며 눈만 깜빡였다.

심술이 고개를 치밀어 오른다.

완전히 몸을 세워 다리 위로 엎어진 수연에게 가깝게 다가가 가볍게 터치하며 묻는 재희의 목소리는 그야말로 심술보, 못된 심보 가득 차올라 있었다.

"안길 거면 확실하게 이쪽으로 와."

다분히 못된 마음이 그득그득, 허술하게 베슬거리던 수연도 놀란 기색도 없이 '아야' 로 일갈하고 이제는 실없는 소리를 해대는 재희가 얄미워 아득, 이를 악물었다. 능글맞게 입꼬리만 슬쩍 올리는 매서운 눈동자에 허리를 곧게 올리며 자신의 몸을 말아놓은 이불을 잡았다. 가슴을 가린 두껍지 않은 이불을 움켜쥔 수연이 조금 전과 달리 재희 못지않게 거만한 표정을 만들었다.

이번엔 재희가 움찔하며 여유롭던 얼굴을 경직시켰고 살살 들춰지는 가슴께의 이불에 놀랍게도 그는 다소 붉어진 모양을 서서히 만들어 냈다. 긴장이라도 한 것처럼 입술을 조금 깨무는 것이 통쾌할 정도였다. 수연의 맹랑한 행동이 펼쳐지고 재희가 자신의 목 부위에 손을 올리는 순간 그녀는 이불을 펼쳐 순식간에 그를 덮쳤다.

"윽!"

"변태 할아버지가 물어갈 사람!"

홀라당 그의 시야를 가린 이불, 그와 함께 재빠르게 한쪽 다리에 힘을 줘 콩콩 뛰어간 수연은 재희가 이불을 젖힐세라 옷 방의 문을 쾅 닫았다.

　원래 많은 대화를 나누는 타입은 아니었지만 유달리 침묵이 가득한 아파트.
　다소곳하게 침대에 앉아 손톱을 톡톡 물어뜯는 수연.
　옷 방에서 나와 거울을 보며 간단하게 젖은 머리를 정돈하는 재희.
　알싸한 맥주처럼 시큼한 공유감이 흐르고 있음에도 차마 말을 꺼내기 어려운 민망함도 몽글거렸다.
　두 사람 모두 암묵적으로 왜 수연이 옷을 벗고 있었느냐에 대해서 묻지 않았다.
　수연은 민망해서 그렇고 재희는 자신에게 이불을 덮어 버리고 도망간 그녀에게 짜증이 나서 그렇다. 아무튼 두 사람 모두 침묵을 유지하며 재희는 이미 늦어 버린 출근 준비를 위해 와이셔츠 단추를 하나씩 꿰고 있었다.
　"내기, 제가 이겼어요."
　"아아."
　와이셔츠를 마지막 깃까지 채우며 넥타이를 목에 건 재희는 아주 수월하게 매듭을 만들어 묶었다. 내기에서 이겼다고 의기양양하게 콧대를 세우는 수연의 코를 꾹 눌러 주고 싶었다. 납작코가 되어 앙칼지게 올려보는 모습이 조금 보고 싶다. 재희의 즐거운 상상을 모르는 수연은 방글거리며 인정한 재희에게 다가가다가 아침에 있던 일에 흠칫 뒤로 다시 물러섰다.

"누가 잡아먹어? 왜 도망가."

"아니, 뭐 그냥."

사람을 대놓고 피하는 실례를 범했으니 그것이 조금 민망해져 수연이 우물쭈물했다. 넥타이를 정돈하고 마지막으로 재킷에 팔을 넣던 재희는 피식, 바람 빠지는 소리를 내며 말했다.

"하긴, 지금이라면 그럴지도 모르지."

"……."

"배가 고프니까."

어제저녁 안주도 없이 술 몇 잔 먹고 뻗고 나서부터 아무것도 안 먹고 있으니 당연히 배가 고플 것이다. 수연 역시 그 말을 듣는 사이 꼬르륵하고 배가 울렸다. 제 배가 고프니 다른 사람 배도 조금 신경이 쓰여 고개를 조금 갸웃거린 그녀는 일주일이 넘도록 한데 생활하면서 밥 한 끼 같이 먹은 적 없다는 것을 깨달았다.

아침에 일어나면 재희는 이미 나가 있었고 저녁엔 수연이 다른 데서 빨빨대고 돌아다니느라 저녁때를 놓치고 들어오니 사실상 두 사람은 한집에 살 뿐이지 딱히 마주한 것이 없다.

"어쨌든 소원 하나 들어주세요."

밥 한 끼 한 적은 없어도 알몸으로 잡혀 있기는 했었으니 몇 계단을 건너뛴 것인지는 알 수 없지만 수연은 그저 모르는 척 앵돌아진 입술을 비죽거렸다. 재킷까지 마무리하고서 붉은색 통통한 살점을 내미는 수연에게 다가온 재희는 오늘도 어김없이 제 뜻대로 그녀의 어깨를 누르듯 아래로 내리며 손가락으로 콱 잡았다.

"이거 계속 내밀면 후회할 거다."

이 다리를 들어 저 중심부를 차 버리면 어떻게 될지, 수연은 한 남자의 미래를 두고 심각하게 고민하다가 정 없이 찰싹 손을 때리며 입술을 잡은 재희를 떨어트렸다. 크게 고집 부리지 않고 다시 몸을 곧추세운 그는 미련도 두지 않고 홀랑 현관으로 향했다.

여전히 인사 한 번 해 주지 않고 '나 잘났어' 뒤태를 보여 주고 나가 버리는 그에게,

"잠깐! 소원!"

소원의 시옷도 제대로 꺼내지 못한 수연의 손만 애절하게 떨리고 있었다.

문을 여니 보이는 것은 곰 같은 경우였다.

묵직한 무게가 여실한 험상궂은 얼굴로 자기 딴에는 꽤나 순진한 척하려고 한 것 같은 말간 눈동자를 보여 주었다. 수연은 심드렁하니 어제 사놓고 먹지도 못한 오징어만 입에 질겅질겅 물고서 옆구리를 긁적거렸다. 속칭 건어물녀가 부럽지 않을 정도로 우울한 그녀의 모습에 경우는 잠시 할 말을 잃었다. 그래도 지난번에 보았을 때보다 훨씬 살 만한지 한층 가벼워진 발걸음으로 안으로 들어서는 수연을 따라 신발을 벗었다.

"어? 남자 구두?"

자신의 운동화를 벗어 한쪽으로 옮기던 그는 가지런하게 세워진 검은색의, 한눈에도 수제라는 느낌이 번쩍 드는 구두에 눈을 동그랗게 떴다. 구두의 밑창에는 섬세한 필기 형식의 브랜드가 나열되어 있었는데 알 수는 없지만 평범하게 볼 수 없는 상당히 비싼 것임은 분명했다.

"있어, 우렁각시…… 아니, 우렁변태."

"너 동거해?"

믿을 수가 없다는 듯 버럭 외쳐주는 경우의 경악한 음성이 아파트를 울렸다. 짐승의 포효마냥 꺽꺽거리며 요새 들어 원래 이상했지만 정말 이상해진 수연을 도통 이해하기 어려운 눈으로 바라보았다. 일주일이 넘도록 행방불명되더니 갑자기 나타났을 땐 다리가 부러져 있고 집에는 버젓이 남자 신발까지.

"헉, 야! 이거 남자 양복인데!"

아무리 생각해도 말쑥한 남성용 정장이 멋없이 벽에 걸려 있고 분명 수연과는 어울리지 않는 영문으로 가득한 책도 몇 권 있었다. 게다가 학을 떼며 싫어하는 연애소설도 네다섯 권이나 테이블에 있다. 침대에 앉아 하품을 쩍쩍 해대는 속 편한 수연만 그것을 주섬주섬 챙겨 침대 이불 아래로 숨겼다.

"선배가 모르는 뭔가가 있어."

"……대체 또 무슨 짓을 하는 거야."

"나도 그게 좀 알고 싶다."

알아. 내가 지금 무지막지하게 속이 없고 어이없는 거. 남자를 집에 들여 놓고 나가란 말도 않고 같이 지내는 값싼 여자처럼 굴고 있다는 거.

하지만 어찌하리, 문득 정신을 차리고 보니 가라는 말이 어색해져 버렸는데.

제 일에 크게 관심을 두는 것을 좋아하지 않는 전형적인 한량인 수연이기 때문에 경우는 일단 잔소리를 속으로 집어넣었다. 얼마 전 알듯 모를 듯 소리로 한숨을 내쉬더니 설마 정말로 뭐 딴 짓을 하는 건 아니겠지? 열 길 물속은 알아도 한 길 사람 속은 모른다고 미적미적 자리를 잡은 그는 여전히 의심이 가득한 눈이었다.

"어쨌든, 다 큰 아녀자 집에 온 이유가 뭐야."

퉁명스럽게 있는 것이 오늘따라 영 기분이 안 좋아 보여서 경우는 조금 전 의심병 졸졸 흘려보내던 것을 멈추며 목을 가다듬었다. 경우가 들고 온 쇼핑백으로 힐끗 시선을 준 수연은 다소 안타까움을 배제할 수 없었다. 저렇게 쑥스러움이 가득한 얼굴을 보자면 경우가 안쓰럽기도 하고 한편으론 이렇게 도와줄 수 있다는 것에 다행스럽기도 했다.

머쓱한 얼굴로 쇼핑백을 내민 경우에게서 그것을 받아든 수연은 딱 그녀의 체형에 알맞을 것일 옷가지에 선한 미소를 떠올렸다. 하얗고 보드라운 소재의 그 옷은 아마도 항상 그래 왔던 것처럼 아름다운 이브닝드레스일 것이다.

"예쁘다."

선머슴 같은 수연도 확실히 여자는 여자이기 때문에 A라인이 무척 섬세한 드레스는 가슴의 골을 조금 보이며 얇은 끈으로 어깨를 넘어가 있었는데 제법 길이가 있음에도 허리를 잡아 주는 끈에 히프와 허벅지를 타는 라인이 날씬하고 굴곡이 매력적인 수연의 몸매와 아주 잘 어울릴 것이었다.

"어디서 또 이런 걸 골라 오셨데."

"전부터 봐왔는데 이번에 바(Bar) 인수하면서 좀 어려웠거든. 간신히 맞췄어."

수연이 마음에 들어 하자 훨씬 기분이 좋아졌는지 조금 다가선 경우는 드레스에 어울리는 액세서리와 간단한 화장품도 꺼내어 늘어놓고 손가락을 움직였다. 열광적으로 눈빛을 반짝거리는 경우에 수연도 어쩔 수 없다는 양 간단하게 씻고 나와 민얼굴에 톡톡 스킨을 바르고 다소곳하게 앉았다.

"일단 옷 갈아입고 화장하자. 이번엔 머리 그렇게 많이 안 해도 될 것 같아."

머리에 신경을 쓰지 않으면 나야 좋지.

그리 오래 걸리지 않을 것 같은 기분에 고개를 끄덕이며 드레스를 들고 옷 방으로 들어간 수연은 맞춘 듯 허리부터 엉덩이, 다리 길이 모두 똑 떨어지는 드레스에 감탄했다. 확실히 경우의 눈썰미는 정말 대단할 정도로 정확했다.

경우는 완전한 게이가 아니었다.

남성과 여성을 아우르고 두 성별 모두 연애상대로 보는 일종의 바이섹슈얼(bisexual), 양성애자다. 이미 한 번 결혼도 했던 전적으로 여성에게 더욱 애정을 느끼는 한없는 남성에 가까웠다.

다만 그의 생리상 저 자신이 아니라 타인을, 즉 여성을 꾸미기를 좋아했고 그로 인해 여지없이 이혼을 당해 버렸다. 여전히 그 가슴에 남은 아내가 좋았으나 그와 비등하게 누군가를 꾸미고 예쁘게 해 주는 것도 좋아했다.

"가끔은 모르모트가 돼도 좋단 말이야."

청바지에 면 티셔츠가 주를 이루는 그녀의 옷장에 이따금씩 경우가 주는 이브닝드레스라든가 선이 고운 원피스 같은 무척이나 여성스러운 옷들이 가뭄에 콩 나듯 보이곤 했었는데 오늘 것은 특히나 그녀의 마음에 들었다.

"흐응."

그녀의 짧은 머리카락도 보기 좋게 만져 줄 경우이니 아마 모르긴 몰라도 제법 괜찮은 모습이 될 것이고 그렇다면…….

만약 그 상태로 재희에게 보인다면 그도 어쩌면 그녀를 향해 놀란 눈을 보여 줄지도 모른다. 사람을 조몰락거리는 그 변태 같은 손길로 아주 만약에라도 '예쁘다' 라고 해 준다면 수연의 심장은 어떻게 될까. 그저 막연한 상상 속에 오물거리는 재희의 입술을 떠올렸을 뿐인데도 수연은 전에 없이 보드라운 미소로 콩닥거리는 가슴을 내리눌렀다.

"큰일 났다."

조선 시대에서 있었으면 당장에 짐 싸들고 시집이라도 가야 할 일이 바로 어제 있었지만 그 태평하고 여유롭던 모습을 생각하면 아마 강재희는 그리 크게 신경 쓰지 않고 있을 것 터다. 씁쓸한 한숨과 자조적인 웃음이 흘렀다. 알몸을 보였다는 사실과 그의 품에 안겼다는 사실이 불쾌하기는커녕 오히려 더더욱 생각할수록 설레기만 할 뿐이었다.

"못살아, 정말."

애석하게도 그녀는 이미 강재희라는 사람에게 이끌리고 있을지도 몰랐다. 그녀는 바보가 아니었고 대한민국 사람들 다 아는 서문의 기둥, 후계자를 탐할 정도로 욕심이 큰 여자도 아니었다. 사람 사는 세상사 사람 위에 사람은 없다지만 분명히 '정도' 의 차이는 존재하기에 미련한 마음을 가지고 싶진 않았다.

잠시간의 사색에 빠져 단아한 몸짓으로 자신의 몸을 다독인 수연은 옷 방의 문을 열어 곧 경우가 기다리고 있을 방 안으로 들어섰다. 이미 각종 세트를 세팅해 놓고 기다리던 경우는 예쁘장한 얼굴에 꼭 알맞은 생기 있는 짙은 자홍색 끈과 하얀 드레스에 손뼉을 쳤다. 그의 사랑하는 아내였던 여자는 결국 그의 취향에 못 이겨 떠났지만 수연은 그가 원할 때면 이렇게 종종 옷을 입어 주곤 했다.

유별난 취향에 친구도 떠나고 이해해 줄 곳은 특별한 몇몇뿐이었지만 수연은 전과 다름없이 그를 대해 주었다. 결과적으로 수연은 그에게 있어 연애대상은 될 수 없지만 세상에서 가장 편하고 친한 친구가 되었음에 두 사람 모두 만족스러웠다.

"그냥 한쪽으로 풀어 보자."

어차피 목덜미만 조금 덮는 짧은 머리카락이지만 경우의 곰 같은 손에 들어 있는 미(美)의 혼이 활활 타올라 꽤나 흡족하게 바꿀 것이다. 정수리부터 부드럽게 쓸어와 가볍게 빗어 내렸다. 기분 좋은 손길, 비록 큼지막하고 살이 두툼한 솥뚜껑 같은 손이지만 시골에서 아이를 어르고 달래고 있을 언니의 손길처럼 따뜻했다.

"역시 경우 언니."

"야."

콩, 하고 손날을 세워 정수리를 푹 찍어 버리는 경우의 말에 수연이 깔깔거렸다.

길게 뽑히는 담배 연기에 서문 빌딩의 가장 최상층에 위치한 넓은 사무실은 마치 너구리굴처럼 뿌옇게 변해 있었다. 재희는 허공을 향해 담배 연기를 내뱉으며 이미 다 타들어 간 담배 대신 새것에 손을 뻗고 있었다.

이러다 폐암에 걸려 피를 토하고 서럽게 절명을 맞이할지도 모른
다. 하지만 그는 하루 종일 뜨끈하게 달아오른 몸에 내심 당황하고
있었다. 차라리 수연을 안고 있었을 때라면 그 욕심에 관한, 욕구에
의한 아픔을 차라리 견디기 수월했었는데 오히려 떨어져 있는 상황
이 더 괴로웠다.

당장에 그 자리에서 비죽 나온 입술을 가져낼 수 있었더라면.

가지고 싶다. 욕심껏, 여태껏 해왔던 것처럼 바라왔던 그 마음대
로 가느다란 목 줄기를 잡고 당겨 한없이 갈취할 수 있는 상황에서
도 왜, 어째서.

처음 만났을 때가 너무도 독특하고 강렬해서일까? 한눈에 시선을
빼앗고 심장의 고동마저 빼앗았기 때문일까.

지금은 그녀도 그녀였지만 심적으로나 체력적으로나 너무도 피
로했다. 검고 큰 의자가 그를 빨아들이듯 받치고 있었지만 녹아내
릴 것처럼 기운을 잃은 재희는 이미 꽤 많은 양의 위스키를 마셨
다.

힘들었다.

솔직하게 말해서 재희는 진심으로 힘들었다. 무엇이든 완벽해야
하는 것도, 누구보다 완벽해야 하는 것도. 허울만 좋은 자신의 오만
함도 지독하게 더럽고 짜증이 치밀어 더욱 신경질적으로 변하고 말
았다.

지금 그가 하는 행동의 모든 것이 옳다고만 여겨지는 상황이 미
칠 듯한 혐오감으로 덮였다. 푸른 양지에 박혀 알이 깨기를 기다리
는, 견고한 성벽의 안에서 유토피아가 펼쳐진 그 낙원에서 지옥의

파수꾼처럼 혀를 날름거리는 저를 내려다보는 모든 것이 싫다.

그 눈이 자신을 향하는 순간부터 호흡은 멈추고 숨이 막혀 여지없이 바닥으로 주저앉을 듯한 현기증이 오른다.

"……강재영."

문득 올리는 그 이름에 규현이 흠칫 몸을 떨었다. 제 형제가 모시는 분이시며 한없이 재희와 반대이신 분. 나락에서 피를 빠는 악마가 강재희라면 절대적인 양지에서 순수한 선을 가진 사람. 그렇기 때문에 차마 입에 올리는 것조차 버거운 상대.

"상무님, 오늘은 자택으로 돌아가시는 게 좋으실 듯합니다."

그 순수함으로 자신을 향해 웃어 줄 때면 재희는 피가 끓어올랐다.

언제나 웃음은 한결같이 말했다.

[그러면 안 돼, 재희야. 다른 사람을 괴롭혀선 안 돼.]

[내가 누리는 게 전부는 아닌 걸. 그걸 기억해야 해. 제발, 제발 재희야.]

"하아."

힘들고, 힘들고, 다시 또 힘들다. 불안정한 상태로 허물어져 발끝에서 오열하면서도 마지막엔 뒤돌아 내려다보는 것은 결국 그쪽이다.

"자택으로."

몸을 일으켜 간만에 규현이 모는 차에 오른 재희는 잔뜩 늘어진 상태로 손을 휘저었다. 아직 출발하지 않은 차의 창문으로 보이는 아름다운 외관 속에서 지난달 떨어져 내렸던 광휘, 수연이 떠올랐다.

그 역동적이고 소름 끼치도록 아름다웠던 광경이 머릿속을 생생하게 스치자 재희의 입가로 미소가 번졌다. 그가 그녀의 집에 머무르는 이유이자 곁에 함께하고자 하는 모든 결론이 바로 그것이었으니까.

다른 것은 필요 없었다. 왜 아직도 그녀는 그에게 떨어지지 않는가. 이렇게 밑에서, 끝에서 나락에서 기다리고 있는데 수연은 무엇 때문에 그에게 오지 않을까.

처음부터 그녀는 아름다웠다. 눈을 뗄 수 없을 만큼 아름다웠다. 빌딩 아래로 추락했던 그때가 떠올랐다.

그녀가, 높은 건물에서 떨어져 내린다.

상상할 수 없는 희열과 함께 심장이 찢어지는 고통이 함께 찾아와 이해할 수 없는 괴로움이 번졌다.

뭘까. 무엇일까.

지수연을 떠올리면 이 숨 막힘이 사라져야 하는데, 감히 맺힐 수 없는 감각이 손과 발, 온몸에 다닥다닥 달라붙어 재희를 괴롭혔다. 환하게 웃고, 보드라운 살결을 가진 작은 여자가 싸늘하게 식어 버리는 것이…… 정신을 잃은 여자의 모습이 스치자 심장이 뛰었다.

"돌았군."

"상무님? 자택으로 가도 되겠습니까?"

"아니, 지수연의 집으로 간다."

아닐 것이라 생각했다. 설마 강재희가 지수연의 추락을 두려워하고 있다? 그것만큼 우스운 것이 없다. 그저 동정심이 다소 일었을 것임이 분명했다. 그래, 아마도 그가 갖는 이 일말의 기대는, 그 더럽고 좁은 아파트에 앉아서 깔깔거리다가 문을 열고 들어오는 저를 보고 금세 뚱한 얼굴을 지어 버리는 수연의 모습을 결코 기대하거나 기다리고 있는 것은……

아닐 것이다.

이미 빼앗긴 심장은 돌아오지 않음을 그는 여전히 고집스럽게 인정하지 않았다.

때 아닌 옷 갈아입기 놀이에 짙은 어둠이 가득해진 바깥을 알아차리지도 못했다. 붉은 드레스에 맞는 짙은 화장을 대충 손으로 문지르는 수연을 보곤 경우가 혀를 차며 다가왔다. 그리고 꼼꼼하게 화장 솜을 들어 올려 닦아 주었다.

"여자 맞냐?"

"이거 왜 이러셔. 나만큼 예쁜 사람이 어디 있다고."

"그거 알아? 너 가끔 진짜 한 대 때려 주고 싶어."

"……."

"진짜."

간만에 시원하게 터진 솔직한 답변에 수연이 입을 비죽였다. 이쪽저쪽 다 지나치게 솔직해서 가녀린 수연의 마음에 스크래치를 남기곤 한다. 남들이 들으면 쌍으로 어이없는 얼굴을 만들어낼 생각을 뻔뻔하게 내리면서 클렌징크림을 가득 묻힌 화장 솜을 가지고 닦아내는 경우의 손에 따라 눈을 감았다.

그때 도어 록의 전자기계 소리가 들려왔다.

경우의 고개와 수연의 눈동자가 데루룩 굴러 현관으로 향하고 여지없이 벌컥 열린 문을 너머로 핸섬하니 슈트 하나만큼은 대단히 잘 어울리는 남자가 한 걸음 내디뎠다.

"어?"

"응?"

수연은 재희의 등장에 시간이 벌써? 라는 마음으로 경우는 자신의 인상 못지않게 매서운 남자의 눈길과 남자가 왜 수연의 집으로 오는지에 대한 의문이 가득히 서려서. 차갑기 그지없는 재희의 눈이 수연과 경우를 번갈아 갈아보았다.

별 반응 없이 잠시 동안 둘을 향하던 재희의 눈초리가 지나치게 굳어가는 그때 그는 아주 자조적인 미소를 지었다. 그리고 구두도 벗지 않고 들어와 수연의 붉게 칠해진 입술에 매우 비릿한 미소를 지어내곤 경우를 걷어찼다.

"악!"

"경우 선배!"

옆구리를 그대로 맞아 버린 경우가 죽는소리를 내며 좁은 방에 뒹굴었다. 수연은 제법 세련된 드레스가 비추는 자신의 훤히 드러난 등이 재희의 눈에 들어오는 것도 모르고 경우의 이름을 부르며 몸을 세웠다. 그와 함께 재희는 수연의 목을 조르듯 팔을 둘러 가로챘다.

"꺄악!"

맨살이 재희의 정장에 가득히 와 닿아 차가운 온도를 주었다. 재희는 평소의 그녀가 내던 풋풋한 살결이 아닌, 오늘 아침까지만 하더라도 자신의 품에 안겨 내던 달고 짭조름한 살결이 화장품 향기를 풍기며 낯설게 다가왔다.

"이러지 말아요!"

목을 휘감은 팔 대신 오른손으로 드러난 허리선을 손가락으로 천

184

천히 훑어 내렸고 수연은 소름이 돋아 오는 뜨거운 손길을 감당하기 어려워 몸을 비틀었다. 지나치게 색정적인 손길이 버거웠다. 그저 한 번 손으로 등을 쓸었을 뿐인데 가슴이 저몄다.

도망치듯 제 몸을 팔로 감싸며 멀어지는 수연을 놓아준 재희는 여전히 아무런 말도 않고 옆구리를 잡고 끙끙거리는 경우에게 다가갔다. 상당한 체구를 가진 경우였지만 전혀 겪어 보지 못했던 격한 통증은 도무지 쉽게 받아들일 수 없는 것이었다.

"서, 선배!"

거구의 몸이 재희의 팔에 멱살이 잡혀 억지로 올려 세워졌다. 무게가 무게인 만큼 재희의 팔에도 꽤 많은 힘이 들어갔고 경우 역시 어찌 되었든 상황 설명을 위해 다리에 힘을 주었다.

그의 예상이 맞는다면 수연의 방에 걸린 세련된 정장과 현관에 있는 구두는 모두 이 남자의 것임이 분명했다. 자신과 수연과의 관계를 모른다면 충분히 오해할 상황이었다. 더욱이 함께할 정도라면 억척스럽기 그지없는 수연의 연인일 확률이 높았으므로.

"설명해 드리겠습니다. 저는 손경우라고……."

하지만 그의 목소리가 더욱 마음에 들지 않는지 재희의 손이 오르며 굳게 주먹을 쥐었고 당장에라도 그를 쳐낼 듯 뒤로 빠졌다. 경우 역시 설명이 예기치 않게 어려워질 것 같아지자 일단 눈을 질끈 감았다. 그런 그의 주먹을 두 손으로 강하게 쥔 수연이 빠르게 소리쳤다.

"그만둬요!"

다급한 음성, 걱정이 가득히 담긴 그 목소리에 재희는 숨이 가빠졌다.

화가 나서 돌아 버릴 것 같은 기분. 다정한 두 사람의 사이에, 자연스럽게 수연의 얼굴에 올린 다른 사내의 손이 미치도록 부러워서!

"그만두라니까!"

수연은 안중에도 두지 않고 밀치며 다시 자세를 잡아오는 그의 눈앞으로 가느다란 손이 날카롭게 움직였다.

찰싹

"……."

"야, 이 개자식아! 사람 말을 좀 들어!"

순식간에 뺨을 내리치는 수연의 손에 무척이나 아픈 소리를 내며 그의 고개가 돌아갔다. 흥분으로 새빨갛게 물들었던 두 눈동자가 점점 정상으로 돌아오고 경우의 멱살을 잡았던 손 역시 풀려나갔다. 남들보다 배는 더 숨이 더 급하게 쉬고 있는 재희였지만 수연은 머리 꼭대기까지 화가 나 재희의 멱살을 잡고 마구 흔들었다.

들어오자마자 이 남자가 무슨 권리로 경우를 친단 말인가! 정신이 나간 것이 아니고서야 지금 행동은 절대 용납되지 않는 일이었다.

이상하리만큼 어렵게 움직이는 재희의 가슴이 눈에 들어왔지만 수연은 경우를 대신해서라도 그를 혼내야 했다.

"너 미쳤어? 어디서 깡패 짓이야! 보자 보자 하니까 사람을 무슨 허수아비쯤으로 봐? 깡패야? 왜 사람 말을 안 들어! 그쪽이 뭔데 경우 선배를 때려! 내 말이 우습니?"

한 번 뱉은 말은 쉬이 멈추지 않았다. 날을 잡은 것처럼 속에 눌려왔던 울화가 순식간에 쏟아진다.

"왜, 쓰레기봉투 들고 술집에서 일하니까 우스웠어? 돈 내준다니까 양전히 잡혀 있는 게 같잖아 보였니! 불만도 없이 남자를 집에 들이니까 날 네 콜걸쯤으로 보고 있는 거야? 무슨 자격으로 선배를…… 강재희 씨!"

숨이 점점 가늘어지는 것을 느끼는 건 불과 몇 초 사이.

급하게 들썩이던 가슴이 힘겹게 느려지고 재희는 눈앞에 있는 수연의 얼굴이 흐릿해짐을 느꼈다. 소리 없이 귓가가 먹먹해지며 핀이 뽑힌 옷자락처럼 기운이 빠졌다. 이어 재희는 까맣게 변한 시야 속에 눈을 감으며 그대로 수연의 품으로 쓰러져 버렸고 수연의 날카로운 외침만 가득히 울린다.

그의 무게에, 갑작스러운 재희의 혼절에 놀란 수연이 함께 무너지며 연거푸 이름을 불렀지만 그는 여전히 빠른 숨을 어렵게 뱉으며 정신을 차리지 못하고 있었다.

방귀 뀐 놈이 성낸다고. 이 양반아, 댁이 쳐놓고 왜 댁이 쓰러져!

"빨리 가!"

"가, 간다니까! 아야야."

맞은 옆구리가 아픈지 않는 소리를 내는 경우를 조금 미안하게 본 수연은 그저 입맛만 다셨다.

무섭게 경우를 닦달하며 소리친 수연은 제 무릎에 머리를 누이고 전혀 고르지 못한 숨에 아직도 정신을 차리지 못한 재희를 내려다보았다. 너무도 괴로운 듯, 정신을 놓은 상태에서도 이를 악물고 몸을 비틀어 대서 수연은 가슴이 떨려 미칠 것 같았다. 언제나 제멋에 살아 사람 내려다보는 눈도 재수 없었지만 지금처럼 꽉 감은 것은 더 싫었다.

"하여간 제 맘대로 안 되니까 뒤로 넘어가는 거 봐. 뭐야, 비련의
여주인공이야? 연애소설 좀 작작 볼 것이지."

그렇게 온갖 말로 한탄해 보지만 굳게 내린 셔터는 끝내 열리지
않았다. 점점 안달이 나고 속이 상하고 마음이 부글부글하다.

무슨 정신이었는지도 몰랐다. 그가 쓰러지고 아무런 생각도 할
수 없었다. 경우의 등에 업히는 재희가 차라리 경우를 때리며 성을
내기를 바랐다. 수연은 긴장한 눈으로 차가운 원통의 입구에 꽂힌
호흡기를 그의 입가에 맞춰 대고 붉은색 푸시 버튼을 눌렀다.

바람 빠지는 소리와 함께 덧없이 입을 다문 재희는 마른 입술에
촉촉함만 보이며 여지없이 힘겹게 숨을 내쉬고 있었다. 긴장하여 경
직된 손이 자꾸 호흡기를 미끄러뜨렸고 마음대로 확 입 열고 뿌려
버리고 싶지만 가까스로 이성이 '안 돼'라며 막아냈다. 하지만 기껏
가져온 호흡기는 당최 소용이 없다.

그 정신이 없는 와중에도 벼락처럼 내리던 그의 목소리가 서랍장
위에서 존재감을 잃어 가던 산소 호흡기를 가져오게 만들었지만 그
거 챙겨올 사이에 그냥 빨리 갈 것을 하는 후회가 들었다.

[내 목숨 줄.]

울컥 울음이 날 것 같다. 행여나 무슨 일이 생길까 봐 두려워 눈
시울이 붉어졌다.

비단 지금 상황을 예측하고 말한 것은 아니겠지만 어떻게 도움이
될까 그의 입에 대고 마구 뿌려대도 오히려 더 사람을 힘들게 만들
어 버리는 모양이었다. 당황해선 어쩔 줄 모르고 있던 수연이 결국
비상등을 켜고 차선을 바꾸며 속도를 올리는 경우에게 도움을 요청

했다.

"선배! 혹시 산소 호흡기 같은 거 어떻게 쓰는지 알아?"

"어? 그게 뭔데, 너 그런 것도 가지고 있어?"

망할, 이런 거 쓰는 게 수월한 사람이 이상한 거다. 괜히 호흡기 통만 마구 흔들어 버린 그녀는 앙 다물어진 입에 머리를 굴렸다. 이렇게 틈 없이 다물린 입으로는 산소 호흡기가 아니라 산소 호흡기 할아버지, 아니 호스를 가져와 입에 물려도 전혀 도움이 되지 않을 것이다. 답답함에 손가락으로 재희의 입술을 벌려 봤지만 그 안에 있는 이가 총체적인 문제지 입술은 그리 문제가 없었다.

"아으, 정말."

인공호흡을 해야 하나? 하지만 인공호흡의 방법도 모른다. 환자가 입 다물면 영 필요 없는 무늬만 생명 줄에 이를 세워 확 물어 버리고 싶었다.

이 엄청난 난관 속에 눈을 감고 텔레비전에서 봐 왔던 어렴풋한 인공호흡 방법을 떠올린 수연은 냅다 입을 그의 입에 가져다 대었다. 백미러로 두 사람을 살피던 경우가 화들짝 놀라 앞 유리창에 눈만 깜빡였지만 미묘하게 닮은 두 사람인지라 수연 역시 그의 볼을 손가락으로 잡아 올리며 입술을 벌렸다.

숨을 불어넣어야 한다는 사실을 망각하지 않으려 달콤한 입맞춤 대신 볼에 바람을 훅, 불어넣은 수연은 힘없이 늘어졌던 재희의 손이 꿈틀거리는 것을 보지 못했다.

앙 다물린 이가 벌어지고 힘껏 숨을 빙자한 바람을 불어넣은 그녀는 순식간에 덮치는 살덩어리에 눈을 크게 떴다. 움직임을 보인 재희의 강한 손이 먼저 입술을 부딪쳐 온 수연의 머리를 강하게 쥐고 자신 쪽으로 당겼다.

얽히고설켜 대는 키스에 수연은 혼이 빠져나갈 것 같았다. 단순한 인공호흡에서 벌어진 더없이 짙은 키스신은 어느 때보다 격렬했고 재희는 마치 동아줄을 잡아낸 해님 달님의 오누이처럼 그녀를 빨아들였다.

코로 쉬는 숨이 어려워 타액이 흘러 서로의 입안을 오가는 것조차도 모르고 수연은 수연대로, 또 재희는 재희대로 맞닿은 입술에 집중했다.

잠시간 그렇게 키스를 갈구하던 그들의 입술이 마침내 떨어지자 재희는 그녀의 볼을 쓸어내리곤 다시 언제나 그랬듯 담담한 눈동자를 수연에게 맞추며 말했다.

"차…… 세워."

다물렸던 목구멍에서 나오는 목소리는 조금 늘어지듯 갈라져 있었고 수연은 한동안 몽롱하게 있다가 퍼뜩 정신을 차리며 고개를 빳빳하게 들어 올렸다. 이번 그의 목소리에 경우가 살짝 고개를 돌려왔고 다시 한 번 재희는 같은 말을 반복했다.

"차 세워."

시트에 바르게 앉아 스스로 호흡기를 대고 숨을 쉬는 모습이 힘겨워 보였다. 뒷좌석에 몸을 묻고 지그시 감은 눈으로 홀로 힘겨워하는 것이 수연에겐 못내 안타까웠다. 그래도 옆에 있기가 모호해 펄럭거리는 얇은 드레스 차림으로 살을 비비며 서 있어야 했다.

열린 차 문으로 들어가지도 못하고 인도에 서서 마치 구경을 하듯 있던 경우와 수연은 서로 투덕거리며 작게 속삭였다. 속도 없이,

이 곰 같은 경우는 다짜고짜 저를 친 사람에게 차를 내어주고 밖에
서 속 좋게 있다.

"너 진짜 이럴 거야?"

"내가 뭘."

"애인이 오면 온다고 말을 했어야지!"

"애인 아니거든!"

"그럼 뭔데."

"간병인이거든!"

"차라리 로또에 당첨됐다고 해라! 그걸 누가 믿어!"

"아 진짜! 나 다리 다친 거 안 보여? 이거 간병인이라니깐! 악,
추워!"

"서운하다, 진짜. 너 애인 생겼다고 지금 나를……."

한창 품위 없는 설전이 이어지던 그때 낯익은 목소리가 그들 사
이에 끼어들었다.

"지수연."

중간에 툭, 하고 터져 나온 재희의 목소리에 수연이 눈을 돌렸다.
뭘 얼마나 어떻게 했는지는 몰라도 산소 호흡기를 툭 던져 버리고
입가를 손으로 닦아낸 그는 머리가 어지러운지 눈가를 찌푸리고 있
었다. 괜히 쭈뼛거리며 그녀가 다가가자 그대로 차에서 나와 가볍
게 수연을 안아 올리고 주변을 벗어났다.

뒤에 선 경우가 '어, 어?' 하며 당황하고 있었지만 수연은 쓰러
졌다가 갑자기 호랑이 기운 자랑하는 그 때문에 심하게 바동대지도
못하고 그의 팔을 꽉 잡았다.

"여봐요! 지금 또 뭘."

"싫으면 입을 맞추지 말았어야지."

어딘가 싸늘한 목소리는 억누른 것처럼 위험하고 혼란스러웠다. 뒤에 선 경우를 신경 쓸 틈도 없이 수연은 어이가 없고 황당해서 반항하는 것도 잊고 얼굴을 일그러뜨렸다. 내 천자를 만들며 일그러진 미간이 격한 분노를 안고 있었다.

기껏 사람 살려냈더니 저 말투며 하는 꼬락서니가 전보다 훨씬 아니꼽고 재수 없지 않은가.

"뭐⋯⋯라고요?"

누가 누구에게 뭘 어째? 정확하게, 면밀하게 말하자면 그녀는 재희에게 입을 맞춘 것이 아닌 어설프지만 그를 돕기 위해 인공호흡을 했을 뿐이다. 정신이 들자마자 혀를 뻗어 분탕질을 시작한 것은 다름 아닌 강재희, 그다. 그가 알고 내가 알고 우리가 아는데 지금 저 망할 놈의 혓바닥은 이제 잘도 움직인다고 제 맘대로 울렁거리며 하고픈 말을 서슴없이 내뱉고 있었다.

아주 막돼먹은 혀다!

"아니면 확실하게 숨기든가."

"세상에, 지금 무슨 소리를 하는 거예요!"

"입 다물어. 시끄러우니까."

"강재희 씨!"

휙휙 걷는 그에 수연이 크게 외쳤지만 빠른 걸음은 멈추지 않았다. 수연은 무슨 정신 나간⋯⋯ 그래, 솔직하게 말해서 고삐 풀려 날뛰는 망아지, 온통 이기심으로 점철된 그를 이해할 수가 없다. 결국 수연은 독기로 채운 눈으로 소리쳤다.

"선배! 경우 선배!"

그를 회유하는 것도, 그렇다고 사정도, 화도 아닌 그 빌어먹을 '경우'인지 뭔지를 부르는 소리에 우뚝 멈춘 재희가 조용히 그녀를 내려다보았다. 혼란이 더욱 가중된 검은 눈동자는 처음 입을 맞췄던 그때처럼 매섭게 흔들렸다. 마치 지금 자신의 행동을 스스로가 이해하지 못한 것처럼 흔들리는 그 동자에 맺힌 수연은 숨을 크게 들이쉬며 말했다.

"내려 주세요."

"……."

"내려 달라고."

이대로 끌려가서는 안 된다. 사람을 무섭게 만들 만큼 자기중심적인 이기심이 너무 강해서 그녀의 심장 박동이 크게 울렸다. 평소에도 함부로 대하는 태도가 있었지만 지금은 마치 수연 자신이 제 것인 양 행동하고 있다. 그것은 충분한 월권행위다.

"우리 내기했죠? 그리고 제가 이겼어요."

차분해진 수연의 음성이 재희의 귓가를 휘감았다. 재희는 뒤로 따라붙은 경우를 알면서도 그녀를 내려놓지 않고 멈췄다. 재희를 바라보는 수연의 눈은 냉정하게 말하고 있었다. 어서 나를 내려놔. 거부하기 어려운 이끌림, 당당함. 미칠 듯 뛰는 심장의 고동.

"당장 내려 줘요. 강재희 씨가 더 싫어지기 전에."

어느 말이 키워드가 된 것인지는 두 사람 다 감지할 수 없었다.

재희는 그녀의 말을 끝으로 천천히 수연의 다리부터 바닥에 내려놓았다. 예상외로 그가 고분고분 말을 들어주자 수연의 표정이 한결 나아졌다. 화장도 지우다 말고 아직도 붉은 립스틱 자국으로 번들대는 입술에 기이한 몰골이지만 그녀가 보이는 눈빛은 당돌했다.

"하나, 물어도 될까요?"

바닥에 안착하면서, 불편한 다리에 힘을 덜 주기 위해 내려앉은 삐딱한 자세로 수연이 재희에게 말했다.

"원래 사람 그렇게 멋대로 때리고 그래요?"

"……."

"왔으면 인사부터 하든가. 다짜고짜 사람 때리는 게 취미는 아닐 테고. 갑자기 왜 그랬어요?"

그것은, 그것은…….

재희는 욕설이 튀어나올 것 같은 입을 강하게 짓눌렀다. 컨트롤이 되지 않을 정도로 화가 솟았다고 말할 수 있을까. 다른 남자의 손에 고스란히 기분 좋은 표정으로 얼굴을 내밀고 있던 수연에 감당할 수 없는 질투가 뿜어져 나와 가만히 있을 수 없었다고 그렇게 솔직하게 말한다면 그녀는 어떤 대답을 해 줄 것인가. 정작 자신조차도, 스스로도 강재희가 낯설어 있는데.

대답해 주지 않을 것처럼 꾹 다물린 재희의 입에 수연은 결국 포기의 제스처를 취해 보였다. 그리고 다분히 설명 안 되는 그의 행동에 질린 모양을 만들어 내다가 쓴 가슴을 가리며 말했다. 사과는커녕 그 비슷한 고갯짓도 하지 않을 것이다. 저 남자는.

"고마워요, 제 말 들어줘서."

순수하게 그녀는 진심으로 감사를 표하며 고개만 까딱거리고 그를 지나쳤다. 황당하게, 어이없게 사라진 소원이지만 차라리 마음은 편하다. 재희는 자신의 옆을 스쳐 경우에게로 향하는 수연의 팔목을 저도 모르게 잡았다.

"소원 없는 거다."

194

"그러게요."

"마지막이라고 해두지."

차라리 그냥 정말 시골 가서 농사나 지을까.

그렇게 애원하고 바라시는데 이미 잡혀가 훌륭한 농사꾼의 아내가 된 언니처럼 남자 하나 만나서 결혼하고 마음잡고 농사를 하는 것도 나쁘지 않을 것 같았다. 복잡한 머릿속을 마구 긁어 버리며 뒤에서 머뭇거리는 경우에게 억지로 부축을 받았다. 아까의 키스 덕에 잔뜩 지워지고 뭉개진 립스틱이 무슨 불길마냥 뜨거웠다.

아팠던 사람을 두고 가도 될까, 하는 걱정도 있었지만 그녀를 번쩍 안아 들 정도라면 충분히 어디에라도 갈 수 있을 것이다.

"수연아."

"부르지 마."

왜 눈물이 나는지 모르겠어. 연애를 하다 헤어진 것도 아니면서 왜 이렇게 가슴이 아픈지 모르겠어.

경우를 따라 절뚝거리며 걷는 수연을 보면서 재희는 두 주먹을 강하게 쥐었다. 어려운 감정이 족쇄처럼 심장을 쥐락펴락 희롱한다. 그건 기분이 나쁜 것 같기도 하고 생소함에 이질적이기도 했다. 하지만 다른 것을 다 떠나서 가장 중요한 것은 이건 명백한 소유에 관한 욕구라는 것이다.

수연의 곁에 있는 저 남자에 대한 질투라는 것도.

재희는 차에 올라타 주춤주춤 사라지는 차를 바라보지도 않고 담배를 빼물고서 불을 붙였다. 아무래도 오늘 밤은 혼자 있기 어려웠다.

여자?

분명 그런 욕구는 있었지만 다른 여자와 살을 섞고 싶은 마음은 동하지 않았다. 마음이, 마음이 너무도 어지러웠다. 그의 입술에 묻은 수연의 흔적이, 붉은 립스틱의 자국이…… 선명하게 빛나기 시작했다.

그녀가 가지고 싶어서.

곁에 두고 아무도 갖지 못하게 하고 싶어서.

온전히 나의 것으로 만들고 싶어서.

＊

해 밝은 하늘, 높고 푸른 구름. 지난밤의 열병이 사라지듯 날이 샜다.

올까?

아니, 안 올지도 몰라.

침대 위에 앉아 손가락으로 책을 건드린 수연은 1권은 아니지만 일단 한 번 펼쳐보기로 했다. 여러 장을 넘긴 수연은 1권의 내용도 모르면서 첫 줄부터 거의 끝까지 쉬지 않고 읽을 수 있었다. 그중 유달리 닳아 있는, 언젠가 재희가 병원에서 그녀에게 짤막하게 설명했던 내용도 있었다.

절절 끓어오를 듯 애정을 갈구했던 남자주인공이 결국 믿고 믿었던 아내에게 목이 졸려 죽어 버리는 장면이었다. 그것도 남자주인공이 마지막까지 아름답다며 쓰다듬던 그 머리카락으로 말이다. 남자주인공이 죽는 것으로 마무리가 되자 수연의 손이 멈췄다.

"흐음."

196

분명 재미는 있지만 조금 짜증이 났다.

미련하게 마지막까지 자신을 죽이는 아내에게 동정을 주는 모습이 영 마음에 들지 않았다고 해야 할까? 죽인다고 그대로 엎어져서 손 놓지 말고 같이 목이라도 조르든가, 아니면 도망이라도 가든가. 전혀 멋지지 않았다.

그는 이 부분이 마음에 들었던 모양인지 자잘한 손때와 접힌 부위까지 고스란히 드러나 있었다. 몹쓸 연애소설 같으니라고. 수연은 다시 침대로 휙 누워 버렸다.

마지막이었을까.

그리 좋지 않은 분위기에서 끝이 났으니 자존심 강한 잘난 집 손자라면 더러워서라도 침 뱉고 안 올지도 모른다. 아니, 분명히 안 올 거다. 괜스레 발만 쾅쾅 구르던 그녀는 아직 깁스를 한 다리를 만지작거렸다.

"다리 나을 때까진 있을 거라고 했으면서."

문득 그렇게 중얼거리며 서서히 깁스를 풀어낼 시기가 다가옴을 느낀 수연은 조용히 웃어 보였다. 뭘 바라나. 이럴 거라고 예상하지는 않았지만 재희는 그녀가 바라고 있던 대로 이 집에서 나가…….

삐로록.

현관문 소리가 들려와 벌떡 일어선 그녀는 직선으로 향한 눈으로 열리는 문에 눈을 반짝였다.

맙소사, 어제의 일은 그저 꿈결인 것처럼 별다른 것 없이 강재희가 들어서고 있었다. 반가움과 기이한 설렘, 두려움이 같이 어우러져 얼룩지고 수연은 구두를 벗고 들어와 방문 바로 앞에 멈춰선 재희를 의심 어린 눈초리로 바라보았다. 무슨 말을 할지 엄두가 나질 않는다.

살을 저미는 어색함에 닭살이 올라 간지러울 지경이었다. 대놓고 긁어대고 싶지만 위험수위가 아마도 최고 수치에서 간당거리는 남자 앞에서 무슨 행동을 하리오. 오죽 제 성질 제가 못 이겼으면 눈 까무룩 감고 넘어가 버렸을까. 실상 공황증세에 벌어진 제법 위험했던 호흡곤란 사태를 그저 분에 못 이겨 넘어간 것이라 치부한 수연이다.

짐을 가지러 왔나? 아니면 설마 사과라도?

하지만 그녀가 예상했던 여러 가지의 말들은 보기 좋게 빗나가고 말았다. 매섭게 내려진 눈이 거짓 없이 결론을 내리며 다시 반듯한 입술이 조용히 열렸다.

"내기하지."

[내기할래요?]

상상 이상의 말이었다. 수연이 했던 말과 같지만 그것이 가진 무게감은 판이했다. 재희는 그렇게 말하며 그녀의 수락이 내리길 기다렸다. 일단은 대답 대신 먼저 반문이 날아왔지만.

"네?"

"네가 했던 것처럼, 내기하자고."

"무슨 내기요?"

"소원이라는 거, 그거 들어주기."

큼지막하게 뜬 눈동자가 상황의 의아함을 말해 주고 있었다.

알았다고 고개를 끄덕이기엔 뭔가 많이 찝찝했다. 시키면 마음이 가득할 것 같은 사내가 제안하는 내기에 응해도 될 것인지 고민이 되어 섣불리 대답하지 못했다. 그녀에게 재희는 종용하거나 대답을 요구하지 않고 그저 그녀의 입이 열리기만 기다렸다. 내기, 누군가와 같은 선상에서 거래를 위한 조건과 수단의 방법 중 하나. 수연은 그저 그가 왜 제 옆에 있는지 알고 싶었고 또 내보내고 싶다는 이유로 쉽게 꺼내놓은 말이었다.

그러나 그의 말은 1톤가량의 무거운 추를 달아놓은 것처럼 무겁고 무섭고, 어렵다.

"어…… 그러니까."

시원하게 고개를 끄덕여 주면 좋겠지만 저 속을 어찌 알고 수긍을 하겠는가. 자고로 사람은 보증과 도박, 내기, 세 가지를 잘하려거든 상대방을 꿰뚫어 보아야 한다. 헌데 이건 뭐 자신이 재희에게 뚫리고 후벼졌으면 후벼졌지 그녀는 그를 제대로 알지 못한다고 본다. 어떻게든 속내를 읽어내려는 긴장감 가득한 그녀의 눈에 재희는 가만히 뒷목을 매만졌다.

우습게도 지금 재희는 수연이 어려웠다. 흐리지 않고 맑은 그녀의 눈이 자신을 향하고 있노라면 실상 오금이 저리는 저릿함이 등줄기를 타고 여지없이 향하고 향했다. 모르던 것을 알아낸 것은 새로운 것을 찾아내었다는 즐거움보다 낯선 것에 대한 경계심이다.

"어떤 건지, 말해 줄 수 있다면요."

결국 그의 속을 캐내는 것을 포기한 그녀는 약간 돌아서서 다른 계책을 던졌다. 무료한 눈이 오늘따라 조그마한 다급함이 보였다. 뜻대로 보이지 않는 시계(視界)에 겁을 먹은 것처럼 초조하게 그녀를 보았고 재희는 설명 대신 자조적인 목소리로 대꾸했다.

"네 승률이 더 높다."

내기의 종전은 승률 싸움. 수연은 이내 고개를 끄덕이고 있었다.

여전히 미심쩍기는 하지만 허언을 하는 사람은 아닐 거라고 생각하기 때문에 못내 찌뿌드드하게 가려진 마음을 버리지 못해도 그러려니 하고 가장 중요한 말을 꺼냈다.

"혹여 이기더라도 성희롱은 안 한다는 조건 추가요."

수연의 추가 조건에 재희는 실망했다.

재희가 운전하는 차에 탄 것은 처음이었던지라 약간 콩콩거리는 가슴으로 가볍게 운전대를 돌리는 손짓에 시선을 고정했다. 살짝 움직이는 다리의 허벅지가 참 매력적이다. 욕심 같아선 한번 슥, 만져보고 싶은 충동이 일지만 그랬다간 저 사람이 무슨 짓을 할지 모른다.

생김새대로 운전을 하자면 꽤나 사납게 할 것 같은데 마치 물에 흐르는 물뱀마냥 부드럽게 움직이는 차에 운전사를 부리는 아가씨처럼 있자니 어느덧 도착한 곳은 수연도 익히 알고 있는 곳이었다. 옴폭 파여 외관을 정돈한 모양새에 매끄럽게 곡선을 가진 입구, 매번 출근을 할 때면 그 앞에서 건축물을 찍어가는 학생들이 종종 있을 정도로 제법 유명했던 건물.

"여긴."

그녀가 기억하기로 이곳은 분명 서문빌딩이었다. 다른 의미로 소실된 기억 속에 그녀가 몸을 던졌던 그 장소이기도 했고, 어제부터 안색이 심상치 않은 재희의 마왕성쯤 되는 곳이기도 했다. 항상 정문이 아닌 옆으로 빠져 있는 샛길의 뒷문으로 출퇴근을 했었는데 오늘은 정문에 곧장 멈춰 섰다. 이미 차체 옆으로는 그의 수행인 여럿이 서 있었다.

생소한 경험을 만끽하며 자연스럽게 수연이 앉은 보조석의 문을 연 규현은 여전히 순한 인상으로 미소를 지어 보이며 고개를 꾸벅 숙였다. 그에 따라 생긴 것만큼 성질도 더러운 강재희 상무가 모셔온 여자에 대한 관심으로 사람들의 이목이 집중되었다. 낯선 시선들에 수연은 난감한 기색을 보이며 차에서 쉽게 나오지 못했다.

이미 차에서 내린 재희는 서 있던 사내들 중 아무에게나 차 키를 던져 버리고 열린 보조석 문 안으로 안절부절못하는 수연을 잡아끌었다. 짧은 반바지에 운동화, 간단한 하얀 면 티 차림의 꽤나 예쁘장한 여자는 아무리 봐도 평범한 대학생쯤으로 보였다.

여성편력이 심한 사내는 아니지만 불과 한 달 전 파혼한 남자의 곁에 있는 여성의 존재감은 상당히 대단한 여파를 몰고 왔다.

"제대로 나와. 뭐하는 거야."

엉거주춤 두 다리 빼고 쭈뼛거리는 수연에 답답했는지 대차게 이끌어 세우고 홀라당 몸을 돌려 건물 안으로 들어갔다. 어떻게 뒤따르지도 못하고 있는 그녀에게 말은 건 것은 당연하지만 규현밖에 없었다.

"가시죠."

이미 재희를 따라 들어간 서넛의 남자들과 남아서 수연에게 빌딩 안으로 손짓하는 규현, 여러모로 시선 집중 속에 그녀는 어깨를 으쓱거렸다. 차라리 이렇게 규현과 가는 것이 온몸으로 아우라 발산하는 그보다 나을 것이라 생각했다. 다시 생글거리는 본연의 자세로 돌아왔는데 막 로비를 지나치면서부터 찾아오는 눈길이 따끔거렸다.

"어!"

로비 입구 측면에서 데스크 옆을 서성이던 짙은 푸른 제복의 경비 아저씨가 그녀를 보며 놀란 눈을 만들었다. 왜 네가 여기 있냐는 듯이, 작은 놀람과 흥분이 담긴 표정으로 그녀를 향했고 규현은 멈칫하는 수연을 부르며 한쪽을 가리켰다.

"기다리고 계십니다."

그의 말에 고개를 돌렸을 때 보이는 것은 엘리베이터 문이 열렸음에도 자신을 빤히 보고 버티고 서 있는 재희였다. 인사를 하고 싶었지만 우선은 가야 할 것 같아 눈인사와 손짓으로 다음을 기약한 수연은 재빠르게 달려가 재희 옆에 섰다.

엘리베이터에 올라타 문이 닫히면서 그의 왼편에 섰던 규현이 담배를 꺼내지 않는 재희가 의아했다. 혹시 몰라 제가 먼저 품에 손을 넣자 그것을 알아챈 재희는 지루한 눈동자로 말했다.

"됐어."

"예?"

달리 반문할 틈도 없이 빠르게 최상층에 도달한 기계에 규현은 묘하게 짜릿한 눈으로 자신을 향한 재희에 찔끔했다. 도착했으니 내려야 한다는 마음에 발을 내딛는 수연을 보내고 함께 내리던 재희는 엘리베이터 문의 틀을 잡으며 고개만 뒤로 비틀어 눈짓했다.

"상무님, 저는."

누가 봐도 내려가라고 말하고 있는 그의 서늘한 눈동자에 움찔할 겨를도 없었다. 홀연히 닫힌 문안에 가만히 바로 아래층 층수를 누르는 동료 보좌관이 어깨를 으쓱거렸다.

"뭐, 어떤 이유인지는 몰라도 김 실장님 무지하게 미움 받으시는 것 같습니다."

일단 그들은 재희의 최측근이라 이름 받은 사람들로 미묘한 변화를 읽어내는 데 이골이 났으니.

가장 최상층은 세 개의 방으로 구분이 되어 있었는데 가장 넓은 공간이 재희의 집무실, 그리고 그 양옆으로 경호팀과 비서 팀이 같은 너비로 배치되어 있었다. 거기서 집무실은 다시 개인 욕실과 수면실로도 나뉘었다. 일단 그것은 넓다 못해 허한 사무실 공간에서 버려지듯 자리한 시커먼 소파에 앉은 수연은 아직 알 수 없었다.

비서가 내려준 호기심이 가득히 담긴 커피잔을 역시 호기심 가득한 눈으로 보다가 홀짝인 그녀는 그가 왜 여기까지 자신을 데리고 왔는가에 대해 궁금증을 보였다. 정작 데려와 놓고 넓은 사무실에 수연을 버려두고 꽤 많은 시간이 지나도 돌아올 생각이 없는지 코빼기도 보이지 않았다.

"아, 정말. 인내심 테스트지, 내기인지."

그럴지도 모른다. 수연이 얼마나 오랫동안 여기서 버티고 있는지에 대한 내기라면 재희는 아주 대단한 통찰력이 있는 것임이 분명하다. 안 그래도 벌써부터 심심해 의미 없이 휴대폰만 만지작거리고 꼰 다리를 까딱거리며 하품만 쩍쩍 해 댔다.

만약 이 장면이 보안 CCTV에 제대로 찍혀 관제실로 보이고 있다는 사실을 안다면 절대 행하지 않겠지만. 주인 없는 사무실의 소파를 침대마냥 누웠다가, 엎드렸다가, 다시 하품하기를 반복한 그녀에게 구석에 자리한 카메라가 보이지 않았다. 한참을 그렇게 시간을 보낸 수연은 더 앉아 있기가 거북했는지 결국 사무실 내부를 구경하기에 이르렀다.

"무슨 놈에 술병이 이렇게 많담."

한쪽 벽을 채운 여러 종류의 술, 거의 비슷한 색의 비슷한 이름이지만 하나같이 비싸 보이는 양주들이 가득했다. 드문드문 반쯤 비어 있는 양주병에 단순히 보고자 하는 것이 아니라는 것도 알 수 있었다.

"호오."

양주를 이렇게 쌓아두고 마실 정도면 고작 맥주에 취할 것 같지는 않은데. 정말 필름이 끊겨 사람 목욕하는 것도 모르고 토를 하고 있던 그의 뒷모습을 떠올리면서 수연은 낮게 키득거렸다.

그래도 심심한 것은 심심한 것. 결국 그녀는 잠시 아저씨들이나 만날 셈으로 사무실을 빠져나왔다.

수연은 최대한 빠르게 아래로 내려가 데스크 안쪽으로 난 경비실 사무실의 문을 두드렸다. 천둥벌거숭이가 따로 없이, 완벽한 이방인일 뿐인 그녀는 스스로도 민망했던지 '누구세요'라는 말이 나오자 곧장 경비실로 쏙 들어가 버렸다.

"아이고, 수연 씨."

경비실에는 서넛의 사람이 있었지만 그중에 수연이 아는 사람은 경비 경력 3년의 윤 씨 아저씨뿐이었다.

"아저씨! 우와, 너무너무 반갑다!"

요새 들어선 딱딱한 강재희와 곰같이 바보 같은 경우만 번갈아 봐 왔기 때문에 이 푸근한 아빠 미소는 참으로 뿌듯했다. 아빠 미소보다는 할아버지 미소와 비슷한 그 주름진 모습이 그녀를 편안하게 만들었다. 반가움이 가득한 인사를 마치고 그녀의 다리로 화제가 옮겨졌다.

"다리는 어떻게 된 거야, 부러졌어?"

"아, 그게 그러니까……."

수연이 자살 소동에 연루된 것은 경비들과 보안 관리자 몇 정도였다. 뜨거운 감자가 되기는 했어도 암묵적으로 쉬쉬 될 것이었으니 수연에 대하여 아는 사람은 극히 소수에 불과했다.

그때에 없었던 윤 씨는 홀로 남게 되었고 그로 인해 간만에 아는 얼굴이 오니 반가움을 더욱 배가 되었다. 이유를 따지자면 수연의 잘못으로 멀쩡한 경비원만 자리를 옮겨갔으니 그 미안함은 이루 말할 수가 없다.

"저, 홍 아저씨랑 김 아저씨는."

"그 사람들은 다른 쪽으로 배치됐어."

그나마 다행이다. 민폐를 끼치고 만 스스로에 수연은 진심으로 죄송스러워졌다.

입맛만 다시며 눈길을 돌리는 수연에 더 캐묻지 않은 윤 씨는 조금 전의 일을 물어왔다.

"그런데 수연 씨 우리 상무님이랑은 어떻게 아는 사이래?"

"상무…… 아아."

처음엔 상무, 상무거리다가 종래에 들어서 항상 이름으로 불러 왔기 때문에 순간 상무가 누구인지 빠르게 인식하지 못한 수연이다. 알게 모르게 그에 익숙해짐을 알며 그녀는 어깨를 으쓱거렸다.

"저도 잘 모르겠어요."

"하여간 수연 씨 대찬 건 알아줘야 해. 혹시 둘이 연애라도 하나?"

"하, 하하. 어쩌다 보니까 음…… 말하자면 단순한 내기상대?"

의심이 가득한 눈이기는 하지만 윤 씨는 눈치 좋게 수연에게 인스턴트커피를 타 주며 말했다.

"뭐, 우리 상무도 딱히 연애할 틈은 없을 거야."

어쩌다 보니 이야깃거리가 재희로 향했지만 수연은 다른 사람에게 듣는 재희의 이야기에는 예전 일을 다닐 때에도 흥미 있어 했기 때문에 귀를 반짝였다. 누군가의, 어쩌면 장막이 쳐져 진솔한 모습이 아닐지라도 다른 이에게 듣는 그는 누구인가 하는 그러한 마음이 동했다.

"그 왜, 이건 진짜 말하면 안 되는 건데."

주변에 있는 경비직원들을 힐끗 보고 수연에게 조금 더 가까이 다가온 윤 씨는 목소리를 조금 낮추며 마치 재미난 얘깃거리라는 듯 서두를 꺼내 들었다.

"요번에 여기서 누가 자살을 했다지 뭐야."

"……."

"알아?"

당시 수연은 홍 아저씨와 김 아저씨의 조용한 도움을 받아 옥상으로 향했다. 당연히 다른 사람들은 모를 테고 좀 안다는 사람들은 모두 본사나 지사로 옮겨갔고 그 일에 대해 정확히 아는 사람은 없었다.

그 당사자가 바로 앞에서 두 눈 끔뻑거리며 듣고 있자니 민망했다. 빠르게 식어 갔지만 잠시 잠깐 뉴스에서도 나올 만큼 핫한 소식이기도 했으니까. 머쓱하게 고개를 주억거리는 가운데 윤 씨의 말은 조금 더 길게 이어졌다.

"근데 다른 걸 다 떠나서 글쎄 그 자살한 사람이 상무 약혼자라는 소문이 있어."

"예?"

"자세한 상황은 모르는데 다들 수군대는 게 대부분 그 얘기지."

약혼자? 자살한 사람이 약혼자라고?

자살기도를 한 사람은 자신이니 저 말인즉슨 그녀가 재희의 약혼자라는 소리이기도 할 텐데, 그녀는 평생 누군가와 약혼한 기억이 없으니.

"강재, 아니 상무님 약혼자 있었어요?"

"있었어, 가 아니라 있지. 거 어디 유명한 사람 딸이라든가, 아무튼 그래."

"아. 저 못된 사람한테도 애인이 있긴 하네요."

"응? 못돼?"

수연의 살풋한 미소가 가득히 번졌다. 약혼자라, 다른 나라 소리 같긴 해도 드문드문 약혼을 하는 사람들이 늘어나는 만큼 재희에게도 약혼자가 있는 것은 당연할지도 몰랐다. 어쩐지 가슴이 고동이 불규칙하고 콩닥거림이 거세졌지만 다시 웃음이 흘렀다.

제법 능력 있는 남자라, 이건가.

사람 혀를 놀리고 입을 맞추고 그녀를 끌어안았던 남자의 곁에 다른 여자가 있을 것이라는 생각, 사실 해 본 적은 없었다. 하지만 만약 정말로 약혼자가 있는 거라면 아마도 그녀는 정부(情婦)쯤 되는 걸까? 순간 웃음이 터져 수연은 의아하게 자신을 보는 윤 씨에게 혀를 비죽 귀엽게 내밀어 보였다.

윤 씨도 수연도 그 약혼관계가 홀라당 뒤집어졌음을 알 리 없었다.

털썩.

아직도 주인은 어디로 사라져서 아무도 없는 사무실에 그녀가 다시 들어와 그대로 소파에 엎어졌다.

"돈이라도 뜯어내야 하나."

입술 주고 알몸 보이고, 성희롱까지 당한 것도 모자라 집까지도 내주었으니 충분한 위자료를 받아낼 수 있을 법했다. 단지 그렇게 가볍게 마음이 동하지 않는다. 두 팔을 뒷머리에 대고 다리를 까딱거린 수연은 길게 기지개를 켜고 팔을 번쩍 들며 소파 위로 벌러덩 누웠다.

"이걸로 청산하지 뭐."

넓은 소파, 그리고 아련한 감정.

오히려 깊게 관여하지 않아도 된다는 사실에 수연의 마음이 편안해져야 하는데 예전 위궤양이 왔던 것처럼 속이 쓰렸다. 누워 있으니 졸리고 졸리니 하품 나고, 하품 나니 졸음이 푹푹 찔러왔다. 쩝쩝거리던 입이 서서히 멈추기 시작하면서 지난밤 재희때문에 제대로 이루지 못한 수면으로 빠져들었다.

그 이후로 오랜 시간이 지나서야 다시 사무실로 들어온 재희는 텅 비어 싸늘한 사무실에 눈살을 찌푸렸다. 급한 업무로 두고 갔더니 설마 그사이 돌아가 버린 것인가, 불쾌감에 무거운 걸음을 옮기던 그는 툭 하니 떨어지는 가느다란 팔목과 손에 멈칫거렸다.

검고 무거운 그 소파에 하얗고 작은 여자가 기분 좋은 얼굴로 잠이 들어 있었다. 남자가 집에 있건 말건 속 편하게 자던 그 모습 그대로.

천천히 그녀가 누운 소파로 돌아가 선 재희는 제집마냥 늘어져 있는 수연을 적나라하게 내려다보았다.

우려, 후회, 설렘, 고민, 애틋함, 낯선 것에 대한 공포, 두려움, 선망, 욕심, 짙은 애욕…… 감출 수 없는 애정.

어느 순간부터 들뜨게 시작된 그런 감정.

어쩌면 처음 보았던 그때부터일지도 모르는 짜증 날 정도로 솔직한 고동.

"일어나."

눈이야 어찌 되었든 행동에서 드러난 것은 정이라곤 좁쌀만큼도 보이지 않았다. 툭툭 건드려낸 재희는 뚱하니 찌푸려진 눈이 뜰 생각도 없자 피식 웃었다. 그리고 귀엽게 솟은 코를 손으로 잡아 비틀었다.

"컥! 아파!"

"일어나."

금세 눈물이 그렁그렁 맺힌 수연이 붉어진 코를 잡고 원망 가득히 그를 노려보았지만 재희는 태연하게 말했다.

"내기하러 가지."

시간이 지나도 수연의 기억에 남은 서문빌딩의 옥상은 참 아름다웠다. 인조이기는 하지만 충분히 그 느낌만큼은 살아 있는 잔디와 낮은 난간 앞에 사정거리 보호를 위함이지만 경관으로도 흡족한 화단. 정리가 잘 된 나무들이나 운치 있는 벤치부터 분명 딱딱한 돌벽이지만 그곳에 그려진 그림과 조각들이 한데 어우러져 수연의 마음에 쏙 들어왔다.

"밤에 오니까 더 예쁘다."

오색찬란하게 조명을 흘리는 것에, 항상 낮에만 보았던 광경이 더욱 좋아 보였다. 전과 달라진 점이 있다면 옥상으로 들어오는 문이 단단한 강화문에 전자식으로 되었다는 점이랄까. 난간과 가깝게 다가가 숨을 크게 들이쉬며 공기가 맑다는 것에 아주 즐거워졌다.

내기를 하자고 해놓고 친절히 옥상까지 데려와 준 재희가 고마워 전에 없이 밝은 미소로 고개를 돌리자 거기엔 한층 더 차갑게 내려앉은 그의 얼굴이 있었다. 아니, 차갑지만 그보다 더한 감각이 수연에게로 향했다. 뒤죽박죽 섞인 그의 눈길은 여전히 그녀를 향한다.

"강재희 씨?"

오금이 저릴 정도의 냉기가 엄습했다. 조금씩 그렇게 다가와 아주 가깝게 선 재희는 굳어 있는 눈길로 수연을 내려다보았다. 고개가 자연히 올라가 밀착한 재희에게서 심각할 정도로 빠르게 뛰는 고동을 느끼며 그녀는 침을 삼켰다.

지금 당장 비키라고 해야 하는데, 약혼자도 있으면서 뭐하는 짓이냐고 말해야 하는데.

그녀의 목과 턱을 자연스럽게 잡아내 약간 들어 올린 재희는 자신의 얼굴도 수연에게 조금씩 다가섰다. 입이, 닿을 것 같아.

내 가슴이, 내 것이 아닌 것 같아.

어쩌지? 숨이 막혀서 당장에라도 죽을지도 모르는 기분에 수연은 어서 빨리 재희의 입술이 내려오기를 바랐다. 다른 것은 아무것도 중요하지 않아……. 그저, 자신의 입술을 탐해 주기를 바라며 수연은 처음으로 원하는 키스를 떠올렸다.

근처까지 닿아온 입술의 거리는 불과 얇은 종이 서너 장의 거리. 숨결마저 느껴지고, 짙은 위스키의 향이 내려와 수연을 감싸는 순간 재희의 목소리가 그녀의 귀로 차올랐다.

"그때처럼."

몽롱하게, 지금 키스해 주지 않으면 당장 그녀 자신이 손을 뻗어 이 남자의 입술을 취할지도 몰라. 하지만 이 애틋한 감정을 깨트리는 차디찬 목소리가 다시금 이어졌다.

"뛰어내릴 수 있겠나?"

"네?"

잘못 들었다고 생각했다. 분명 잘못 들었다고 생각했다. 하지만 비웃듯 비틀어진 입가에 수연은 온몸이 싸늘히 식어 버림을 느끼고 큰 눈동자를 마구 흔들었다.

"뭐라고."

"네가 여기서 뛰어내린다면 이 내기는 내가 지는 거겠지."

"……."

"그때처럼, 내 앞에서."

밝은 하늘에서 유달리 빛을 비추던 여자.

허무할 정도로 빠르게 뛰어내리던 수연의 모습에 심장의 박동이 너무도 크게 울려왔다. 처음으로, 자신이 내지 못했던 용기로밖에 생각할 수 없었던 행위로 추락하는 작은 반짝임이 어느새 그렇게 크게 박혀 버렸는지 재희는 가늠할 수 없었다.

떨어져 내린 여자를 끌어 내려야 한다고만 생각했지 이미 그의 가슴에 파고와 자리 잡고 있을 거라곤 생각하지 못했다.

처음부터 사랑스러웠다. 그 달콤한 살을 맛보지 않으면 참을 수 없을 정도로.

이 여자 때문에 도저히 생활이 되질 않았다. 하루하루가 미칠 것처럼, 일분일초가 길도록 수연이 보고 싶었고 그녀가 닿는 세상의 모든 것에 질투가 났다.

강재희는 완벽해야 하는 사람이다. 모든 것을 아울러 군림해야 했고 누구보다 완전한 존재가 되어야 하는 사내였다. 그것으로 인해 공황증이 찾아와 산소 호흡기를 옆에 달고 산다 하더라도 그것이 옳다고 여기며 살아왔다.

그래서 더 가까이 다가가기가 두려웠던 여자이기에 참으려고 했다. 사람의 감정이란 생각보다 쉽게 변화하고 움직이는 것이니까. 차라리 지금 이대로 감내하면 거짓말처럼 깨어지는 감각은 아닐까, 하고 보았지만 모두 쓸데없는 저항이었다.

그리 끈기 있는 사람이 아니므로 금세 지수연에게 질려 버릴 것이라 생각했다. 그러나 만지면 만질수록 그의 안에 지수연은 커져만 갔고 문득 정신을 차렸을 땐 온통 붕괴해 버린 정신만이 남았다.

잔인하게 선고하듯 '뛰어내려' 라고 말한 그 순간부터 그의 심장은 갈기갈기 찢어져 스스로에게 피를 토하고 있었다.

형용할 수 없는 두려움에 덜덜 떨려 있으면서 지금 자신의 앞에 서 있는 여자가 미치도록 사랑스러워서 다시 욕심이 목안에서 으르렁거렸다.

바람결에 날리는 짧은 머리카락이 많은 사념을 나타내었다. 무슨 생각을 하고 있는 것인지 처음 흔들리는 그 눈동자는 어느덧 멈춰 재희를 곧게 향하고 있었고 깜깜한 밤하늘처럼 가느다란 몸은 지금이라도 낮은 난간으로 떨어질 것처럼 위태로웠다.

재희의 손이 자꾸 움찔거리며 그 위험한 곳에 선 수연을 잡아당기라고 말하고 있다. 위험하니까, 위험하니까 어서 내게 오라고.

"이거 범죄인데."

오랫동안 침묵을 유지하던 수연이 놀랍게도 차분한 음성으로 말을 해왔다. 장난기는 서렸지만 똑똑한 눈은 재희를 향해 원망을 담아내고 있었다. 그의 약혼자 이야기를 들었던 것처럼 다시 가슴이 가라앉아 더 이성적으로 주변을 돌아볼 수 있다. 단단해진 마음은 강재희의 아픈 얼굴을 보기 좋게 읽어내고 있었다.

"뭘 알아보고 싶은 건지는 모르지만."

뜨끔할 정도로 정확하게 짚어낸 그녀의 말에 재희는 마른 목울대를 넘겼다. 길을 잃은 손이 자꾸 긴장 속에 움찔거린다. 수연은 팔짱을 끼고 빼딱하게 서서 이제 막 거의 다 나아가는 제 다리를 힐끗 보았다.

너 나으려면 한 반백 년은 있어야 하는가보다.

"나도 질 생각은 없으니까. 좋아요, 뛰어내리죠."

무슨 강물로 뛰어들어 수영을 권하는 것에 마치 알겠다고, 그러겠다고 말하는 것처럼 무척 편하게 말한 수연은 그대로 다시 웃었다. 강재희는 제정신이 아닌 게 분명하지만 그것을 또 보는 자신의 마음이란 우습기 짝이 없다. 바보같이 재희가 안쓰러워진다.

와르르.

이게 아픔이라면, 그것에 죽을 수 있다면 강재희는 이미 녹아내렸을 것이다. 이곳은 꽉 막힌 밀폐공간도 아니고 그를 조여 내는 그들이 있는 것도 아닌데 이렇게까지 가슴이 아픈 건, 정말 못 견디게 가슴이 벅차올라 눈시울마저 뜨겁게 달아오르는 것은..

재희의 손이 자신의 왼쪽 가슴의 옷자락을 강하게 움켜쥐었지만 때맞춰 뒤를 돈 수연은 허리춤에 두 손을 올리느라 보지 못했다. 시원하게 불어오는 바람에 숨을 크게 들이마신 그녀는 아주 호쾌한 웃음을 터트리더니 깁스로 말린 오른쪽 다리를 예쁘게 피어 있는 꽃들이 가득한 화단으로 훌쩍 넘겼다. 기역자로 뻗은 매끈한 다리 선과 함께 재희는 쿵쾅쿵쾅 움직이는 가슴을 진정시킬 수 없었다.

뒤돌아 있으면서도 재희의 상태를 알고 있는 것처럼 평온하게 선 그녀는 빠르게 노니는 차들이 자욱한 도로를 보다가 전혀 흔들림 없이 바른 검은 눈으로 그를 응시했다.

"대신, 어차피 이 내기, 내가 이긴 거니까 먼저 소원을 말하겠어요."

한 치의 입도 떨어지지 않고서 그녀는 재희와 닮은 비틀린 웃음을 보여 주었다.

"너도 같이 죽어. 이 자식아."

"뭐?"

"너도 죽으라고."

무서웠다. 놀랐고, 화가 났고 그다음엔 무서웠다.

정말 주춤거리며 내밀린, 그 스스로는 모르는 것 같지만 그녀를 향해 이미 꽤 향한 손이 당장에라도 밀어 버릴까 봐서. 하지만 지금 내밀린 재희의 손은 밀기 위한 것이 아니라 당장에라도 잡아내려는 구원의 손이었다.

잃을까 봐 겁먹은 손이 강재희를 배반하고 주인도 알 수 없게 바들거리며 그녀를 향하고 있었다.

수연은 머리가 아찔해질 정도로 무서운 높이에 강단 있게 발을 올리긴 했지만 오금이 저려왔다. 정말 저 사람 미친 거 아니야?

빤히 뛰어내리라고 해놓고 혹시 뛰어내릴까 봐 움찔움찔 앞으로 뛰어나오는 그의 손을 보라.

당장에라도 뛰어 버릴 것 같이 다리에 힘을 주는 수연에 아니나 다를까 재희는 왼쪽 가슴에 올렸던 손을 내리며 천천히 다가가 난간에 걸친 그녀의 다리를 잡아 내렸다. 혹시라도 다칠까 조심스럽게 인공 잔디 위로 내려 주고 깁스의 끝에 묻은 흙을 털어주는 친절까지 내보였다.

방금까지 지독하게 흔들렸던 감정곡선이 완전한 평행선을 그리고 안전하게 땅으로 다리를 대고서도 약간 떨렸던지 상기된 볼을 보이는 그녀의 볼에 손을 올린 재희는 '뛰어내려'라고 말했던 게 거짓인 양 지극히 고요하게 입을 열었다.

"내가 이겼어."

그래, 이미 알고 있었다. 나는 절대 너에게 지지 않을 것을.

"승률은 제가 더 높다고 하지 않았어요?"

"내기에 속임수는 모르는 게 바보다."

널 떨어트리느니 차라리 갖지 않는 것이 낫다. 피고름이 맺히더라도 기어서라도 너의 곁으로 올라가는 것이 옳다.

정말 바보처럼 재희는 단 한 번도 보여 준 적 없는 부드러운 미소로 그녀에게 다가섰다. 비로소 막혔던 것이 뚫린 허무한 감정이 공유되었다.

이 사람은 익숙하지 않았던 것일지도 모른다. 누군가와 함께하는 사실에. 하지만 무지하다고 해서 모든 것을 멋대로 행하는 것은 옳지 않다고 생각했다.

"처음부터 질 생각은 없었으니까."

지독한 두려움, 결국 재희는 미치도록 뛰는 가슴을 억제하지 못하고 주먹을 강하게 쥐었다. 길지 않은 손톱이 손바닥을 파고들 정도로 강하게 쥐어온 손에서 잔 떨림이 전해졌다. 저 가느다란 다리가 난간에 걸쳐지는 순간 그의 가슴이 멎었다. 다른 타인을 향한 맹목적인 불안감이 죽을 것처럼 다가와 잡지 않고서는 참을 수가 없었다.

결국, 결국 그런 거다. 빌어먹을, 처음부터 그런 거다.

"내가 두 번이나 질 리 없잖아."

이긴 것이 아니다. 이건 그가 지금부터, 아니 그 이전부터 결코 수연에게 이길 수 없음을 대변하는 상황이었다. 내기라는 이름에서 이길 수 있다면 그것을 제외한 모든 것에서 강재희는 처참하게 졌다.

그의 팔이 마침내 안도한 아이처럼 그녀를 품에 안았다.

확실해진 머리가 오히려 크게 깨여 안도감을 느끼게 했다. 목을 조르는 숨 막힘도 없었고 몸이 저릿한 긴장감도 없었다. 남은 것은 평범한 사내의 평범한 감정. 지수연에게 향하는 거짓 없이 순수한 애정만 남아서 그렇게 한참을 안아냈다.

"망할."

짧게 나오는 그의 욕설에 수연만 눈을 동그랗게 떴을 뿐 더 이상 다른 말은 없었다.

숨넘어가듯 쓰러지는 모습을 보면서 평범한 사람이 아니라는 것을 알았다. 생각도 몸도 평범치 못한 불쌍하고 가여운 사람. 원망스럽지만 가엾어 쓰다듬고 안아주고 싶은 안타까운 그런 사람.

이렇게 그냥 안겨 있기에는 상황도 상황이고 민망하기도 하고 머쓱함에 입맛을 다시며 재희의 가슴을 밀어낼 때 그의 팔이 수연의 몸을 세게 제 쪽으로 당기며 주춤거렸던 입술을 순식간에 빼앗았다.

놀라서 뻗어진 그녀의 두 팔이 버둥대고 지그시 감은 재희의 눈은 달고 맛있는 아이스크림을 핥아내는 것처럼 갈구하고 빼앗기지 않을 듯 더 굳게 잡았다.

＊

"아, 정말! 약혼자도 있다면서!"

"파혼한 지 오래야. 그리고 있어도 상관없⋯⋯."

"있어요! 있으면 있어! 아니, 없어도 있어!"

깁스를 풀었다.

날아갈 것 같았다.

진짜 정말로 자유가 온 기분에 아주 행복하기 그지없었다. 바로 뒤에 따라오는 강재희만 없으면!

아직은 뛰어서는 안 되지만 목발이 없이, 편하게 걸을 수 있다는 것만으로도 충분히 만족스러워서 웃음이 퍼져도 모자랄 판국이다. 한데 억척스럽게 다가와 자신의 손을 빠르게 깍지까지 껴서 잡고 주차장으로 향하는 재희 때문에 수연은 질질 끌려가는 수밖에 없었다. 서로 엉킨 손가락 사이가 너무 따뜻해서 수연은 두 뺨에 홍조를 올리면서도 이제는 튼튼해진 다리로 제동을 걸어야 했다.

"갑자기 왜 이러세요! 전엔 빌딩에서 뛰어내리라면서요!"

"평생 미안해하고 죗값 치를 거야."

뭔가 바쁜 일이 있는 건지 휴대폰을 들어 어디론가 전화를 하면서 당당하게 평생을 운운하는 재희에 제동을 걸던 발이 다시 툭 걸음을 걸었다. 결국 여러 번 보았던 승용차 보조석에 억지로 앉게 된 수연이다. 다시 나가기 전에 운전석에 앉은 그는 팔을 길게 뻗어 단단하게 안전벨트를 매준 재희의 검은 눈은 여전히 무심했지만 입에서 나오는 말은 아주 달콤했다.

"오늘 예쁘다."

그 망할 놈의 연애소설. 당장에 찢어 버리리라.

한겨울 입김처럼 냉랭하면서 붉고 도톰한 입술 사이로 뻗어지는 말들은 온통 사랑의 속삭임처럼 아련했다. 귀를 막고 허리를 숙여 버리는 수연이 귀여운지 손으로 그녀의 머리카락을 슥슥 쓰다듬어 준 재희는 '상무님?' 하고 물어오는 전화기 속 규현에게 말했다.

"지금 들어가."

매정하게 툭 끊어 버리고 시동을 걸자 귀를 막고 있던 수연이 벌떡 허리를 세우더니 자신의 벨트를 톡, 풀어냈다. 그 모습에 놀라 재희는 시동을 걸다 말고 얼른 문을 잠그려 하는데 순간 풍겨오는 달콤한 그녀의 체취에 숨조차 쉴 수 없었다. 완전히 구겨진 얼굴로 재희의 안전벨트를 뽑아 꽉 잡아채고 철컥 채우며 자신의 안전벨트도 말끔히 올린 수연은 이미 포기한 상태였다.

"가요, 가. 까짓것 공짜로 차 태워 준다는데."

"착하네."

"악, 하지 말라니까!"

소름이 돋아서 조금 있으면 진짜 닭 돼서 죽어 버릴지도 몰라!

회색 차가 병원을 빠져나가 도로에 안착했지만 수연은 안절부절 못했다. 내기랍시고 사람을 뛰어내리라고 한 뒤 이 사람은 변했다. 변해도 너무 변해서 차마 감당도 하기가 어려웠다. 아니, 변할 거라면 저 얼굴도 좀 바꿔 줄 것이지 사람 하나 마구 찔러 죽여도 시원찮을 정도로 매서운 눈은 그대로고 입만 변했다.

"계속 보면 그대로 덮치는 수가 있어."

"진짜 강재희 어디 갔어요?"

황당한 수연의 물음에 재희가 피식거렸다.

"그러게."

자신도 모르겠는데 이 세상 누가 알겠냐마는. 지수연은 알아줬으면 하는 게 그의 마음이다. 응어리진 것이 풀어지자마자 일어나면 그녀가 보고 싶었고, 보지 않으면 아무것도 손에 잡히지 않았다.

다 나은 것은 좋아도 이제 재희가 없이도 잘 움직일 그녀에게 서운함이 든다.

서운함이라……. 강재희 심지가 닳아도 너무 닳아 버렸다.

차는 빠르게 달려 아파트가 밀집한 동네로 접어들었고 주차장에 멈추면서 재빨리 벨트를 푼 그녀는 잠긴 문을 툭툭 건드리며 열어 달라는 시위를 해 보였다.

"나 다리 다 나았어요, 이제 강재희 씨가 있을 필요가 없다니까?"

"내가 있어."

"……"

"널 보면 여기가 아파. 그러니까 이제 네 차례야."

수연의 손과 발이 돌돌 말려 접힐 것만 같았다. 저 말도 안 되게 느끼한 입을 어떻게 막을 수 있는가! 약혼자가 있다고 공격해도 파혼했다고 방어하고 사람이 변했다고 말하면 툭, 넘겨 버리고.

이렇게 자꾸 다정하게 굴면 아직 움트지 않은, 움텄다 하더라도 햇살을 받아들이지 못한 싹이 저도 모르게 솟아올라 아무것도 할 수 없게 꽁꽁 묶어둘지도 모르지 않는가. 그게 무서워서, 척척 걸어가자 엘리베이터 버튼을 누르고 기다리는 동안 재희가 곧 자신의 주머니에 손을 넣어 뺐다.

"이게 뭐예요?"

그가 내민 손바닥에는 도어 록을 쉽게 풀 수 있는 전자열쇠가 들려 있었다. 고개를 갸웃거려오자 재희는 수연의 손을 잡아 펼쳐 그 위에 열쇠를 두었다.

"내 집 열쇠."

"엉?"

"유일하게 내 이름으로 있는 거다."

유일하게 그의 마음대로 할 수 있는 공간을 재희는 선뜻 내밀고 있었다. 그래 봐야 노회장의 아래에서 버둥대는 꼴이기는 하지만 이제는 아무래도 상관없었다. 다른 건 필요 없이 지금 강재희는 딱 지수연만 보인다.

사람들 앞에서 키스를 하고, 다리를 만지고, 안아대던 그것처럼.

간만에 오만한 표정이 재희의 얼굴에 서렸다. 도착한 엘리베이터에 그녀를 밀어 넣고 대신 층수를 눌러 주며 기대어 선 그는 수연의 짧은 머리카락을 만지작거리다가 곧 몸을 떼어내었다. 움츠리고 볼을 붉히는 수연은 무척 부끄러운 듯하면서도 앙칼지게 툭툭 쳐댔고 열쇠만 이상하게 노려보았다. 그것이 어찌나 귀여운지 재희는 닫히는 엘리베이터 문을 다시 잡고 고개를 쭉 뺐다.

"알지."

난데없이 뭘 알겠어, 수연은 재희의 뜬구름 잡는 소리를 대충 흘려들으며 찌푸려진 눈으로 열쇠를 다시 돌려주기 위해 손을 뻗었다.

"뭘요."

퉁명스럽게 대꾸하는 그녀에게 다가온 재희가 가볍게 입을 맞췄다. 맞이하면 맞이할수록 이 입술은 점점 더 사랑스러워진다. 순식간에 키스를 당한 수연이 당황해 제 입술을 봉하는 순간 닫히는 문 사이로 재희의 뻔뻔한 음성이 들려왔다.

"내가 널 사랑하는 거."

툭.

그에게 다시 주기 위해 내밀었던 손에서 열쇠가 바닥으로 떨어졌다. 그녀의 심장만큼이나 세게.

……세상에. 딱히 믿고 있지는 않았지만 요즘 들어 무지하게 불러대고 있는 하느님.

수연은 멍하니 눈을 떠 재희를 바라보았다. 그리고 곧 엘리베이터 문이 완전히 닫히면서 그의 얼굴에 애틋한 애정이 여과 없이 돌아왔다. 불에라도 덴 듯, 온몸이 뜨겁다.

8.
폭풍

너른 정원을 보고 있노라면 옛 생각에 빠져드는 자신을 여실히 느낀다. 그 역시 사람인지라 흠이 남은 집기나 흔적이 있는 것들에 향수 아닌 향수에 빠져 노곤함이 몰려왔다.

"재희야."

재영의 목소리에 담긴 것은 한 치의 거짓도 없었다. 찰랑거리는 위스키를 목구멍으로 넘긴 재희는 뒤에 사람이 있음에도 담배를 꺼내 입에 물더니 빠르게 태워냈다.

여전히 강재희의 가슴은 죄라도 지은 사람처럼 두방망이질 치고 있지만 어째서인지 조금 평온해진 기분이 들었다. 그의 뒤로 선 재영은 아직도 자신을 보고 있을 텐데.

전에는, 아니 불과 얼마 전까지만 하더라도 한 걸음이라도 움직이면 죽을 것처럼 조급했었다. 삐딱하게 세워진 좁고 위태로운 뒤

집어진 원뿔 위에서 늘어져 아주 미세한 바람만 불어도 그대로 끝없는 나락으로 떨어져 내릴 그런 기분이 들었다. 재희는 어떻게든 숨을 고르기 위해 애를 썼었다.

정말로 두 다리를 떼어내는 순간부터 와르르 무너져 버릴까 봐, 결코 안정되지 않는 마음에 감히 눈도 뜨지 못했고 득달처럼 달려들어 물어뜯고 이를 갈았다.

목소리 하나가, 모습 하나가 두려움 그 자체였다고 해야 할까. 이 자리를 언제 빼앗길지 모른다는 설움 속에 존재한 흔들거림. 그것 이상으로 두려울 것이 없음을 아는 절벽 끝까지 내몰린 자의 비명. 하지만 그것보다 더한 고통이 재희의 가슴에 박혔기에 오히려 재영의 모습은 흐릿해지고 만다.

이깟 형용 속에 담긴 두려움 따위보다 높은 빌딩, 자신이 지키려 애썼던 그 자리에서 떨어져 내리던 수연의 모습이 더욱 아프다.

무의미한 공포감이 다리서부터 좀먹어 댄다.

폐쇄공간에 의한 공황증세, 급변하는 감정제어에 스스로 통제하지 못한 호흡곤란.

여타 다른 이름들도 많았지만 어떻게 고칠 수도, 특별한 약이 있는 것도 아니라 버티고 버텨야 했던 감정선상에서 재희는 들썩이듯 빠르게 움직이는 가슴을 어떻게든 막으려 했다. 머리가 아니라 몸이 먼저 반응하고 모자란 숨을 채우기 위해 들썩이다 보면 어느 순간 감당하지 못하고서 움직임을 멈춘다.

"재희야!"

다시금 불러오는 목소리는 역시 쓰리다. 놀란 소리로 찾아와 그를 부여잡는 팔이 타들어갈 것처럼 불쾌했지만 뭔가 달랐다. 항상 그래 왔듯 이 답답하고 거대한 새장은 재희를 힘겹게 했다.

고통스러울 정도로 옭아오고 틀어쥐는 아귀에 재희는 몽롱하게 변하는 눈으로 가쁘게 움직이던 가슴을 서서히 멈춰 갔다. 아, 이게 정말로 죽을지도 모른다는 감각일까. 수면으로 떨어져 내린 그 아찔한 통증, 그리고 이어지는 격한 숨 막힘. 더불어 의식을 빼앗는 포근함.

문득 그의 뇌리로 수연의 가지런한 이목구비가 그려졌다. 오묘한 기운을 자아내며 자신을 즐겁게 해 주듯 뚱한 얼굴을 만드는 그녀를 보자니 이 어처구니없는 상황에서도 웃음이 나왔다.

늘어져 숨을 가두던 재희는 기이하게도 그녀를 떠올린 것 자체로도 마치 숨을 트인 듯 다시 움직이는 가슴 결에 약간의 고통을 호소했다. 멍하니 있다 갑작스레 트인 숨에 잔기침으로 콜록거리던 그는 이내 수월하게 움직이는 손에 이리저리 손을 움직였다.

찰랑찰랑

위스키병이 흔들렸다.

마치 무슨 신이한 묘약이라도 마신 것 같은 기분이었다. 구토기가 목구멍까지 올라왔다가 녹아 사라지는 것처럼 길게 숨을 쉬어낸 그는 손으로 얼굴을 길게 쓸어내렸다. 신기하기도 하지. 이 여자는 그저 떠오른 것만으로도 사람을 한층 여유롭게 만들어 주는군.

"나는."

"미안해. 미안해, 재희야."

뭣도 모르고 일단 미안하다고 말하는 재영을 보면서 재희는 조용히 잡힌 팔을 빼내었다. 불쾌하고 역겨운 느낌은 언제나처럼 같았지만 진정된 가슴은 오늘만큼은 이성을 유지했다. 항상 거칠게 쳐내던 그가 냉정하긴 해도 격하게 움직이지 않는다는 사실에 재영의 눈이 커졌다.

생각해 보면 너는 잘못한 것이 없다.

이 자리에 군림해 아래를 비웃고 오만하게 이를 드러냈던 것은 재희였다. 세상 어느 누구라도 그와 재영을 두고 본다면 손가락질로 욕을 뱉어 줘도 시원찮을 놈은 강재희다. 마음에 들지 않으면 모조리 쳐냈고 제 것이다 싶으면 재영의 품에 소중히 담긴 것이라도 가로채 가져와 망가트렸다.

그는 완벽해야 하는 사람이었다. 가지고 있는 것도, 가져야 하는 것도 모두.

그렇게 사는 것이 당연했으니 빼앗는 것에 익숙했고 재영은 그런 재희에게 빼앗기는 것에 익숙했다.

그럼에도 불구하고 재영은 단 한 번도 그를 원망하지 않았다. 아마 그것에 자신은 더욱 망가졌는지도 모른다. 미련하게도, 그렇게 우습게도.

"……너를 어떻게 대해야 하지?"

모르겠다.

아주 오랜 시간이 흐른 지금 그는 다른 시각으로 그렇게 물었다. 단 한 번도 생각해 본 적 없었던 다른 눈으로. 이 완벽한 공간에 유일하게 불완전한 사람은 재영뿐인데 휘청휘청 무너질 듯 흔들리는 것은 그였다.

처음으로 재희는 재영에게 하나의 의문을 담아 물은 것이다. 분명 끝도 없이 재영을 싫어하고 혐오했는데 이제 모르겠다. 그의 가장 일 순위가 바뀌는 순간 모든 궤도가 꼬이고 풀어져 버린 것에 적응을 할 수 없다.

나라는 사람은 무엇이 그리 조급했을까.

*

"아니요, 그게 아니라. 아, 아부지!"

– 딸 하나 있는 게 어떻게 그렇게 말을 안 들어!

"아부지, 딸은 둘입니다."

약간의 침묵, 옆에서 그녀의 어머니가 '스무 달 배 아팠는데 열 달은 어디다 팽개쳐!' 하며 외치시는 게 들려왔다. 잠시 그렇게 이러쿵저러쿵 바쁘던 전화기 안쪽에 슬그머니 휴대폰을 내려놓으려는 찰나 다시 불쑥 터졌다.

– 당장 내려와! 너 하던 일도 안 하고 있다며! 경우 놈한테 다 들었어!

이런 젠장.

하여간 그 곰탱이 뭐 하나 도움을 주는 게 없어요.

어쩌다가 경우를 아버지가 알게 되었는지는 사연이 기니 패스하더라도 어찌나 연락을 자주 하는지 그의 부모님이 경우를 더 예뻐하는 지경에 이르렀다. 한편으로 그녀와 경우가 어떻게 엮였으면 하는 마음도 비추고 계시지만 그저 답답할 뿐이다. 오늘이야 이렇게 전화로 화를 내시지만 또 언제 불쑥 집으로 찾아오실지 모를 일이다.

"잠깐 일이 있었어요, 새 직장 알아볼 거니까 너무 걱정하지 마시고……아부지, 일단 끊어요. 으악, 화내지 마시고! 자, 잠깐 나중에 전화 드릴게요!"

후다닥 전화를 끊고 달리면 안 되는 것도 잊으며 문으로 달려간 수연은 열리기 일보 직전인 문에 체인을 걸었다. 그와 동시에 열리기 시작한 문이 체인에 걸려 빠끔히 매서운 인상을 가진 사내의 얼굴만 비쳤다.

"어…… 경우 선배."

"뭐해?"

당연히 재희일 것이라고 생각해서 체인을 걸어 잠갔는데 같은 동질의 것이라도 판이하게 다른 얼굴에 문득 실망감이 번졌다. 체인을 풀고 열린 문으로 들어온 경우는 사람을 보고 '대실망'이라고 쓰인 수연의 얼굴에 불만스럽게 툴툴거렸다.

"선배는 대체 나에 대해서 모르는 게 뭐야."

"네 애인, 여기 없지?"

아직도 옆구리가 아려오고 있는 경우로는 눈을 번뜩이며 현관문부터 집 구석구석을 훑어보기에 바빴다. 괜히 옆구리 가격당하고 사과도 못 받은, 제일 불쌍한 사내이지만 수연은 침대 끝을 탕탕 치며 소리쳤다. 이미 얼굴은 잔뜩 빨갛게 물들어 있는 주제에.

"누가 애인이야!"

"그럼 내 애인이냐!"

아니, 이 사람이!

"탐내지 마!"

간만에 으르렁거리며 앙앙거리는 수연에게 경우의 손이 작렬했다. 경우의 단호한 손날 격타에 정수리를 문지르며 인상을 쓴 수연은 벽에 걸린 양복을 가늘게 노려보았다.

"사랑 좋아하네."

오늘로 꼬박 하나, 둘, 셋, 넷, 다섯. 오 일째였다.

엘리베이터의 문을 잡고 입을 맞춘 후 사랑한다고 말해놓고서 다시 그녀의 집으로 오지 않았다.

순결은 지켰는데 가슴은 못 지켰다.

"아, 정말 싫어!"

인정할 수밖에 없는 것. 보고 싶은 마음은 도무지 사라지질 않는다.

사랑한다는 말에, 너를 사랑하고 있다며 바라보는 그 눈에 버티던 자존심이 무너지고 견고하게 세웠던 정도의 끈이 녹아 버렸다. 이제는 멀쩡해진 다리로, 조용히 검은 양복 앞으로 다가간 수연은 닳아진 곳 하나 없이 말끔한 양복을 조금 잡고 입을 비죽 내밀었다.

구시렁구시렁 온몸을 뒤흔들며 발악하던 수연은 그제야 고개를 돌리며 물었다.

"근데 선배는 어쩐 일이야?"

경우 역시 수연이 물어오고 나서야 자신의 방문 목적을 알아차리고 손뼉을 쳤다. 안 그랬던 것 같은데 사람이 점점 바보가 되는 것 같아서 안쓰럽다.

"맞다. 너 빨리 도망가는 게 좋을 것 같은데."

"왜?"

"너희 아버지 한 시간쯤 전에 서울에 올라오셨다고 연락하셨거든. 어머니도 같이 오신 것 같던데. 너 잡아 놓으라고 하시더라."

"……."

"어떻게 할래?"

뭐?

방금 전에 통화를 했는데, 그랬는데? 내려오라면서 버럭버럭 화를 내셨던 분인데…… 갑자기 뭐라고? 청천벽력과도 같은 말, 그것은 아주 산뜻하게 흘러나왔다. 순간 머리를 때리는 충격으로 수연은 관자놀이 부근을 꾹 눌렀다.

설마, 이것이 바로 페이크(fake) 기술인가. 시골에 있다고 안심시키고 방심하는 사이 가로채려는 속셈!

"아나, 정말 그런 건 좀 빨리 말해야지!"

발에 모터를 장착한 것처럼 그녀의 몸은 번개처럼 움직였다. 수연은 자신의 다리가 나았다는 사실에 무던히도 감사히 여겼다. 어머니까지 올라왔다는 것은 분명히 이번엔 엄청난 계략이 있는 것임이 틀림없다. 그때처럼 쉬이 돌아가시지 않을 것을 직감한 수연이 아주 익숙한 손동작으로 이제 텅텅 비어가는 지갑과 외투를 챙겨 쌩하니 나가며 다급히 외쳤다.

"부모님 연락 오시면 여기서 묵으시라고 해!"

"아야, 너 이런 건 어쩌려고!"

경우의 외침 끝에 보이는 것은 말쑥한 정장. 아무리 봐도 남자의 것인 그것을 부모님이 보시면 머리 깎이고 바로 절에 들어가 불경한 마음으로 부처님 욕보이게 될 것이 자명하다.

아우 씨! 진짜 도움 되는 거 하나 없어!

"지수연, 씨?"

막 외근을 끝내고 돌아온 규현은 바쁘게 들어가다 말고 잠시 멈췄다. 통통 튈 듯 예쁘장한 얼굴에 그리 정돈되었다고 볼 수 없는 짧은 머리, 달라붙는 옷은 아니지만 충분히 도드라진 몸의 굴곡이 감탄이 나올 만큼 훌륭했다.

그녀 역시 규현을 알아보았는지 선한 미소를 지어 올리며 대뜸 쇼핑백을 내밀었다. 곱게 개켜진 양복, 봉지에 넣은 구두가 쇼핑백에 담겨 있었다. 규현에게 건네준 그녀는 머리를 긁적이며 말했다.

"이거 강, 상무님 옷이요."

사내의 옷을 가져다주는 여자. 듣는 이에 따라서 약간 달콤한 말일수도 있지만 규현은 자신의 상사가 내지른 무례와 실례를 간접적으로나마 알 수 있을 것 같았다. 주는 당사자야 집에 있는 남자 물품 싹 긁어서 가져다주고 아버지를 피해 도망칠 궁리를 하느라 마음이 조급하지만.

짐 가방을 받아들고 감사의 뜻으로 허리를 숙일 때 휴대폰이 덜덜거리며 울리기 시작했다.

"예, 상무님."

냉철한 보좌관의 모습으로 돌아와 재빠르게 전화를 받는 모습에 수연은 '이 사람이나 저 사람이나 다 이중인격인가 봐.' 하고 혀를 찼다. 규현과 통화를 하고 있을 사람은 상무, 즉 강재희다.

생각해 보니 자신은 재희의 전화번호조차 모르고 있다. 더 웃긴 것은 열쇠는 받아놓고 집 주소도 모른다. 정작 중요한 사실은 다 잊어버리고 사랑한다고나 말하고.

"지금 들어가고 있었…… 예, 죄송합니다. 그러니까 지금 회사 앞에 지수연 씨가…… 예?"

넌 전화해라, 나는 갈란다.

슬쩍 몸을 빼고 돌아서던 수연은 열쇠만 주고 가 버린 강재희에게 분노하다 후다닥 달려와 저를 막는 규현 때문에 걸음을 멈췄다.

"무슨 일이시죠?"

"상무님이 지금 올라오시라고."

"그쪽이 내려오라고 해요."

"그렇게 말씀하실 거라면서, 여기."

규현은 조심스레 전화기를 수연에게 건네주었고 아직 통화 중으로 뜨는 화면에 고개를 삐딱하게 움직였다. 귓가에 전화기를 대자마자 기가 막히게 눈치를 챈 재희가 전화기 안에서 높낮이 없이 무덤덤한 목소리로 말했다.

– 보고 싶어.

다시 손에 힘이 빠져 전화기가 아래로 떨어지는 것을 규현이 순식간에 낚아챘다. 벌렁벌렁한 가슴에 눈만 껌뻑일 때 수연은 일그러지고 빨갛게 변한 얼굴로 대뜸 외쳤다.

"그쪽 상무님 어디 아파요?!"

"예?"

"가서 머리털을 다 뽑아 줄 거야. 가요, 얼른!"

좋아 죽겠다는 표정으로 그렇게 말해 봐야 전혀 설득력이 없는 것을 알고나 있는지 모르겠다. 그의 상관과 참 많이 닮아 있는 사람이었다.

"호불호가 정확하신 분입니다."

엘리베이터 문이 열리기만 기다리는 사람처럼 호선을 그린 입가는 정보 공유를 하는 것처럼 수연에게 말을 걸었다.

"싫은 것은 싫고, 좋은 것은 좋다. 뒤도 돌아보지 않으시고 또 미련도 없으십니다. 그래서 항상 미움 받으시지만."

"한마디로 자기 좋으면 장땡인 거네요."

규현이 낮은 웃음소리를 내었다. 여러 말로 돌아가도 그게 가장 알맞은 표현법일 것이다. 누구도 쉽게 낼 수 없는 말이지만 누구나 알고 있는 사실이기도 했고.

"상무님을 이해해 주십시오."

"뭐, 제가 이해할 게 있나요."

"그래도 요즘은 조금 달라지셨습니다. 담배를 많이 줄이셨거든요."

열린 엘리베이터 안으로 수연을 지그시 밀어 넣고 함께 들어온 규현은 역시나 사람 좋은 얼굴로 싱글거렸다. 다른 의미로 참 대단한 사람이다 싶은 마음에 작게 중얼거리는 것도 잊지 않은 수연이다.

"그걸 이해하면 내가 선녀지, 사람이겠어."

내 평생 강재희라는 사람을 이해하면 그건 죽을 때 다 돼서일 거다. 그를 따라 재희의 사무실이 있는 곳까지 다다른 그들은 여전히 멋없이 넓기만 한 사무실에 빠끔히 고개를 디밀었다.

강재희는 여전히 무뚝뚝한 사람이었다. 다만 옆 사람을 생각하지 않고 하고 싶은 대로 수연을 채 품에 안아 버린 것은 정말 너무도 당황스러운 일이다. 헛바람 들이켠 규현도, 놀라 입 벌린 수연도 잠시 꿈동산 다녀왔다.

"이게 좋다."

사람 알아들을 수 없게 혼잣말로 늘어지던 재희는 낮게 한숨을 쉬었다. 부쩍 거칠해진 피부가 느껴지면서 갑자기 안겼지만 수연은 저도 모르게 그의 등을 다독거렸다.

충분하지는 않아도 어느 정도 만족스럽게 스킨십을 취했는지 가볍게 손을 푼 재희는 바로 보이는 흐뭇한 규현의 미소에 잔혹한 말을 던졌다.

"갈수록 마음에 안 들어."

아, 서럽다.

"차."

중요한 안건인지라 직접 외근까지 나갔었기에 보고도 드릴 겸, 조금 전 닦달까지 해 놓았으면서 차 심부름이나 시키는 것에 규현은 속으로 한숨을 숨기고 몸을 돌렸다. 사무실 밖에 대기하는 비서를 두고 자신을 시킨다는 건 이 자리에서 나가라는 소리다.

규현이 차 심부름을 이유로 나가고 다리를 꼬고 상당히 밀착하게 앉아 수연의 머리카락을 손가락으로 톡톡 건드렸다.

"보고 싶지 않았나?"

"뭐, 뭐 예쁘다고요."

"보고 싶었을 텐데?"

"이 뻔뻔함 봐라."

지나친 스킨십을 좀 부담스러워해야 할 자신도 그저 가슴만 울렁거릴 뿐 도망가지 않고 새침하게 고개를 돌리는 것으로 마무리를 한다. 본의 아니게 상당히 튕기는 여세가 된 수연이 귀여운지 그는 한쪽 팔을 소파 등받이에 걸쳤다.

"난 그랬어."

"으익."

질척한 혀가 날름 그녀의 목덜미를 쓸어내렸다. 수연은 그런 그의 얼굴을 손으로 막으며 고개를 저었다. 목구멍이 막힌 듯 꾹, 다물린 입술 대신 열심히 뒤흔들리는 그녀의 고개에 언젠가 한 번 당한 적 있던 혀로 손가락 쓸기를 할 듯 그의 입이 열렸다. 빠르게 손을 거둔 수연은 찡그린 이맛살로 말했다.

"사람이 너무 변한 거 아세요? 강재희 씨가 신용 제로인 건 아시고 지금 이러는 거냐고요."

그의 다정한 손길은 분명 기분이 좋았다. 하지만 신뢰성이 바닥을 치닫는 상황에서 이렇게 달콤하게 나오면 도리어 주저하게 되어버린다. 행여나 재희가 다시 손을 뻗을까 엉덩이는 뒤로 빼고 그의 손을 꽉 잡은 수연은 한편으론 오랜만에 본 얼굴이 반가워 가슴이 설레었다. 그날 이후로 찾아오지도 않고 연락도 없었던 것이 꼭 사기당한 기분에 다소 안달이 났던 것도 사실이다.

"설명 못 해. 나도 잘 모르겠으니까."

그렇게 말하며 눈을 감은 재희는 동그란 호선의 어깨에 이마를 올리며 한숨을 쉬었다. 마음 가는 대로 행동하는 것뿐. 더 이상할 것도, 이해할 것도 없이 재희의 가슴이 그렇게 하노라고 하는데, 그 누가 막을 수 있을까. 무겁게 내려앉아 잠이 든 건지 아니면 든 척을 하는 건지 모르겠지만 그는 길게 다시 한 번 숨을 토했다.

건장하기 그지없는 남자가 한없이 쓸쓸해 보여서 동정과 비슷한 안타까움이 들었다.

그날, 그러니까 이 빌딩 옥상에서 뛰어내리라고 말했던 그날부터 뭔가 바뀌었을까? 이 사람 그날 무슨 생각으로 그녀를 밀어내려고 했던 걸까.

때마침 일부러 만들어 낸 것은 아니더라도 제법 달콤새큼한 분위기에 담긴 두 사람에게 규현이 눈치 없이 다가왔다. 쟁반에서 커피 두 잔을 내려놓고 있을 때 수연의 휴대폰이 울렸다.

제대로 찍힌 번호는 그녀가 두려워 금치 못하는 아버지의 휴대폰 번호였고 수연은 이마를 감싸며 아픈 관자놀이를 꾹꾹 눌렀다. 잠시 망각했지만 그녀는 지금 아버지를 피해 도피 중인 상황이었다.

"저 가요. 뭐, 연 닿으면 다음에 보죠. 차 못 마시고 가서 죄송합니다."

이내 울리다가 꺼지는 휴대폰에 얼른 배터리를 빼 버리면서 사무실 문의 손잡이를 잡았다. 그런 그녀의 뒤로 바쁘게 따라온 재희가 한쪽 눈을 찡그리며 레버를 잡은 수연의 손을 잡았다.

"휴대폰은 왜 *끄지*?"

"말해야 할까요?"

무슨 일인지 꼭 알아야겠다는 심보가 엿보이는 가운데 수연은 혀를 한 번 차며 말했다.

"제가 빚이 좀 있거든요."

"얼만데."

"많아요."

"얼마냐니까.

"상관없잖아요."

"너, 내 말 잊었어?"

"······뭘요."

조금 전보다 훨씬 더 날카로워지는 눈에 오금이 저린다. 사람 눈
이 저렇게 매서울 수 있다면 진짜 호랑이 눈은 바로 바지 지릴지도
모르겠다. 그녀의 손을 쥔 재희의 손아귀에 점점 더 힘이 들어가고
이제는 살짝 아파올 지경이 되어서 나지막이 신음을 보인 수연이
고개를 내젓자 재희의 손에서 조금 힘이 풀렸다.

"날 가지고 놀아?"

"안 놀아요."

"상관있어."

"그렇게 앞뒤 똑 자르지 말고 사람이 알아듣게 좀 설명해 주세
요."

"사랑한다고 했잖아."

"믿게끔 해 주든가."

이번에도 부끄러움 하나 없이 사람 사정 두지 않고 직설화법으로
나와 주는 통에 수연이 '맙소사' 하며 이마를 짚었고 멀뚱하니 섰
던 규현이 입을 떡 벌리며 헛바람을 가득히 들이켰다.

"잊었어?"

"잊고 말고 할 게 어디 있다고."

달랑 번지르르하게 입만 열어놓고 연락 두절이 된 주제에 행여
나. 쉽게 안 넘어갈 거라는 말이다. 수연이 그리 중요하지 않게, 심
드렁하니 바람 빠지는 소리를 내자 재희 역시 조금 오기가 났는지
완전히 문에서 잡아떼며 말했다.

"집 열쇠도 줬어."

이 부분에서 또 그녀의 심기가 어지럽다.

"땅에 떨어진 집 열쇠로 세상 집이 다 내 거면 제가 이러고 살겠습니까마는."

'오냐, 그래' 라는 마음에 수연은 주머니에 손을 넣어 딱딱하게 잡히는 쇠붙이를 잡아 고스란히 손에 쥐어 주었다.

"세상 쇠붙이가 다 제 것이라서 참 좋네요."

"집 주소를 모르면 나한테 왔어야지. 바보야?"

진심으로 바보냐고 묻는 듯한 태도였다. 재희는 재희 나름대로 짜증이 나 머리 굴리지 않고 혼자 생각하고만 있었을 그녀에 심통이 났다. 그녀를 가슴에 품었다는 것으로 이제 더는 수연의 집에 갈 수 없는 자신을 왜 모를까. 한 공간에, 단둘이 있는 것은 생각보다 오래 금욕을 하고 있던 재희에겐 독이나 다름없었다.

그래서 조금 더 '합법적' 으로 수연이 찾아와 집 주소를 물어본다면 한입에…… 여하튼 다시 미련하게 열쇠를 주는 수연에 슬슬 화가 나는데 옆에 섰던 규현이 한 번 더 거들었다.

"상무님, 상무님 자택은 저 주시지 않으셨습니까?"

여기나 저기나 요즘 들어 점점 기어오르는 것이 느껴진다고, 재희는 진심으로 고민했다. 규현은 그 반항 기운을 오래 유지할 기운은 없었는지 조용히 물러서 나갔다.

"휴대폰 끄고 어디 가는 거지?"

입이 문어처럼 우, 하고 나올 정도로 볼을 뭉갠 재희는 우습지도 않은지 점점 더 진지한 눈초리다.

"아브디가 울라우셔셔여, 자피믄 바르 시걸러 내려가야 해셔(아버지가 올라오셔서요, 잡히면 바로 시골로 내려가야 해서)."

우물우물 알아듣기 어려운 발음으로 말하는데 재희는 잘도 알아들으며 그녀의 뺨을 놓았다.

"그럼 어디 가려고."

"어디 가긴요. 친구 집이나……."

"친구 누구? 경우?"

"엑."

"손경우를 말하는 건가?"

기억력도 좋지, 언제 들었던 성씨까지 붙여가면서 수연의 어깨를 꽉 잡으며 짓씹듯 말하는 재희. 경우의 성 정체성상 가라면 못갈 것도 없지만 아버지가 올라오신 이상 집 다음 위험지역이 경우의 집이었다. 강력하게 부정하는 수연에 마음이 놓였는지 다소 풀린 얼굴을 한 재희는 더 말할 것도 없다는 듯 다시 열쇠를 건네주었다.

"내 집으로 가."

"네?"

"집에 없으면 무조건 네 집 가서 기다릴 테니까."

그렇게 말하며 사무실 문을 연 재희는 아직 밖에 있던 규현에게 '차 대기시켜.' 라는 짧은 말을 하고는 그녀에게 길을 터 주었다.

하지만 수연은 열린 문으로 나갈 생각이 없는지 재희의 팔을 툭 잡아내며 도끼눈을 떴다.

"거기 가면 충분히 사단날 것 같은데요."

항상 기대 이상의 말을 해오는 탓에 심심할 겨를도 없고 평범하게 있을 틈도 없다. 적나라하게 덥석, 잡아먹힐까 봐 안 된다는데 재희는 순간 뭐라 할 말이 없었다. 아주 조금 남아 있는 양심이라는 녀석이 재희를 민망하게 만들었다.

한낮의 뜨거운 불볕더위처럼 쨍쨍한 시선에 재희의 뻔뻔함이 재차 고개를 들이밀었다.

"오늘은 괜찮아."

"그럼 내일은."

"그건 내일 가서 생각해."

"아무튼 갈 생각 없어요. 경우 선배 집에 갈 생각도 없고."

간당간당하니 시간 버틸 생각은 추호도 없다. 열쇠를 주고 돌아선 뒤 엘리베이터 버튼을 누르자 바로 문이 열렸고 그 열린 문에 올라타는 순간 따라온 재희가 무섭게 노려보았다.

"내가 우스운가."

"……잠깐만요, 갑자기 그런 말이 왜 나와요?"

"어느 세상 남자가 사랑하는 여자를 멀쩡한 집 놔두고 밖에 둘 수 있다고 생각해?"

가슴이 지끈거렸다.

재희는 어울리지 않게 사랑이라는 단어를 무척 잘 썼다. 연애소설의 여파인가. 값싸게 지르는 것도 아니고 심장을 뚫어내어 할퀴는 능력을 가진 것처럼 매섭게 달라붙어 애정표현을 했고 수연은 공성전에서 패배한 패잔병처럼 무너져 숨을 헐떡여야 했다. 빈말도, 거짓도 아니다. 강재희라는 사람은 정말 자신의 마음을 그대로 수연에게 표현하고 있는 거다.

"제가 부담스러워할 거라고 생각은 안 하세요?"

"몰라."

답답하다. 묘하게 집착적인 행동이 답답하고 다른 한편으론 모자란다고 욕심이 생겼다. 이 남자의 집중된 애정조차 모자란다고 수연의 마음이 소리치고 있어서 더욱 답답했다.

"그렇게 갑자기 다가오면 도망갈 거라고는 생각 안 하셨냐고요."

"똑같잖아. 아니, 내가 더 크겠지. 하지만 분명 너도 나랑 다르지 않아."

'너도 날 사랑하고 있어.'

"아니야?"

어떻게 이렇게까지 확신할 수 있는지 궁금해졌다. 지독히도 직설적이며 솔직하지만 여전히 끝을 알 수 없을 만큼 어두운 사람.

"이상한 사람이야."

그런 뜻이었다. 부정할 수 없게도 사실이었다.

엘리베이터 안으로 들어와 그녀를 벽 안에 가두고 자신은 결코 틀릴 리 없다며 단호하게 말하는 재희에게 더 이상 해 줄 수 있는 말이 없었다. 사실이다. 이미, 어쩌면 꽤 오래전부터 그를 바라고 있었는지 모른다. 그저 서툴렀음이 죄였다. 쉽사리 그렇다고 말하지 못하며 침묵하는 그녀에게 재희는 더 참지 못하고 입술을 탐했다.

윗입술을 가볍게 빨아들이며 황홀한 듯 가늘게 뜬 재희의 눈을 마지막으로 수연은 그대로 눈꺼풀을 내렸다. 허락을 대신한 그녀의 행동에 재희는 두 손을 봉인해놓듯 잡고 입술을 눌렀다. 위와 아래를 차례로 탐한 후 여지없이 파고든 살덩이가 준비되지 못한 가녀린 붉은 혀를 희롱하기 시작했다. 살의 맞댐 소리가 좁은 공간에 울려 퍼지고 재희의 혀가 적당히 위 천장을 훑어내자 수연의 혀 역시 그의 치열을 짧게 건드렸다.

"으음."

숨쉬기 곤란해질 정도로 깊고 정열적인 키스였다. 수연의 손이 재희의 목을 끌어안으며 발뒤꿈치를 들자 벽면을 잡던 그의 오른손이 그녀의 셔츠를 파고들었다. 브래지어 훅을 살살 건드리며 고민하듯 유동한 손가락이 등줄기를 부드럽게 쓸었다. 질끈 감은 눈에 눈물이 맺히도록 치골을 건드리고 매만지던 그의 손가락이 어느덧 배를 타고 올라와 명치를 쓸었다.

적당하게 부풀어 유혹적인 가슴이 가득히 안기자 재희는 벽 짚은 왼손에 강하게 힘을 주었다. 정신 차려, 여기서 뭐하는 짓이지? 두 사람 모두 같은 생각이지만 쉽게 벗어날 수가 없다. 그만큼 서로가 너무도 중독이다.

두 사람이 들어가고도 움직이지 않는 기계에 다가온 비서가 버튼을 눌렀다.

이내 열린 엘리베이터 문으로 드넓은 사내의 등이 비쳤다. 그의 목에 걸린 가느다란 팔목이 아니라면 안쪽에 사람이 있다고는 생각할 수도 없는 밀착감이 있다. 놀란 비서가 작은 새소리를 내며 황급히 몸을 돌렸다.

다행이라면 다행이었다. 처음 안는 그녀가 이따위 기계 따위가 아니라는 점에서 이미 흐물흐물 녹아내릴 듯 다리에 힘이 빠졌다. 수연을 허벅지로 지탱시킨 재희는 팔을 뻗어 측면에 위치한 버튼을 눌렀다.

"집에 가 있어."

수연은 자신의 옷자락을 정돈해 주며 사뿐히 안아내는 그의 품에 잠시 더 그렇게 눈을 감고 있었다.

"아무 짓도 안 해. 제발 아무 데도 가지 마."

*

차 안에도 술, 담배. 지독하다.

그가 있는 곳 어디에도 술이 없는 곳이 없었다. 사무실도, 차도. 더욱이 이미 한 번 본 적 있는 산소 호흡기를 두 개나 보았고 그에 수연은 입술을 살짝 깨물었다.

생각해 보면 왜 멀쩡한 사람이 산소 호흡기를 가지고 있는지 이상할 법도 했다. 아니, 있는 집안사람은 언제 죽을까 겁나서 미리미리 구비를 해놓는 걸까, 하며 자신이 답지 않게 예민하게 구는 것인지 생각해 봤다. 그래도 쉽사리 이해가 가지 않는다.

"하나만 물어도 될까요?"

"말씀하십시오."

엄청난 극존칭에 되레 민망해진 수연이 볼을 긁적거렸다.

"지난번에 강재…… 음, 저는 그냥 이름으로 할게요. 아무튼 강재희 씨가 쓰러진 적이 있었어요."

"예?"

역시나 수족 같은 사람에게도 말을 하지 않은 모양이었다. 규현의 눈이 좀 더 말하라는 듯 백미러를 통해 말하고 있었다.

"일이 조금 있었는데 갑자기 쓰러졌거든요. 그런데 그전에 이거를 저한테 준 덕에 다행히……."

비치된 산소 호흡기를 들어 올리며 말하자 규현은 눈에 띄게 안도하며 정말 입 밖으로 안도의 숨을 내뱉었다. 지난번이라고 하면 역시 규진이 찾아왔던 날임이 분명했다. 노회장님과의 저녁 식사나

모임이 있는 날, 혹은 그 컴컴한 저택에 가시는 날이면 항상 호흡곤란이 오곤 해서 각별히 주의를 해야 했다. 그 다음 날 멀쩡히 출근하시는 걸 보면서 다행이라고밖에 생각하지 않았었다.

"상무님께서 수연 씨한테 호흡기를 드렸었나요?"

"으음, 네. 목숨 줄이라면서."

"아, 하하. 예. 그러네요."

씁쓸한 기색을 가리지 못하고 턱을 조금 쓸어낸 규현은 바로 밑으로 보이는 강에 눈을 돌리는 수연을 백미러를 통해 살피며 침을 삼켰다. 호흡기, 누군가에게 자신의 생명줄을 넘겨준다는 것은 엄청난 용기가 필요한 법이다. 재희 같은 불신주의자에겐 더욱.

마음을 주신 거라면 좋을 텐데.

아니, 그의 행동으로 보자면 이미 오래전부터 빼앗기신 것 같지만. 재희의 성격상 제 모자란 점을 먼저 말하지는 않을 것이다. 그나마 호흡기를 주었다는 것에 안도감이 들어도 규현은 그가 알면 분명 언짢아할 것임을 알면서도 입을 열었다.

"상무님은 좁은 공간에 있거나 감정적인 조절이 흐트러지게 되시면 제일 먼저 호흡곤란이 오십니다."

"그게 무슨 말이에요?"

"감정 기복이 심하신 분은 아니지만 때론 깊게 정돈하지 못하신다고 해야 할까요. 그럴 땐 흡연이나 술을 하시곤 하죠."

규현의 짤막한 설명에 그제야 여기저기 즐비했던 술을 이해할 수 있었다. 더불어 경우의 옆구리를 차 놓고 제가 먼저 뒤로 넘어가 버린 것도. 수연은 절로 걱정이 가득한 얼굴을 만들며 다가섰다.

"많이 위험한 거 아닌가요? 그때 정말 제대로 숨을 쉬기 어려워 했어요."

"평소엔 위스키나 담배로 적당하게 마음을 정돈하십니다. 단지 그게 격양될 경우에는 빠른 조치가 필요해 호흡기를 사용해야 합니 다."

"아."

차에 홀로 앉아 입에 호흡기를 대고 숨을 쉬던 그의 모습은 다시 떠올려도 마음이 아팠다. 작은 통에 겨우 가슴을 들썩이는 모습은 안타깝고 도움 되지 못해 서글펐다.

복잡 미묘한 상태로 손톱을 잘근 무는 그녀를 다시 힐끗 본 규현 은 살짝 웃음을 지었다. 가장 중요한 것은 언제나 담배를 입에 물고 사는 재희가 수연의 곁에서 단 한 번도 담배도, 술도 하지 않았다는 사실이다.

마음이 조급했다.

상반기 결산으로 인해 서문 지사가 아니라 본사까지 다녀와야 했 기 때문에 시간은 이미 11시가 훌쩍 넘은 상황이었다. 집에 그 흔한 전화기 하나 없음에 혀를 차며 늦은 시간이라 텅 비어 있는 도로에 그나마 마음이 풀린다.

재희는 열린 창문으로 담뱃재를 털어 버리며 차의 속력을 조금 더 높였다. 이 조급함이 얼핏 기분 좋은 마음이라는 것을 알지만 정 말로 그녀가 집에 없을까 봐, 다른 데로 훌쩍 가 버렸을까 봐 그것 에 대한 불안감은 아주 좋다고만은 할 수 없었다.

집으로 들어간 그는 잠깐의 두리번거림 후 밟는 용도로밖에 사용하지 않는 카펫 위에 좋다고 누워 있는 수연의 모습에 조금 침묵했다.

그가 사랑해 마지않는 여자의 얼굴과 소담스러운 가슴, 그리고 어깨선이 테이블 밑으로 숨어 매끈매끈한 허리와 다리만 불쑥 나와 있다. 수연의 슬픈 몰골에 재희는 다리를 접어 앉으며 '하' 하고 바람을 불었다.

성의 없이 테이블을 밀어 버리고 이제야 드러난 얼굴에 손을 가져간 그는 이성과 본능 사이에서 짙은 고민에 빠졌다. 이대로 손가락을 움직여 셔츠를 조금씩 벗겨 낸다면 어떻게 될지, 애석하게도 엘리베이터에서의 다른 때와 달랐던 키스와 포옹에 담긴 감각이 물씬 풍겨오자 후끈 몸이 달아올랐다.

보이는 것 없이 하고 싶은 대로 할 수만 있다면 진심으로 그녀의 밑에 무릎이라도 꿇을 수 있을 것만 같았다. 마치 본능지수를 채점하는 사람처럼 이 여자는 언제나 그의 앞에서 잠든 모습을 보여 주곤 한다.

"미치겠군."

수연을 안은 재희는 소파 위에 그녀를 놓고 후끈하고 달아오른 몸에 재킷은 테이블에 올려놓고 곧장 욕실로 들어갔다.

조금씩 잠에서 깨어나던 수연은 기분 좋게 머리를 받치는 무언가에 꼼지락거렸다. 조금 더 그렇게 따끈한 기온에 기분 좋게 웃고 서서히 잠에서 깰 듯 눈살을 찌푸리고 몸을 뒤틀었다. 수연이 소파 아래로 그대로 떨어져 내리려는 찰나 굵직한 손가락이 배를 감싸 다시 바르게 옮겼다.

배로 오는 감촉에 멍하니 눈을 비비던 수연은 제가 베고 있는 짚은 남색 면 소재 베개에 손을 올리고 툭툭 건드렸다.

힘이 들어가 있는 듯 탄탄한 베개를 눌러 보고 손으로 한 움큼 쥐어 보고, 이어 얼굴을 비비적거리자 부끄럽게도 그녀의 위로 뜨거운 숨이 쏟아졌다.

"후우."

슬그머니 셔츠 자락을 올리고 옆구리와 배를 오가는 따끈한 손에 수연은 벼락처럼 일어섰다. 몸을 뒤튼 그녀가 기어이 소파 위에서 떨어지며 엉덩방아를 찧었다.

"오, 오셨네요."

"오셨어."

아래서 보니 다리 한번 참 길다. 저렇게까지 길기 어려울 텐데 면바지에 가려진 다리가 무슨 기다린 빌딩처럼 보인다. 수연은 얼른 머리를 문지르며 자세를 바로잡았고 얼핏 웃음이 서린 재희에게 고개를 돌렸다.

"식사하셨어요?"

"이제부터 할까 생각 중이야."

그렇게 대답하며 지그시 자신을 내려다보는 게 수연은 자신이 혹시 헐벗은 것인지에 대한 착각까지 들 정도였다. 스스로를 보호하는 욕구에 괜히 셔츠를 매만지며 침을 삼긴 수연은 엉덩이를 더욱 뒤로 빼며 어색하게 말했다.

"어, 그럼 식사하세요."

"해도 될지 모르겠어."

"……그러니까."

"정말 모르겠다."

안타까운 신음을 흘린 재희는 주방으로 들어가 물병 그대로 물을 들이켰다. 겨우 잿더미로 넣은 욕심이 그녀의 더듬거림으로 어느 사이 불을 지폈다. 후후, 부는 입바람에 다시 타오르기 시작한 정욕이 활개 치며 그를 어지럽게 만들었다. 식탁에 걸터앉아 진퇴양난을 몸소 겪고 있자 분위기 파악도 않고 주방 입구에서 빠끔히 고개를 들이민 수연이 입을 놀렸다.

"뭐하시면 제가 차려 드릴까요?"

정말 저 눈치 없음을 어떻게 해야 할지 모르겠다. 등이 닿는 곳이라면 당장에라도 잡아챌 수 있는데 자꾸 다가와 사람을 건드려 낸다. 약속 아닌 약속도 해놨으니 별수 없이 물을 들이켜며 손으로 휘휘 저어 저에게 관심을 끄라는 식으로 등을 돌려 버리는 재희였다.

째깍, 째깍.

괜히 건드리지 말아야겠다는 마음에 조신하게 소파에 앉아 있기를 몇 분여, 12시가 넘어감을 알리는 전자음이 짧게 한 번 울리자 수연은 순간 마음이 콩닥거리기 시작했다. 웃기는 이야기라고도 할 수 있겠지만 뇌리에 스치는 재희의 '오늘은'이라는 말이 떠올랐다.

'나 이렇게 밝히는 애였나.'

딱히 안기고 싶은 건 아니지만 손에 남은 사람의 감촉이란 게 쉽게 지워지지 않는 것임이 안타까웠다. 손에 감촉이 기억나질 않는 것이 안타까워 죽겠다. 한참을 주방에 있던 재희가 나와 다시 소파에 앉을 때까지도 마음 정리를 하지 못했던 수연은 이제는 자신의 배가 고픔을 느꼈다.

"배가 고파서요."

울컥.

지나칠 정도의 무신경함을 드러낸 말에 재희는 쇠심줄 같은 인내심이 어느새 잘근잘근 물려 끊어지고 있음을 느꼈다. 자신은 애써 다리를 꼬고 앉아 버티는데, 더 삼킬 것 없는 수연의 향기에 중독돼 어찌할 바 모르고 있는데.

정작 그녀는 제가 고프다며 맑은 두 눈으로 밥을 좀 줬으면, 하고 말하고 있었다.

"넌…… 지금 배고프다는 소리가 나와?"

따지고 보면 두 사람 모두 감정을 확인한, 아주 풋풋한 상태가 아니던가. 수연은 부정할 마음이 없으니 붉게 달은 뺨으로 어처구니없이 고개를 끄덕여 보였다. 속없어 보이는 그녀의 모습에 그는 자리에서 일어나 냉장고 문을 열었다. 간단하게 데우면 요리가 끝나는 음식들과 수저를 놓아 의자에 앉은 재희는 손짓으로 맞은편 자리를 가리켰다.

"우와, 고맙습니다."

차마 데워 달라고까지는 못하겠는지 수연은 랩에 싸여 있는 차게 먹어도 될 만한 것에 손을 뻗었다.

"잘 먹겠습니다."

"두 개가 있어."

처음으로 누군가를 위해서 배려를 물 쓰듯 하고 있던 재희는 그의 배려를 알아차리지 못하고 있는 수연에게 다시 말을 이었다.

"음식이 있고, 내가 있다."

끄덕.

밥 줘놓고 먹지 못하게 말 거는 그가 야속하지만 그녀는 살짝 고개를 끄덕였다. 말 그대로 식탁에는 식었지만 맛있어 보이는 음식이 가득하고 그 바로 앞에 재희가 있었다. 곁다리로 끼자면 자신도 있었고. 말을 들으면서 살금살금 젓가락을 움직여 막 크림소스가 뿌려진 새우에 닿으려는 찰나,

"나야, 그거야."

"……응?"

잘 벗겨진 새우가 꿈틀거리며 나 좀 먹어달라고 아우성을 치는데 멈춘 손이 움직여지지 않았다. 이 사람이, 지금 무슨 소리를 한 거지? 조금 벌어진 입에서 침이 나올까 얼른 닫아 버리며 재희에게 눈을 맞추자 그는 이미 굳어 버린 눈으로 다리를 꼬았다.

"그 새우가 말라죽든지, 내가 말라죽든지."

오늘이 어제가 되고 내일이 오늘이 되는 상황, 침을 꿀꺽 삼키며 젓가락을 쥔 손에 힘이 풀린다. 맙소사, 저 남자는 지금 온몸으로 그녀를 유혹하고 있었다.

어깨서부터 이어진 잔 근육이 도드라진 셔츠, 빳빳하게 세운 허리와 완벽한 역삼각형을 이루는 일명 야한 몸뚱이. 잔혹할 정도로 매서운 눈동자와 그 안에 담긴 자신이 숨 막히게 색정적이다.

"그걸 집어먹으면 깨끗하게 포기하지."

아무렇지 않은 척해도 그의 속이 바짝바짝 애가 탔다. 지수연이라면 어쩐지 보란 듯이 새우를 먹을 것 같다. 그의 생각은 틀림이 없었는지 눈을 깜빡인 그녀는 젓가락을 쥔 손에 더욱 힘을 주며 얼른 새우 하나를 집었다.

"당연히."

재희는 속으로 쓰게 욕설을 뱉으며 아주 오랜만에, 정말 오랜만에 화장실에 박혀 손가락 운동을 해야 할지 크게 암울해졌다. 하지

만 이내 젓가락을 입가로 가져가던 수연이 잘게 떨며 인상을 쓰는 것에 푸릇한 미소가 입가에 서렸다.

지금, 수연은 갈등에 휩싸였다.

'혹시 나 좀 싸 보이는 건가.'

"저기요, 강재희 씨."

"말해."

"내가 쉬워 보여서 그러는 거예요?"

"무슨 말이지."

의아해하며 묻는 그에게 수연은 특유의 여유로움으로 입바른 소리 없이 직구로 달려들었다.

"아니 그렇잖아. 내가 어지간히 그쪽한테 쉬워 보였나 싶어서."

"너 미쳤어?"

"……네?"

"네 목을 졸라 버리고 싶다. 지수연."

의자 팔걸이를 꽉 잡은 재희의 손의 핏줄이 수연에게까지 보일 정도였다. 그는 순수하게 분노하고 있었다. 저렇게 쉽게 말하는 수연이 야속해 가슴이 갈기갈기 찢기는 기분이 들었다. 그러나 차마 그녀에게는 화를 낼 수가 없었다. 알려 주고 싶었다. 그녀에겐 고작 한두 달의 시간일지 몰라도 자신은 이미 반년 전 그 바(Bar)에서 봤을 때부터 한눈에 반해 있음을.

"사랑하니까 안고 싶은 거다."

두근두근

"널 사랑하니까."

내 것이 아닌 듯 이질적으로 뛰는 심장의 고동이 깊게 이어졌다.

"내가 지수연을 사랑하니까."

오래전 빼앗긴 이 심장처럼.

간질간질, 야금야금.

"싫어?"

새우를 입에 넣으면 되는 거다. 그냥 꿀꺽, 하고 입에 넣으면 된다. 하지만 이 새우보다 더욱 입에 넣고 싶은 것은.

"여기선 싫어요."

여기가 아니면 대체 어디? 자신의 목소리가 떨리고 있음을 알지만 수연은 바짝 마른입에 움직일 엄두를 낼 수 없었다.

"오늘은 안 건든다고 했으면서."

"그랬지."

"12시 넘었다고 내일이 오늘 되면 약속한 의미도 없고…… 그러니까."

"정확하게 말해, 싫다고."

어느새 다가온 그의 입술은 이미 그녀의 귓불을 잘근거리며 이를 세웠다.

"으응."

오목한 귀속을 핥아내자 수연은 지고지순하게 잡고 있던 젓가락을 떨어트리며 전율했다. 그것이 수신호인 것처럼 수연은 안아 올린 재희는 식탁 위에 그녀를 앉히고 다가섰다.

"싫다고 하면, 안 할 거예요?"

"내가 네 말을 들은 적이 있던가?"

턱 아래를 소리 내어 핥는 혀의 까슬까슬한 돌기가 지나칠 정도로 정직하게 수연을 건드렸다. 이미 식탁 위에 있는 음식들은 바닥에 떨어져 자신을 원망하는 듯했지만 수연은 가슴이 터질 듯 뛰어 아무것도 보이지도, 들리지도 않았다.

"⋯⋯아니요."

간신히 대답하며 다시 신음을 뱉자 재희의 만족스러운 목소리가 이어졌다.

"알면 됐어."

할짝할짝.

강아지가 물을 마시듯 입술에서 움직이는 허물어진 혀의 운동에 수연이 바르르 떨었다. 엉덩이가 조금 더 식탁으로 밀려가고 그와 함께 재희의 몸도 그녀의 벌어진 두 다리 사이에 자리하며 그녀를 지탱했다. 수연의 다리를 잡아 자신에게 가깝게 오게 한 재희는 밀착한 그녀의 하반신과 이미 팽창한 자신의 남성이 맞닿자 지그시 몸을 눌렀다.

"저, 정말 할 거예요?"

헐떡이며 그녀가 아래에 붙은 뜨거움에 반사적으로 허리를 들썩였다.

"그래."

"확 물어 버릴지도 모르는데."

아직도 반항할 기운이 남았는지 이미 새처럼 가늘어진 목소리로 수연이 이를 세웠다. 모든 것이 유혹이다. 이미 목울대가 몇 갈래로 갈라진 것처럼 괴롭게 달아오른 몸이 그녀의 가느다란 허리와 가슴, 온몸을 탐내며 흔들렸다.

"얼마든지."

그의 목소리조차 이미 제어가 되지 않는다. 무의식중에 대답을 하지만 그의 입술은 식탁 위에 누워 있는 수연을 탐하느라 정신이 없었다. 소리가, 더없이 끈적이며 울렸다.

"막 소리 지를 수도 있어요. 밖에서 사람들 다 들리게."

"네 숨소리 하나라도 다른 놈한테 들리면 누구도 가만 안 둬."

진심을 다해 그 상대의 귀를 파 버릴 수도 있었다. 오직 그만이 그녀의 환희와 교성을 들어야 했다. 다른 누군가 그 음란하고 비밀스러운 소리를 듣는다면 그 누군가를, 아직 정해지지도 않은 그 사람을 재희는 진심으로 죽일 수 있을 것 같았다. 그는 한다면 하는 사내였으니까.

"언제 할 거예요?"

"지금."

"지금 당장?"

"그럼 날 죽일 건가?"

"짐승."

이제 그녀의 말이 너무 많다고 생각이 들었다. 대답을 하지 않으면 되겠지만 될수록 성심성의껏 대꾸해 주며 아랫도리를 가득히 채우고 싶은 욕구에 재희는 조용히 그녀의 입술을 막았다.

"알아."

"잠깐!"

"안 돼."

"흭!"

아직 옷도 다 허물어지기 전이다. 등을 보이며 올라간 셔츠 자락이 그녀의 두 팔을 묶어 제대로 움직일 수조차 없는데 재희의 성급한 듯 느릿한 입맞춤은 길게 곡선을 가진 허리선을 안달 나게끔 만들었다. 이미 두 팔목이 재희의 큰 손아귀에 잡혀 위로 뻗어 있고 딱딱한 식탁의 유리에 닿은 가슴은 이미 입 밖으로 튀어나올 듯 깊게 헐떡이고 있었다.

아니, 다른 것은 그렇다 치더라도 엉덩이 아래로 내려간 바지와 아직 살결을 가리는 작은 천 쪼가리를 만지며 애무하는 그의 손가락이 미칠 것 같았다. 사타구니의 사이로 파고들어 아직 준비되지 않은 여성의 입구를 중지로 살살 문지르는 재희의 애간장을 녹이는 손짓이 수연을 힘겹게 했다.

장소는 중요하지 않았다. 오히려 뜨겁게 달궈진 몸이 이 냉랭한 식탁과 맞물려 식혀 주는 듯해 기분은 좋았다. 차라리 남은 천을 벗겨 내 직접 달게 해 줬으면 좋으련만 재희의 손은 입구를 간질이고 못된 성미 그대로 까슬까슬한 수풀이 자리한 살 두덩이만 꾹꾹 누르고 있었다.

탐색하는 손을 버티기가 어려워 다시 엉덩이를 뒤로 밀어내는 그녀에 재희는 수연을 잡았던 손을 놓았다. 수월하게 도망갈 수 있게 된 그녀가 몸을 돌리며 두 다리를 오므렸다. 밝고 붉게 물든 얼굴이 다행이라는 것과 의아함을 한데 묶어 그를 쏘아본다.

짜릿함.

날카롭게 노려보며 행위의 멈춤을 원망하는 그녀의 눈에 재희의 심장이 떨렸다. 이제는 아예 수연이 앉았던 의자에 앉아 성을 내며 움찔거리는 남성을 애써 누른 그는 제 허벅지를 톡톡 건드리며 손짓했다.

"이리 와."

오란다고 가면 지수연이 아니다. 고집스럽게 셔츠를 아예 벗어 가슴 쪽을 가리고 두 다리를 강하게 오므린 수연은 주도권을 빼앗긴 상황이 싫어 입술을 앙 다물었다. 앙칼진 모습조차 사랑스럽다고 느끼며 재희는 자신의 상체를 휘감은 셔츠를 훌쩍 벗어 옆으로 떨어트리며 벌어진 가슴 위의 목덜미를 자신의 손가락으로 매만졌다.

또랑또랑한 눈동자가 놀라움을 담아 그에게 향했고 이내 그의 손가락과 얼굴에 집중되어 떨리고 있었다. 수연의 시선을 알면서 지그시 눈을 감고 제 목을 쓸어낸 그는 목과 어깨를 이어 주는 살결을 긁어내었다. 아찔할 정도로 달아오른 몸이 스스로의 할큄에도 붉게 망울져 헐떡인다.

자신의 가슴골을 타고 내려가 배를 스쳐, 벨트로 잠긴 바지춤에 닿아 버린 손가락이 그녀를 유혹했다. 아직 머뭇거리는 그녀를 달래기 위해서 재희의 손이 차츰 벨트의 고리를 풀었다.

"수연아."

다른 것은 필요 없이, 그가 부른 다정한 한 마디에 수연은 모든 것을 잊고 식탁에서 내려와 그에게 안겼다. 두 팔로 재희의 목을 감싸 안으며 뜨겁게 달아오른 몸에 입을 맞추고 그녀는 몇 번이고 '재희 씨'라고 입을 열었다.

재희의 두 다리 위에 앉은 수연의 몸이 들썩거렸다. 아직도 제대로 충족되지 않은 뜨거움이 그를 자극했고 재희는 그녀를 안아 거실로 와 카펫 위에 뉘었다. 아래에 먼저 누운 재희의 몸에 그대로 엎드린 수연은 조금이라도 더 빨리 그가 제 몸을 괴롭혀 주길 바랐다.

"재희 씨."

256

"그래."

마침내 속옷의 훅이 거칠게 뜯겨 나가며 수연의 겨드랑이 아래에 작은 생채기를 만들어냈다. 아픔에 조금 찌푸린 그녀의 얼굴을 보고 핏물을 조금 자아낸 살에 손으로 문지른 재희는 엄지에 묻은 붉은 핏방울을 혀로 핥으며 가슴을 들썩였다.

된다면, 만약 그에게 기회가 주어진다면 지수연을 모두 다 집어삼키고 싶었다. 어느 누구도 볼 수 없게 그의 안에 두고 모든 것을 녹여내고 싶은 충동이 기차게 헐떡거렸고 재희는 다시금 드는 심술에 두 팔을 그대로 바닥에 누이고 눈을 감았다.

자신의 몸을 내리던 손길이 사라지자 막 피어오르던 열락이 주춤해 버린 수연이 의아함에 그의 가슴에 손을 대 지탱하며 몸을 들어올렸고 이내 가만히 잠을 자듯 누워 있는 재희를 발견하며 눈살을 찌푸렸다.

"뭐, 하는 거예요?"

"글쎄."

"자꾸…… 이럴 거예요?

이미 가슴이 드러나 봉긋한 모습의 끝에 달린 색이 옅은 유두가 탐이 나면서도 재희는 그대로 숨을 죽였다. 곤란해 하는 모습이 보고 싶었다. 그녀의 토라진 얼굴은 언제나 그를 즐겁게 했고 어차피 그도 오랫동안 참을 수 있는 수준이 아니었다. 제 몸의 열기에 자신의 몸을 비벼댈 수연을 생각하면서 서서히 번지는 미소를 보이는 순간 그는 참을 수 없는 뜨거움에 소리를 뱉어냈다.

남자의 두드러진 목젖을 이로 깨물고 혀로 희롱하는 여자의 놀라운 솜씨에 재희는 감았던 눈을 뜨며 입술을 깨물었다. 더는, 더는 장난을 칠 수도, 칠 기운도 없다. 그녀를 안아야 한다고 온 마음이 소리치기 시작했다.

"윽!"

궤도가 바뀌어 아래로 내려간 수연의 몸에 올라탄 재희의 손이 거침없이 그녀의 가슴을 잡았다. 드러난 가슴을 다소 강하게 움켜쥐어 움직였고 수연은 리듬을 타는 손가락에 헉, 하고 숨을 마시곤 본의 아니게 눈물을 조금 흘려보냈다.

기하학적으로 변하여 손가락들에 억세게 쥐어진 가슴이 그 사이로 튀어나올 듯 말캉거렸다. 도드라진 과실을 손가락 사이에 끼고 아프게 쥐는 모든 것이 고통의 한편에 자리한 쾌감이었다. 양 가슴이 밀가루 반죽마냥 그의 뜻대로 한껏 달아올랐고 수연은 다리를 동동 구르며 고개를 저었다.

"아오, 적당히 좀!"

"……."

"아프다고! 아파!"

나름의 테크닉을 발휘해 전희를 주는 그의 노력이 무색하게도 차츰 달아오른다 싶던 수연이 아프다는 듯 몸을 비틀며 그에게서 벗어났다. 가슴을 가리고 홍당무처럼 빨갛게 변했으면서 어찌나 씩씩거리는지 멍하니 잠시간 넋을 놓은 재희는 일간 찌푸려진 얼굴에 바닥을 탕, 내리쳤다.

"차라리 죽으라고 하지!"

"에?"

"이리 와. 안 와?"

소리 높여 말하는 그의 입에선 불이라도 뿜어져 나올 기세였다. 위험수위 넘나드는 그에게 생명의 위협이라도 느낀 모양인지 빠듯하게 다리를 굴린 그녀는 흘러내리는 바지를 움켜쥐고 그대로 도망가 버렸다. 도무지 이해할 수도, 이해하기도 싫은 상황에 버려지듯 거실에 남은 재희는 치미는 울화와 화에 이를 악물었다.

한편 보이는 방으로 들어간 수연은 책이 가득한 서재임을 알면서 얼른 문을 잠갔다. 이미 상체는 훤히 드러나 민망하기 이를 데 없고 바지도 겨우 움켜쥐며 숨을 헐떡였다. 사람의 익숙해진 감각이 그대로 남아 조몰락거리던 그의 손길에 가슴이 아려왔다.

머리를 쥐어 잡고 쭈그려 앉은 수연은 진짜 스스로의 미련함을 견디지 못하고 데굴데굴 구르기 일보 직전이다. 허망하게 자신을 올려보던 재희를 떠올리면서, 성큼 솟은 그의 욕망을 생각해내며 불타는 얼굴을 어찌할 줄 몰랐다.

"나, 나가야 하나?"

안 그래도 옷도 없고 이렇게 있으면 다리가 떨리는 뜨거움에 그녀 자체도 녹아내릴지도 몰랐다. 홧김에 도망 왔지만 눈치 봐서 다시 달래 줘야 하겠다는 마음에 손잡이를 잡고 주춤거리던 수연이 소리 없이 열리는 문으로 얼굴만 조금 빼고 샅샅이 훑어보기 시작했다.

"어?"

당장에라도 따라와 문을 두드릴 것 같았던 사람이 문 앞에도 없고 이어진 복도 틈에도 없었다. 다시 사르륵 문을 닫고 벌렁거리는 가슴에 고개를 갸웃거린 그녀는 촉촉하게 젖은 속옷이 불편해져 다리를 움찔거렸다. 한껏 달아올라 있는 상태로 이리저리 부대끼니

도리어 더욱 혈액순환이 원활해져 수연은 이미 거칠게 헉헉거리고 있었다.

아무리 버텨도 진정되지 않는 가슴과 아른거리는 재희에 수연은 도망친 자신을 원망해야 했다. 5분도 넘게 지난 시간, 이제 재희도 슬슬 걱정되기 시작했다. 어쩔 수 없이 다시 일어선 그녀는 숨을 크게 마시며 문을 열었다.

실상 용암 물에 그를 집어넣고 혼자 도망쳐 나온 격 아닌가.

지나치게 조용한 바깥, 용기 내어 문밖으로 발을 하나 쑥, 내는 순간 순식간에 잡힌 종아리가 당겨지며 그녀의 뒷머리가 큰 손에 받쳐져 다리와 함께 문밖으로 끌리듯 당겨졌다. 새카만 눈과 더불어 시리도록 차가운 물방울이 바닥에 뚝뚝 떨어지고 있었다. 그녀의 몸을 빠르게 적셔가는 차가운 물이 재희의 몸에서 나는 한기와 섞여 그녀를 조여 왔다.

뚝, 뚝.

물 떨어지는 소리가 너무도 크게 들린다.

"하, 하하."

그녀의 한쪽 다리는 이미 재희의 손에 의해 그의 허리에서 달랑 올라가 있었고 머리에서 내려온 그의 손이 허리를 받쳐 도망갈 틈도 보이지 않았다. 민망하게 웃어대는 그녀가 우습지도 않은지 벗은 몸은 이미 냉수조차 말려 버릴 듯 뜨겁게 오르고 있었다.

방으로 들어간 그녀에 화가 나 참을 수 없는 육체에 재희는 곧장 욕실로 들어가 몸을 식혔다. 혹여 다급한 성질에 수연에게 상처를 낼까 찬물에 식혀내면서 진정을 시키려 했다. 그저 다시 불붙은 본능이 그녀를 채가고 혀를 이용해 마른 목을 축이듯 목덜미를 배회

했다.

"아, 하아."

그의 손이 가슴과 배를 오가다 이내 바지춤으로 파고들어 속옷에 가려진 둔덕을 지나 굳게 닫혀 있는 문을 건드렸다.

더 이상 느리게 보아 주는 것은 없었다. 잡아챈 다리를 놓고 그녀를 벽에 세워 민 재희는 그나마 하반신을 가리는 하얀 바스 타월이 위태롭게 흔들거렸음에도 신경 쓰지 않았다. 그는 팔로 벽을 짚고 불안한 눈으로 고개를 돌리는 수연의 뒤에서 어깨를 살짝 깨물었다.

"네 잘못이야."

어깨에 이 자국이 남긴 재희는 바지 안으로 들어간 손가락을 세워 깊게 숨은 음지를 파고들었다. 전류에 싸인 듯 떨어대며 미끄러지는 그녀를 몸으로 붙여 버텨 세우고 여성의 겉을 살금살금 긁듯이 매만지던 재희는 이내 깊은 곳을 건드렸다.

"윽!"

아팠다.

처음 닿는 손길이 전율할 듯 아팠고 금방 눈물이 차올라 애원할 듯 몸이 허물어졌다. 고통을 동반한 짤막한 희열에 벽 짚은 손에 힘을 준 수연은 자꾸 무너지는 다리를 어떻게든 세우려 했다.

"참아, 참아, 지수연."

귓가에 속삭이며 혀로 핥아대는 재희의 꿈결 같은 목소리가 아니었으면 수연은 당장에라도 밑으로 쓰러졌을 것이다. 수연은 채운 듯하지만 아쉬움이 그득한 손길에 애가 타 가슴을 지분대는 그의 손을 잡아 올려 자신의 입가에 대고 이를 세워 물었다. 이윽고 재희의 입에서도 신음이 흘러나왔다.

잘근거리며 무는 이가 벌려두지 않으면 연신 다물어지는 여린 살결을 파고들었다.

"재, 재희 씨!"

재희의 이성이 일말이라도 남아 있었던지 그녀의 부름에 반응한 그는 아직도 벽을 보는 그녀의 등에 마음에 들지 않아 바로 돌려 자신을 보게 했다.

이내 그가 열린 문을 향해 아주 조금 파고들었다. 이물감이 파 몸속으로 다가오자 지레 겁을 집어먹은 수연은 그의 어깨를 잡으며 벌어진 다리를 오므렸다.

"여기, 여긴 싫어요."

그녀의 말에 이미 얼마간 들어선 자신을 멈춘 재희는 길게 고통이 담긴 숨을 내쉬었다. 이 관계는, 이 상황은 그의 마음에 울리듯 성스러운 일이었다.

수연을 안아 든 재희는 서재로 들어가 바로 그곳과 연결된 자신의 침실까지 빠르게 걸었다. 조금도 지체할 수 없다는 듯이 침대에 그녀를 눕힌 그는 조금씩 천천히 다가섰다.

낯선 방문에 기겁하는 초야의 밤, 순결한 육체에 함께 놀란 재희가 더 들어서는 것을 잠시 멈추며 다시 땀이 흐르는 몸을 약간 가깝게 대고 손가락을 수연의 입에 물렸다.

"물어."

"으윽, 흑."

기어코 눈물을 흘리는 그녀를 보는 것이 가슴이 쓰려 왔다. 재희는 억지로 다물린 수연의 입을 열어 검지를 물리고 그녀의 가슴으로 허리를 숙여 바르르 떠는 끝을 한입에 물었다. 완벽하지는 않지만 이내 어느 정도 자리한 순간 그의 입에서 안도의 숨이 터져 나왔다. 그의 침입을 막던 얇은 막이 찢어져 아직 시작도 안 한 남자의 욕구를 적셔놓았다.

"수연아."

지금은 쾌감보다는 고통이 더 앞서 수연은 펑펑 울며 물던 손가락도 놓아 버리고 몸을 움츠렸다. 그 바람에 더욱 달아오른 그녀의 몸이 재희를 힘겹게 만들었다. 기다림이라, 강재희의 기다림을 이끌어낸 수연은 연신 울어대며 그의 가슴을 팡팡 치고 있었다.

"너무 아프잖, 아! 이 자식아!"

이 자식……

"빼! 빼! 빼요, 빼!"

다짜고짜 빼라며 다리를 밀어내는 바람에 정말 몸이 뒤로 밀려 나간 재희는 냉큼 솟은 분노에 눈썹을 훌쩍 추켜세웠다. 그리고 어깨에 올라와 있는 수연의 다리를 내리고 악착같이 버텨 몸을 짓누르며 그녀의 목덜미에 혀를 세우고 말했다.

"네가 잡아서 빼."

"……이익! 변태야!"

"안 할 거면 가만히 있어."

"으아, 움직이지 마, 윽!"

짤막한 재희의 신음이 그녀의 귀를 채우면서 시작된 아픔을 동반한 쾌락의 전조. 아래로 내리누르는 체중에 다시 아픔이 오자 수연이 다리에 힘을 줘 달아나려 했지만 그는 그녀의 허리를 잡아내며 기회를 엿보아 매끈한 다리를 제 허리에 둘렀다.

"으앗!"

두르는 순간 밀착된 몸이 허공으로 뛰어오를 듯 발작했다. 그의 욕심이 허물어지게 말하고 있었다. 수연은 그의 것이었다. 내 것, 강재희의 것. 어느 누구와도 공유할 수 없는 단 하나뿐인 그의 사랑이다.

"수연아, 수연아."

가쁜 숨이 오가며 수연은 다시 그가 넣어 준 손가락을 짓씹으며 으르렁거렸다.

이 사랑스러운 여자의 머리카락이 길어져 그 어딘가에서 나오는 대목처럼 그의 목을 조른다면, 그는 어쩌면 그런 미련한 상황에서도 웃어 줄 수 있을 것만 같았다. 동경했다. '사랑'에 무지해 그만큼 갈구했었고 말 그대로 죽을 만큼 사랑하는 이를 가질 수 있다는 순간을.

"미워, 진짜…… 싫어."

그녀의 원망 어린 앙탈 속에서 여전히 허리를 움직이던 재희는 사악하기 이를 데 없는 표정으로 그녀를 바라보았다.

"안타깝게도."

죽을 것 같다. 희미해지는 정신 속에 아직 모자람이 가득한 재희의 속삭임이 지옥의 파수꾼이 지르는 괴성처럼 들려왔다.

"멀었어."

귓가로 내려온 재희의 숨이 여지없이 강하게 쏘아졌다. 이를 세워 귓불을 물어대는 그의 격한 숨소리와 함께 짙게 깔린 목소리가 수연의 온몸을 관통했다.

"도망가고 싶으면 내 목을 졸라, 지수연. 그렇지 않고는 못 가."

헤어날 수 없는 집착이 쇠사슬처럼 몸을 옥죄었다.

　더는 기억나지 않았다. 아주 오랜 시간 그녀는 쾌락과 고통의 선상에서 오열해야 했으니까.

"뭐?"

"들은 대로, 꽤 예쁜 아가씨라는 것도 모두 알려 드렸지."

자리에 있는 것도 그리 달갑지 않고 차를 내준 것도 그저 어쩔 수 없는 예의상이었건만 내준 커피마저 빼앗고 싶을 정도로 허망한 말에 규현이 눈을 번뜩였다.

"너!"

규현은 자신의 미련함에 한탄하며 강하게 다리를 굴렀다. 그리고 빠르게 휴대폰을 들어 재희에게 전화를 걸었지만 안타깝게도 그와는 연결이 되지 않았다.

불이 모두 꺼진 서문 빌딩의 비서실. 이미 한자리 꿰차고 앉아 커피를 마시고 있는 규진에 규현은 눈을 날카롭게 뜨며 이를 드러냈다. 이 세상에 하나 남은 혈육이지만 은인조차 대할 줄 모르는 미련한 놈에게 줄 혈육의 정은 결코 없었다.

"네가 어릴 적을 생각한다면 절대 그럴 수 없다, 김규진."

"웃기는 소리 마. 내 상관은 회장님이다."

"적어도 인정이란 건 있다."

"그렇게 말하는 강재희에게 인정이 있다고 봐?"

규진은 차갑게 식은 커피를 테이블에 내려놓으며 피식 웃음을 보였다. 그 모습에 답지 않게 열이 난 규현은 당장에라도 그의 멱살을 잡고 싶었다. 그래도 지금은 이성을 잡고 먼저 재희에게 상황을 알려야 했다.

제대로 입막음을 해야 했는데, 회장님에게 수연의 이야기가 들어갔다는 건 재희가 결코 바라지 않았던 일이다. 어느 정도 감수는 했을 테지만 이건 너무 갑작스러웠다.

여전히 묵묵부답인 휴대폰에 안타까워하며 머리를 흐트러트린 규현은 달그락거리는 찻잔 소리와 함께 이어지는 규진의 목소리에 주먹을 쥐었다.

"강재희는 어차피 그쪽 핏줄이 아니야. 강재영이 오리지널인데 왜 이미테이션 옆에서 헐떡거려?"

명백한 비난조에 규현은 기가 막혔다.

이렇게 제자리 보존하고 있는 게 다 누구 덕인데, 배은망덕한 수준도 저 정도면 수준급이었다. 길 잃고 헤매던 재희가 사막에서 겨우 찾은 오아시스를 냉큼 모래 괴물에게 고해바친 형제에게 거대한 분노가 느껴졌다.

"이번 파혼에 회장님이 많이 노하셨지."

현 국회의원의 손녀인 윤정과의 파혼은 여러모로 재희에게도 서문에게도 타격이 있었다.

이미 한차례 평지풍파를 겪은 재희가 그나마 쉴 곳을 마련한다고 하는데 빌어먹을 규현의 형제는 그사이를 못 참고 달려가 입을 놀렸다.

"뭐, 상관없어. 난 강재영이 무척 마음에 들거든."

비죽 올라가는 입꼬리에 규현은 허탈해졌다. 재희와는 또 다른 느낌의 어둑한 기운. 그것이 제 형제에게서 보이고 있었다.

어떻게 이렇게 다를 수가 있는 건지 알 수 없었다. 규진은 재희를 모르는 것이 아니다. 그저 회장님, 아니 강재영의 아래에서 질투하고 있었다. 본래의 것을 빼앗듯 가지고 있는 재희를. 그렇다고 해서 통증이 사라지는 것은 아니다. 어째서 재희의 고통은 어째서 아무것도 아니라고 생각할 수 있는지 규현은 도무지 이해가 가지 않았다.

"상관없으면 괜히 일을 꼬지나 마."

오래전, 이제는 햇수로 따지기도 귀찮아질 만큼 제법 오래전.

나란히 선 세 사람 중 지금의 재희를 데려간 것은 회장의 뜻이었다. 누구보다 총명하고 누구보다 날카로운 눈빛을 가진 그를 택한 것은 당연한 일이었다. 재희를 택하여 데려간 그분은 철저하게 본인을 망각시켰다. 그저 일면만 보았음에도 소름이 돋는데 평생을 그렇게 살아온 재희에 대한 동정심은 감히 이루 말할 수 없는 정도의 것이다.

규현은 조용히 울리는 휴대폰을 보며 안타까움을 금치 못했다.

─데려와.

긴말 필요 않고 친히 전화해 주신 까닭에 목울대가 간지러웠다.

재희만큼이나 뵙고 싶지 않은 목소리에 쓴 침을 넘기며 규현이 겨우 대답했다.

"……예, 회장님."

*

어디서 정신을 잃었는지는 모르겠지만 가물가물 눈을 뜨는 수연은 저절로 깊은숨이 흘러나왔다. 그러다 이내 올라와 자신의 목덜미에 코를 박으며 강하게 조이는 재희의 손에 움직이는 것을 포기했다.

지난번 혼자 알몸으로 안겨 있을 때와는 달리 두 사람 모두 완벽하게 헐벗은 상태였다. 그래서인지 도망을 간다거나 하는 추태를 부리지 않을 수 있었다.

멈추지 않고서 모자람 없이 수연을 취한 재희는 본능적으로 반응하는 욕구를 무시하며 수연을 가슴에 안았다.

"윽."

뻐근한 허리와 다리, 실상 온몸이 불처럼 화끈거렸다. 안겨 있다 보니 몸이 노곤해져 슥 눈을 감자 얼마 지나지 않아 옆에 누워 있던 재희가 몸을 일으켰다. 우두둑, 하고 뼈 어긋나는 소리가 나며 몸을 풀어 주는 것에 가슴을 크게 들었다가 내린 수연은 상체를 든 상태 그대로 고개만 돌렸다.

"어딜 봐요."

빤히 쇄골 부위를 샅샅이 훑어대는 따가운 시선이 한껏 부끄러워 갈라진 목으로 투덜거리자 재희는 길게 숨을 쉬었다.

"자지 마."

"힘들어 죽겠거든요."

"그래도 자지 마."

냉정하게도 단언하는 재희에게 어이없는 웃음만 흘러나왔다.

망할 놈.

자지 말라니 일단 버티고는 있지만 어느새 다가와 잡는 그의 손이 민망해 툭 쳐 버린 수연이다. 톡 떨어진 제 손을 보던 재희는 시트를 턱 끝까지 끌어당긴 수연을 그대로 잡아들어 제 품에 안고 그녀의 이마에 입을 맞췄다.

지난밤은 정말 그로서도 하얗게 불태웠다고밖에 해 줄 말이 없었다. 잠이 들어 있는 그녀를 놓아주지 않고 연신 안고 또 안았지만 그러함에도 그의 갈증은 해소되지 않았다. 종전엔 펑펑 울며 그를 끌어안으며 '살려 주세요'라고 하는 것에 더욱 욕심이 솟았으니 더할 말이 있을까.

잠시 그렇게 안겨 있던 수연은 기분 좋게 눈을 감은 재희를 보다 용기 내어 입을 열었다.

"재희 씨."

"왜."

"그, 회사 경비원으로 홍 아저씨랑 김 아저씨가 계시는데요."

수연의 머리칼을 쓸어 넘기고 더욱 꽁꽁 안은 재희는 '근데?' 하고 묻는 듯한 눈을 만들었다.

"제가 실수로 떨어졌을 때 다른 곳으로 옮겨 가셨다고 들었어요."

"몇몇이 그랬지."

"그 분들…… 복직시켜 주시면 안 될까요?"

그녀 때문에 괜히 일자리에서 다른 곳으로 옮겨간 두 분으로 인해 여전히 마음 한구석이 무거웠다. 과한 부탁은 아닐까 조심스럽게 묻자 가만히 보던 재희가 답했다.

"어려울 건 없지. 대신 네가 할 게 하나 있다."

"뭔데요?"

"말해 줘."

"응?"

"사랑한다고 말해."

수연이 아연실색 발가락을 오므렸다. 간담이 서늘해질 얼굴에서 나온 애정 어린 음성이 화면 따로, 더빙 따로 해놓는 것처럼 괴리감이 가득했다. 이 와중에도 그녀의 배를 문지르는 재희의 손은 여전했다.

"이보세요."

"이대로 안아 버리기 전에."

"으악."

이보다 더한 말은 없다는 듯 사색이 되어 발버둥치는 그녀에 재희의 고운 이마 위로 핏대가 올랐다. 이렇게까지 싫어할 필요는 없잖아. 꼬인 마음이 툴툴거리며 다시 요동치는 가운데 재희는 애써 말 그대로 끓어오르는 성욕을 잠재웠다.

"뭐야, 싫다는 건가?"

"그게 아니고."

"싫진 않다는 거군."

규현의 말이 떠오르는 찰나였다. 호불호가 정확한 사람. 좋다가 아니면 싫다로 이어지는 공론에 혀를 내두르며 변명 아닌 변명을 하기 위해 머리를 굴렸다. 현재 심기가 좋아 보이지 않는 게 배를 문지르는 손이 점점 위아래를 침범하며 민감한 부위를 오가고 있었다.

"누가 싫댔나, 싫어하는 사람이랑 부둥켜안을 만큼 강심장은 아니에요."

"그거 마음에 든다."

"네?"

제 말을 마치고 집요하게 부둥켜안았던 수연을 놓아준 재희는 그 무뚝뚝한 얼굴로 두 팔로 활짝 펼치더니 잠시 그렇게 기다렸다. 이 남자가 무슨 짓을 하는 것인지 몰라 몸을 추스르고 일어난 수연이 고개를 갸웃거리자 재희는 손만 까닥거리며 말했다.

"안겨."

"……."

"빨리."

아이가 품에 오기를 기다리는 사람처럼 묵묵히 끈질기게 수연이 안기길 바라는 재희의 모습은 경건하기까지 했다. 수연은 화끈화끈 붉어지는 두 뺨을 감추며 눈물까지 그렁그렁했다. 어쩌면 좋지, 저 무심하기 그지없는 시커먼 남자가 귀여워 보인다면 그녀가 미친 것일까? 뭉클해지는 마음에 지난밤의 완전한 무력감도 잊고 팍, 안겨 버리고 싶었다.

"사람 민망하게 자꾸 이럴래요?"

"내가 안으면 그냥 안 끝나."

더 두고 볼 것도 없이 덥석 그를 끌어안은 수연은 가만히 등을 감싸 다독거리는 그의 손에 눈물이 날듯 기뻤다.

비죽 올라간 재희의 입가에서 나온 말은 더욱 가관이다.

"좋지?"

젠장. 그래서 복직시켜 드린다고, 안 한다고? 그로부터 사흘 뒤 두 아저씨가 본래 서문 빌딩으로 돌아오신 것을 수연은 꽤 오랜 시간이 흐른 뒤에야 알 수 있었다.

허리를 굽히지도 못하고 끙끙거리며 침대에서 내려와 같이 들어온다며 고집 부리는 재희를 떼어놓고 욕실의 욕조에 앉으니 길게 숨이 흘러나왔다. 여러 가지 동영상과 서책과 각종 파일을 접하여 나름 스킬은 상당했었건만 상상을 초월하는 재희의 완력은 어찌할 수가 없었다.

"변태 같으니."

그렇게 말하면서 보기 좋게 그려지는 웃음은 막을 수가 없는 것이었다.

그녀가 사랑을 두려워하기에는 너무 이르지 않은가.

빠르게 씻고 총총거리며 재희가 주었던 커다란 그의 셔츠를 입었다.

"으음."

욕실에서 나오자 벌써 옷을 갈아입고 넥타이를 매고 있는 재희가 보였다.

"출근하세요?"

"아아."

거울을 보며 옷 품을 정돈하느라 그녀를 보지 못한 재희는 말끔하게 면도까지 마친 후라 무척 매끈매끈, 나름 미남의 모습이 보였다. 재희는 무서운 인상이라 이목구비는 단정하고 곧아서 미남 소리를 들을 법했으나 과하게 날카로운 눈매에 쉽게 잘생겼다, 라는 말은 나오지 않았다. 하나같이 눈이 무섭다, 혹은 못돼 보이는 인상이라며 쉬쉬하곤 했는데 콩깍지가 제대로 쓰인 수연은 사뭇 떨리는 가슴에 쭈뼛쭈뼛 발로 바닥만 문지르고 서 있었다. 잠시 후 타이를 매고 온 재희가 성큼성큼 다가왔다.

"으다다."

뒤로 물러서는 자동반사에 벽에 등을 댄 수연이 고개를 옆으로 돌리고 긴장해 침만 꿀꺽 넘기자 두 팔을 그녀의 양옆에 대고 가깝게 다가선 재희의 고개가 서서히 수연에게 닿았다. 말쑥한 정장차림에 지난밤의 짐승 같던 사람은 어디 가고 금욕적인 분위기 물씬 풍기는 그에 가슴이 콩닥콩닥 난리가 났다.

"왜 도망가."

"아니요, 도망은 아니죠. 이건 생존본능에 의한……."

"누가 잡아먹어?"

이미 잡아먹힌 것 같은데요.

차마 말은 못하고 고개만 도리질 치는 수연에 그녀의 입술을 손가락으로 만지작거린 재희는 금방이라도 닿을 것처럼 가깝게 다가왔다.

"와."

"응?"

손가락 한 마디만큼 남은 거리 사이에서 재희의 단 마디에 의아해하던 수연은 이내 그의 말이 무슨 뜻인지 알아차리며 어깨를 움츠렸다. 달게, 재희의 손이 수연의 턱을 가볍게 잡아당기며 입을 맞쳤다.

촉촉한 타액끼리의 교환이 길게 이어지면서 수연은 가볍게 움직이는 나쁜 손에 기겁하며 그의 손을 탁탁 치고 발을 굴렀다. 아쉬움이 드러난 손이 다시 그녀의 어깨를 잡아내며 촉촉 입 맞추고 어느 때보다 달게 교감을 하는데 초인종 울리는 소리가 들려왔다.

규현일 것이다. 이미 많이 늦은 시간이니 제법 눈치 좋게 이제야 온 그를 탓할 것은 없지만 재희 역시 입술을 떼는 게 섭섭한지 한참을 그렇게 지분거리다가 단호하게 말했다.

"기다려."

그녀의 머리를 쓰다듬어 주고 방에서 나가는 재희를 따라 살그머니 걸어간 수연은 현관에서 구두를 신고 있는 그에 조금 주춤거리다가 두 손을 뒤로 빼며 쑥스러운 듯 인사했다.

"다녀오세요."

"그래."

아주 부드럽게 그려지는 웃음이, 미소가 수연을 향했다.

수연은 그의 단단한 뒷모습을 보면서 되뇌었다. 자신은 그를 사랑하고 있노라고. 결국 그렇게 되었다고.

엘리베이터 안, 당연히 피워야 할 담배는 없고 굳게 선 사내는 얼핏 웃기까지 했다. 웃었단 말이다. 떨떠름하기 그지없는 상황에서 사무실로 들어서는 재희에 함께 따라 들어가던 규현을 잡은 것은 데스크에 자리한 비서였다. 하얗게 질린 얼굴로 규현을 잡으며 덜덜 떨리는 손을 한 그녀는 침을 꿀떡 삼키며 작게 속삭였다.

"상무님, 무슨 우환이라도?"

사람이 웃고 들어갔는데 우환이라는 말을 하는 그녀에게 안타까움이 흐른 규현은 파리하게 젖은 그녀를 달래듯 웃어 주었다. 정작 우환이 있는 건 규현 같았다.

그는 변했다.

변해도 너무 많이 변해서 다시 본연의 자리로 돌아가게 하는 것이 애석할 정도로. 목 안이 깔깔하게 소태를 집어삼킨 기분이 들어 규현은 애꿎은 침만 쓰리게 삼키고 입을 달싹거렸다. 하지만 나오는 것은 바람 소리뿐이고 정작 중요한 말은 안으로 깊게 숙여 들어갔다.

"할 말 있나?"

앞에 서서 움직이지 않는 규현이 귀찮아졌는지 먼저 말을 건네는 재희에 규현은 순식간에 혀끝까지 닿은 말을 애써 억눌렀다.

함구령이 내려졌다. 수연에게는 미안하지만 재희를 위해서라도 규현은 그저 예전처럼 아무런 말도 할 수 없었다. 꿀꺽하고 싶은 말은 두고 조금 사무적이 된 그는 전과 다름없는 어조로 말했다.

"전남 지사의 이사진이 아무래도 지사 쪽 재무부와 내통해 주식을 돌린 것 같습니다. 한번 내려가 보셔야 하실 듯합니다."

지사에 가지를 뻗고 있지만 재희의 본 직함은 본사의 재무부 이사였고 전국에 뻗은 계열사의 재무 관련은 기본적으로 그에게 보고되도록 하고 있었다. 물론 정확한 수치까지는 필요하지 않았지만 소득과 관련된 부분에선 반드시 보고가 들어와야 했고 그것이 오차가 나면 연 매출이 달라지기 때문에 하나라도 소홀히 대할 수는 없었다.

가끔씩 이렇게 분탕질을 쳐놓는 이들이 있어 종종 지방으로 내려가곤 했지만 하필이면 오늘 같은 날이란 말인가. 이제야 겨우 그녀를 자신의 집에 놓았건만. 못마땅함이 가득한 표정이 되어 펜을 내려놓던 재희는 순간 번뜩이는 눈으로 규현을 보았다.

차갑게 식은 눈에 흠칫한 규현은 등 뒤로 흐른 오싹한 한기에 숨을 멈췄다. 샅샅이 훑고 지나가는 야수 같은 검은 눈동자는 수연을 향했던 다정함은 없었다. 당장에라도 할퀴어 낼 것처럼 끝이 없는 냉랭한 시선이 목을 조여 왔고 이내 그의 입이 열렸다.

"회장님은."

"무슨 말씀이신지."

"집에 지수연이 들어왔다. 회장님 귀에 들어가지 않을 리가 없어."

모두 감내할 것을 다짐하며 그녀를 자신의 집에 들였다. 두려울 것도 없고 무서울 것도 없는 그에게 단 하나의 아킬레스건은 이제 수연뿐이다. 모르는 척 다물어진 입을 고수하는 규현에 재희는 속을 끓이는 찝찝함을 느꼈다. 무언가 있다. 하지만 규현이 그에게 거짓을 할 리 없다는 것을 알기에 저 침묵하는 입을 특별히 열 생각이 들지 않았다.

"김규현."

"예."

"믿는다."

"……."

"넌 믿는다."

빌어먹을. 규현은 진심으로 눈물이 나올 것만 같았다. 그 높은 고아원의 벽을 등지서 섰을 때부터, 비록 피를 통한 형제가 있음에도 친형제처럼 잡았던 두 주먹에서부터 해왔던 그 순간이 주마등처럼 스쳤다.

처음이었다.

간신히 맞춰 5년 전 그의 옆에 당당히 섰을 때보다도 더 감동이 빌려 와 규현은 주먹을 굳게 쥐었다. 마침내 그를 불러주어 당당히 옆에 서게 되었다. 그래서 차마 대답해 줄 수 없었다.

별일 아닐 것이다. 그저, 재희가 함께한 여자에 대한 궁금증이 드셔서 그러기에 수연을 보고자 하신 것이니 굳이 그가 알 필요가 없었다. 그러니 긁어 부스럼은 필요하지 않다.

규현은 제가 내린 결론을 믿으며 허리를 숙였다.

*

사람 손이 닿지 않은 것처럼 차가운 집안에 홀로 남은 수연은 이리저리 돌아다니며 괜히 먼지를 털고 텔레비전도 틀었다가 서재에 자리한 책들도 훑었다. 감탄이 나올 정도로 많은 책들의 중심엔 연애소설이 크게 자리 잡고 있었다.

"확 다 처리해 버려?"

답지 않게 줄줄 늘어놓는 닭살 돋는 말들을 떠올리면서 유리창을 통통 건드린 그녀는 서재에서 다시 재희의 방으로 들어갔다. 책이 점령한 벽면처럼 즐비한 술병에 한숨을 쉬었다. 규현이 말했던 것처럼 이 술이 그의 공허한 마음을 말해 주는 것 같아서 영 마음이 안 좋다. 군데군데 비어 있는 것이 상당하니 아마 혼자서 홀짝였을 테지.

"하아."

정말, 정말…… 치사하다.

"누구는 소주만 먹는데 누구는 양주 깔아놓고."

이미 그녀의 눈은 애틋하기 그지없게 변해 있는 상태였다. 술맛을 아는 답 없는 젊은 아가씨의 눈빛이 상당히 위험스러웠다.

취업에 연달아 실패한 스트레스 해소가 하필 술로 이어지는 것 같았다.

"슬슬 이력서도 내야 하는데."

버릴 수 없는 무거운 짐은 여전했다. 그저 함께 고민할 상대가 생겨 조금 더 여유로워졌다는 것뿐.

수연은 재희의 사무실, 차, 그리고 집에까지 가득한 위스키들을 보다 서늘한 유리에 볼을 대고 문질렀다. 멋대가리 없이 무뚝뚝한 재희의 곁을 지켜 주었을 양주들을 생각하니 가슴이 미어진다.

"변태 악마 달래 주느라 고생했어. 시커먼 남자한테 얼마나 고생했니."

반은 농담, 반은 진담.

어떻게 하룻밤은 도망쳤다지만 이렇게 무작정 휴대폰을 끄고 있을 수는 없었다. 도망도 도망 나름이라고 연락은 하면서 도주해야 하는 거다. 허리가 커 흐르는 바지를 잡아 움직이며 침대맡에 벗어 났던 바지를 들어 올린 수연은 그 안에 든 휴대폰을 꺼내 켰다.

드르륵.

드르르륵.

휴대폰이 켜지는 진동과 함께 연달아 들려오기 시작한 메시지 음과 부재중 전화를 알리는 진동. 손이 덜덜 떨릴 정도로 심한 진동

속에 난감함을 표현하며 하나하나 메시지를 더듬고 부재중 번호를 더듬자 역시나 90%가 아버지의 번호, 5% 정도가 엄마, 그리고 나머지는 경우 정도였다.

경우의 메시지는 잘 도망치고 있냐는 장난기 서린 문자였고 엄마의 문자는 서툴지만 바르게 어서 오라는 문자였으며 나머지 아버지의 것은······.

"이건 뭐 패륜을 저질러도 이것보다 덜 하겠네."

격한 단어로 가득한 문자에 혀를 내둘렀지만 딱히 상처받은 기색은 아니었다. 오히려 강도가 약해졌다면 껄껄거리곤 살아 있음을 알리기 위해서 목을 가다듬고 전화를 걸었다. 겨우 몇 초 되지도 않아 받아진 전화에 순간 휴대폰을 멀리 뗀 수연은 버럭 질러오는 소리에 휘파람을 불었다.

– 지수연!

"예, 아부지."

아부지가 지어 주신, 찾을 수(?) 이어질 연(連), 수연이 맞습니다.

노하신 것이 분명하지만 얼핏 서린 걱정······은 개뿔. 잘 살아 있을 것임을 알며 영악하게 도망친 딸에 대한 분노로 뒤덮인 아버지의 노성은 정말 지구를 마구 돌려 버릴 만큼 컸다. 넉살 좋은 말투에 분노하신 아버지의 형용할 수 없는 말들에 창으로 들어오는 햇살 만끽하며 히죽거린 수연은 손가락으로 머리카락을 비비 꼬며 대꾸했다.

"에이, 아부지도 참 그렇게 하셔도 저 안 간다니까요."

더욱이 이제는 정말 따라갈 수가 없었다. 기다리라고 말하고 웃어 주고 간 재희를 어디다 두고 혼자 훌쩍 집으로 내려간단 말이냐.

안 그래도 하는 행동마다 불안한 사람인데 그냥 두고 갈 만큼 마음이 강단 있지는 않았다. 아니, 그에 관해서 약해졌다고 하는 게 맞는 말일지도 모르지만.

이어지는 걱정이 가득한 말, 여러모로 협상이 불가결하자 수연은 전화기를 조금 떼어내고 깊게 한숨을 쉬며 다부지게 말했다.

"딸내미도 연애해야지요, 이대로 가면 큰일 나요."

―……뭐? 연애? 연애라고?

천둥벌거숭이, 여자앤지 남자앤지 모를 악동, 남자건 여자건 저 맘에 들며 달라붙고 속 편한 대로 사는 어디서 나왔는지도 모를 법한 애가 연애라니. 잠시 할 말을 잃은 듯 잠잠해진 아버지의 목소리에 뭔가 일이 풀려가나 싶은 순간 조금 전의 외침은 아무것도 아니라는 양 휴대폰이 깨져라, 엄청난 외침이 들려왔다.

―너! 지금! 남자 집에! 있는 거야!

아버지가 아니었다. 수연과 똑 닮아 소싯적 아버지의 속을 무던히도 썩이셨던 엄마의 목소리였고 수연도 찌릿 경직하고 몸을 곧추세웠다. 수연이 자유분방한 것을 그리 터치하지 않으시고 오히려 반기시는 분이셨지만 기가 막힌 눈치로 용납지 않는 잘못은 정확히 캐치해 내시는 분이셨다. 순간 이마로 흐른 땀방울에 헛바람을 들이켜며 입을 막았지만 그것마저도 들렸는지 까랑까랑한 목소리가 마구잡이로 수연의 귓전을 후려쳤다.

―야. 이년아! 어디서 남자 집에, 너 당장 안 와?

"어, 엄마."

당황이 솟구쳐 어찌할 줄 모르며 방 안을 돌아다니던 수연은 이내 답답해졌는지 가슴을 꾹 짓누르다가 그대로 재희의 체취 가득한

침대 위로 누워 버렸다. 흔적이 난무했던 시트는 이미 그가 친히 갈
아놓았는지 뽀송뽀송 아주 좋았고 귀에서 윙윙거리는 엄마의 외침
도 달콤해지는 착각에 빠져들었다.

"이 사람 아파."

안겨 있던 내내 그녀가 어디로 갈까 봐 꾹 잡고서 몇 번이고 이
름을 부르던 재희를 생각하면 가슴이 먹먹해지기까지 한다.

"다른 짓 안 했어, 아파서 돌봐 줬어."

거짓말도 이 정도면 수준급이다.

"이제 갈 거야."

한 번 시작된 거짓말은 봇물 터지듯 나오고 그녀의 감언이설, 사
탕발림에 서서히 넘어오기 시작한 엄마의 분위기도 조금씩 가라앉
았다.

안도감에 휴, 숨을 내쉬고 마른 속옷을 갈아입고 바지도 챙겨 입
은 그녀는 셔츠도 갈아입으려다 멈췄다. 세제 냄새와 더불어 남은
그의 향기에, 마지막으로 포근히 안아주었던 탓에 남은 재희의 흔적
에 미소 지으며 상의 갈아입기를 그만두었다.

"기분 좋다."

쿵쿵, 재희의 향을 맡으며 혼자 다리를 동동 구르고 거기에 가장
큰 문제를 해결했으니 혼자 히죽거린 그녀는 다시 벽면으로 가는
시선을 잡지 못했다. 슬금슬금 벽으로 가깝게 다가간 수연은 애교
서린 눈을 가득히 담아 손가락 하나를 유리면에 대고 죽, 내리그었
다. 아마 그의 가슴에 대고 그었다면 재희는 단번에 녹아내렸을 것
을 양주들 앞에서 혼자 교태부리느라 바쁘다.

"티 안 나게…… 살짝."

여기저기 비어 있는, 혹은 절반씩 남은 술병들에 사랑이 가득히 담긴 눈동자로 얼굴을 붉힌 수연은 차분히 유리창을 스르르 밀었다.

혼자 노는 법, 그녀는 충분히 즐거웠다. 양주 하나를 들고 싱글벙글 식탁으로 나온 그녀는 유리컵에 조금 따라 넣고 얼음까지 꺼내 희석시키는 치밀함을 보여 주었다. 알싸한 향에 코끝이 찌릿하여 혀를 날름거린 수연이 이제 막 잔을 기울이던 차에 아무도 오지 않을 거라 예상되었던 집에 초인종이 울렸다.

재희가 나간 지 불과 삼십여 분.

그가 다시 돌아왔을지도 모른다는 생각에 당황한 수연은 재차 울리는 초인종 소리에 다급해져 품이 큰 셔츠 안으로 양주병을 확 넣었다. 차가운 온도에 경직한 배가 찌르르 울렸지만 바지 사이에 양주병을 끼워 넣은 수연이 황급히 현관으로 달려가 문을 열었다.

새카만 양복, 곧게 세운 머리.

날카로운 인상이 그득한 사내에 수연의 눈이 동그랗게 변했다. 키는 크지만 선이 날렵한 재희와는 달리 약간 풍채가 있는 모습이 경우와 엇비슷했다. 하지만 어디선가 본 듯 낯익은 모습에 아주 조금 경계심이 무너진 수연이 갸우뚱거리자 남자는 당황했다.

정면에서 본 수연은 꽤나 미인이었다. 동그란 눈에 귀여운 콧날, 올망졸망 살짝 부풀어 있는 입술이 지난밤을 예상케 할 만큼 다소 색정적이다.

"김규진입니다."

다짜고짜 웃어 보이는 남자에 경계심이 다시 상승, 그리 재미있는 상황이 아니었다. 눈에 띄게 긴장하며 문을 조금 닫아내는 그녀에 규진이 당황해선 문을 잡으며 다급히 입을 열었다.

"음, 어떻게 설명해 드려야 할지…… 아, 그래. 김규현이라고 혹시 아십니까?"

김규현. 들어본 이름, 그러다 떠오르듯 스치는 선한 인상의 규현이 오르며 그녀가 '아!' 하고 탄성을 보였다. 규현이라면 그 착한 사람이 아닌가. 그러고 보니 눈앞에 있는 남자는 규현과 무척 닮아 있었다.

"네."

"형제입니다."

설명하지 않아도 수긍이 갈 만큼 닮았기에 수연도 쉽게 고개를 끄덕였다. 하지만 이 사람이 왜 갑자기 자신을 아는 체하며 앞에 서 있는지는 설명이 되지 않았다.

"그렇게 걱정하지 않으셔도 됩니다. 뵙고 싶어 하는 분이 계셔서 모시러 왔습니다."

"저를요?"

"예. 이렇게 말씀드리면 쉽겠군요. 강 상무님…… 그러니까 도련님의 할아버님 되시는 분이 지수연 씨를 뵙고 싶어 하십니다."

화사한 웃음이었다.

하지만 마음에 들지 않는다.

"도련님. 그거 진짜 안 어울리네요."

"예?"

가도 그냥은 안 간다. 강재희에게 도련님이라니. 수연에게 아가씨라고 하는 것만큼 웃기지 않은가. 수연은 지금까지의 당황을 하나로 합쳐 얼결에 반문하는 규진을 피식 바라보며 대충 신발을 구겨 신었다.

알게 뭔가, 보고 싶다는데.

그럼 가는 거다.

거참, 돈 많은 사람 사귀기 더럽게 어렵다.

＊

[보려무나.]

소년은, 아니 어제부로 재희라는 이름을 받은 아이는 자신의 어깨를 짚는 따뜻한 손에 그가 말하는 대로 시선을 돌렸다. 1층 홀을 내려다볼 수 있는 2층 복도 난간, 한쪽 구석에 자리한 두 소년이 가득 차려진 음식을 허겁지겁 먹기 바빴다. 한 번도 보지 못했던 진수성찬을 겨우 두 아이가 어제와 다른 옷차림을 하고서 정신없이 먹어댔다.

그들이 있던 고아원에서는 저렇게 실컷 먹을 수가 없었다.

다른 누구보다 뛰어난 머리가 있음에도 그들은 불과 열 살 정도밖에 되지 않은 어린아이들이었고 맛있는 것, 좋은 것은 모두 힘 있는 사내아이들의 몫이었다.

[저 아이들에게 갈 모든 것이 네가 주는 게다.]

뿌듯함? 그것보다는 다행이라는 아주 인간적인 마음이 재희의 마음속으로 퍼졌다. 태어나서 처음으로 머물던 방보다 넓은 침대에서 잠을 잤다. 아무도 없는 공허하고도 넓은 방 안이었지만, 비록 그래서 무서움에 한 시간도 채 잘 수 없었지만 그래도 좋았다.

저들은 소년의 형제들이나 다름이 없었다. 피는 통하지 않았으나 형제였다. 기억이 생겨나던 때부터 곁에 있던 그런 형제들.

네가 좋겠다, 라며 머리를 쓰다듬던 손길이 여전히 머리끝에 남아 있다.

[네가 저 아이들에게 먹을 것을 주는 거다. 네가 잘하면 그만큼 저 아이들에게도 합당한 보상이 갈게야.]

[네.]

[뭐든 완벽해야 해. 이 서문을 받칠 기둥이 되기 위해서.]

[네.]

일종의 협박처럼, 쏙 닮은 두 아이들을 바라보는 재희의 눈에 핏대가 섰다. 무엇을 잘하라는 말도 없었다. 그것이 전부였고 재희는 넓은 방 안에서 한참을 홀로 앉아 있었다.

실수는 용납할 수 없다. 서문의, 서문그룹의 손자가 되었으니까.

토가 나올 것 같았다.

소년은 무엇이라도 해야 했다. 비단 공부니 운동이니 하는 것들은 중요하지 않았다. 패악을 부려도 좋았다. 저보다 열 살은 많은 젊은 고용인의 뺨을 작은 손으로 쳐내도, 기껏 닦아놓은 바닥을 다시 어지럽혀도 되었다.

무엇이든 해야 했다.

자신이 내쫓기기 전에.

소년은 어디에 두어도 흠집 하나 날 것 같지 않은 검은 눈동자에 사나운 눈매, 하얀 얼굴을 가지고 있었다. 그러나 유약한 외모와 달리 소년은 고아원의 왕과도 같았다.

나이는 고작 열 살.

으레 그러하듯 군림하는 소년왕은 자기 주도적이었고 냉철했으며 또 꾀가 많았다. 까만 눈으로 보이는 호승심이 낯살 가득한 이마를 가진 노인의 마음에 든 것은 어쩌면 당연했다.

어디서 잘못되었을까.

노인은 아이에게 모든 것을 주었다. 설 자리, 당당할 수 있는 권리, 콧대를 세우고 우뚝 설 수 있는 힘까지.

"넌 완벽해야 한다."

그저 완벽해야 했다.

오만함은 곧 강재희라고 했다.

노인은 형제처럼 자란 두 사내아이들을 두고서 몇 번이고 거듭했다. 형제처럼 자란 규현과 규진이 이곳에서 머물 수 있는 명분은 오직 '너'라고. 강재희가 강재희로 있는 한 저들이 받을 수 있는 것은 적지 않음을 보여 주었고 또 알려 주었다.

그렇다면 나는?

규현과 규진이 호사를 누릴 수 있는 명분이 강재희라면 강재희 자신은 대체 어떤 명분으로 이곳에 있을 수 있단 말인가.

고독. 혼자. 그리고 패악.

극심한 스트레스와 강박이 불러들인 강한 어둠.

중학교도, 고등학교도 같은 학교로 배정받았으면서도 상극으로 나뉜 재희와 재영은 집에서 그랬던 것처럼 언제나 접점이 없었다. 강재희는 가지지 못한 것이 없는, 십대의 아직은 어설플 그 나이에 이미 뿌리박힌 이기심이 자리했던 군림 자였다. 그에 반해 재영은 땅 아래의 소시민에 불과했다.

"차라리 같이 죽어 버릴 것이지! 차라리!"

재영의 생모는 그렇게 제 피붙이를 부여잡고 소리쳤다. 시아버지인 성철이 없다는 것을 알아차리면 날이면 날마다 재영을 흔들어

놓았다. 할퀴고 때리고 죽일 듯이 달려들었다.

일찍 사별한 남편까지 들먹이며 자신의 앞길을 막는 있어도 전혀 도움이 되지 않는 재영에게 서슴지 않으며 그녀는 짐승처럼 울부짖었다.

그것이 잘못이었다. 아무도 없었다면 차라리 나았을 것을, 그것을 본 사람이 재희가 아니었다면 다행이었으련만.

재영에게 해대는 그 어머니의 손질은 매서웠다. 그날 그녀는 재영의 머리채를 잡고 도를 넘는 악을 뱉었다. 무엇이 그렇게 억울했는지 제 핏줄이 평생의 원수인 것처럼 그렇게 하얀 얼굴에 생채기로 뒤덮일 정도로 매섭게.

그 모습을 보는 규진의 새빨갛게 변한 눈을 보며 재희는 깨달았다. 차마 나서지 못하는 것이 바로 저것이다. 가지지 못하고 갖추지 못한 자는 가진 자에게 나서지 못한다. 완벽이란 것은 모든 것을 가지는 것이다.

어째서?

아무것도 없는 그저 그런 숨만 쉬는 덩어리일 뿐인 자신도 이렇게 부러워하는데 무엇 때문에 저들은 저렇게 괴로워하는가.

언제 어떻게 버려졌는지도 까마득한 재희와 어머니를 두고도 자식 취급을 받지 못하는 재영에 모든 것이 뒤엉켰다. 숨이 막히고 머리가 아팠다. 그의 안에 들어 있는 피가 모조리 쓰레기만도 못한 듯한 느낌이 사무치면서 자신을 향해 고함치는 성철을 두고 발악하는 여자의 머리를 잡고 이끌었다.

"놔! 놔아!"

찢어지는 비명으로 들리는 그 소리에 사람들은 감히 그를 말리려는 생각도 하지 못했다. 고운 원피스가 찢어지고 속옷이 보였지만 재희는 동정 하나 없이 비웃으며 헐떡이는 숨을 정리했다.

숨이 잘 쉬어지지 않았다.

재영의 어머니가 재희의 손아귀에서 떨어질 수 있었던 것은 넓은 정원을 지나 철옹성 같은 검은 철문의 바깥에서였다. 완전히 나동 그라진 그녀는 헝클어진 머리를 무시하며 재희에게 달려들었다.

"핏줄도 모른 더러운 놈이 감히!"

손톱을 세우며 달려드는 그녀를 막은 것은 재영이었다. 어머니를 향한 마지막 남은, 애정으로 재희의 화가 더 오르지 않기를 바라면 서 어머니를 안고 숨을 죽였다. 제 어머니를 위한 것이 아니라 재희에게 해가 갈까 막아선 것이다. 저 빌어먹을 건.

"재희 때리지 말아요. 때리지 말아 주세요."

"놔!"

이미 재희가 이 집으로 오기 전부터, 태어난 이후부터 재영은 수많은 학대에 시달렸다. 어머니라는 이름이 끔찍할 정도로.

그래도 없는 것보단 낫잖아. 한 번 불러 볼 사람이라도 있는 게 날 때부터 버려진 것보다는 낫잖아.

"강재영 왜, 넌."

마지막까지 실망감을 안겨 주는 거지? 핏줄이잖아. 혈육이잖아. 아무것도 없이 버려져 결코 가질 수 없는 나를 앞에 두고 너희는 왜 그렇게 벌어지기만 하는 걸까. 당연히 날 잡고 화를 내야지. 네 어머니를 이렇게 대했으니까. 날 원망해야지, 강재영.

지독한 콤플렉스였다. 완벽해야만 했던 강재희가 가지지 못하고 앞으로도 영원히 가질 수 없는 것. 그것은 '가족'이라는 것이었으니까.

숨이 막혔다.

"강재영 잡아."

뒤에 선 고용인들을 향해 나지막하게 중얼거린 재희는 오열하고 있는 재영을 바라보았다. 이미 제 어머니에게서 할퀴어져 상처를 입은 재영이 재희의 다리에 매달렸다.

이상했다. 이곳의 주인은 재희가 아닌 재영인데. 모두 허울인 재희와 달리 정말 진실 된 것은 재영인데 왜 그가 재희의 다리에 매달려 있는 걸까.

"살려 줘. 살려 줘, 재희야."

겁에 질려 어머니가 아니라 끔찍한 생물로 보는 듯한 재영의 눈이 말했다.

'이제 그만 저 여자를 버릴 수 있게 해 줘. 힘들고 지쳐, 너무 힘겨워.'

더 숨을 쉬기가 어려웠다. 재영의 손에 닿는 곳 마디마디가 뜨겁고 억울할 정도로 구토증이 올라왔다. 기이하게 헐떡이는 자신의 가슴에 재희는 주춤거리며 가슴을 움켜쥐었다. 그리고 바깥으로 내몬 재영의 어머니도 무시하고 바로 집안으로 들어가 제 방, 제 침대에 주저앉으며 몸을 웅크렸다.

어떻게 일이 마무리가 되었는지도 모른다. 그녀가 다시 집안으로 들어와 재희 못지않은 패악을 부리다가 결국 악을 쓰며 성철의 손에 끌려 내쫓겼다는 것도 몰랐고 재영의 서글픈 울음소리가 그 큰 저택을 울렸다는 것도 알 수 없었다.

사랑하고 싶어도 사랑할 상대조차 없는 그를 아무도 불쌍히 여기지 않았다. 피라는 것이 얼마나 독하고 매서운 것인지 아무도 그에게 말해 주지 않았다.

숨이 막혀와 그를 조였다.

*

휘파람을 불며 열린 창문으로 시선을 주는 수연이 무척이나 자유로워 보여서 백미러를 통해 보던 규진은 혀를 내둘렀다. 어떻게 저렇게 속이 편한지 턱을 괴고 날리는 짧은 머리카락을 만지작거리는 것이 여간 편해 보이는 게 아니다. 휘파람을 휘휘 불어대면서 변하는 주위 풍경에 내뱉는 말이라고는,

"흐응."

흘러가는 목울음 소리. 너무 편안하니 뭔가 일이 잘못되었다는 기분이 들어서 규진은 조금 더 빨리 차를 몰 수밖에 없었다. 언덕을 지나 고르게 포장된 도로를 따라 올라서는 차체는 무리 없이 잘도 달렸다. 수연은 창밖으로 손을 내밀며 늘어져라 하품을 하고 있었다.

날이 너무 좋아 그저 넋을 놓고 있어도 좋을 만큼 푸릇한 공기속에 수연은 배에 챙겨온 양주를 톡톡 건드렸다. 어쩌다 보니 가져오기는 했지만 뭔가 재희를 품고 있는 기분이라 든든했다. 당연히 불편해서 자세가 뒤틀리기는 하지만.

이걸 왜 가지고 왔을까. 사람을 오라 가라 한다는 그 회장님인지 할아버지인지 하는 분에 살짝 기분이 상해 대충 나오기는 했지만 바지춤에 찔러 넣은 양주도 그렇고 너무 쉽게 따라나선 기분이었

다. 드라마를 그리 보는 타입은 아니지만 예상컨대, 돈을 주거나 손자와 만나지 말라는 말을 들을지도 모른다는 생각에 조금 설레이기 시작했다.

관전자가 되기는 쉬워도 관계자가 되기는 어려운 법이니까. 옷차림도 그렇고 대충 말린 머리도 신경이 쓰였지만 차라리 아예 망가지자는 마음에 수연은 시트에 등을 대고 콧노래를 흥얼거렸다. 설마 사람 좀 만난다고 죽이기라도 하겠어?

점차 긴장이 되는 마음에 숨을 길게 쉰 수연은 연신 자신을 힐끗거리는 규진에게 장난이 가득한 목소리로 말했다.

"돈을 주실까요?

"……예?"

"농담이에요."

순식간에 일그러진 얼굴로 백미러를 통해 보는 눈초리가 매우 날카로워졌다.

얼핏 오만하기까지 한 당당한 모습의 수연이다. 꼿꼿하게 세운 허리와 창밖을 내다보는 시선, 자연스럽게 두 다리 앞, 배를 살며시 감싼 두 손까지 차림만 비루할 뿐 보이는 형태는 상당히 그럴싸했다.

실상은 바지춤에 든 양주 때문에 허리도 굽히지 못하느라 허리를 꼿꼿하게 세우는 것이고, 혹시라도 셔츠 밖으로 양주의 실루엣이 보일까 손으로 살짝 가리는 것이며, 창밖을 보는 것은 멀미가 나서라 해도 말이다.

차는 널찍한 검은 철창문 앞에 도달했다.

재희의 집에 있던 소파도 상당한 값어치가 있는 듯한 물품이었건만 이곳에 있는 것은 그야말로 박수가 절로 나올 만큼 화려했다. 어디 별장 같기도 하고 아무것도 없이 계단으로 이어지는 2층 부분만 있는 것이 넓은 공간은 아마도 '홀'이라고 부를 것인 듯했다.

쓸모없이 넓은 공간에 흘러내리는 양주를 잡으며 1층 안을 파고들어 응접실에 도달해 단출했던 홀과 달리 눈이 번쩍했던 공간에 익숙해질 무렵.

잠시 사라졌던 규진이 돌아와 그녀의 뒤편에 섰다. 그런 그를 따라온 고용인이 아주 귀여운 미소를 지으며 수연의 앞에 찻잔을 내려놓았다. 짙은 자홍색의 밑으로 침전된 건더기들이 궁금했지만 배에 낀 양주도 있는데 이깟 차가 눈에 들어올 리가 없었다.

다시 떠오른 양주생각에 입맛만 쩝쩝 다시고 있자 뒤에 선 규진이 서글서글하니 웃으며 말을 걸었다.

"괜찮으시다면 이야기 상대가……."

"아니요, 괜찮아요."

대놓고 거절하는 수연에 규진이 민망한 땀을 흘렸다.

저 같은 것들만 사귄다는 결론으로 그가 탐탁지 않은 모양새를 보이고 있을 무렵 딱, 딱, 하는 소리가 멀리서부터 들려오기 시작했다. 규진의 몸이 더욱 곧아지고 그 소리가 커지면 커질수록 수연 역시 다소 긴장을 할 수밖에 없었다.

재희의 할아버님. 어른을 뵙는다는 것은 여러모로 어려운 일이라 쭈뼛거리며 자리에서 일어선 수연은 아치형의 트인 입구로 돌아 나오는 지팡이에 눈을 돌렸다. 길게 되어 굽어지지 않은 짙은 갈색의 지팡이를 쥔 손까지 보는 데는 그리 오래 걸리지 않았다. 굽이져 돌이진 소용돌이 모양의 손잡이를 가볍게 쥐고 딱, 딱 소리를 중후하게 내며 다가온 센 머리의 남성은 그녀를 향해 아주 인자한 미소를 짓고 있었다.

"반갑습니다."

놀랍게도 재희의 할아버지라 칭해진 회장님은 그녀에게 아주 선선한 존대를 사용해 주었다. 그것에 수연은 눈을 동그랗게 떴다가 한결 편해진 모습으로 두 손을 앞으로 모았다. 양주병도 가리고 공손해 보일 수 있는 아주 일석이조의 상황이다.

"지수연이라고 합니다."

"앉아요."

"예."

엉거주춤 앉으면서 비틀려 튀어나오기 일보 직전인 양주병을 손으로 억누르며 본의 아니게 허리를 곧게 세웠다. 그 모습이 마음에 들었던지 선했던 눈이 더욱 만족스럽게 휘어졌다.

"난 알다시피 재희 할아비 되는 사람입니다. 이렇게 오게 해 미안해요, 내 몸이 성치 않아 아가씨를 이렇게 불렀습니다. 마음이 상했다면 사과하리다."

지나치게 겸손한 말투와 겸양, 부담스러울 정도로 그는 수연을 친절히 대하고 있었다. 분명 자연스럽지만 어딘가 꿍꿍이가 숨은, 여기서 재희와 비교를 해 보자면 재희가 까마득한 검은색으로 칠해 놓은 단순한 그림이라면 회장은 보는 면마다 그림이 달라지는 렌티큘라, 종잡을 수 없는 그런 느낌이었다.

이래서 수연은 원하지 않는 것을 그녀에게 바라시는 아버지를 피해 다니며 결코 마주하려 하지 않았다. 연륜이 묻은 눈을 마주하면 한없이 좁아지게 되고 수긍하고 만다. 그것은 결코 부모님이라 해도 좋은 기분은 아니었기 때문에 수연은 제법 대범한 미소와 함께 자연스레 찻잔으로 눈을 돌렸다.

아뿔싸, 손을 드는 바람에 그나마 버티던 양주병이 조금 돌아갔고 수연은 황급히 허리를 세웠다. 아무리 봐도 어정쩡한 자세에 성철이 의뭉스러운 표정으로 그녀를 살폈다.

"어디…… 불편한 데라도?"

"아, 아니요."

서둘러 팔을 휘저은 수연은 얼른 잔을 집어 들고 홀짝였다.

조금 식었지만 달콤하고 새콤한 홍차는 그럭저럭 마실 만했다. 미각을 스치는 차에 신경을 두는 척하면서 막상 찾아오니 드는 무력감에 수연은 머릿속을 마구 굴려댔다. 무슨 말을 해야 할지 모르겠다.

잠깐, 할아버지라 함은?

"서문그룹 회장."

어느 뉴스에서건 한 번쯤은 나오는 이름이 서문의 기둥, 서문의 대들보이자 재희의 조부. 새삼 재희의 상황이 어떤 것인지 뼈저리게 느껴졌다.

재벌!

이 얼마나 거창한 이름이란 말인가!

이 세상 돈으로 뭐든 주무를 수 있는 판국에 그녀의 인생에 전혀 연관 없을 것이라 여겼던 사람을 만나고 있는 것이다. 불과 한 달 전에는 예상치도 못했던 이 구렁텅이에 집어넣은 재희가 새삼 미울 리도 없었다. 그리고 드는 생각이라고는 드라마 속의 이야기가 꼭 거짓은 아니라는, 획기적인 사실을 유추해낼 무렵 재희의 조부, 성철이 '크흠' 하고 헛기침을 해 보였다.

"차가 맛이 좋아요."

사르르 녹아드는 미소로 자신을 대하는 수연에 성철 역시 즐거운 미소를 화답했다.

"다행이군요. 우리 재희가 제집에 누구를 데려간 적이 없어서 누구일까 어찌나 궁금하던지. 어젯밤엔 잠도 제대로 못 잤습니다."

"아, 예…… 네?"

대꾸하려던 수연은 순간 스치는 생각에 입을 다물었다.

아하.

그러니까 자신이 그의 집으로 간 소식이 조부의 귀로 곧장 들어갔다는 소리와 같았다. 그의 집에 CCTV가 설치되어 있지 않은 이상 누군가 말해 주었다는 소리와 일맥상통한다. 결론을 말하자면 재희는 이 조부로 인해 뭔가 좋지 않은 눈을 뒤에 두고 있을지도 몰랐다.

눈? 눈이라.

"저도 재희 씨 할아버님을 뵙게 될 생각에 얼마나 긴장을 했는지, 갑자기 오셔서 이렇게 제대로 차려입지도 못했습니다. 죄송합니다."

"재희가 내 얘기를 했습니까?"

알려 주기는 무슨, 할아버지의 머리털도 못 들어봤다. 수연은 대답 대신 예의 바른 미소만 지어 보일 뿐이었다.

저렇게 나오는 것을 보면 재희와의 사이도 좋다고는 할 수 없다고 말해 주는 것이나 다름없었다. 그런 상황에서 재희가 먼저 그녀의 이야기를 했을 리는 더더욱 없을 터.

수연의 머리는 이미 폭발 직전이다. 이제 무슨 말을 꺼내야 하는지 과부하상태로 조금만 더 머리를 쓰면 그냥 톡 떨어져 데굴데굴 굴러갈지도 모른다.

"뭐, 좋아. 그래 식사는 했나요?"

"이른 시간이라서요."

자연스럽게 이 이른 시간부터 사람을 불러들인 것에 대한 가벼운 힐난. 감히 강성철에게 보기 좋게 먼저 비수를 던지는 맹랑한 아가씨의 말에 그는 아주 크게 웃으며 소파의 팔걸이를 탕탕, 쳐댔다.

머리 쓰는 데에 그리 효율이 있지 않은 그녀와 누군가를 상대하는 덴 이골이 난 성철의 판도 없는 감정싸움에서 오가는 것은 일단 미소와 다정한 말솜씨 정도다.

"재희는 워낙에 제멋대로인 녀석이라 아가씨가 감당키 어려울 것 압니다."

오물오물 아삭거리는 샐러드를 씹으며 밥그릇에 올려놓은 갈비에 젓가락을 올리는데 들려온 공격이었다. 팽팽한 듯 여유로운 상황에서 잘도 목구멍으로 밥이 넘어가는지 이미 반 이상 음식을 섭취한 수연은 아쉬움을 드러내며 젓가락을 내리고 물을 꼴깍 마셨다.

'감당키 어렵다…… 라는 건 그러니까 아마도.'

내 밥이 아니다, 이 말이군.

"하고 싶은 것 뭐든 하게 두었더니 확실히 남 위할 줄도 모르고, 물론 녀석은 그렇게 지낸다 하더라도 꺼릴 것 없지만."

노인의 말은 조금 더 길게 이어졌다. 완벽한 재희, 완벽한 사람,

완벽한 손자. 누구보다도 굳건한 서문의 기둥. 긴말의 결론은 그것이었다. 듣고 있는 것이 괴로울 만큼…… 듣는 것만으로도 재희의 삶의 단면이 보일 것 같은.

강재희.

그렇게 개 같은 성질을 가지게 된 이유를 알 것 같다.

"회장님, 이라고 불러도 될지."

"마음껏."

"회장님, 말씀 중에 죄송하지만 남 위할 줄 모른다는 건 절대 꺼릴 것이 없는 게 아닌 듯해서……."

"흠?"

"제멋대로에 이기적인 것, 남을 위할 줄 모르는 건 그 나이 먹도록 덜 배웠다고 하는 게 맞는 것 같습니다."

참으로 예쁘고 귀여운 미소였다. 살짝 휘어지는 눈과 위로 올라가는 입꼬리는 호감이 갈 만큼 아주 예뻤고 곁에서 성철의 시중을 들던 규진도, 성철 본인도 잠시 잠깐 수연의 산뜻한 미소에 눈을 깜빡였다.

'맹랑한 계집.'

성철 자신에게 재희를 잘못 가르쳤다고 훈계하는 것이나 다름없는 말이 아닌가. 새파랗게 어린 계집애 주제에 말이다.

"아가씨는 누구신가."

"네?"

갑작스런 질문에 그녀가 떨떠름하게 반문하자 노인은 눈에서 불꽃이 튈 듯 매섭게 바라보며 말을 이었다.

"아가씨가 누구냐 말일세. 나는 자네가 누군지 모르겠군."

"……아."

"누구신가?"

뭐라고 정리를 해야 할지 알 수 없었다. 마른 입술은 긴장감에 물고 있느라 조금 부푼 것 같았다. 뭐라고 답해야 할까. 뭐라고 답해야 마음에 들 수 있게끔 답할 수가 있을까. 그러나 수연은 이미 움직이는 자신의 입을 막을 수 없었다.

"지수연입니다."

"지수연."

"예."

이름밖에 말할 것이 없으나 결코 부끄럽지 않은 이름. 마주한 시선에서 미소가 흘렀다. 제법 괜찮은 대답이라고 생각했던 모양이다.

아주 오랜만에 홀가분한 표정을 만든 성철은 어서 식사를 하라는 듯 손짓했고 수연은 반가운 말에 얼른 젓가락을 들고 갈비를 잡았다.

"잘 먹겠습……!"

아, 안 돼!

잊고 있었다. 너무 익숙해져서 정말 까맣게 잊고 있었다. 조금 굽혀진 허리에서 겨우 버티던 양주병이 미끄러졌고 뭔가 할 틈도 없이 식당의 바닥을 때렸다.

쨍!

워낙에 비싼 놈들인지라 서로 맞닿아 놓고도 둘 다 흠 하나 나지 않았지만 이 말할 수 없는 침묵은 어느 것과도 비교할 수 없는 것이었다.

여자의 옷에서 나온 양주병 하나. 거기다 반쯤 비어 있는 그것에 성철과 규진의 눈이 쪼르륵 그쪽으로 향했고 수연은 한동안 온갖 생각으로 머리를 굴렸다. 이런 낭패가, 그냥 차에 두고 올 것을. 아니, 애초에 집에 두고 왔으면 좋았을 텐데. 후회와 후회가 거듭될수록 이마 위로 식은땀이 차올랐다. 이 상황을 어떻게 헤쳐 나가야 할 것인가. 마음을 준 남자의 조부 앞에서 양주를 품고 있다가 떨어트리다니.

맙소사. 그 당혹감은 이루 말할 수 없었고 수연은 겨우 숨을 고르며 마음을 진정시켰다. 그리고 가만히 갈비를 내려놓으며 바닥에서 뒹구는 양주를 조용히 잡아들었다. 그에 따라 향하는 두 사람의 눈에 마치 소주를 광고하는 연예인처럼 방긋 웃은 수연은 더듬더듬 말했다.

"수, 술 한잔하실래요?"

"……."

"……선물?"

동그랗게 변한 눈가 주름이 가득한 얼굴 아래로 꿀꺽, 침 넘어가는 소리가 들려왔다.

규진은 성철의 즐거움으로 번지는 표정을 보며 몸을 굳혔다. 이미 노안(老眼)은 양주병을 뚫어 버릴 것처럼 강렬하게 빛을 보내고 있었고 수연은 머릿속을 터트리는 감각에 감동했다. 이것은, 이것은 그녀가 지내오는 짧은 시간 동안 단 한 번도 겪어 보지 못했던 그러한 것.

술을 향한 강한 집념이 서린 눈동자와 그녀가 쥔 양주로 향하는 손가락들에 수연은 세월을 무시할 수 있는 찰떡궁합의 동지를 만났다.

그 이름도 찬란한 '술고래' 라는 명예를 얻으신 분의 기운이 아닌가.

젊은 주당과 연세 지긋하신 살아 있는 주당의 만남은 분명 필연이라고 할 수 있었다.

"대낮부터······."

대낮이라고 칭하기에도 민망한 정오, 잘 정돈된 잔디에 금박 테두리 두른 평상을 내려놓고 자리한 70대 노인과 20대 아가씨의 어울림이란. 반쯤 비어 있는 양주병과 아직 개봉도 하지 않은 최고급 양주들을 즐비하게 늘어놓고 조막만 한 양주잔을 서로의 앞에 두고 있었다.

이마를 문지르며 난감함을 표현하는 규진은 생각지도 못한 상황에 입술을 깨물었다. 이건 아니었다. 애써 키워온 재희를 꿰찬 여자에게 노성을 터트려도 모자랄 판국에 지금 이 술판은 대관절 무엇이란 말인가. 날 좋고 하늘도 높은 날, 기분 좋게 잔을 기울이기 시작한 두 사람에 규진의 입에서 결국 '이게 무슨······.' 하는 외로운 중얼거림이 나왔다.

쨍!

그래도 아직은 어색함이 남은 관계 속에 술잔이 맞닿았다. 이미 결과는 나와 있었다.

한 잔, 두 잔 들어가는 술의 쌉싸래한 향이 기가 막혔다. 빠른 섭취는 두 사람 모두 즐기지 않기 때문에 첫 잔을 제외한 술은 홀짝이며 말 그대로 음미하고 있었고 쪼로록, 양주를 털어낸 수연은 절로 나오는 탄성에 볼을 붉혔다.

"맛있어요."

"허, 아가씨가 술맛을 다 알아?"

기껏 해 봐야 스물을 좀 넘어 보이는 아가씨가 맛있다며 발을 동동 구르는 것에 새로운 센세이션에 가까웠다. 홀짝홀짝 즐거움이 물씬 풍기는 얼굴로 입가에 묻은 액체를 핥아낸 그녀는 자신의 잔을 채우는 맑은 양주에 반색하며 고개를 끄덕였다.

"대학교 다니면서 서울로 올라왔거든요. 그래서 고등학교 때까지는 시골에 있었는데 매 초여름이면 모내기를 시작해서 그걸 도와드리고 있으면 어머니가 새참을 가져오셨어요. 거기에 막걸리가 있었는데 한 중학교 2학년 때부터 아버지랑 같이하다 보니까……."

중학교 2학년, 아버지가 건네준 막걸리 한 모금에서 이미 그녀의 길을 트였을지도 모른다. 물론 처음엔 살짝 몸에 도는 기운으로 더 열심히 하라는 뜻이셨지만 어느덧 시간이 갈수록 주거니 받거니 하는 횟수가 늘어나면서 미성년이 취하기엔 무리가 있는 양까지 섭취하는 것으로 이어졌다.

"모내기라, 나도 모내기는 해 본 적이 있어요. 너무 까마득해서 기억도 잘 안 나지만 분명히 그랬던 것 같군요."

나이 열셋에 팔리듯 인부로 끌려와 구두 닦는 것을 처음으로 서울에 적응하기 시작했다. 고생이란 고생은 온통 해왔던 성철에게 재희는 무엇이든 해 주고픈 상대였고 그래야 하는 아이였다.

결혼하고 아내 숨과 맞바꾼 아들은 속절없이 나이 서른에 자신보다 먼저 세상을 떴다. 남은 것은 그 아들이 겨우 얻어낸 재영뿐. 그 심약한 아이의 어미는 독사처럼 혀를 날름거리고 온통 분탕질을 해 놓았고 그녀의 말로(末路)는 재희의 자비 없는 내침에 발악하며 내쫓겼다. 비록 어미로서의 행위를 잊고 재물과 권력욕에 눈이 멀어 버린 마녀 같은 여자였지만 성철도 쉽게 할 수 없었던 그 일을 그렇게 멋대로 취했다.

제 어미도 아니고 재영의 유일한 부모를 제멋대로 내쳐 버린 것이 기껏 데려온 재희였단 말이다.

악마나 다름없었다. 재영의 생모를 쫓아내고 보란 듯이 사람을 아래로 깔던 재희는 그때 나이 스물다섯이었다.

"제 양모도 내치는 아이를, 아가씨가 견딜 수 있겠어요?"

한 잔씩 넘어가는 술에 마음이 여려진 탓일지도 모른다. 성철은 문득 흘러나온 말에 경직되는 수연을 알면서도 내뱉은 말을 부정하지 않았다. 양(養)모라는 것은.

"새어머니…… 말씀이신가요?"

그녀의 물음에 성철이 고요히 고개를 저었다.

"어머니도 아니겠지."

"이해가 가질 않습니다."

"그때 난 그 아이를 내 식구로 들이지 않았으니까."

순간 들어선 안 되는 것을 들은 기분에 재희에게 너무도 미안해졌다. 이렇게 들어선 안 되는 것 같은데, 어찌할 줄 모르는 그녀의 입에선 안타까운 음성만 흘렀다.

"아."

아닌 게 아니라 수연은 조금, 아니 꽤 많이 놀라 목구멍으로 넘어가던 술이 가시처럼 돋아난 것을 느꼈다. 이런 말은 직접 본인에게 듣는 것이 좋은데, 하지만 이미 들은 것을 물릴 수도 없는 법이다. 잠시 잔을 내려놓은 그녀는 높게 솟은 저택을 한 번 보고 나서 입을 열었다.

"그냥, 이해한다고 하면 분명 거짓말이에요."

무슨 이유에서든 친부모든 양부모든 부모를 내보낸다는 것은 말도 되지 않는다. 하지만 지금 그의 조부가 하는 말이 맞는다면 재희는 이미 한 번 부모에게 버림을 받은 사람인 것이, 누군가가 그에게 내쫓겼다는 사실보다 그가 부모에게 버림을 받았다는 것이 너무도 가슴이 아팠다. 못된 사람이고 나쁜 사람이고 그런 사람인 줄은 진즉에 알고 있었으니까 그러니까 그녀는 스스로의 이기적인 마음을 동반했다.

어떻게 사람을 버릴 수 있단 말인가. 짐승도 버리면 상처를 받고 제 주인을 찾아 구슬피 우는데 사람이 사람을 버리다니, 어떻게…… 어떻게 그에게 그런 상처를 줄 수 있단 말인가.

"그래도 저는 이해하겠어요."

내 사람이니까 이해하겠다는 이기심이 가득한 수연의 대답에 성철은 눈을 동그랗게 뜨며 곧 껄껄 웃었다. 그녀의 말이 마치 재희를 그토록 만든 자신도 이해한다는 것처럼 들린 것은 착각이 아닐 것이다. 똑똑한 아가씨는 정말 말 그대로 영리했다.

"재희가 그저 허울이라 해도? 내 호적에 있지도 않은 녀석이라고 해도 말이오? 내가 죽어도 재희는 유산 하나 물려받지 못해요."

돈을 바라는 것이라면 이쯤에서 물러나는 것이 좋다는 듯한 말에 수연은 숨이 막혔다. 그저 편한 술자리에서 이어질 말이 아니다. 이건, 너무 무겁고 무섭고 안타까운 이야기다. 시험을 하듯 바라보는 성철의 시선에 수연은 순간 할 말을 잊었다.

명확하게 말하자면 성철은 재희를 입양한 것이 아닌 지금껏 후견을 해온 것이다. 지난 이십여 년간 아들이 남긴 유일무이한 아이를 위해서. 재영이, 그 아이를 위해. 그 어린 아이에게 몰아칠 바람을 막아내기 위해…… 혹여 자신이 생을 마감하더라도 굳게 서서 바람막이를 해 줄 아이를 바랐기에 오히려 재희를 제 손자처럼 키우려 했다.

하지만 어째서 이렇게 되었을까. 풍족하게 해왔는데. 모자란 생활을 잊어내길 바라면서 그 마음에 틀어짐이 없도록 규진과 규현을 잡아두고서 제 자식처럼 키웠는데.

산소 호흡기를 달고 다니고 공황증이 찾아왔다는 것을 들었을 때 그 기분은 설명조차 하지 못했다. 내 자식, 내 자식인 것을. 이미 재희는 이 집안사람이거늘 왜 그 아이만 모르는지 알 수 없었다.

"그래도 재희 씨예요."

"……."

재희 씨. 내 사람.

"혹여라도 부정하지 말아 주세요. 재희 씨가 겪은 것, 느낀 것 전부 거짓은 없어요. 처음이 옳지 않았다고 해서, 아니 회장님을 재희 씨가 뵙지 못했다고 해도 그 사람 분명 오만했을 거고 제멋대로였을 거예요. 그리고 언제, 어디에 있든 절 만났을 테니까요. 만날 사람은 반드시 만난다고 하죠, 그런 거예요. 저랑 그 사람."

처음의 만남은 유쾌하지 못했다.

그녀는 면접에서 떨어지고 겨우 잡은 단기 아르바이트의 일을 했었고 그는 오만하게 웃으며 값비싼 양주를 비우던 사내였다.

두 번째는 조금은 일방적이었다.

재희는 그녀를 발견했고 수연은 그를 발견했다.

세 번째는…… 없다. 그는 그녀를 잡고 놓아주지 않았고 그녀 역시 더 이상 그에게서 벗어나지 않았으니까. 언젠가 반드시 만날 사람. 그와 그녀는 그랬다.

제 숨을 보존하지 못하고 쓰러지는 재희를 이미 한 번 보았다. 숨조차 다스리지 못하고 무력하게 그녀의 품으로 무너지는 재희를 그녀는 이미 봤다. 얼마나 힘들었을까. 얼마나 아팠을까. 얼마나 두려웠을까.

그렇다고 해서 재희의 못된 짓에 면죄부가 갈 이유는 없었다. 무엇이든 잘못에 의해선 이유가 없는 법이다. 내가 불행했다고 해서 남을 불행하게 만들 수 있는 권리는 그 누구도 없지만 자신만큼은 그를 이해하겠노라고 수연은 남은 술을 꿀깍 마셨다.

"회장님, 무슨 말씀하셔도 그 사람 제 거예요."

아, 저 방자함을 보라. 똑 부러지게 눈을 뜨고 이십여 년을 애써 키워온 아이를 단숨에 채가는 오만함을 어찌 대할 수 있겠는가.

남자의 오만함은 군림과도 직결했다. 턱을 세우고 아래로 깐 눈동자의 새파란 안광은 대단히 매서웠고 억지로 미소 짓는 지사장에게는 더욱 곤란한 것이었다. 겨우 나른 서른 줄에 낙하산이나 다름없이 내려앉은 사내지만 그 능력 하나만큼은 놀라울 정도로 정확했다. 작은 틈도 용납하지 않고 새어나가는 자금줄을 동여매는 잔혹한 습성은 언제나 두려울 정도였다.

"뭐, 되었습니다."

십여 분에 가까운 침묵에서 벗어나 내던져진 말은 담담했다. 기가 막힐 정도의 단언이 아니라 마치 잠시의 기회를 준다고 말하는 것처럼 늘어진 종이들이 규현의 손에 정리가 되었다.

교묘하게 늘어난 은행계좌들과 그 안에 큰 차이를 두지 않고 늘어난 잔고. 스치듯 지나가면 모를 법하지만 분명 보고된 액수와는 미묘한 차이가 있었다.

흔히들 말하는 돈세탁, 제 배를 불리자면 어쩔 수 없는 일이라는 걸 알지만 재수 없게 걸린 것이 문제다. 이미 결론은 났으니 재희의 입에서 나올 말이 무엇인지가 관건이건만 이번에 나온 말은 '되었다.' 였다. 이내 그가 몸을 일으켰다.

"추후 연락드리겠습니다."

"예, 예?"

당장에라도 최후통첩이 내려질까 덜덜거리고 있는 사람을 두고 넥타이를 바르게 고정시킨 재희는 그대로 사무실을 나섰다. 어차피 결과는 정해져 있음이니 어떤 흉한 짓거리를 해도 감내할 요량이 있던 자들에게는 이 무난하기 그지없는 행동이 놀랍고 당황스러웠다. 어딘가 다급해 보이는 것이 규현의 '정리하십시오.' 라는 말이 아니었으면 지금 상황을 잠시 잊었을지도 몰랐다.

"항공 예약은?"

"악천후이기도 하고, 지금 시각으론……."

실내까지 들리는 천둥소리와 빗물이 부딪히는 소리는 비행기가 뜰 형편이 아니었다. 오후 늦게부터 시작된 비가 멈출 생각도 없이 흘러내리자 재희는 잠시 멈춰 창밖을 바라보았다. 규현의 말 그대로 날씨도 문제지만 바라본 시계는 이미 자정을 넘은 지도 오래다.

정리가 되지 않은 사안을 다시 분류하고 규현이 새로 보고하는 시간까지 제법 걸렸다. 그리고 다시 자신이 살펴보기까지도 몇 시간이나 걸렸고 해는 이미 기울어져 제 갈 길 찾아 가 버렸다. 아니, 해를 찾는 것은 이미 덧없는 것이지만.

"얼마나 걸리지?"

"이 빗길에는 적어도 반나절입니다. 차라리 비행기를 타시는 게 빠를 듯합니다."

새벽의 길을 타고 올라가는 것은 바보 같은 일이다. 규현에게도 그랬고 재희에게도 꽤나 피곤한 일이기 때문에 차라리 날이 밝아 비가 멈추고 나서 비행기를 타는 편이 나았다. 하지만 하루 종일 집 안에만 있을 수연을 생각하면 괜스레 다급해져 마른 입술을 축여야 했다. 특별히 좋아할 만한 것도 없는 집안에 그냥 두지 말 것을, 차라리 이곳으로 올 때 데려오는 게 좋았을지도 모른다.

"세 시간쯤 걸리려나."

"예, 기상예보로도 이른 새벽에는 비가 갠다고 했습니다. 가장 빠른 편은 두 시간 정도 뒤에 있습니다."

약 세 시간 정도 뒤면 집에 당도할 수 있을 것이다. 혹시 켜두었을까 하여 수연에게 전화를 걸어 보았지만 역시 전화기는 켜져 있지 않았다.

역시 사람이라는 것은 겪으면 겪을수록 더욱 깊게 관여되는 것인지도 몰랐다. 중독되는 것처럼 지금 당장에라도 수연은 안고 싶은 마음이 간절하다.

"상무님."

잠시라도 눈을 붙이기 위해 들어선 건물 휴게실 한편에 자리 잡고 앉았던 재희는 조용히 다가온 규현의 부름에 눈을 뜨고 올려보

있다. 조금 피곤함이 몰려와 눈가를 왼손의 검지와 엄지로 꾹 누르던 그는 규현의 바짝 마른 입술과 눈 밑으로 깊게 그늘진 흔적을 스치며 말했다.

"넌 말하지 않은 거다."

"……저는."

"처음부터 말하지 않았으면 끝까지 입 다물고 있어."

자신의 근처에 머문 지는 5년, 하지만 함께해 온 것은 그에 곱절이다. 규현과는 오랜 시간 보내왔으므로 그의 어긋난 마음을 눈치채지 못할 정도로 바보는 아니다. 수연이 그의 앞에 나타나기 전까지 그가 유일하게 신경 쓰던 사람이 김규현과 김규진이 아니었던가.

손을 휘저어 낸 재희는 등을 소파 등받이에 길게 늘이며 지그시 눈을 감았다.

"모르는 척해 주지."

"죄송합니다."

규현의 짧은 사과 말을 끝으로 재희는 아예 귀까지 막은 사람처럼 팔짱을 강하게 끼고 다리를 꼬며 막간을 이용한 잠에 빠져들었다.

차라리 변하지나 마시지. 그럼 이렇게 뜨뜻미지근한 죄책감은 느끼지 않았을 텐데.

인정이 없다고? 그렇다면 지금 눈앞에 보이는 상관의 저 모습은 무엇으로 표현해야하나.

규현은 일촉즉발이라는 말이 어울릴 정도로 굳어진 뒷모습에 어찌할 바를 몰랐다. 거실에 우두커니 서서 스스로를 억지로 억누르고 또 억누르는 모습이 두려워 뒷걸음질만 한두 번 하다가 다시 다가오기를 반복했다. 의미 없는 오감을 연달하며 있던 규현이 이내 재희를 부르기 위해 조금 더 가깝게 설 때 넥타이를 길게 풀어낸 그는 주방 식탁에 있는 양주잔을 만지작거렸다.

"지수연."

그르렁거리는 목의 허스키함이 고스란히 퍼지며 재희는 그 안타까움에 한숨을 내쉬었다. 꼬박 하루가 지난 시간, 흔적이란 흔적은 죄다 내놓고 사라진 수연에 그의 낯빛이 어두워지고 말았다. 식탁 위에 있는 양주잔, 홀연히 비어 있는 양주병 하나, 침대맡에 잘 개켜져 있는 작은 셔츠.

"이런……."

수연이 충분히 다시 오기에 하루면 부족함이 없을 것으로 생각해 차라리 늦어지는 시간에 안도감을 느꼈던 규현이었다. 하지만 날이 밝고 다른 사람들이 모두 출근을 하고 또 등교를 할 시간임에도 수연은 보이지 않았고 정녕 낭패감이 물씬 풍겨왔다.

혹시 규진이 녀석이 무슨 해괴한 짓이라도 한 것일까. 그가 아는 회장님은 모든 것을 이성적으로 처리하시는 분이셨다. 그렇다면 속이 비틀린 규진이 뭔가를 했을지도 모른다는 사실인데. 생각이 거기까지 닿자 규현은 하늘이 노랗게 변하는 것을 느꼈다.

"드릴 말씀이 있습니다."

더는 그저 다물고 있어야 할 이유가 없었다.

"김규진이 회장님께 아가씨에 대해 말한 것으로 알고 있습니다."

"차 대기시켜."

"일단 규진이를 먼저 부르는 것이 좋을 것 같습니다."

재희가 먼저 본가로 갈 일이 없음을 알고 있기 때문에 임시방편으로 형제를 팔아넘기는 것에도 서슴지 않는 규현의 말에도 그는 아무런 말이 없었다. 그저 손으로 현관 쪽을 가리키는 것이 불편한 심기를 표현해냈고 언제 펑, 터질지 모를 일이다.

찰칵, 틱.

여지없이 담배를 꺼내 무는 재희에 규현은 삑삑거리는 경고를 무섭게 만끽하며 얼른 몸을 돌려 나갔다. 지금 그를 건드려 봐야 하등 좋을 것이 없음을 익히 알고 있으니 서두르는 것이 좋다. 규현이 차를 주차장에서 내기 위해 나가면서부터 바닥에 그대로 재를 떨어트린 재희는 신경질적으로 발을 날려 테이블을 걷어찼다. 그 강한 힘에 날아간 테이블 위 유리판이 발코니 창과 부딪히며 발코니 창을 완전히 깨트려 버렸다.

와장창 깨어지는 소리와 날리는 유리 파편에도 이미 꼬여 버린 마음이 쉽게 진정이 되지 않는다. 정돈된 머리를 쓸어 넘긴 그는 미련도 두지 않고 집에서 나와 아파트 밖에 대기한 차에 올라탔다. 곧장 출발하는 차 안에는 희뿌연 담배 연기만 남아 펄펄 끓어올랐고 겨우 숨구멍처럼 열린 틈으로 시야만 대충 확보될 뿐이었다.

한창 출근 시간인지라 꽉꽉 틀어 막히는 도로, 따닥거리는 재희의 발소리에 심경을 집중하던 규현이 화들짝 경기라도 일으키듯 놀라 백미러를 보았다. 얼핏 보이는 그의 단단한 어깨에서 당장 창칼이 쏟아질 것만 같았다.

재희는 변한 게 아니다.

그저 참는 법을 배웠을 뿐, 예전과 달라진 것이 없다. 폭풍전야의 태풍의 눈. 스멀스멀 기어 올라오는 강재희의 암적인 기운이 검은 차를 온통 휘감아 숨이 막힐 지경이었다. 규현은 단단히 맨 타이를 약간 느슨하게 풀며 막힌 도로가 빨리 풀리기를 기도했다.

그나마 목적지에 거의 다다라서는 도로가 한결 수월해졌고 검은 철창 같은 거대한 철문이 드러나면서 뻑뻑 피워대던 담배를 우악스럽게 쥐었다. 재희는 손바닥을 태우는 불꽃의 아픔을 즐기듯 입가를 비틀었다. 홀로 살기 시작한 이후 이 집을 그가 직접 먼저 찾아올 것이라고는 생각도 해 본 적이 없었다.

대문의 경첩이 풀리며 자동으로 움직이기가 무섭게 불한당마냥 발로 차버리며 열어젖힌 그는 진정되지 않고 다시 빨라지는 심박을 막으며 담배를 태웠다. 당장 그녀를 데려올 것이다. 아니, 차라리 없다면 좋으련만. 테이블을 쳐 버리면서 유리판에 할퀴듯 찢긴 정강이 부위에서 피가 꽤 흐르고 있는지 양복의 바지를 질척하게 적셔 대고 있음에도 그의 걸음에 멈춤은 없었다.

"어머, 도련⋯⋯."

저택 앞에서 뭔가를 정리하고 있던 고용인 서넛이 갑작스럽게 방문한 재희에 놀라며 움찔거렸다. 압류딱지라도 붙이러 온 집행인마냥 굳은 얼굴을 하고서 들이닥친 그는 일단 응접실부터 향했다. 텅비어 있는 응접실에 미련도 두지 않고 주방부터 시작해 1층에 자리한 모든 방을 둘러본다. 하지만 끝내 수연은 발견할 수 없었고 그조급증이 점점 더 심해지면서 재희는 2층으로 향하는 계단에 발을 올렸다.

"네놈이 그런 식으로 나오니 내가 못 가르쳤다는 소리를 듣는 게다."

딱, 딱.

듣기만 해도 소름 끼치는 지팡이 짚는 소리에 재희는 머릿속이 멍해지는 것 같았다. 최대한 빠르게 훑어내고 나갈 생각을 비웃기라도 하듯 나온 성철은 노랗게 뜬 얼굴로 손자를 보며 무심한 표정을 짓고 있었다. 다소 피곤함이 보이긴 했지만 어딘가 산뜻한 모습. 계단을 오르다 말고 이를 악물고 내려온 재희는 정자세를 취하고 허리를 숙였다.

"무탈하셨습니까."

으레 그러한 형식적인 인사말이 마음에 들지 않는지 탕, 지팡이가 바닥을 내려친다. 재희는 쓴 말을 목구멍 안으로 넘기면서 겨우 고개를 마주하고 말했다.

"제 손님이 여기에 있습니까?"

"그렇다면 어쩔 테냐."

"괜한 수고 하셨습니다."

짙게 그늘진 낯빛을 하면서도 어떻게 도망갈 생각도, 자리를 옮기지도 못하는 재희를 보며 성철은 새삼 씁쓸해졌다. 모든 것을 다 하게 해 주었고 뭐든 할 수 있게 했건만 정작 남은 것은 남을 대하듯 멀어진 관계뿐이다.

물론 재희를 향해 애정이 있는 것은 아니었다. 하지만 저 총명했던 눈이 검게 물들어 가는 것을 보면 걱정이 피어오른다.

처음 만났을 때부터, 저 아이라고 여길 수밖에 없던 것. 혈육의 끈이 아니라 자신과 같은 눈을 가진 어린 빛 무리를 보았건만 지금은 까마득한 어둠만이 남아 있다. 언제부터 저 아이가 저런 눈을 하고 있었을까.

"아까운 아이더구나."

"……."

"귀엽고, 예뻤어. 취향도 아주 잘 맞고. 네놈에겐 아주 아까웠어."

양주로 시작했던 자리는 초록색 맑은 색을 가진 소주로 이어졌고 정말 대단하다는 말밖에 나오지 않을 만큼 위대한 간수치를 보여 주며 두 사람은 술을 들이켰다. 결국 젊은 주당은 나이 든 주당을 이기지 못하고 먼저 고꾸라져 지금 이 시간까지도 2층 재희의 방에 늘어지게 잠이 들어 있다고 들었다.

"재영이도 아주 마음에 들어 했다."

아니나 다를까 재영의 이름에 격하게 반응하는 재희를 보며 성철은 고개를 휘휘 저었다.

역시나 저 고약한 성미는 마음에 들지 않는다. 입술을 잘근 깨물고 애써 참는 꼬락서니가 그나마 나아진 면모도 보였다. 뒤에 선 규진 역시 간밤에 있던 술잔치에 속이 메슥거리는지 연신 기침을 해대는 터라 성철은 둘 다 놓아주기로 마음먹으며 혀를 찼다.

"마음 같아선 규진이 색시로라도 삼고 싶다마는."

"그냥 안 둡니다."

갈 길은 멀고 뒤틀린 속은 아마도 평생 가더라도 나아지지 않을 것이다. 성철이 인상을 찌푸리며 고개를 돌려 버리자 재희는 기다렸다는 듯 계단을 올랐다. 황급히 멀어지는 그를 보며 우두커니 섰던 성철은 마른 목소리로 입을 열었다.

"규진아."

"예, 회장님."

"재영이 보살펴 줘 고맙구나."

처음 듣는 칭찬, 처음 느끼는 다정함. 익숙하지는 않지만 생각보다 괜찮은 기분이 감돈다.

"규현아."

"예."

어느새 저택으로 따라 들어와 훌쩍 인사만 하고 가는 규현을 부른 성철은 지팡이로 슬슬 바닥을 긁으며 말했다.

"혹, 수연 양이 빌딩에서 뛰어내린…… 그 아가씨인 게냐."

"예. 하지만 결코 지수연 씨는 다른 의도로……."

"됐다."

"하지만 회장님."

"되었다고 했잖아."

홀에 우뚝 서서 가만히 허리를 숙인 규현은 가리지 않고 성철을 향해 원망의 빛을 보였다. 아무래도 상관없다는 투가 재희에게 얼마나 상처를 주는지 여전히 모르시는 건가.

재희를 묶어두기 위한 볼모로 살아왔고 지금도 변한 것은 없을 테지만, 그래도 그 서운함은 쉽게 가려지지 않는다. 더 말하기를 포기한 규현이 재희를 뒤따르기 위해 계단에 설 때 그의 귀로 성철의 노쇠한 목소리가 들려왔다.

"우리 재희 도와줘서 고맙다."

"……."

이제 와서 뭔가를 바꿀 수는 없기에 이렇게 조용히 고마움을 뜻하며 늙은 남자의 지팡이가 딱딱거리며 멀어져 갔다. 만날 인연은 어떻게든 만나게 되어 있다. 그것이 어떤 방법으로든, 수연의 말처럼 아무런 인연이 없다 하더라도 저를 만났을 것이라 했던 그 말대로 성철과 재희는 만나야 할 인연이었을 것이다.

아마 지금 이 시간이 지나고 다시 시간이 흘러도 지금과 변하는
것은 없을 것이다. 아무것도.

네놈을 그리 만든 내가 이제 와서 착한 놈이 될 수는 없는 노릇
아니겠느냐.

10.

원(One)

벌컥 문을 연 재희의 눈이 불쾌감으로 물들었다.

문으로 보이는 것은 다정하게 누워 있는 두 사람이었다. 참고 억눌렀던 화가 마침내 터지듯 흘러나온 재희는 이미 오래전부터 사용하지 않은 자신의 침대에 나란히 누워 곤히 잠든 모습에 눈앞에 새빨갛게 변했다.

이야기를 하다가 잠이 들었는지 나란히 침대에 누운 수연과 재영을 보는 순간 더 이상 볼 것도 없었다. 즐비한 술병들과 갖가지 안줏거리, 뭘 하고 놀았는지는 몰라도 주사위부터 화투패까지 온갖 것들이 바닥에 늘어져 있어 발에 걸리는 모든 것을 쳐냈다. 그리고 빠르게 다가간 재희는 사람의 발소리에 차츰 눈을 껌벅이는 재영의 목덜미를 잡아 올렸다.

"윽!"

"너……."

싸늘하기 그지없는 목소리로 가깝게 한 자그마한 체구에 연약하기 그지없는 재영을 들어 올린 그는 곧 사람을 죽일 듯 으르렁거렸다.

"강재영, 네가 왜 여기 있어."

"잠깐, 재희야."

붉어진 얼굴이 이제 하얗게 변해 버린 지금, 숨이 막히는지 재영은 입술을 꽉 깨물고 머리를 뒤틀었다. 숨이 막혔다. 자비 없이 틀어막은 그의 손아귀에 괴로워 물 밖으로 나온 물고기처럼 파득거렸다. 재희의 손에 조금 더 힘이 들어갈 무렵 그는 자신의 팔을 강하게 무는 통증에 고개를 돌렸다.

"……지수연.

꽉 물어대는 하얀 이가 양복을 지나 살을 앙칼지게 잡아댔고 재희는 저에게 매달려 눈을 추켜 뜬 수연에 전혀 망설이지 않고 재영을 잡았던 손을 놓았다.

"놔요! 이게 뭐하는 짓이야! 왜 또 미쳤어!"

"지수연."

"여자한테 뭐하는 짓이냐고!"

강재영. 그러니까 재희의 부러움을 한 몸에 받고 규진의 보좌를 받는 명실상부 서문의 진정한 핏줄.

그 순간 재희가 수연을 와락 끌어안았다. 막 숨 쉬는 법을 배운 아이처럼 그렇게 강하고 깊게.

침대에서 나뒹굴듯 내려온 재영은 죄지은 것도 없이 무릎을 꿇고 앉아 멍하니 재희가 하는 짓을 바라보았다. 지금 보고 있는 사람이 재희가 맞는지 가늠할 수가 없었다. 소중한 보물을 쥐고 있는 것처럼 수연을 끌어안고 어깨를 축 늘어트리는 것은 오랜 시간을 그를 보아왔던 재영에게도 처음 보는 상황이라 당황함을 금치 못했다. 하지만 두 사람의 모습은 너무도 보기 좋아서 피어오르는 미소를 감출 수가 없다.

"자, 잠깐요! 재희 씨!"

하지만 재영의 감상 따위는 길가의 돌보다도 못한 취급을 하며 수연을 안아 들고 곧장 나서 버리는 바람에 그녀가 버둥대며 그를 만류했다. 다른 때보다 강렬하게 저항하는 바람에 재희가 팔을 놓치자 바닥에 가볍게 안착한 수연은 재희를 툭, 가볍게 치고 말했다.

"상황 파악 좀 해요."

지금은 재영을 살펴야 할 때다. 갑자기 사람 멱살을 잡고 쥐는 사람이 어디 있담. 후다닥 재영에게 달려가 흐트러진 그녀의 차림을 다독여 준 수연은 두 손을 모으며 한숨을 내쉬었다.

"괜찮으세요?"

방금까지 험한 꼴을 당한 사람치고 재영은 무척 밝아 보였다. 생기가 도는 빨간 볼로 방긋 웃은 그녀가 막 수연에게 대답하려는 때 멀리서 다급히 달려오는 발소리가 있었다.

"아가씨!"

얼마나 다급히 왔는지 머리카락이 흐트러질 정도로 달려온 사람은 규진이었다. 바닥에 앉은 재영을 발견한 그는 무심하게 선 재희를 보고 눈에 핏대를 세웠다.

"너 이 자식!"

"그만하세요. 난 괜찮아요."

단정하고 고요한 목소리가 그의 행동을 막았다. 지지 않고 주먹

을 쥔 재희를 수연이 뒤에서 매달려 잡고 규진은 눈살을 찌푸리다
다가와 그녀를 세웠다.

"정말 괜찮아요."

가녀린 몸이 세워지고 규진에게 고마움의 표시로 고개를 끄덕인
재영은 가늘게 웃으며 재희의 뒤에 매달려 고집스럽게 안고 있는
수연을 불렀다.

"수연 씨."

"네?"

결국 재희에게 볼이 늘려지고서야 떨어진 수연이 돌아보자 재영
이 말했다.

"고마워요."

모르겠다는 듯 고개를 갸웃거리는 그녀에게 재영은 웃었다.

"정말로 고마워요."

아삭아삭.

잘 깎인 사과를 오물거리며 나름 눈치를 보는 수연을 강하게 바
라보는 재희의 뒤로는 규현이, 재영의 뒤에는 규진이 서 있었다. 어
쩌다 보니 재영의 옆에 앉아 있게 된 수연은 움찔거리며 고개를 돌
리는 그녀가 답답한지 한숨을 내쉬었다. 지난밤 방문 앞에서 반쪽만
내밀고 서 있던 그녀를 술자리까지 끼어들게 하는데 무려 두 시간
이 넘게 걸렸다. 그나마 이야기 좀 통하다 싶으니 이제는 재희가 나
타나 다시 안으로 집어넣어 버렸다.

재희가 재영을 위해, 아니 어떤 것인지는 정확히 알 수 없지만 여
하튼 어느샌가 홀라당 날아가 버렸던 안경까지 껴 주고 있다. 이 안

경을 찾기 위해 규현은 저 멀리 차까지 숨 막힐 듯 달려야 했던 것은 잠시 묻어두자.

"저기, 두 분도 좀 앉으셔서 과일 좀 드시지."

아무리 이렇게 말해 봐야 자기들이 무슨 보디가드인 양 서 있는 형제가 소파에 앉을 거라고는 생각하지 않았다. 아무리 수연이라 해도 이 묵직한 가운데 혼자 야금야금 과일을 먹을 수는 없었던지 살그머니 포크를 내려놓는데 굳어 있던 동상이 우두둑 움직이는 것처럼 몸을 움직인 재희가 그녀가 놓은 포크를 들어 사과를 찍고는 다시 건네주었다.

"먹어."

"괜찮은데."

"먹여 줘?"

"……."

아무리 생각해도 정상적인 방법으론 아닐 테니 얌전히 받아먹는 것이 좋을 것 같아 입을 앙 벌리자 규현은 물론 규진과 재영도 헉 소리를 냈다. 게다가 가만히 손을 더 뻗어 수연의 입에 사과를 넣어 주는 강재희라니! 닭살이 돋다 못해 짜증이 치밀 지경이다.

아작.

재희 역시 그저 포크를 쥐여 주려 했을 뿐 수연에게 직접 먹여 줄 생각까지는 없었다. 벌어져 있으니 넣어 주는 것도 괜찮겠다싶어 쏙 넣어 주고 그 사과를 수연이 다 먹을 때까지 포크를 돌려주는 친절도 잊지 않았다. 오물거리는 작은 입을 그냥 한입에 삼키고 싶다만 테이블이 거치적거리니 아쉬움을 토하며 포기할 수밖에 없던 재희다.

"너. 언제까지 거기 붙어 있을 거지?"

재영을 향한 명백한 거부감이 물씬 풍겨 수연도 움찔할 정도로 매서운 표정이 된 재희에게 다들 주춤거려야 했다. 수연만 아니었다면 재영과 마주할 일도 없고 만약 마주한다고 하더라도 이 상태에선 저 머리를 짓이겨도 시원찮을 판이다. 부글대는 재희를 아는지 모르는지 속 편하게 사과 받아먹고 머리를 긁적거린 수연은 팔을 뻗어내며 자리에서 일어섰다.

"음, 갈까요?"

"가세요?"

재영이 놀란 눈이 되어 그녀를 올려보았다. 아무래도 뭔가 겁을 먹고 있는 게 그녀가 돌아가면 재희의 뒷감당이 여의치 않은 것이 분명했다. 함께 가더라도 재희는 언제든지 이곳에 와 멋대로 행동할 수도 있으니까. 그렇다고 이 두 사람간의 굴곡은 수연이 감히 끼어들 수 있는 것은 아니었다.

수연은 아직 그에게 개입해도 된다는 허락을 받지 않았다. 지극히 개인적인 사항이고 그것을 서로 사랑한다는 의미로 침범할 수는 없는 법이다.

하지만 겁을 먹되 재희를 싫어하는 눈이 아닌 재영을 보자면 마음이 여려진다. 난생처음 술을 먹는지 홀짝홀짝 잔을 기울이며 잔뜩 취해서 재영은 그녀의 손을 잡고 밤새도록 사죄했다.

미안합니다, 미안합니다.

무엇이 미안한지 수연은 알 수 없었다. 단지 재영의 사과는 거짓이 아니라는 것만 어설프게 느낄 수 있었다.

"재희 씨."

"왜."

"용서해 주세요, 여기가 좋아서 저도 모르게 실컷 놀아 버렸어요."

"지수연."

"사과 받아 줄 거죠? 설마 재희 씨 그런 것도 이해 못 하는 남자 겠어?"

어디서 못된 버릇만 배웠는지 살살 턱 긁어 주며 조련 법을 터득한 수연이 넉살 좋게 웃어 보였다. 애초에 알았지만 재희는 수연을 이길 방도가 없었다. 지금도 이렇게 못 이기는 척 고개를 끄덕이는 게 전부였고 재희는 여전히 곱지 않지만 뒤끝은 남지 않은 눈길로 재영과 규진을 보다가 수연의 팔목을 잡고 응접실을 빠져나왔다.

아, 나오기 전 규진을 향한 경고도 잊지 않았다.

"김규진."

"……."

"너 혼자 있지 마라."

"동감입니다, 도련님?"

절대 지지 않는다. 저 사람 무서운 사람이구나.

뒤도 돌지 않는 매정함이 아쉽지만 그를 대신해서 고개를 숙이며 인사를 한 수연은 밖으로 나가는 홀에 선 성철을 발견하고 반갑게 웃었다. 하지만 누군가에게 웃어 주는 것조차 용납하지 않으며 수연의 입가에 손을 올려 가리곤 뒤로 밀었다.

"이만 돌아가겠습니다."

짠 기가 있는 손가락에 혀를 내밀고 인상을 찌푸린 수연도 공손히 손을 모아 인사를 올렸다. 어쩐지 외로워 보이는 지팡이가 수연에게 다가와 손을 내밀었다.

"잘 가요. 다음에 또 한잔합시다. 다음엔 소주에 삼겹살로."

수연은 번지는 웃음을 쉽게 멈출 수 없었다. 삼겹살에 소주를 알아보는 자, 그 극락을 어찌 모를까. 그녀는 저도 모르게 치솟는 엄지를 보이다가 재희의 손가락 지져 버릴 듯 짜릿한 감각에 얼른 집어넣으며 대답했다.

"저야 물론 감사하죠."

아주 잘 맞는 술친구란 나이와 국적은 전혀 필요가 없는 것이다. 수연이 먼저 고꾸라질 정도로 강한 술친구는 처음인지라 자주 봐서는 두 주당 모두에게 좋다고는 할 수 없겠지만. 결국 재희에게는 그리 달갑지 않은 눈으로 향하고 수연에게만 배웅을 하고서 돌아서 버린 성철은 역시 방금 전 재희가 그랬던 것처럼 미련은 두지 않았다.

재희의 손을 잡고 정원을 빠져나와 규현이 열어 주는 차 문에 다다른 수연은 규현이 운전석에 올라타는 것을 보며 그의 가슴에 손을 올렸다. 갑작스럽게 심장 부근에 다다른 수연의 손에 움직임을 멈춘 재희가 의아함을 담아 바라보자 수연의 부드러운 미소가 조용히 걸렸다.

[고마워요. 나는, 재희가 어머니에게 한 것을 용서하거나 이해한다거나 하지 않아요. 그걸 부탁한 건 나였으니까…… 그럴 자격이 없어.]

[재영 씨.]

[하지만 그것 때문에 재희가 다쳤을 거라곤 생각하지 못했어요. 바보 같았어. 난 재희를 한없이 강하게 본거야.]

수연은 지난 밤 나눴던 대화를 떠올렸다. 여전히 어떤 일이 있었는지는 잘 알지 못했다. 재영은 학대를 받았고 그 학대의 고리를 끊어낸 것은 재희였다. 그러나 끊어진 끝이 가시가 되어 그를 찔러댔다.

그것이 그녀가 아는 전부였다.

두근두근.

가슴이 떨릴 정도로 그녀를 원하고 마는 자신에 재희의 목울대가 움직였다. 가깝게 할수록 위험한 여자임이 분명해. 처음 보았을 때도, 그 후로 시간이 지난 뒤에도 강재희를 이렇게까지 긴장시킬 수 있는 건 아무리 생각해도 지수연밖에 없다.

"아무래도 한 번도 말한 적 없는 것 같아서."

재희의 넥타이를 당겨 자신의 입가에 그의 귀를 맞춘 수연은 발그레하니 달아오른 뺨을 가지고 속삭였다.

"사랑해요. 아마도."

얇고 가벼운 입맞춤에 입술이 뜨거워졌다.

아마도?

아마도를 뒤로 두고서라도 재희는 일순 눈앞이 아득해졌다.

"사는 데 답이 어디 있겠냐마는."

"……"

"굳이 답을 정해야 한다면 당신이어도 괜찮을 것 같다고 생각했어요."

살아가면서 가시에 찔린 상처를 치료해 줘야지. 아프지 않게, 잊을 수 있게.

"지수연."

"그렇게 불러 줘서 고마워요. 놓치지 않고 불러 줘서. 다시 찾아와 줘서."

벅차는 느낌. 가슴이 가득 차올라 넘쳐 버리는 그런 기분.

"날 사랑해 줘서…… 사랑해요."

다른 것을 생각할 틈조차 주지 않는 오연한 기쁨이 가슴 깊숙이 퍼지기 시작했다. 이곳이 천국이라면, 죽어서 지옥에 갈 것이 이미 당첨된 몸이라 하더라도, 누군가 지금 이 순간이 천국이라면 재희는 믿어 줄 수 있었다. 그녀의 입에서 나온 말이 미칠 것만 같았다.

그러나 그 여운을 만끽할 틈도 없이 재희를 밀어낸 수연은 얼른 차에 올라타며 팔을 운전석 쪽으로 쭉 뻗었다.

"출발!"

"에? 예?"

"어서 갑시다!"

당황한 규현이 어쩔 줄 모르며 허우적거리며 자신을 보자 수연은 재빨리 그의 어깨를 두드리며 출발을 연호했다. 그녀의 눈에 듬뿍 차오른 장난을 본 규현은 어쩐지 그것에 매료되어 웃음기를 지우지 못하고 기어를 움직이면서 차를 움직이기 시작했다. 수연을 납치당한…… 아니, 규현을 납치당한 재희는 멍하니 그 자리에 서 있어야 했다.

"하?"

상황을 이해 못 한 침묵, 그리고 남은 허탈감과 미꾸라지처럼 빠져나간 감각에 대한 그리움. 눈을 찌푸리며 이마를 쓸어낸 큰 손은 마치 뭔가를 털어내는 듯 보였다.

"하, 하하."

이미 뒤꽁무니만 보이고 내려가 버리는 검은 차체에 선 재희는 순간 터지는 웃음에 입가에 손을 올리고 억지로 웃음소리를 참아냈다. 하지만 이내 터져 버리는 간지러움에 그는 태어나서 난생처음으로 큰 소리를 내어 웃었다.

그토록 싫어하고 치를 떠는 높은 저택 앞에서.

"이거 저 혼자 독박 쓰는 거 아닌가 모르겠습니다."

백미러를 통해 수연을 보면서 장난스러운 말을 건넨 규현은 전에 없이 진지한 수연의 옆얼굴에 눈을 동그랗게 떴다. 아주 자주 보지는 못했지만 항상 웃는 얼굴이었던 그녀의 웃음기 없는, 오히려 어딘가 아파 보이는 모습이었다. 덜컥 겁이나 침을 삼키자 수연은 조용히 얼굴을 바로 하며 규현을 바라보았다.

"규현 씨…… 맞죠?"

"예."

수연은 그렇게만 한번 말하고 다시 고개를 돌려 창밖을 보았다. 말도 안 되는 장난으로 재희를 떼어놓고 왔지만 마음 한구석이 많이 무겁고 아프다. 재영을 대하는 재희의 태도에서 보이는 순수한 악의를 알 수 있어서 더욱 안타깝다.

"그 사람 분명 벌 받을 거예요."

"……."

"아주 많이."

누군가에게 상처 주는 것에 무뎌진 사람은 결코 훗날 행복해질 수 없다. 이유를 막론하고 모든 것이 무뎌질 정도라면 분명히 언젠가 그 업을 받을 것이다. 하지만 그것을 나눠줄 수 있다면 수연은 정말 그렇게 나누고 싶었다. 재희에게 주어질 아픈 기억과 슬픈 고동을 나눠 갖고 안아 주었으면 좋겠다.

그가 고아라는 것이, 아직도 서류 하나로 된 가족조차 없다는 사실이 아픈 것이 아니다. 수연은 그저 그 모든 것을 이미 모르는 척할 수 있는 재희가 아프다. 이미 모든 게 아무렇지 않게 되어버린 재희의 무감각한 감정이 슬퍼 눈물이 났다.

"솔직히 저 지금 동정하고 있어요."

"아가씨."

"부모님이 없다는 거, 겪어 본 적도 없고 상상도 해 본 적 없어요. 그래서 재희 씨를 이해 못 하는 제가 너무 싫어요."

너무 과한 욕심이겠지만 수연은 진심으로 재희를 향해 해 줄 것 없는 자신이 슬펐다. 재희를 사랑하고 또 사랑하지만 그만큼 다른 것을 보지 못한다. 결국 눈 한쪽으로 흐르는 눈물에 수연은 자신이 입고 있는 재희의 옷자락으로 꾹꾹 눌러 닦았다.

그럴수록 흐르는 눈물은 많아지고 마음이 아프지만 그만큼 그를 향한 마음이 확실해진다.

만날 사람은 반드시 만난다. 수연과 재희처럼.

＊

격정, 열정, 열락!

누군가에게 한없이 어울리지 않고, 다른 누군가에게는 그보다 알맞은 단어가 없는 그러한 것. 재희의 손에 대낮부터 질질 침실로 끌려가듯 걷던 수연은 어떻게든 상황 타개를 위하여 눈을 굴리다가 난장판이 된 거실을 보며 옳다구나! 환호를 질렀다. 이대로 방으로 들어가면 이틀 전보다 훨씬 격한…… 아우, 난 몰라.

"저, 저거! 재희 씨 저거!!"

놀랍게도 먼저 출발한 그녀와 규현보다 한발 앞서 도착한 재희가 문을 열고 들어서는 수연의 손목을 잡고 다짜고짜 들어가는 통에 안달이 난다. 가까스로 거실로 손가락질하며 멈춘 수연은 불과 1, 2분 만에 죽죽 흐른 땀을 닦아내며 호들갑을 떨었다.

"도둑이라도 들었나? 무슨 발코니랑 테이블이."

"……"

"설마."

그러고 보니 아무리 그녀가 도리질 쳐도 하고픈 대로 하는 성미인 재희가 너무 잠잠했다. 오히려 그 점이 이상해서 유리파편이 가득한 거실로 다가서던 수연은 고개를 돌렸고 거기엔 난처함이 아주 조금 묻어난 얼굴의 재희가 그녀에게 손짓했다.

"신경 쓰지 마."

"또 성질대로 했나 보네요. 이러다 나중엔 나도 맞겠어."

진심으로 걱정된다는 듯 표정을 굳히는 그녀에 재희는 일순 엄청난 사색이 되더니 황급히 다가와 말했다.

"말도 안 되는 소리 마. 누가 누굴…… 행여 그런 생각은 할 필요 없어."

반쯤은 농담이었던 수연은 신뢰를 바라는 그에 웃음을 터트렸다. 혹시라도 그런 행동은 하지 않겠다는 신용이 물씬 풍기와 더 의심할 겨를도 없었다. 큼직한 사람이 잔뜩 긴장한 모양새는 여러모로 좋지 않아서 맑은 웃음만 보이고 재희를 밀어낸 그녀는 다리를 쭈그리고 앉았다. 흉하게 깨어진 유리창들을 큰 조각부터 모으다가 문득 드는 의심에 다시 그를 보았다.

"이거 혹시 손으로 던졌어요?"

무슨 말이냐는 듯 바라보며 팔짱을 끼는 게 당장 침실로 데려가고 싶다는 의미가 풀풀 묻어나 있었다. 수연은 재희의 성질머리를 떠올리며 그의 얼굴을 향했던 시선을 차분히 내렸다.

"어떻게 이런."

낭패감이 올라왔다. 수연은 후다닥 다가가 앉으며 그의 바지를 들어 올렸다. 당황한 재희가 뒤로 빼자 강하게 콱, 잡아낸 수연은 손가락을 입가에 대고 '쉿' 하는 제스처를 보이고서 드러난 상처에 신음을 흘렸다.

"피는 빨간색인데 하는 짓은 얼음괴물이셔."

푹 파인 오른쪽 다리의 정강이는 보는 사람이 눈살을 찌푸리게 할 만큼 아파 보였다. 그것을 가지고도 멀쩡히 그녀를 들어 올리고 게다가 재영까지 번쩍번쩍 올렸던 그다. 속상한 마음에 다리를 툭 치자 그제야 아픈지 인상을 쓰는 재희를 보며 수연은 유리조각은 뒤로했다. 상처 치료부터 해야 할 성싶어 다가섰던 그녀는 이미 코앞까지 다가와 있는 재희 때문에 엉덩방아를 찧었다.

"왜, 왜요?"

"지금 이런 게 중요해?"

"피가 많이 나요. 일단 치료부터 하고……."

정신 빼놓기가 이제 슬슬 약발이 다해 가고 있는 모양이었다. 본래의 무심한 얼굴로 돌아온 재희는 그녀의 볼과 이마에 손가락을 문지르며 애간장을 태우기 시작했다. 간지럽게 움직이는 손가락의 딱딱한 손톱이 아프지 않게 선을 그으며 말 그대로 수연을 유혹했다.

붉은 자국이 초야의 밤처럼 이불에 수를 놓았다.

재희의 다리에서 흘러나온 핏물자국이 선명하게 점점이 그려지고 침대 머리맡까지 도망친 수연이 눈동자를 굴리며 어쩔 줄 몰라 했다. 촉, 촉. 하고 수연의 발등에 입을 맞춘 재희는 수면이 차오르는 것처럼 발목과 정강이, 그리고 무릎을 지나 허벅지 안쪽까지 혀를 내밀며 올라섰고 벌어진 두 다리 사이에 몸을 세우며 아찔할 정도로 매력적인 미소를 지었다.

"무척…… 예뻐."

이내 다물린 눈가에서 눈물이 조금 맺혔다.

"아파?"

도리도리.

흔들리는 수연의 고개에 안심하며 턱과 목덜미로 듣기로 민망할 정도로 숨김없는 그의 행위는 무척이나 창피하고 부끄러웠지만 그와 비례하여 몸을 뒤트는 무언가가 있었다.

"살살, 사, 살살이요."

겁을 먹고 한층 더 뒤로 물러서는 그녀의 허리를 잡아채 당긴 그는 수연을 받쳐 올려 자신의 중심부부터 깊게 앉히기 시작했다. 큰 거부감 없이 다가오는 그 때문에 수연의 몸이 번쩍 도망쳐갔지만 재희의 팔은 이미 그녀의 어깨를 짓누르고 있었다.

그녀에게 자신을 완전히 안착시킨 재희는 조금만 움직여도 움찔거리며 훌쩍이는 수연의 등을 쓰다듬었다.

그렇게 있기를 몇 분여, 한계점에 다다른 상태로 대치하고 품에 안고 있던 재희와 진정이 되면서부터 조금씩 홀로 떨리는 그에 수연은 연신 스스로를 응집시켰다.

"이거…… 진짜!"

"조금만 참아."

재희의 목을 팔로 강하게 휘감아 조이며 두 다리를 오므린 수연은 그의 단단한 허리에 닿은 허벅지의 느낌에 절로 달뜨는 기분에 흔들거렸다.

"재희 씨."

달달 떨리는 목소리에 담긴 자신을 갈망하는 흔적을 느낀 재희는 수연의 어깨를 살짝 물며 등을 쓸었다. 한마디로 정말 죽겠다는 생각에 수연은 재희의 볼을 꽉 잡아당기며 웅얼거렸다.

"진짜 못됐어, 진짜! 너무 미……!"

아프면서도 번쩍하는 기운에 입을 다물고 다시 움츠러드는 그녀의 귀에 재희의 잘근거리는 이가 오가며 입을 열었다.

"다시 말해. 뭐?"

이내 또다시 움직이지 않는 재희에 수연은 진정 이대로 눈을 감아 버리고 싶었다. 감아서 다시 떴을 때 해가 비추고 이 상황이 차라리 끝이 나 있으면 이렇게까지 안달이 나지 않을 것이다.

이어지는 격통은 더 이상 아무런 생각도 할 수 없게끔 만들었다. 말로 하지 않는다 하더라도 알 수 있는 사랑이, 분명 여기에 있었다.

녹초가 되어 늘어진 수연이 이불로 파고들어 몸을 둥글게 말았다. 사랑을 끝내고 잠에 빠져드는 그녀를 억지로 잡아 씻기고 눕혔으니 적잖이 피곤할 것이다. 곤히 잠들어 있는 수연을 대신해 집에 도착하면서 바로 발가벗기는 바람에 여기저기 널브러진 그녀의 옷자락을 집어 들고 세탁실로 향한 그는 세탁기에 옷을 집어넣으려다가 묵직하게 보이는 주머니에 손을 넣었다.

"휴대폰."

까맣게 화면을 드러낸 휴대폰을 손에 쥐고 세탁기에 옷을 넣은 그는 별생각 없이 END 버튼을 눌러 다시 켰다. 마치 아내의 휴대폰을 검사하는 것처럼 세탁기에 기대어 서서 켜지기를 기다린 재희는 불이 들어옴과 동시에 달달거리는 기계를 바닥에 툭 떨어트리고 말았다.

차창-

"뭐 이런."

바닥에 좀 떨어졌다고 박살 나는 게 말이나 되는 건가.

바닥에 떨어지면서 와장창 산산조각이 나 버린 기계의 파편에 재희는 그답지 않게 당황하며 쭈그려 앉아 금이 가고 떨어진 것들을 만지작거리다 인상을 찌푸렸다. 앙앙거리며 달려드는 수연은 귀엽지만 그것은 침대 위에서 나지 평소에는 사람 복장을 터지게 하는 터라 아주 달갑지는 않다. 아, 물론 그렇다고 수연이 예쁘지 않은 것은 아니지만.

파편을 슬슬 쓸어 모아 대충 쓰레기통에 버린 그는 수연이 잠들어 있는 침대로 향했다. 세탁실로 가기 전보다 더 이불에 돌돌 말려 새우처럼 말려 자는 모습이 사뭇 탐스러웠다. 예쁘고, 사랑스러운 여자 같으니. 그녀의 곁에 차분히 누워 깨지 않게 살살 볼을 쓸어주면서 입을 맞춘 재희는 안도하며 살며시 미소를 지었다.

흔들흔들.

잠이 든 지 얼마 안 된 것 같은데, 하며 밝아오는 빛에 눈을 찡그린 재희는 자신의 몸을 흔드는 가느다란 손에 길게 숨을 뱉으며 팔을 뻗었다. 역시나, 그리 길지 않은 머리카락이 손에 걸리며 부드럽게 쓸리고 그 감촉을 느끼는 이상 눈을 뜨지 않을 수가 없었다.

"……가까워."

기대했던 것 이상으로 가까운 그녀의 얼굴에 재희의 가려진 목덜미가 조금 붉어질 때 수연은 그의 볼을 꾹꾹 뭔가로 눌러대고 있었다. 손가락이라기엔 지나치게 얇은 그것이 볼을 누르자 재희의 편했던 안색이 대번에 일그러졌다. 험한 인상이 비추자 수연이 샐쭉하니 물러서 입을 비죽거렸다.

"그럼 이제 가까이 안 갈게요."

아쉬울 것 없다는 식으로 고개를 뒤로 쭉 빼는 수연에 그녀의 뒷목을 가볍게 잡아당긴 재희는 그 상태로 길게 키스를 했다. 담백한 입맞춤에 두 사람 모두 입술을 맞댄 상태로 실실 웃어 보이다가 조금 떨어졌다.

"누구 맘대로."

살짝 벌어진 입에서 곧 쳐들어올 듯한 혀를 느낀 수연은 그의 가슴팍을 열심히 치며 열렬히 거부했다.

"이거, 혹시 재희 씨가 그랬어요?"

그녀의 하얀 손에 들린 것은 단 한 번의 떨어트림으로 완전히 망가진 휴대폰의 파편이었다. 아무래도 그의 볼을 찌르고 있던 것은 휴대폰의 안테나 부분이었는지 덜렁덜렁한 것이 영 보기 흉했다. 걸렸구나. 수연이 자주 하는 머리 긁기를 보이며 고개를 옆으로 돌린 재희는 그저 무심하게 말했다.

"새로 하나 사자."

"……나야 좋죠. 그래도 일단 사과는 받아야 할 것 같습니다만?"

아침에 일어나 부모님께 전화를 하기 위해서 바지를 찾던 수연이 휴대폰 흔적을 발견한 것은 세탁실 쓰레기통에서였다. 제대로 치워지지 않은 바닥에는 밟으면 다칠 만한 자잘한 파편이 꽤 있어서 모른 척하려야 할 수가 없다고 해야 할까…… 하지만 사 준다며 일을 끝내려는 그를 보며 수연은 눈썹을 추켜세웠다.

"사 준다니까."

"……"

"아파."

재희의 머리카락을 잡고 마구 쥐어짜듯 흔들어 버린 수연은 끝내 사과하지 않는 그에 한숨을 쉬고 말했다. 일단 사과하는 법부터 좀 가르쳐야 하나.

"휴대폰 좀 빌려 주세요."

"왜?"

"전화하려고 빌려 달라고 하지 뭘 하겠어."

"누구한테."

"……누구긴 누구예요. 나 재희 씨 집에 왜 온지 몰라요?"

"몰라. 말 안 했어."

아, 하지 않았던가. 그럴 수도 있는 일이지. 확실히 돈 오천이 어쩌고 하며 대충 흘렸던 것이 기억난다. 여러 가지로 참 곤란한 상황이다 싶어 잠시 침묵하는 그녀에 재희는 점점 더 의심이 짙어지는 눈을 해 보였다.

"누구한테 하는 거야."

"부모님이요. 살아 있다고는 해야죠. 휴대폰이 이 상태가 됐는데."

산뜻하게 대꾸해 주고 얼른 휴대폰을 달라는 식으로 손을 팔랑대자 겨우 무거운 몸 일으킨 재희가 침대에서 내려왔다. 완전한 알몸 상태로 부끄럽지도 않은지 잘도 돌아다니는 그 때문에 서둘러 고개를 위로 쳐든 수연은 곧 그가 건네준 휴대폰만 때리며 외쳤다.

"내가 그렇게 벗고 다니면 좋겠어요? 옷 좀 입어요!"

"……난 좋을 것 같은데."

"아악!"

간만에 괴성 한 번 질러 주고 방에서 가 버리려는 수연을 간단하게 잡아 끌어당긴 재희는 꾸물꾸물 침대에 앉았다.

"부모님한테 할 거예요, 이러면 민망해서 어떻게 해."

"아무 짓도 안 해."

'웃기시네! 그 아무 짓도 안 한다는 소리에 몇 번을 속았는데!'

하지만 뭐라 하던 쓸모없을 것임을 알기에 수연은 에라 모르겠다, 그의 가슴에 푹 안겨 아버지의 휴대폰 번호를 눌렀다. 단조롭게 흐르는 연결음에 얼마 지나지 않아 점잖은 아버지의 목소리가 들렸다.

"아부지."

— ······.

모르는 번호에 상당히 엄숙한 목소리를 내주시다가 자신의 말이라고는 죽어도 안 듣는 딸이라는 것을 알자마자 침묵을 고수하셨다. 그리고 잠시 뒤에 있을 기차 화통을 생각하여 귀 한쪽을 막고 아직도 의심이 가득한 재희의 귀에 휴대폰을 대준 수연은 펑, 하고 울리는 목소리에 깔깔거렸다.

재희의 커질 대로 커진 눈이 어찌나 재밌던지 눈물이 나올 지경이다.

"아이고 배야, 푸하하…… 하, 흠흠."

난생처음 듣는 외침에 정신까지 잠시 외근 보냈던 재희는 마녀처럼 깔깔거리는 수연을 째려보았고 그녀는 목을 가다듬으며 휴대폰을 다시 귓가에 댔다.

"흠, 네, 아부지. 휴대폰이 망가져서, 친구 거예요. 응? 어쩌긴. 엄마한테 들으셨어요? 거짓말 아니라니까……. 응, 만나는 사람 있어요. 그 사람이 좀 아팠어요. 아이고! 설마요. 그저께 빼고는 친구 집에 있었죠!"

죄송해요, 엄마. 죄송해요, 아빠. 저 같은 딸을 용서하세요.

아마 며칠 동안 내내 재희의 집에 있던 것을 알면 더 볼 것도 없이 당장 머리채 잡혀 집으로 끌려 내려갈 것이 분명했다.

"만나는 사람."

어감이 좋은지 되짚는 재희에 조용히 하라는 듯 손으로 그의 입을 막은 수연은 길게 이어지는 훈계에 고분고분 고개를 끄덕였다. 전체적인 내용은 막돼먹은 딸내미는 필요 없다가 주를 이루었지만 넉살 좋게 헤실헤실하며 아양을 떨자 딸의 애교에 약한 아버지의 괜한 기침 소리가 멀리서나마 들려왔다.

"곧 들어갈게요, 에? 소개는 무슨. 나중에요."

자신의 말에 점점 가늘어지는 눈을 만드는 재희를 눈치채지 못한 수연은 머리카락을 빙글빙글 손가락으로 말며 몇 번 더 고개를 끄덕였다. 그리고 간신히 통화를 마친 그녀는 세차게 자신을 침대에 눕히며 위로 드리워진 재희에 눈을 크게 떴다.

"뭐, 뭐예요?"

"왜 소개 안 해 준다는 거야."

"으응?"

어쩐지 상처받은 것처럼 까만 눈이 흔들리자 수연은 마음이 아파와 손을 들어 그의 눈가를 매만졌다. 그리고 생각보다 작은 것에도 상처받은 무늬만 강철 가슴을 퉁 치며 말했다. 하여간 알면 알수록 양파보다 더 속을 알 수 없는 사람이다.

"부모님께 보여 드린다는 건 중요한 문제잖아요. 조금 더 진지하게 만나 본 다음에나 인사를 드려야죠. 당장 우리가 결혼하는 것도 아니고……. 거기다 난 아직도 백수라고요. 하다 잘리는 한이 있어도 일단 뭐라도 시작은 해 봐야 하지 않겠어요?"

그녀야 거리낄 것이 없지만 재희는 결혼적령기다. 그런 말이 나도는 판국에 함부로 그를 부모님께 보여서 짐을 얹어 놓고 싶지는 않았다. 틀린 것 하나 없는 수연의 말에 재희는 처음 내기를 했을 무렵 나눴던 대화를 떠올렸다. 맥주를 앞에 두고 꽤 허심탄회하게 나눴던 그 대화를.

"두 달 뒤면 서문의 공채가 있다."

"아이고, 아서요. 거기 들어갈 수 있었으면 내가 여태껏 떨어졌겠나. 낙타가 바늘구멍 들어가는 것도 아니고."

신경 쓸 것도 없다는 양 가차 없이 평가내리는 그녀에게 조금 생각하던 그는 이내 말했다.

"그 구멍, 낙타도 들어갈 수 있을 만한 구멍으로 벌려놓지. 남은 시간 동안 학원이든 어디든 다녀. 그리고 제대로 찾아와."

생각지도 못한 말에 수연의 눈이 동그랗게 변했다. 서문이 어떤 곳인지는 안다. 그리고 암묵적으로 그곳에 지원하고자 하는 사람의 스펙이 어느 정도인지도 풍문을 들어서 알고 있었다. 안타깝지만 그녀가 가진 이력으로는 부족해도 한참 부족했다.

"도와주기라도 하려고?"

혹시나 하는 마음에 불쾌감을 얹어 묻자 재희의 단칼 같은 말이 돌아왔다.

"그런 걸 바란다면 관둬."

"……정말이에요?"

"최소한 학력 같은 것으로 구분하진 않겠어. 너뿐만 아니라 앞으로도 계속."

정말로 기대하지 않았던 말의 연속이었고 그는 입꼬리를 올려 웃는 것인지 비웃는 건지 모를 미소로 말을 이었다.

"지수연이 어떤 여자인지, 서문에 필요한 인재인지 궁금한데?"

파격도 이런 파격이 없었다. 무언가 시도를 할 수 있다는 순간이 다가오자 수연은 저도 모르게 흥분했다. 마치……이건 마치 내기 같지 않은가. 그녀와 그와 갖는 내기 말이다. 고맙다는 말을 하려던 수연은 곧 그 생각을 지웠다. 대신 도전적인 눈으로 고개를 끄덕였고 재희는 특유의 무미건조함을 동반한 애정이 가득한 눈동자로 한마디 했다.

"그전에."

"응."

뭐든 말하라는 양 초롱초롱하게 보는 그녀에게 그는 단호하게 일갈했다.

"해."

대번에 나온 말에 의아해져 수연이 고개를 갸웃거렸다.

"뭘요?"

"결혼."

"……무슨 말이에요?"

"나랑 결혼해."

맙소사. 이럴 줄 알았다. 모든 것이 즉흥적인 사람처럼, 다시 한 번 규현의 말이 떠올라 수연의 공감대를 불러일으켰다. '호불호가 정확한 사람', 그러니까 뭐든 잣대가 굵은 사람이라는 말과 다름이 없으니 지금과 같이 똑 부러지게 말을 할 수 있는 거다.

고개를 설레설레 저으며 한숨을 내쉰 수연은 자신을 내려다보는 재희에게 밝고 예쁜 미소를 가득히 지어 주었다. 그녀의 웃음에 홀려 잠잠해진 재희가 조용히 고개를 내리며 수연의 입술을 맛보기 직전 그녀가 낭랑하고 맑은 목소리로 말했다.

"싫어요."

＊

시간은 흘렀다. 많은 이야기를 지니고.

"회장님이 부르십니다."

간만에 얼굴 들이민 규진이 먼 산 보듯 흐릿한 눈으로 말하자 재희의 불쾌감이 물씬 솟았다. 어지간하면 회사에 납시지도 않는 성철의 갑작스러운 부름은 여전히 달갑지 않았다. 그렇다고 해서 예전처럼 숨이 막히거나 혹은 정신을 놓을 만큼 힘겹지는 않았다. 시간이 가면 갈수록 그는 조금씩, 조금씩 스스로에 익숙해졌다. 물론 대면 후에 줄담배는 여전했지만.

"무슨 일로?"

재희를 대신해서 물은 규현은 잠잠한 재희에 안도하며 규현 쪽으로 시선을 돌렸다. 여전히 불꽃 튀는 눈빛이었고 달가울 것 없는 상태였지만 할 일은 해야 했다. 재희의 입장에서 우스웠다. 같잖고 재미없고 그리고 조금은 부럽기도 했다. 저런 서로의 투덕거림은 피가 통했으니, 그런 것이니 저렇게 아무리 이를 드러내도 서로 등을 마주하고 있을 수 있는 것이 아닐까.

할퀴고 소리치고 다신 안 볼 것처럼 해도 저 둘은 절대 끊어낼 수 없다. 아무런 혈연도 남지 않은 재희와는 다르게.

"가셔야 할 것 같습니다."

예전엔 어디서부터 잘못되었나 싶기도 했었다.

왜 이렇게 아파야 하는지, 무엇 때문에 이렇게까지 자신이 겁을 내었던 것인지. 그건 어쩌면 자신이 입양된 것이 아니라 그저 후견인을 둔 고아라는 사실이 여전했기 때문일지도 몰랐다. 자신은 여전히 혼자인데 함께했던 규현과 규진은 어느 사인가 멀어져 갔고 정말로 홀로 남아서 그 심술이 번지고 번져 몹쓸 놈이 되었다.

그 누구보다 겁이 많았고 외로움을 타던 재희가.

회장실이 있는 바로 아래층을 내려가면서 재희는 타이를 바르게 정돈하고는 곧 보이는 굳게 닫힌 문을 열었다. 검게 태우는 시가의 재를 바닥에 톡톡 털어내고 있는 세간에는 조부, 하지만 정작 그는 단 한 번도 할아버지라 불러보지 못한 성철이 보였다. 바르게 서서 두 팔을 양옆에 대고 허리를 가볍게 숙이는 것은 마치 생판 모르는 타인을 대하는 것과 다름이 없었다.

"앉아라."

"괜찮습니다."

단호한 거절은 항상 그래 왔으니 성철도 재희가 꼭 자리에 앉을 것이라고는 생각하지 않았다. 으레 그러려니 하며 입가에 시가를

태우고 의미 없이 손에 쥔 지팡이로 테이블만 톡톡 친 성철은 오늘
만큼은 항상 그랬던 전혀 즐겁지 않은 안부가 아닌 다른 소재로 말
을 걸었다.

"내일이라 들었다."

"예."

잠시 이어지는 침묵은 규현과 규진의 목을 조여 온다. 아무리 겪
어도 이 분위기는 익숙해지지 않아 답답했다.

"친지 하나 없는 놈으로 해 놓았다며."

어디서 들었는지 성철은 콕 집어 말했고 재희는 잠시 흠칫하고
주먹을 풀었다가 다시 가볍게 말아 쥐었다. 이 따끔거리는 가슴은
어쩐지 죄책감과 비슷했다. 하지만 그보다는 더 섬세한…… 다른
감각이다. 긍정의 뜻으로 고개만 작게 끄덕이는 재희에게 성철은 피
식 웃으며 시가를 태웠다.

어제저녁 끝내 오지 않을 거냐고 울먹거리던 반가운 술친구를 떠
올리면 일단 웃음부터 나온다.

"그 고집은 예나 지금이나 같구나."

"죄송해야 합니까?"

"아니, 그럴 필요 없다."

어떤 이유든 재희가 누군가에게 잘못을 사죄하는 것은 성철 자신
이 두 눈 뜨고 있을 때까지 보지 않을 참이었다. 그렇게 키워 왔으
니 결코 용납할 수 없는 일이다. 성철은 언제부턴가 자신을 마주하
기 시작한 재희의 눈에 흡족한 듯 재를 털어내며 약간의 망설임 뒤
에 입을 열었다.

잘 들리지는 않았지만 성철은 분명히 재희가 아닌 또 다른 누군

가의 이름을 불렀다. 그 목소리는 작았지만 똑똑히 그들을 휘감고 사라졌다.

아주 오래전에, 불렸던 이름. 이제는 너무도 까마득해서 오히려 낯설어 반응하지 못하고서 서 있는 재희보다 규현과 규진이 더욱 놀라며 그와 성철을 번갈아 바라보았다. 뒤늦게 그 이름이 어릴 적 불렸던 이름이라는 사실을 깨달은 재희는 놀랍게도 아무런 기색도 없이 말했다.

"아니요."

"……."

"저는 강재희입니다. 직접 지어 주신 이름 아니십니까."

가질 재(齋), 즐길 희(嬉). 어쩌면 성철이 재희에게 바란 것은 다른 것이었을지도 모른다.

그래, 그래야지.

뜨거운 불꽃이 성철의 눈에서 타올랐다. 강한 투지가 떠오른 성철의 모습에 재희 역시 지지 않고 마주했고 그것은 상당히 닮아 있었다. 성철은 마치 귀찮다는 듯 재희에게 손짓하며 고개를 돌렸다. 재희 역시 간단한 예의를 갖추고 자리를 떴을 뿐 훈훈한 감정은 일말도 남지 않았다.

"역시 재희다. 그렇지?"

누구에게 묻는 것인지도 모를 말을 흘리며 입가에 큰 웃음을 걸어둔 성철은 다시 깊게 시가를 태웠다.

끝내 마무리는 하지 못했다. 그의 입에서는 아무리 생각해도 '손자'라는 단어가 나오지 않았다. 이 생활에, 이 순간에 그들은 너무도 익숙해 있다. 재희가 제 이름을 잊고…… 아니, 예전 이름을 잊고 '재희'에 익숙해진 것처럼 그렇게 그들의 방식으로 서로에게 익숙해졌다. 그것으로 되었다.

이것으로 되었다.

'내 먼저 지옥에 가거든 네 자리 맡아두고 있을 테니, 걱정 말고 무엇이든 해라. 어차피 너나 나나 지옥행은 잡아둔 놈들이 아니냐. 그러니 마음껏, 하고픈 것을 참지 마라.'

이미 문을 닫고 나선 자신에게 속으로나마 인사말을 해 준 성철을 아는지 모르는지 담배를 꺼내 입에 물고 빠르게 태운 재희는 바닥을 치우는 인부들은 생각지도 않으며 그대로 재를 떨어트렸다.

지금 사무실 안에서 시가의 재를 바닥에 떨어트리는 성철처럼.

"멋있습니다. 음…… 뭐랄까, 굉장히 섬세하다고 해야 할까요."

규현의 솔직한 표현에 팔짱을 끼고 서 있던 재희도 고개를 끄덕였다. 재희의 사무실, 그러니까 지사 빌딩이 아닌 서문 본사의 재무부 사무실 책상에 놓인, 선이 무척 유려한 목제 조각상에 두 사람 모두 흡족함을 드러내었다. 아닌 게 아니라 지난번에 받아왔던 것보다도 훨씬 아름다웠다.

"이제야 좀 볼만해."

재희의 단 하나뿐이라고 해도 모자람이 없는 친우에게 받아온 조각품은 확실히 무언가 변해 있었다. 그때의 조각도 아름답고 감탄을 자아냈지만 재희의 흥미를 돋우는 그런 흥미로운 점은 없었다. 하지만 약 일 년 만에 다시 받아온 그의 조각품은 재희의 마음도 동하게 만들었다.

"이게 뭐라고 했지?"

손가락으로 날개를 활짝 펼친 소녀의 조각을 다시 가리킨 재희에 서둘러 수첩을 꺼내 살핀 규현이 대답했다.

"은사(隱私)의 파랑새, 님페트(nymphet)."

"이름도 더럽게 길군."

세간에 제법 유명해진 작품을 친절히 규모를 줄여 선물한, 사고 싶어도 살 수 없는 작품을 보고 짧게 감상평을 하며 혀를 차 버리는 재희에 규현은 머쓱하게 수첩을 닫았다.

이 님페트라는 작품은 재희의 친우이며 능력 충만한 조각가가 사랑하는 여자를 조각했다고 알려지면서 더욱 인기를 얻고 있었다.

왜 사랑하는 여자를 조각으로 남기는가. 당장 실물이 다른 눈에 보이는 것도 짜증 나는데.

친우에 관한 짧은 소견을 마치며 목 언저리에 손을 올리고 으득으득 뼈를 풀던 재희는 내일을 위해 미리 처리해야 할 서류를 보기 위해 자리에 앉았다. 그때 다급한 소리가 사무실 밖에서 들려왔다. 그리고 무엇이냐, 인식하기도 전에 벌컥 열린 문으로 탐스러운 머리카락과 늘씬한 몸매가 나타나 두 사람의 시선을 빼앗았다.

"어……."

당황한 규현의 목소리가 조금 이어지고 재희의 무덤덤한 눈길이 가만히 상황을 정리하고 있었다. 두 사람을 깔끔하게 무시하며 서류로 시선을 내리고 손가락을 놀렸다. 그런 그의 매정한 행동에 발끈한 듯 이를 세우던 여자는 이내 곧 마음을 정돈하며 바르게 다가와 재희의 옆에 서며 안타까운 목소리를 흘렸다.

"재희 씨!"

"이런, 아가씨."

놀란 규현이 다가가 여자를, 윤정을 떼어내려 했지만 막무가내로 재희의 옆에 매달린 그녀는 보는 사람이 다 가슴 아플 정도로 슬픈 미소를 지으며 옆에 낀 것을 고쳐 들었다.

"당신, 아무래도 좋아요. 그깟 파혼…… 이혼도 아닌 걸!"

난데없는 말을 내뱉는 윤정에 재희는 물론 규현도 황당하다는 얼굴을 만들었다.

여타의 소문에 따르면 그와 헤어지고 얼마 지나지 않아 새 남자 친구도 마련한 것으로 알고 있었다. 뭐, 파혼한 직후 바로 수연을 만난 재희에 비할 바는 못 되지만 제법 잘 만나고 있다고 들었는데 지금 이 상황은 무엇이란 말인가.

게다가 그녀의 손에 들린 유리관 안의 목제 공예품은 꽤 오래전 깨진 그것과 비슷했다.

아아, 그러고 보니 이번 의원 선거 때 그녀의 조부가 재선되지 못했다고 들었다. 그래서 조만간 있을 보궐 선거를 노린다는 이야기가 소문처럼 흐르고 있었다. 아무래도 그것 때문에 재희를 찾아온 것 같았다. 그것이 아니라면 1년이 지나도록 소식이 없다가 갑자기 찾아와 이럴 이유는 없었다.

재희는 펜을 쓰는 것도 여의치 않게 매달리는 윤정에 짜증이 치밀었는지 가만히 펜을 내려놓고 반짝이는 눈을 가진 미인을 힐끔거리더니 규현을 향해 손짓했다. 그의 손짓에도 어렵지 않게 뜻을 알아차린 규현이 객쩍은 듯 턱을 긁적이다가 품에 손을 넣어 네모난 종이를 가지고 와 윤정에게 내밀었다.

성인 남성의 손바닥보다 조금 더 큰 심플한 디자인의 봉투에 조용히 그것을 받아든 윤정은 허리를 세우며 조각품을 책상 위에 놓고는 빠르게 봉투를 열어 그 안에 있는 종이를 꺼냈다.

과실이 붉어지는 계절, 비로소 하나가 되어 나아가는 두 사람이
함께 향할 이정표를 맞이하였습니다.
하여 마침내 사랑을 맺어 인생의 반려자가 되려 합니다.
부디 이 자리에 오셔서 축복해 주시기 바랍니다.

신랑 **강재희**

신부 **지수연**

문구를 모두 읽고 다시 한 번 읽은 윤정은 더듬더듬 떨어지는 입으로 겨우 목소리를 내었다.

"처, 청첩……."

그나마도 다 제대로 나오지 않아 주춤거리는 사이 규현은 부드럽고 선한 미소를 지으며 고개를 끄덕였다. 마치 재희의 결혼이 제 결혼인 듯 뿌듯함이 묻어난 얼굴이다.

"축하해 주십시오, 상무님 내일 결혼하십니다."

"……."

"아주 약소하게 할 예정인지라 다른 곳에도 전혀 연락드리지 않았습니다."

윤정은 정말 혼이 빠져 버릴 것 같았다.

세상에, 부처님. 하느님.

정녕 이 악마 같은 남자가 결혼을 한다는 건가요?

"결혼식 날 신부가 울면 딸 낳는다고 하더라."

"으아아!"

"아니, 웃으면 이던가? 뭐, 널 닮으면 딸도 괜찮겠다만 강재희 씨 닮으면 그 무슨 세상의 종말이냐."

본판이야 나쁘지 않은 미남이지만 그 흉흉한 눈은 아무래도⋯⋯.

화장도 못 하게끔 펑펑 울어대는 수연 때문에 화장도구를 쥐고 있던 경우는 난감함을 드러내며 한숨을 내쉬었다. 꽤 오랜 시간을 봐왔지만 이렇게 서럽게 우는 수연은 처음 보는지라 어떻게 달래줄 수도 없었다. 그렇다고 평범하게 안아서 다독이자니 두 사람은 괜찮아도 다른 사람의 시선은 물론 보자마자 옆구리를 발로 차 버린 재희를 생각하자면 오금이 저려 더 멀어지고 싶다.

"수연아, 지금 난 내 인생 최고의 일을 하고 있는 거라고."

비록 이 남다른 취미 때문에 이혼까지 당했지만 그래도 버릴 수 없는 것이 이것이다. 사랑스럽도록 아름다운 여자가 입은 드레스와 길게 늘어진 머리까지 고정했다. 마지막으로 천사보다 아름답게 보인다는 신부화장을 마침내 할 수 있게 되었는데 저 수도꼭지라도 틀어 놓은 것처럼 엉엉 우는 수연 때문에 간단한 기초화장도 하지 못했다.

"시끄러워! 엉엉! 아무리 생각해도 억울해!"

"⋯⋯."

"그때부터 알아봤어야 했어, 내가!"

혀를 내두를 정도로 기함할 듯한 울음에 잠정적으로 화장하기를 포기한 경우는 잠시 그렇게 보다가 자신의 볼을 꾹 누르며 조금 붉어진 얼굴을 만들었다. 그리고 슬그머니 입을 열었다.

"그, 재영 씨 말이야."

재영? 재영이라면 당연히 그 재영을 말하는 것일 터. 잠시 흐르는 눈물을 두고 소리 내는 것을 막은 수연이 가늘게 뜬 눈으로 경우를 살폈다. 부끄러운 듯 그 큰 몸을 비튼 경우가 안 어울리게 웃으며 말했다.

"혹시 만나는 사람이 있다거나."

"있어. 재희 씨랑 완전 닮은 사람!"

수연은 냉큼 경우에게 경고를 쏟아냈다. 경우가 빠르게 체념 비슷한 것을 하자 수연은 다시 제 감정에 충실하며 소리 내어 울었다.

너무도 서럽게 울어대는 바람에 이제 결혼식 시간까지 겨우 세 시간도 채 남지 않았다. 제법 길어 어깨를 덮어 내린 머리카락은 여러 가지 비즈로 고정시켜 아리땁게 해놓았건만 정점이라고 할 수 있는 화장엔 손도 못 대니 경우로서도 답답하기 이를 데가 없었다. 이러다가 그가 온다면…….

그때였다.

찰칵!

생각하기가 무섭게 문 열리는 소리가 들리고 경우는 자동으로 의자에서 일어나 후다닥 물러섰다. 그는 호환 마마라도 오신 양 잽싸게 들어온 사내를 지나쳐 나가 버렸고 신부대기실엔 순식간에 두 사람만 남았다.

라인을 살려 주는 세련된 검은색 정장에 백색의 나비넥타이까지 매달고 다른 사람들을 위해서라는 의무감으로 안경을 쓴 재희는 상당히 준수하게 보였다. 하지만 곧 안경을 벗어 테이블에 놓는 바람에 보이는 매서운 눈동자는 단숨에 인상을 바꾸어 놓았다.

"지수연."

낮은 목소리로 그녀를 부르며 다가온 재희는 눈 아래가 붉어질 정도로 울어대는 그녀를 부르며 안타까운 신음을 흘렸다. 그리고 여린 살을 손가락으로 훑어내며 말했다.

"그렇게 결혼하기가 싫어? 그래?"

직접 입 밖으로 내뱉는 것은 생각보다 가슴이 아팠지만 재희는 이렇게까지 그녀가 싫어한다면 지금이라도 이 결혼을 포기할 의사가 있었다. 누군가를 생각하고 그에 따라준다는 것은 결코 마음에 들지 않지만 그것이 수연이라면 재희도 어쩔 수가 없었다. 쓰린 속을 가다듬고 수연의 볼을 쓰다듬은 그는 낯설지 않게 웃어 주었다. 그러자 이내 더 콸콸 울음을 쏟아낸 수연이 그의 멱살을 잡고 마구 흔들었다.

"누가 싫댔어! 누가 그랬냐고!"

"헉!"

"네가 언제 나한테 제대로 프러포즈 한 번 한 적 있어? 다짜고짜 결혼하자고만 수백 번이고! 응? 그런데, 근데 결국…… 결혼반지 대신에."

그녀의 격한 흔듦에 정신을 차릴 수가 없어 말 그대로 허수아비처럼 흔들리던 그의 귀로 수연의 벼락같은 외침이 들려왔다.

"덜컥 아기부터 만드니!"

저 몰래 부모님을 찾아가 인사를 하고 나중 가서 재희와 담소를 나누시는 부모님에 혼자 놀라서 헉헉거렸던 것을 어찌 잊겠는가. 재희가 사라졌다는 말에 놀라 연락을 하니 그는 수연의 부모님이 계시는 시골에 내려가 있었고 거기서 무려 벼를 베고 있었다. 벼를, 벼를!

그 이후로 몇 번이나 그녀 몰래 밀담을 가졌던 수연의 부모님과 재희는 알게 모르게 내통하며 지냈단다. 아이를 가진 사실에 어찌할 줄 모르고 있던 수연에게 아버지는 전화를 손수 먼저 걸어 주시며 난생처음 듣는 점잖으신 목소리로 말씀하셨다.

[결혼해.]

장담하건대 아버지와 어머니, 그리고 재희 사이에 분명 모종의 거래가 있었을 것이다. 분명히!

결혼반지는커녕 그 흔한 꽃다발 하나 안 사 주고 쩨쩨하게 사탕발림으로 사랑을 꾀더니 결국 그녀의 아직 마른 배 안에는 재희의 씨앗이 자라 새로운 생명을 품어내고 있었다.

아이가 생긴 것은 분명 기쁨이오, 축복이다. 그 사실을 알았을 때 수연의 행복감은 이루 말할 수 없는 것이었고 재희에게 알려 주면서도 하늘을 날아갈 것 같아서 울음을 터트렸다. 하지만 그렇게 말하고 나서 기다렸다는 듯 결혼 준비를 이 주 만에 마친 재희는 지금 바로 이 순간, 결혼식 당일까지 묵묵부답.

그깟 말이야 몇백 번이고 '결혼하자, 결혼해.'라며 달라붙었지만 그래도 여자인 이상 어느 정도 이벤트를 바라는 것이 당연지사 아닌가.

화려한 것도 바라지 않았다. 그저 꽃 한 송이 주고 말해 준다면 그것으로도 만족할 수 있었다. 그런데 정작 돌아오는 것은 전부 아기 선물, 아기 용품, 임신 축하해! 수연의 서러움은 결국 폭발하고 말았다.

"이게 뭐야, 진짜!"

"자, 잠깐, 수연아."

애초에 재희는 초반부터 피임을 그리 좋아하지 않아서 배란일은 피하거나 기구로 임신을 피했었다. 물론 그녀는 피임약까지 복용했다. 그러면 무엇하랴. 이 자리에 앉은 그녀는 혼자가 아닌 것을.

누누이 말하지만 아이가 싫은 것이 아니었다. 지금은 강재희가 정말 미워서 수연은 매우 발악 중이었다.

"할아버님한테 싹수없이 말하지를 않나!"

"갑자기 그 얘긴 왜 나와."

"시끄러워요!"

"아아."

일갈(一喝). 이러면 재희도 잠시 기다리는 수밖에. 여유롭게 몸에 힘을 푸니 수연이 흔드는 몸이 동전 하나 떨어트릴 듯 흔들거렸다.

"뭐 하나 배알 뒤틀리면 사람 멱살을 잡고! 깡패야!"

듣다 보니 이거 아무래도 '대놓고 재희 잡기' 같긴 하다. 그 뻔한 순진함에 결국 웃음을 보이며 멱살을 잡은 자신의 손을 가만히 감싸 쥔 재희의 미소에 다시금 열이 오른 수연은 울먹거리더니 버럭 소리쳤다.

"좋아, 물러! 무르라고! 나 안 할 거야, 안 해!"

순간 다가온 질척한 그의 혀가 수연의 온몸을 휘감을 듯 강하게 머금었다.

단숨에 울음까지 마셔 버리며 야릇하게 그녀를 담은 재희는 한참을 그렇게 수연의 달래다가 길게 혀를 빼물고 얼굴을 떼어냈다. 강렬할 정도로 짜릿한 키스에 수연이 넋을 놓고 허물어지자 재희는 그녀를 받아들고 천천히 A라인의 드레스 자락을 올려대기 시작했다. 언제나 탐이 나는 허벅지를 조몰락거리는 손길에 수연은 눈물도 쏙 넣고 당황했다.

"잠깐만…… 잠깐만요!"

경우를 처음 보았던 그때, 그녀가 입었던 이브닝드레스처럼 화려하지만 늘씬한 몸매를 한층 살려 주는 옷자락이 허벅지를 드러냈다. 말려 올라간 옷을 잡은 재희의 큰 손이 수연의 다리를 맞깔나는 음식처럼 한참을 그렇게 지분댔다. 스멀스멀 더듬는 손길에 수연은 결국 아차 하며 빠르게 쿡, 손가락을 세워 재희의 눈을 찔러 버렸다.

"윽."

삽시간에 당한 일격에 눈을 잡고 끙끙거리는 재희를 통쾌하게 본 수연은 드레스를 정중히 내려며 콧방귀를 뀌었다. 어떻게든 버텨 볼 참으로 의자에 앉은 수연은 티슈로 눈가를 콕콕 눌렀다.

"돈 많으면 뭐해."

변변찮은 프러포즈 하나 안 해 주고 덜컥 아기나 만들게 하고. 그래도 아기한테 미안하고 스스로가 괜히 섭섭하고 1년 넘게 사귀고 날이면 날마다 듣는 게 결혼하자는 소리였지만 그래도 여잔데. 그래도 여자고 사람인데.

"진짜, 진짜 안 해 줄 거예요?"

눈물 콕콕 찍어 겨우 훌쩍임을 멈춘 그녀가 너무 조용한 재희가 원망스러워 돌자 그는 웃음소리를 내지 않기 위해서인지 두 팔을 배에 얹고 허리를 숙이며 쿡쿡 떨고 있었다. 그 모습이 어찌나 즐거워 보이던지 수연은 기껏 운 자신이 황당해 기운이 빠졌다. 그렇게 보기 좋은 웃음을 터트리며 팔을 화장대에 괴고 턱을 받친 재희는 토끼 눈이 된 수연에 자동으로 손을 들어 올렸다.

"그거 받으면, 정말 못 도망갈 텐데."

"……가끔 재희 씨 말 못 알아들을 때가 있어요."

"말 그대로."

반지라는 건, 하나 못해 꽃이라는 것은 재희에게 있어선 무척 중요한 요소였다. 괜히 연애소설 읽고 다닌 게 아니니까. 그래서 틈도 없이 제 것으로 하면 이 자유분방한 여자가 꽉 조여 어찌 될 것 같아서 사실 조금 겁을 집어먹었는지도 모르겠다. 이미 몇 달이나 품은 반지가 오늘은 그의 새끼손가락에 끼워져 있다는 사실은 수연은 아직 모르는 모양이었다.

"그렇게 미워?"

"당연한 거 아니에요?"

프러포즈는 여자의 로망인 것을, 제풀에 지쳐 한숨만 푹 내쉰 수연은 재희에게 프러포즈를 바라는 것은 정말로 포기해 버렸는지 재희를 한 번 강렬하게 째려보고 자리에서 일어섰다. 그와 함께 일어선 재희는 새끼손가락에 껴 있던 반지를 빼더니 자신의 입술에 물고 먼저 앞으로 가 가만히 고개를 디밀었다. 그답지 않은 나름의 애교다.

세상에 어느 여자가 결혼식 당일에 프러포즈를 받는지 모르겠다.

아무런 말도 없었고 별다른 행동도 없는데, 그저 그의 입에 물린 반지가 휘황찬란하게 보여 눈을 동그랗게 떴다. 이리 오라는 손짓에 주춤주춤 다가서자 재희는 입에 물린 반지를 빼 손에 들더니 꽤 오랜만에 오만한 동작으로 팔짱을 끼고 말했다.

"손, 뻗어 주실까."

"푸훗!"

웃음이 안 나오려야 안 나올 수가 없다. 이거 설마 강재희식 프러포즈? 너무나 그답고 또 그가 아닌 것 같아서 수연은 이번엔 다른 의미로 눈물이 맺혔다. 가만히 왼손을 뻗어 그의 앞에 도달하자 높게 솟았던 그의 키가 점점 줄어갔다. 그리고 그녀의 허리 높이에 머리가 멈추고 수연의 손을 잡아 내린 그는 한쪽 무릎을 꿇은 상태로 약지로 반지를 가져갔다.

"사랑할 거다."

"……."

"정말 남부럽지 않게 사랑할 거야."

마치 동화 속의 기사, 아니 기사라고 하기엔 조금 덜 순백하지만 여하튼 그렇게 멋있는 자세로 그녀를 올려본 재희는 호선을 그리는 미소와 함께 항상 해 왔지만 가장 진실하게 입술을 떼었다.

"나의 '가족'이 되어 줘."

완벽한 남자. 아니, 완벽하려 했기에 완벽할 수 없었던 남자의 처음이자 마지막 진실한 소원이었다. 갖고 싶었고 그것으로 인해 한 땐 죽을 만큼 괴로워했던…….

가족.

결혼하자, 결혼해, 가 아니라 그녀의 의사를 묻는 최초의, 그리고 최후의 프러포즈에 놀라움에 눈이 번쩍 떠졌다. 그 눈에 그렁그렁 눈물을 달고 있던 수연은 더 바랄 것 없다는 양 고개를 끄덕였다. 그리고 재희의 뿌듯한 표정과 더불어 약지 근처에 머물렀던 반지가 서서히 그녀의 손가락에 끼워지며 중간 마디에 다다랐을 때, 그는 달콤하게 속삭이듯 말했다.

"여기까지."

"……에?"

감동이 물씬 풍기기 직전 약지로 들어가다 말고 다시 빠진 반지에 수연이 헛소리를 냈다. 이내 반지를 제 새끼손가락에 쏙 넣어 버린 재희는 쭉 일어서 그녀의 입에 가볍게 입을 맞추고 몸을 돌렸다.

주다 말고 가는 게 어디 있어! 멍하니 멈추어 선 그녀에게 문을 열고 나가던 재희는 반짝이는 반지를 보여 주며 마저 말을 이었다.

"마저 받으려면 도망가지 말고 있어."

정말로 나갔다. 반지를 주지 않고, 그것을 그대로 들고 재희는 정말 문을 닫고 나간 거다. 떡하니 벌린 입을 다물지도 못하고 손을 내밀고 있던 그 자세 그대로 있던 수연은 내밀었던 손을 강하게 쥐고는 소리쳤다.

"야!!"

파우더룸을 쩌렁쩌렁하게 울리는 수연의 외침에 재희는 경우에게 들어가라 손짓했을 뿐이다.

　진한 비료 냄새에 남자의 눈이 잔뜩 찌푸려졌다. 바람이라도 한 번 불라치면 풍기는 익숙하지 않은 다소 역한 비료 냄새에 코를 막 으며 그는 창문을 닫았다. 하지만 닫으면서 차 안으로 들어온 냄새 가 나가지도 못하고 더욱 풍겨대 결국 밖으로 나온 그는 잔기침까 지 하며 인상을 썼다.

　"괜찮으십니까?"

　규현의 담백한 안부 물음에 재희는 찌릿 그를 노려보았다. 요즘 들어 한창 수연과 짝짜꿍이 맞아 서로 쿵작대며 놀다 보니 재희의 눈 밖에 나 버린 규현은 조용히 고개를 돌리며 먼 산을 바라보았다. 비료 냄새와 그 못지않게 흙냄새 자욱한 아름다운 농촌 풍경이지만 재희에게는 전혀 아무런 감동도 주지 못했고 오히려 불쾌감만 얹어 주었다.

"이 근처 어디라고 하던데. 제대로 찾아봐."

포장이 되어 있지만 다소 거칠거칠한 바닥면을 돌아다니는 작은 돌멩이 하나를 툭, 구두로 친 재희는 괜히 가만히 있는 규현에게 신경질적으로 빼딱하게 말했다. 요즘 세상이 얼마나 좋은지 시골 구석구석까지 정확히 이미지로 보여 주니 이처럼 대단한 세상이 또 어디 있겠는가.

"여기서 이쪽 골목으로, 또 저기서 저쪽으로……."

이리저리 차가 들어가기 힘든 골목으로 들어가면서 재희를 뒤에 두고 지도 보기 삼매경에 빠진 규현이 열심히 걸어 마침내 마지막 골목을 꺾어 들어가려는 찰나였다.

"여기, 여기서 마지막 끝으로, 헉."

막 골목을 보며 몸을 옆으로 돌던 규현은 여자의 맨 가슴도 아니고 구릿빛의 탄탄하고 넓적한 남자의 가슴이 눈앞에 들어오면서 기겁하며 뒤로 물러섰다. 180에 가까운 규현이 눈을 떴을 때 보인 것이 남자의 가슴이니 이 남자, 대체 얼마나 큰 것인가. 주춤주춤 놀라 고개를 들며 물러서고 그러다 바로 뒤따르던 앞에선 남자 못지않게 든든한 재희의 모습에 다시 우뚝 섰다.

정말 이 말도 못할 상황은 무엇이란 말이냐. 2m는 넘어 보이는 중년의 남자와 서 있기만 해도 살벌한 재희의 사이에 낀 외로운 양인 규현이 주눅 들어 옆으로 빠져나갈 때 세상에, 믿을 수 없게도 재희의 허리가 숙이기 시작했다. 아니, 숙여지는 것 정도가 아니라 90도에 가깝게 숙여진다.

"처음 뵙겠습니다. 강재희입니다."

머리가 희끗희끗한 중년의 사내, 그는 절도 있게 일어서는 재희를 내려다보며 지옥의 나찰마냥 매섭게 눈을 떴다.

"군대는."

"다녀왔습니다."

"그래, 부모님께서 우리 아이를 괜찮다고 하시는가."

당연한 수순의 질문이었고 재희는 무덤덤하게 말했다.

"부모님은 안 계시고 어릴 때부터 서문그룹 회장님께서 후견을 해 주셨습니다."

스물이 넘어가면서 그 후견이네, 뭐네 흐지부지되었지만 일단 그러한 명목으로 서문의 이름을 받았으니 재희는 솔직하고 간단히 말을 했다. 극소수만이 알고 있는 비화를 들은 사내는 다소 놀란 기색으로 그를 보았다. 아무래도 자신의 딸은 사연 많은 사내를 만난 것 같다.

두 무릎을 꿇고 바지런한 검은 양복의 구김도 생각하지 않고서 꿋꿋하게 허리를 세우고 있는 재희를 훑은 사내, 수연의 아버지 영호는 막 문을 열고 들어오는 다과상에 즐거워했다. 이런 시골에 있을 것이라고는 생각도 할 수 없었던 미모의 여성이 아기를 등에 업고 다과상과 함께 나타났다. 수연과 닮았지만 조금 더 청초하고 단아한 인상의 그녀는 생긋 웃으며 상을 내려놓고는 인사했다.

"수연이 언니예요."

"예. 강재희라고 합니다."

가만히 보고 있으니 얼핏 수연의 모습도 언뜻 묻는다. 중증도 이런 중증이 없다.

"수연인 잘 지내고 있어요? 애가 명절 아니면 잘 내려오려고 하질 않아서."

"예."

"……호, 호호. 말을 참 아끼시는 분인가 봐."

지연의 이마 위로 살짝 핏대가 올랐지만 재희는 가볍게 무시하며 앞에 앉아 전병 하나를 집어 들고 우물거리는 영호에게 집중했다.

"우리 수연이가 자네 많이 좋아하는가?"

"예."

"자네는?"

"말할 것 없이 사랑합니다."

얼씨구 좋다. 지화자 좋다.

덕담이라도 하는 것처럼 말들 오가며 한 치의 흐트러짐 없이 입을 여는 재희를 보자니 기가 차지만 영호는 술 대신 상에 있는 찻잔을 들며 홀짝였다. 생김 하나는 꽤나 괜찮은 것 같지만 눈이 지나치게 날카로운 것이 눈치 빠르기로는 이 바닥에서 둘째가라면 서러울 수연이 먼저 좋다고 달려들었을 것 같지는 않았다.

옷 입는 폼과 함께 데려온 사내의 모습들을 보자면 꽤나 사는 녀석일 듯하고.

"수연이 그 녀석이 순순히 결혼을 한다고 해?"

천둥벌거숭이가 따로 없는 수연이 벌써 결혼을 한다는 것은 여전히 믿기지 않는다. 인사를 드리러 왔다는 자리 잡은 사람이 있지만 그것을 보면서도 아직도 말이다.

"아쉽게도 들어주지도 않아서 이렇게 찾아왔습니다."

"그럼 프러포즈는 했다는 소리로군."

"스무 번쯤은 한 것 같습니다."

오오, 통재라. 시월 해 밝은 아름다운 태양 볕 아래에 여자에게 정신 나간 남자의 덧없는 말에도 부녀는 진심으로 진지하게 고개를 끄덕였다.

"나는 애 엄마에게 골백번도 넘게 청혼을 했지."

"우리 남편은 한 반백 번쯤?"

지연은 제 남편을 들먹이며 '너는 별것 아니다'라고 말해 주었다. 이 집안 내력상 대체 무슨 기운이 있는 것인지 프러포즈를 기본 열댓 번은 가뿐하게 넘어가는지. 재희는 상상 이상의 집에 온통 지수연이 묻어 있는 것 같아서 뻐근한 목을 움직였다.

사과 한 번 입에 넣고 우물거리며 재희를 다시금 살피던 영호는 벽에 걸린 시계를 한번 보고 말했다.

"술은 마실 줄 알아?"

"……아마도, 예."

술. 그놈의 술.

저 입에서 나온 단어에 재희는 흠칫 몸을 떨었다.

"애 엄마도 봐야지, 논에 가 있을 걸세."

"어이! 거기를 좀 더 당겨야지! 저기 저 총각은 잘하는데, 어째 그리 부실해!"

맙소사!

부실이라니. 강재희에게 부실이라니. 거기다 괜히 끌려와 열심히 낫질하는 규현과 비교하는 바람에 재희는 다시 불처럼 뜨겁게 그를 노려보았다. 여러 가지로 계속 마음에 안 든다, 저놈. 고급 수제 양복에 묻은 흙은 생각도 못하고 그렇게 기피하듯 코를 막았던 거름

냄새 풍기는 논밭 옆으로 길게 자란 벼를 베면서 한숨을 뱉은 재희는 다시 한 번 신경질적으로 낫을 둘렀다.

강재희 손에 낫이 들려 있으니 저승사자가 따로 없지만 그의 머리 위에 오른 볏짚 땋아 만든 허술한 밀짚모자를 쓴 것이 또 우습다. 무엇보다 그를 가장 힘들게 하는 것은 저기 논두렁 옆에 서서 모든 일을 진두지휘하시는, 그러다 이따금 재희를 향해 무섭게 눈빛을 보내시는 수연의 어머니 때문에 긴장이 오른다.

"자! 우리 잠깐 목 좀 축이고 합시다!"

규현과 재희, 그리고 남편을 향해 손뼉을 치며 지연이 가져온 쟁반 위의 막걸리를 들고 빙글빙글 돌린 미희는 몇 시간 만에 허리를 편 재희를 딱 보며 손짓했다.

"이리 오세요."

양주밖에 모르던 재희가 수연에게 맥주를 배웠던 것처럼 땅바닥에 그냥 주저앉아 약한 누런빛의 새콤한 향 품어내는 막걸리가 대접에 가득 채워졌다. 먼저 영호가 한 잔 깊게 들이켜며 '캬' 하고 감탄사를 뱉고 규현에게 한 잔이 갔다. 그리고 뒤이어 재희에게 잔이 가면서 이목이 쏠렸다.

"안 마시나?"

"……."

"마셔."

혹시 모를 상황이 올까 봐 재희는 사실 조금 겁을 먹었다. 휙 정신 놓고 무슨 짓을 할지 모른다. 수연과 술을 마셨을 때 완전히 정신을 잃었던 전적이 떠오르면서 마시기를 꺼리다가 못마땅하게 자신을 보는 미희 때문에 홀떡 잔을 비웠다.

그리고 그가 정신을 차린 것은 약 네 시간 뒤.

이로써 확실해졌다. 강재희는 양주를 제외하고는 모든 술에 약하다는 사실이.

해가 완전히 저물고 깜깜해졌지만 별빛이 아름답게 수놓아진 시골의 전경에 재희는 자신이 잠을 깼음에도 불구하고 아직 잠이 들어 있는 것인가 갈피를 잡지 못했다. 눈을 뜨면 보이는 것은 정갈한 천장이었던 시간이 와르르 무너지면서 보이는 것은 드넓은 검은 하늘의 별이다.

"지수연."

검은 것이 강재희라면 저기 검은 하늘을 가득히 채운 것은 지수연이다. 지금 그의 마음처럼 검은 것이 빛나는 것을 삼킨 것이 아니라 빛나는 것이 점점 더 검은 것을 채워가는 것이다. 어디에 누워 있는지도 모르고 멍하니 손을 뻗은 재희는 그립도록 보고 싶은 수연의 얼굴에 주먹을 강하게 쥐었다.

"보고 싶다."

그녀와 함께하고 싶고, 영원히 동반하고 싶어서 이렇게 찾아왔다. 당당히 인정받고 아무 데도 가지 못하게 하고 싶었고 그녀를 가둘 듯 손에 쥐기 위해 노력했다.

"수연아……."

"일어났으면 이거 꿀물 좀 들어 봐요."

가느다란 미희의 목소리에 벌떡 일어선 재희는 어질어질 아픈 머리에 손을 짚으며 겨우 몸을 바로 세웠다. 간편하게 와이셔츠만 입고 벨트는 어디로 갔는지 바지춤도 약간 헐렁하게 컸다. 지끈거리는 머리를 막으며 고개를 끄덕인 그는 미희가 건네주는 꿀물을 받아들고 조심스레 한입 마셨다.

지독하게 단내가 목구멍으로 넘어가면서 정신이 사근 들어 오른다. 조금 역하기는 하지만 확실히 사물 알아보기는 수월해져서 꾹 참고 마시는데 별 아래 이제 제법 쌀쌀해진 공기에 따라 옷을 여미던 수연의 어머니가 그를 바라보았다.

"아주 잘사는 사람이라던데."

"아마 그럴 겁니다."

서문그룹의 하나뿐인 후계자. 아니, 정확한 말로는 그는 후계자가 아니지만 대외적으로는 그러했고 큰 사단이 없는 이상 서문은 그의 것이다. 비록 혈육은 닿지 않았지만 그것보다 더욱 재능과 권력이 재희에겐 존재했다.

"이런 말 사실 조금 그렇지만 난 우리 딸이 그냥 평범하게 살았으면 했어요. 요즘 세상에 평범한 게 더 어렵다고는 하지만…… 그래도 내 딸은 그랬으면 했거든요."

뭔가 절반쯤은 포기한 말투였다. 너는 아니라고 꼬집는 게 아니라 정말로 그랬으면 했다는 작은 바람이었고 재희는 묵묵히 그것을 들었다. 몸집이 크고 무서운 영호도 그랬지만 수연의 어머니는 작은 체구였음에도 불구하고 그를 긴장시킨다.

"외로운가요?"

"……무슨 말씀이신지."

"쓸쓸해 보여요."

뜨끔.

"수연이가 외로운 사람과 사는 거 그리 달갑지 않네요."

그가 솔직했던 만큼 미희 역시 솔직하게 재희를 평가했다. 척 보아도 외로움이 묻어나고 있는 그에게 밝고 명랑한, 그래서 더 바보처럼 어린애 같은 딸아이를 보내고 싶지 않은 게 거짓 없는 심정이었다.

미희의 여과 없는 말에 재희는 두 손을 바닥에 내리고 천천히 허리를 숙였다. 머리가 땅에 닿을 듯 숙이면서 그렇게 당황하는 미희에게 짜내듯 말을 이었다.

더 할 수 있는 말이 없었다. 머릿속이 하얗게 변해 아무것도 모르겠다. 지금 그가 할 수 있는 말이라고는, 하고 싶은 말은 단 하나뿐이다.

"그립습니다. 수연이가 많이…… 아주 많이 그립습니다."

"……."

"항상, 보고 싶습니다."

재희라면 절대 알 수 없는 이름 모를 새의 울음소리가 들려왔다. 미희의 헛기침 소리도 들려왔고 멀리 담배를 피우며 입가에서 하얀 연기를 뿜어내는 영호의 한숨 소리도 들려왔다. 수연의 조카인 아이의 울음소리도, 그 아이를 달래는 부부의 목소리도.

물론 그날 그는 결혼을 허락할 수 없다는 수연의 부모님 말씀을 들어야 했다.

에 필 로 그

"수연이는?"

넥타이를 풀어 소파 위에 얹고 팔의 단추를 풀어내던 재희는 오자마자 현관에서부터 있어야 할 수연이 없으니 일단 인상부터 썼다. 넓은 집안에는 정우와 아이를 돌봐주는 베이비시터만 남아 있었다. 애초에 베이비시터의 손을 쓰는 것도 싫어하는 수연이 이렇게 부탁까지 하고 나갔을 거라면 이유는 하나뿐이지만 일단 확실한 답이 필요했기 때문에 재희의 물음은 당연했다.

그의 신경 날카로운 물음에 소파에 앉아 과자를 우적거리던 정우가 흥미 없다는 눈으로 대꾸도 않자 재희의 손이 그대로 소년의 머리를 짓눌렀다. 그제야 사태 파악한 정우는 어린놈답지 않게 한숨을 쉬며 입을 열었다.

"제 엄마요?"

"아니, 내 수연이."

"수연이는 모르겠지만 우리 엄마는 어디 있는지 알 것 같아요."

어디서 이딴 자식이 나온 거야.

재희는 쥐고 있는 정우의 머리를 강하게 한 번 꽉 눌러 주고 휴대폰을 들어 빠르게 수연의 번호를 눌렀다. 곧 발랄한 컬러링과 함께 통화 연결이 시작되었지만 안타깝게도 연결은 되지 않았다. 점점 심기가 불편해지면서 손가락으로 소파를 툭툭 친 그는 결국 한걸음 물러섰다.

저를 닮아 까맣게 물든 머리카락에 짙은 고동색 눈을 가진 아이는 오늘도 건방지게 샐샐거리고 있었다. 본래 딸은 아비를 닮고 아들은 어미를 닮는다는 속설이 있는 것처럼, 얼핏얼핏 비추는 장난기 가득한 표정은 재희를 한없이 약하게 만들었다. 유전자의 승리로 한없이 재희를 닮은 외모였지만.

"네 엄. 마. 어디 있어."

어디서 이런 고집을 배워왔는지 냉큼 방실거린 정우는 수연과 비슷한 맑은 미소를 지으며 방긋거렸다.

"고모랑 약속이 있댔어요! 저 엄마 보고 싶어요, 아빠!"

아뿔싸.

재희의 또 하나의 아킬레스건이 간만에 심금을 울렸다. 하나에서 둘이 된 이 아킬레스건들은 번갈아가면서 사람 마음을 들었다 놨다, 아주 제멋대로다. 뻔히 아버지를 연호하는 주제에 저 바라는 거 있으면 가뭄에 콩 나듯 '아빠' 하고 불러오는 통에 기운이 빠져 버렸다.

"고모라고 하지 마."

"엄마는 이렇게 안 부르면 혼난다고 했어요."

고모는 무슨. 재희는 있는 대로 인상을 쓰며 아주 달갑지 않지만 어쩔 수 없이 휴대폰을 다시 들어 올렸다. 그 순간 기다렸다는 듯이 그의 휴대폰이 덜덜거렸고 잽싸게 번호 확인을 하는 순간 재희는 일그러지는 숨을 참지 못하고 기가 찬 소리를 뱉었다. 받을 것인가, 말 것인가 고민하며 입술을 잘근 깨문 그는 결국 수연을 떠올리며 쓰게 전화를 받았다.

"강재희다."

정말 받을 줄은 몰랐는지 휴대폰 안쪽으로 꺅, 악, 으악, 하는 소리가 들려왔다. 그렇게 한참을 어쩔 줄 몰라 하다가 겨우 목 가다듬는 소리가 들려오더니 점잖은, 하지만 무척이나 떨리고 작아서 짜증이 날 지경인 목소리가 들려왔다.

─나…… 나야.

"어디야."

재영의 자부심 없이 흐지부지한 목소리에 재희는 여전히 답답했다. 안 그래도 받고 있기도 마음에 들지 않는데 기어들어가는 소리는 전화비가 아까울 정도다. 더 듣고 있을 마음도 사라진 재희는 초롱초롱한 눈으로 자신을 보고 있는 정우에게 휴대폰을 던졌다. 산뜻하게 휴대폰을 받아들고 휴대폰을 받은 정우는 뭐가 그렇게 신이 나는지 까르르, 웃음을 터트리며 몇 마디 하다가 전화를 끊고 말했다.

"사무실에 계신대요."

"사무실?"

끄덕끄덕

조그마한 머리통이 주억거리며 긍정을 표현하자 재희의 표정이 얄궂하게 흔들거렸다. 자랑이지만 재희가 가지고 있는 사무실은 총세 개였다. 이제는 쓰지 않는 서문빌딩에 하나, 본사에 있는 사무실하나. 당장 떠오르는 사무실은 두 군데로 재영과 수연이 갈 만한 곳은 한 군데밖에 없었다.

"일찍 자."

"같이 갈래요!"

"자."

정우의 이마를 손가락으로 팅, 튕겨 주고 간단하게 무시한 그는단단하게 단추로 동여진 셔츠의 단추를 풀어 헐겁게 만들고 밖으로향했다. 그러나 홀떡홀떡 잘도 뛰어와 자신의 다리에 매달리는 아이 때문에 멈출 수밖에 없었다. 난공불락의 요새를 향한 아이의 눈은 재희의 눈과 비슷하게 매섭게 번뜩이며 고집을 보였다.

"놔."

"갈래요."

"혼난다."

"아빠."

탈탈 털어내며 떼어낼 수야 있지만 유달리 아빠라는 말에 흐물흐물 노골해지는 자신을 어떻게 막을 도리가 없었다. 막 6살이 된 입만 산 작은 악마를 어쩔 수 없이 안아 들고 밖으로 나오니 늦은 퇴근길에 마무리를 하기 전 먼지 낀 차를 닦고 있는 규현이 보였다.

지하주차장 조명등에 비추는 빼닮은 부자(父子)가 걸어 나오는모습은 흡사 차를 닦다가 지옥문에 도달한 것인가 하는 과한 착각을 불러일으킬 만큼 매서웠다. 아직 뿔도 다 자라지 않은 작은 악마가 규현을 보더니 반갑게 손을 흔들었다.

"형!"

아무리 생각해도 자신은 아저씨라는 소리를 들었으면 들었지 형이라는 말은 민망하기가 그지없음에도 이 작은 아이는 뻔질나게 형으로 부르며 규현을 따랐다. 막 집으로 출발하려던 규현에게 정우를 안겨 준 재희는 빠르게 운전석에 올라탔다. 지금 가는 곳이 정우에게 하등 좋을 것이 없음을 알기에 극단의 조치랄까.

갑자기 나타나 아이를 안겨 주는 재희 때문에 당황한 규현이 어떻게 할 틈도 없이 서 있을 때 정우가 몸을 틀며 재희가 앉은 운전석 창문을 작은 손으로 마구 두드렸다. 벌써 눈에 그렁그렁 맺힌 눈물이 적잖이 속이 상한 모양이었다. 시동을 켜며 창문을 내린 재희는 불쑥 솟아 저에게 손짓하며 잉잉대는 정우의 머리를 쓰다듬었다.

"금방 올 거야."

"갈래요. 고모도 보고 할아버지도 볼래요."

"할아버지는 시골에 계셔서 지금 못 봐."

뻔히 누구를 칭하는지 알면서 그답게 고집을 부리는 재희에 정우는 눈을 찌푸리며 재희의 아래로 내려온 얼굴 마구 문질렀다.

"엄마가 아빠는 고집이 너무 세서 같이 못 살겠다고 그랬어요."

"풉."

규현의 터지는 웃음에 강렬하게 그를 노려보던 재희는 어쩔 수 없이 손가락을 까딱거렸다. 요즘 애들 입심은 알아줘야 하지만 점점 강해지는 터라 대꾸할 말도 없다. 까딱거리는 손에 쭈뼛거리며 다가온 정우는 더 떼를 써봐야 얻을 것이 없음을 알고 내밀어진 아빠의 볼에 입을 맞췄다. 그리고 돌아간 정우의 볼에 닿은 재희의 촉촉한 입술이 듬뿍 애정을 담고 닿았고 정우는 귀엽게 눈을 찡긋거리다가 뒤로 물러섰다.

"부탁한다."

"예."

규현을 향해 정우를 부탁한다는 말을 남기고 마지막으로 한 번 더 정우를 본 재희는 곧장 차를 출발시켰다. 머리를 긁적이며 씩씩하게 허리에 손을 올린 정우는 얼른 궤도 변경하고 규현의 다리에 매달려 눈을 깜빡였다.

"아이스크림 먹고 싶어요, 혀엉."

"……하하."

딱 재희 어릴 적 모습 그대로 가지고 있으면서 수연을 닮은 애교 서린 목소리와 눈웃음을 보이는 정우다. 평생 적응 안 될 것 같다.

"작작 좀 마셔라."

역시 겁도 없이 사무실에 신문지 펴고 둘러앉은 두 사람을 보면서 재희는 깊게 숨을 내쉬었다. 결혼 전보다는 확연하게 줄었지만 꼭 두어 달에 한 번씩 재영이나 경우, 혹은 본가까지 가 성철과 술잔을 기울이는 통에 이렇게 한숨 쉬게 만들었다.

재영과 술을 마실 때면 다른데도 아니고 꼭 서문빌딩의 사무실, 얼마 전 그녀에게 양도하고 재희도 이제는 거의 찾아오지 않는 이곳을 수연 때문에 꼬박꼬박 정기적으로 찾아오게 되니 마음이 편할 리가 없었다. 이미 불긋해진 얼굴로 소파 위에 널브러져 잠든 그녀에 재희는 가볍게 그녀의 목 아래로 팔을 넣었다.

"저, 재희야."

약간 주춤거리는 기색은 있지만 여지없이 부드러운 목소리로 자신을 부르는 재영에게 재희는 기운이 빠졌다. 정확한 햇수를 따질 수는 없지만 서른 중반의 제 나이처럼, 서서히 조금씩 나이가 들어 가는 스스로의 나이에 맞게 그녀도 그도 서로를 대하는 것에 약간의 틈이 어긋나기 시작했다.

오래전 재희의 손에 내쳐지던 자신의 어머니를 보면서 오들오들 떨었던 기억이 조금씩 새어 나왔다. 그것은 두려움도 있었지만 일종의 안도감이었다. 더 이상 어머니라고 부를 수도 없는, 모든 것이 자신을 위해 살아가던 재영의 어머니는 재희의 손에 이끌려 땅바닥에 내쳐지면서도 그녀를 향해 악담을 퍼부었다.

재희에게 억눌려 죽어지내는 재영을 향한 순수한 독기. 하지만 탐욕에 물든 눈은 징그러웠고 성난 뱀처럼 매서웠다. 어머니라는 존재의 상실감을 알면서도 그녀는 재희의 뒤에 숨었다. 다른 의미로 재영은 모든 악행을 재희에게 넘기며 숨고 또 숨어왔었다.

그래도 전처럼 아예 생 무시를 하고 나가 버리는 것이 아니라 돌아보지는 않아도 기다리고 있다는 것에 용기를 얻었는지 재영은 살그머니 종이컵 하나를 밀며 입을 열었다.

"한잔해."

나긋나긋하지만 역시 감출 수 없는 겁먹음이 고개를 세운다. 천천히 시선을 재영 쪽으로 돌린 재희는 단호하고 확고하게 말했다.

"싫다."

"……아."

단답형 거절에 머쓱해진 재영이 얼른 종이컵을 들고 제 쪽으로 당겼다. 그녀 역시 나이를 먹어감에 따라 재희에 더욱 익숙해 있지만 이토록 냉담한 태도에는 아무래도 적응이 되지 않는 모양이었다. 그래서일까, 재희는 처음으로 입안에 구르고 구른 말을 작게나마 터트렸다.

"맥주는 싫다."

놀란 눈을 하고서 고개를 드는 재영에 재희는 살인적인 눈으로 바닥에 깔린 맥주들을 보았다. 수연이 뭐가 마음에 들지 않는 일만 있으면 재희의 입에 맥주를 털어 넣는 통에 이미 몇 번이나 취해서 봉변을 당했는지 모른다. 한 번은 부부싸움 아닌 부부싸움을 하던 도중 입에 맥주를 머금고 키스를 해오는 수연에게 된통 당해 베란다로 내몰려 하룻밤을 홀로 지내야 했었다.

출장을 제외하고는 단 한 번도 수연을 옆에 두지 않고 잠이 든 적이 없던 재희에게 있어 그것은 크나큰 손실을 불러왔다. 역적을 대하듯 맥주를 노려보는 그에게 웃음이 터지는 것을 애써 막은 재영은 이내 꿈틀거리며 팔을 세웠다.

자연스레 재희의 볼에 손을 올리는 수연을 보며 가늘게 미소 지었다.

"우리 귀여운 재희 씨."

"알아."

대번에 얼굴을 붉히며 대꾸하는 그에게 수연은 깨어나자마자 깔깔거리며 재희의 등을 두드렸다. 생각보다 재미있는 곳에서 웃음을 유발하는 재희 때문에 즐거워 죽겠다는 표정이다. 잠깐의 숙면으로 몸이 괜찮아졌는지 기지개를 켠 수연은 슬슬 재희의 투지를 긁어대기 시작했다.

"혼자 세상 술은 다 마실 것처럼 생겨놓고 맥주도 못하고."

"......."

"양주만 마시면 뭐해. 소주 먹으면 어떻게 될까나."

"조용히 해."

"그럼 우리 자기는 좀 구경하고 있어요. 난 우리 고모랑 딱 한 잔만 더 할 거니까."

자기!

정우가 그의 마음을 긁는 것이 '아빠'라면 이 영악한 여자의 무기는 '자기'라는 단어였다. 무너지고 마는 자신의 성벽에 수연은 눈을 찡긋거리며 다시 재영의 앞에 앉았고 재영은 재희의 눈치를 보다가 딱 한 잔만 하고 그만하자며 맥주병을 집는다. 그 모습이 무척 다정해 보여서 성큼 다가선 재희는 재영의 손에 들렸던 맥주병을 빼앗아 들고 수연에게 말했다.

"그만해. 정우가 기다려."

"그러니까 한 잔만 하고 갈 거라니까? 나도 우리 예쁜 아들 보러 가야지. 아, 고모도 가실래요? 정우가 어찌나 아가씨 보고 싶어 하는지 몰라요."

저야 좋죠, 를 말하기 위해 운을 떼던 재영은 살벌하게 돌아보는 재희의 눈에 히끅 딸꾹질을 했다. 분위기상 이쯤에서 퇴장을 해야 할 것 같았다. 맥주는 싫다고 했으니 다음엔 양주를 들고 찾아가 볼까. 그러면, 어쩌면 재희는 그녀가 내민 술잔을 받아줄지도 몰랐다. 해묵은 상처는 깊어지면서 또 덜어진다. 아직 얇은 벽은 존재하지만 아직 시간은 많으니까, 그리고 자신의 편도 많으니까.

"오늘은 이만하고 먼저 가 볼게요. 저도 약속이 좀 있어서요."

그녀의 말에 재희가 성의 없이 고개를 끄덕였다. 재희가 자신에게 인사를 해 주다니. 저것이 인사냐고 묻는다면 세상 사람들 누가 인사다, 라고 하겠냐마는 여하튼 재영은 저 편한 대로 해석하고 훌쩍이며 고개를 끄덕였다.

"다음에, 다음에 술 한잔하자."

엄청난 용기였고 나름의 비장함이었다. 비웃음이나 신랄한 말을 들어도 지금의 용기를 뒤엎지 않을 것이라며 다짐하는 재영에게 재희는 알 수 없는 표정을 만들더니 입술을 달싹이다가 끝내 입을 다물었다. 옆에서 수연이 '소심꾸러기'라며 재영인지, 혹은 재희인지도 모를 상대를 향해 꿍얼거렸지만 두 사람 모두 신경 쓰지는 않았다.

재영이 자신의 물건을 챙겨 자신의 사무실을 나가고 불청객 둘만 남아 널브러진 사태를 관망하고 있을 때 수연은 잠잠히 종이컵을 빙글거리다가 그를 올려보았다.

"재희 씨."

"왜."

대충 발로 안줏거리를 툭툭 치며 여기서 어떻게 수연을 데리고 가야 할지 고민하는 그에게 그녀는 아찔할 만큼 예쁜 미소를 지으며 말했다.

"우리 내기할까요?"

"싫다."

"나 안 가."

배 째라는 듯 벌러덩 뒤로 누워 버리는 수연에 재희가 눈에 띄게 당황했다. 그대로 누워서 자 버릴 것처럼 눈까지 감아 버리는 수연에 재희는 입가를 씰룩이며 겨우 변명거리를 찾아내었다.

"해 봐야…… 맥주, 아닌가."

뻔히 술이 목적인 내기를 자신이 모를 리 없었다. 하지만 뻔뻔하게도 수연은 고개를 끄덕이며 당연한 얘기를 한다는 양손을 흔들다가 반짝 빛나는 눈으로 손가락을 튕겼다.

"그럼 양주로 할까요? 나 양주는 한 반병쯤 마시면 토할 것 같더라. 뭐, 보고 싶으면 양주 마셔도 좋고."

이미 반병이라는 것에서 정상인의 범주를 벗어났다는 것을 왜 모를까. 그리고 그것을 알면서도 재희는 왜 자신이 자리에 앉아야 하는지 알 수 없었다. 더러운 신문지 위에 앉는 게 이제는 너무도 익숙했다.

꼴꼴 따르는 맥주를 탐탁지 않게 노려보며 '끙' 하니 속으로 숨을 삼키는 재희가 좋은지 수연 역시 제 잔을 올리며 톡, 잔끼리 맞대었다.

"건배! 원 샷!"

"윽."

부들거리며 신문지 위로 고개를 내리는 재희를 향해 수연은 눈을 번뜩였다. 그리고 손가락을 척하니 내질러 그를 가리키며 잔을 들어 마시면서 말을 하는 기괴한 묘기를 부렸다.

"사내가 되었다면 꿀꺽. 술은 기본 옵션 아닙니까!"

이미 한계치인 두 잔을 넘긴 재희는 간신히 필름이 끊기는 일은 없었지만 울컥거리며 치미는 속에 입가를 막다가 반격했다.

"원하면 네가 가지든가."

빨갛게 달아오른 얼굴로 슬그머니 고개를 들어 올린 재희는 부끄럽지도 않은지 자신의 하체 부위를 적나라하게 가리키며 피식 웃었다. 하지만 다시 역하게 올라오는 토기에 울컥 입을 틀어막고 다시 고개를 숙였다.

절대 저 여자 앞에서 토를 하지 않으리라, 하지만 잠시 재희의 망언에 굳어 있다가 옆으로 다가온 수연의 팡팡 두드리는 손길 속에 결국 헐레벌떡 일어나야 했다.

"아하하! 또 이겼네! 우하하!"

한참을 그렇게 위액까지 쏟아내며 콜록거리고 있자 슬그머니 욕실로 온 수연이 쭈그려 앉으며 예쁘게 웃었다.

"자, 졌죠?"

"제길."

어쩌다 이렇게 되었나. 재희는 아주 돌아 버릴 지경이었다.

"한량 같으니."

"응? 그거 나한테 하는 말?"

생글거리는 얼굴에 이를 드러내며 재희의 속이 부글부글 끓어올랐다. 정말, 한량이나 다름이 없다. 놀기 좋아하는 듯도 보도 못한 여자의 행적에 재희는 다시 치미는 속에 침을 뱉으며 세면대로 가 입가를 싹싹 씻었다. 욕실의 문틀에 기대어 생글거리는 수연을 보자니 화가 나기는커녕 더 기운이 빠졌다. 저 여자를 상대로 내기를 받아들인 것이 잘못이었다.

마지막까지 깔끔하게 헹구고 입가에 묻은 물을 대충 닦아내자 살짝 다가온 수연이 그의 입술을 손가락으로 문지르며 웃었다.

"나 소원 있는데."

"말해."

제법 심통이 난 목소리에 키득거리며 수연은 재희의 손을 잡고 사무실 밖으로 향했다. 얼결에 그녀를 따라가면서 계단을 타고 다리를 놀린 재희는 옥상 입구에 다다라 열어달라는 손짓을 하는 수연에 고개를 갸웃거렸다.

"여긴 뭐 하러?"

"어허. 소원이에요, 소원."

또 무슨 해괴한 짓을 하려고 이러나, 싶지만 소원이라는 말에 하는 수 없이 카드 키를 지갑에서 꺼내어 긁자 수연이 잽싸게 안으로 달려갔다. 순간 재희는 옥상으로 들어 가 버린 수연에 의아해하다가 문득 자신도 모르게 떠오른 옛 기억에 사색이 되었다. 맙소사, 이여자 설마 취한 건가?

그녀를 겨우 다시 만났던 것은 높은 빌딩 아래로 추락하던 모습이었다. 만약 수연이 잔뜩 취해 있는 거라면!

"지수연!"

수연은 이미 난간 근처까지 다가가 허리에 손을 올리고 숨을 크게 들이쉬고 있었다. 너무도 자유로워 보이는 뒷모습에 사색이 된 재희가 황급히 달려갔지만 수연은 손을 벌려 그를 막고는 뒤를 돌아 재희에게 만큼은 황홀할 정도로 시린 미소를 던지며 말했다.

"나 그때 여기서 뭐 하고 있었는지 알아요?"

"이리 와, 빨리…… 수연아."

당장에라도 수연이 뛰어내릴 것만 같아서 재희는 심장이 덜컹거렸다. 미치도록 불안했다. 언제나 기회만 있으면 날아가 버릴 것 같은 수연을 제 옆에 두어야 했다. 재희는 한 걸음씩 다가가며 두 팔을 뻗었다. 천천히 다가오는 그를 보며 수연은 다시 빙그르르 몸을 돌렸다. 그리고 조금 더 난간에 가깝게 서더니 두 팔을 쫙 펼치고 외쳤다.

"자! 잭! 어서 이리 오세요!"

"……뭐?"

잭? 잭이 무엇인가. 그것이 무엇이라고 자신을 부른단 말인가. 찌푸려진 재희의 표정을 아는지 모르는지 수연은 더 이상 난간에 가깝게 다가가지 않고 고개만 조금 돌려 입을 비죽 내밀었다.

"나 타이타닉 흉내 진짜 꼭 해 보고 싶었단 말이에요. 얼른 와서 팔 좀 잡아줘 봐요. 영화 안 봤어요?"

타이타닉. 물론 봤다. 그리고 가장 유명한 그 장면 또한 알고 있다. 하지만 그에게 있어 선미(船尾)에 서서 양팔을 벌리고 하늘을 나는 것처럼 표현된 로맨틱한 장면은 그리 중요하지 않았다.

"사실 그때 술에 취하긴 했었어도 이거 해 보고 싶었거든요. 좋잖아, 꼭 하늘을 나는 기분 같고. 정말 날아 보고 싶었으니까."

"후우, 했으면 이리 와. 위험해."

"당신이 잡아 주면 돼요, 안 위험하게…… 빨리 와서 나 좀 잡아줘."

수연의 허리를 잡아 제 쪽으로 이끌던 재희는 그녀의 말에 멈칫하며 망설였다. 부탁한다며 눈을 올리고 자신을 보는 수연에 더는 이길 재간이 없다. 아래를 내려다보는 수연이 떨어지지 않도록 재희의 두 손이 수연의 허리를 잡았다. 바람에 휘날리는 긴 머리카락과 드러난 하얀 목선에 그는 더욱 밀착해 입술을 대며 조금 더 강하게 허리에 팔을 둘렀다.

"이거 진짜 너무 좋은 것 같아."

떨어지지 않게, 다시는 떨어지지 않도록.

재희는 곧 팔을 접어 몸을 돌려 자신의 목을 휘감아 안는 수연의 이마에 짧게 입을 맞췄다. 그리고 만족했는지 눈을 꼭 감고서 얌전히 매달린 그녀의 볼을 쓸며 속삭였다.

"가자."

고개를 끄덕이는 모습조차 예쁘다. 더는 그 자유롭게 떨어지는 빛을 볼 필요는 없겠지. 이미 제 가슴에 안긴 빛 무리가 있으니. 강재희가 품은 지수연은 언제까지고 그의 곁에 있을 것이다.

언제까지고…….

잠시간의 열정으로 인해 소파에 내려진 수연의 안으로 파고든 재희는 여전히 그를 흡족하게 하는 여린 몸에 혀를 움직였다.

장소 구분조차 할 수 없을 정도로 완벽하고 완전했던 사랑에 그의 몸이 수연의 위로 무너졌고 두 사람은 공유되는 심장에 만족하며 서로의 입술을 탐했다. 내 사랑, 내 여자. 지친 듯 쓰러진 수연을 보면서, 그녀의 눈가에서 흐르는 눈물에 아직 수연을 안고 욕심을 부렸다. 여전히 그녀의 눈물은 그에겐 지독한 미약이나 다름이 없었다.

수연이 그를 유혹하는 요부처럼 달콤하게 그를 끌어안은 그때.

드르륵.

바닥에 떨어져 달달거리는 휴대폰에 수연의 고개가 돌아갔다. 재희야 이미 허리를 움직이기 시작했으니 모든 것이 귀찮은 듯 그녀를 잡으려 했지만 수연은 있는 힘껏 자신의 내부에 힘을 주며 허리를 뒤틀었다. 그 바람에 제대로 시작도 전에 너무도 격하게 조인 남성이 참지 못하고 다시 한 번 터트리며 허무하게 멈추자 수연은 재빨리 그를 밀어내고 휴대폰을 들었다.

집이다. 눈을 동그랗게 뜨고 휴대폰을 받으니 대번에 정우의 '엄마아아!' 하는 대성통곡이 들려왔다. 아차, 연애 시절이 떠올라 미안하게도 수연과 재희 둘 다 아주 잠깐 정우를 잊었던 것이다. 수연은 사색이 되어 재희를 잡아끌었다.

허무함, 이 공허함은 무엇인가.

하지만 그의 이런 애타는 마음도 모르고 수연은 어느새 옷가지를 집어 입으며 외치고 있었다.

언제까지나 행복하겠지. 언제까지나 서로를 소중히 여기며, 소중히 생각하며. 언제까지나……

"빨리! 빨리 집에!"

언제까지나…… 맞겠지?

-THE END

이렇게 빨리 두 번째 책이 나올 줄이야!

하고 말하지만 사실 이 글은 제 첫 종이보다 먼저 쓰인 글입니다. 벌써 2년 남짓한 시간이 흐른 것 같습니다. 좋은 출판사를 만나, 좋은 기회를 얻어 감사하게도 두 번째 책을 낼 수 있게 되었습니다. 이 자리를 빌려 다시 한 번 감사의 인사를 드립니다.

이 글 역시 제목이 바뀌었는데 정말 마음에 듭니다! 제목에 충족한 글이었을까요? 부디 읽어 주신 분들께서 지루하지 않게, 재미있게 읽어 주셨기를 간절히 바라고 있습니다.

즐거운 글이 되셨나요?

이 질문이 가장 어렵다고 생각됩니다. 어느 분에게는 보다 못한 나쁜 글이 될 수도 있고 어느 분에게는 그리 유쾌하지 못한 글이 될 수 있다고 생각합니다. 하지만 이렇게 보여 드렸고 저는 기다립니다. 차가운 말씀도, 따뜻한 말씀도 모두모두 기다립니다. 고래심줄보다 더 두꺼운 뻔뻔함을 가지고 자만하고 싶지만 역시 그게 되지 않으니 이렇게 두근 반 세근 반 하는 거겠지요?

몇날며칠 밤을 새고 다시 자고 또 새우다가 새롭게 태어난 이 글이 좋은 말씀만 받으면 하는 것도 사실이지만요.^^ 다시 한 번 질문 드리고 싶습니다. 재미있으셨나요? 나쁘지 않은, 꽤 괜찮은 글이 되었을까요? 부디 그랬기를 간절히 바라고 또 바랍니다.

후기를 쓰면서 빠질 수 없는 것이 바로 감사의 인사를 올리는 것이지요. 침착하게, 한 분 한 분 적어 보도록 하겠습니다.

가장 먼저 드디어 제가 어떤 글을 쓰는지 알아채신 가족들. 솔직담백한 품평 정말로 감사드립니다. 그리고 항상 저의 글을 함께하며 조언해 주시는 JiyoonS 님. JiyoonS 님 덕분에 제 어마어마한 오타와 잘못된 문장이 초기 검거되어 고쳐지고 있습니다. 앞으로도 잘 부탁드린다고 하면, 안 될까요?T^T

이제 쭈욱, 이어가 보겠습니다!

더불어 책을 내며 서로 많은 이야기를 나누고 스트레스를 해소하는 소중한 글동무 이림, 건방진 동생을 너그럽게 봐주는 해수을 언니, 항상 상냥하고 다정해서 정말 좋아하는 콤마 언니, 매번 글 쓰느라 수고가 많다고 말해 주는 경진이, 이랑이, 너무도 든든하고 착하고 믿음직스러운 양초 언니, 어른스러운데 내 보기엔 귀여운 아실이, 분명 언니가 맞는데 자꾸 반말하게 되는 새벽마다 함께 밤을 불태운 나의 개그콤비 개 님, 같은 고민과 공감되는 이야기로 늘 함께해 준 해화 언니, 코드가 왜 이렇게 잘 맞는지 신기한 세어 언니, 맘도 여리고 눈물도 많은데 용기 백배 화분 언니, 어른스럽고 능력 좋은 와르, 왜 우리는 언제나 이야기를 나누지 못하는 건가요, 제로 님! 이따금씩 뵙게 되면 항상 재밌는 얘기해 주시는 핑키 님, 모자란 카페에 활력소 뚱 님, 매일은 아니지만 연락할 때마다 힘이 되고 기쁘고 글이라는 지표를 열어 준 리플 언니. 로맨틱시즌 여러분 모두모두 감사드립니다.

　조금은 길었던 이 글을 함께해 주신 분들께 진심으로 감사의 인사를 드리면서 저는 다음 글에서 또 뵙겠습니다.:D

　그럼 여러분, 점점 더워지는 계절 더위 조심하시고 언제나 건강한 하루되시길 바랍니다.

-홍설 올림

드
향

사랑, 그 설렘에 취하고 향기에 물들다.

도
향

사랑, 그 설렘에 취하고 향기에 물들다.